ちくま学芸文庫

中国名詩集

美の歳月

松浦友久

筑摩書房

目次

七　山水のうた——風景の発見　267

八　懐古のうた――滅びしものへ　307

中国名詩集　美の歳月

凡例

一、本書は、中国古典詩の名作一六六首を収める。

一、詩題や原詩本文については、本書の性質上、なるべく通行性の高いものを選んだ。

一、訓読の文体は、原詩の各行下に提示した部分と、解説中に引用する部分とで、意識的に変えた場合がある。

一、漢字は、原詩を独立して提示する場合のみ原則として旧字体。訓読、解説、解説中への原詩引用、などの場合は、誤読の恐れのない限りすべて新字体とした。

一、かなづかいは、訓読、解説とも、原則として新かなづかいとした。

美の歳月——序に代えて

説《い》う莫《な》かれ　光陰《こういん》　去りて還《かえ》らずと
少年の情景は　詩篇に在《あ》り
（袁枚「意《こころ》に得る所有りて……」）

詩歌の歴史は、或る意味で、人々の美感や美意識の歴史でもある。それは、絵画や彫刻のような、いわゆる美術史とはまた違った形で、人々の求める美の世界を、経験的に生み出してきた。

一般的にいえば、詩歌は特定の言語を母体として成り立っているだけに、その言語圏の壁を越えることがむずかしい。

しかし、まさにそれゆえに、第一には、その言語を母語とする人々の美意識——いわば、感性的な価値基準——を、より純粋に表現していると考えられるのである。

かつまた、第二には、そうした越えがたい言語の壁があるだけに、それを乗り越えて他の言語圏にまで広がった詩的様式、たとえば、近世のイタリアから次第に全欧米に広がった〝ソネット〟、二十世紀の日本から欧米・アフリカ・中国などに広がりつつある〝俳句〟、また、より早く、六朝《りくちょう》・唐代の中国から朝鮮・ヴェトナム・日本などに広がった〝中国古典詩〟——などは、言語を異にしてなお有効な〝抒情の器〟として、その詩的適性の高さを証明しているといってよいだろう。

こうした二つの点から見て、中国の詩歌、とりわけ古典詩歌は、中国の人々の美意識をより純粋に表わしているとともに、言語の壁をも越える強い詩的生命力を具えている、と考えられよう。また、いわゆる漢字文化圏の諸国においてだけでなく、近代の欧米諸国においても、中国古典詩のすぐれた翻訳詞華集《アンソロジー》が、多くの読者を得てきたことが報告されている。唐詩を中心とする中国の古典詩歌は、まさに、人類の共通の宝であるといえるだろう。

『詩経《しきょう》』『楚辞《そじ》』から魯迅《ろじん》や毛沢東の作品まで、三千年に及ぶ中国古典詩の歴史は、――この意味において――たしかに古典中国的な美感の歴史、いわば〝美の歳月〟であるといってよい。それは、中国の言語と風土に極めてよく適応した詩的ジャンルとして、長い年月にわたり、目の覚めるような名作を生み出してきた。このため、時として――或いは、しばしば――現実の悲惨や醜悪をも忘れさせるほどの、著しい表現効果を生むことにもなったのである。

菊《きく》を採《と》る　東籬《とうり》の下《もと》

悠然《ゆうぜん》として　南山《なんざん》を見《み》る

（陶淵明《とうえんめい》「飲酒、其《そ》の五」本書四九三ページ）

このように歌ったときの陶淵明の〝真意〟がどんなものだったにせよ、この詩句が古典の名作として人々に愛誦されてゆくとき、そこには、権謀術数の渦巻く晋宋《しんそう》期の権力闘争も、ハエや蚊の群がる日常生活の非衛生も、――そして、おおむねは読者自身をも取りまいていたはずの類似した情況をも、――ほとんど完全に忘却・浄化してしまうほどの閑雅な美的充足感が生まれやすい。

むろん、中国の古典詩歌には、――本書にも数多く採りあげたように、――政治の醜悪や戦争の悲惨などを描いた多くの作品がある。しかしそれらは、――今日の美学理論にも明らかなように――いわば〝醜〟をも含む多様な〝美〟的要素として、古典詩歌全体の詩境をいっそう高める効果をあげているのだと判断されよう。

さらにいえば、現実に存在する悲惨や醜悪を、〝古典詩歌〟という安定した美の形式によって表現し享受しようということ自体、そこにはすでに、作者と読者における共通の美的嗜好が、暗黙の前提として作用しているのだと見なければならない。

現実の悲惨や醜悪までが忘却・浄化されやすいという意味で、中国の古典詩歌は、いわば文化的な両刃《もろは》の剣《つるぎ》として、プラスとマイナスの役割を兼ねている。しかし、人が個々に体験する政治的・社会的な苦境から、人として共通に体験する生病老死の苦しみに到るまで、あまりにも苦悩多き現実の人生を直視するとすれば、古典詩歌による美的浄化は、また一面、一種の美的救済として、より積極的に位置づけることも可能であろう。とりわけ、個人の意志や自由が著しく制約されていた旧社会においては、そうした要請は、今日よりもいっそう切実なものだったに違いない。

＊　＊　＊

本書は、そうした歴史をもつ中国古典詩の主要な作品を、「詠懐《えいかい》のうた」から「自適《じてき》のうた」に到る十二章に分類した。それぞれの主題に関わる詩的歳月の推移が、個々の作品に即して、具体的に味読され追体験されてゆくこと、――本書の目指した主な目的は、何よりもここに在《あ》る。

このばあい、詞華集として最も肝要な点は、三千年にわたる無数の作品のなかから、どのような作品を選び出すかという問題であろう。本書では、こうした小型の詞華集を上記の目的によりよく近づけるために、それぞれの主題《テーマ》に関わる作品を、次のような基準で選択した。
①源泉的な役割を果している早い時期の作品。
②典型的な表現効果を生んでいる著名な作品。
③独自な表現効果を生んでいる個性的な作品。
①②③の順序は、選択における優先順位をも表わしている。従って、少なくとも詩歌史的に①に属すると考えられる作品は、ほぼ漏れなく採録した。②は、作品としての完成度が高く、また、採録作品の数も多いということによって、本書全体のなかで最も大きな比重を占めている。③は、数としては最も少なく、また、詩歌史的に必ずしも著名な作品ではないが、捨てがたい個性をもつと判断されることによって採録した。

十二章の各テーマとその排列については、中国の古典詩歌全体のなかで確かな代表性をもっている主題を選び、相互の関連を勘案しつつ全体を構成した。「詠懐」と「詠物《えいぶつ》」、「経世《けいせい》」と「自適」、のような相補的な主題は、対比的に読まれることによって、それぞれの性格がいっそう明らかなものになるだろう。

採録した一六六首の作品は、いずれも、それぞれの歳月のなかで、さまざまに愛誦されてきた名品である。それだけに、共通のテーマに結ばれた個々の作品は、共通のイメージの流れのなかで、前後する作品と互いにその詩句を映発させる効果を生む。作者にとっても読者にとっても、中国の詩歌史は、たしかに、悠《はる》かな美の歳月であった。そこに描き出された詩的乾坤《けんこん》の広さと深さ、あるいは多様さは、世界の詩歌史のなかでも、やはり有数のものというべきであろう。

一　詠懐のうた——わが心わが思い

花の飛ぶこと　底《なん》の急か有る
老い去《ゆ》けば　春の遅きを願うに
（杜甫「惜《お》しむ可《べ》し」）

「詠懐《えいかい》」とは、「懐《おも》いを詠ずるもの」にほかならない。とすれば、さまざまな出来ごとがさまざまな情念を生んで、それぞれに「詠懐のうた」となりうるであろう。

しかし、「詠懐」的な詩想として、最も早くから最もしばしば歌われてきたものは、〝時間の推移〟＝〝人生の一回性〟という動かしがたい事実、この切実な難問《アポリア》への関心を契機とする作品であった。むろん、この点への関心は、詩歌そのもの、さらには、文学や哲学、芸術や宗教など、いわば〝人間的な営為〟そのものの契機でもある。この意味で、詠懐的な詩歌には、人間的な情念の、一つの原型が表われているといえるかもしれない。

このことはまた、「詠懐のうた」こそが、中国古典詩歌の発想上の原点といった性格をもつことを意味している。詩歌の本質が、〝韻律的な言語による抒情の営み〟であるとするならば、みずからの情念を凝視しつつ、その情念の由《よ》って来たるゆえんを詠《うた》う「詠懐のうた」は、「離別」「懐古」「戦乱」「飲酒」……といった個々の詩的主題を包摂した、より原理的な〝心のうた〟でありうることになるだろう。

ここではまず、そうした「詠懐」的な抒情が最も典型的に表われた作品を、本章を象徴するものとして採りあげたい。初唐時代を代表する個性的な詩人、陳子昂の、「幽州台に登る歌」。

登幽州臺歌　幽州台《ゆうしゅうだい》に登《のぼ》る歌《うた》　陳子昂《ちんすごう》

前不見古人　前《さき》に　古人《こじん》を見《み》ず
後不見來者　後《のち》に　来者《らいしゃ》を見《み》ず
念天地之悠悠　天地《てんち》の悠悠《ゆうゆう》たるを念《おも》い
獨愴然而涕下　独《ひと》り愴然《そうぜん》として　涕下《なみだくだ》る

幽州、すなわち、現在の北京地方に従軍した作者が、薊北《けいほく》楼と呼ばれる高楼に登って歌った詩。高楼の眼前にひろがるもの、無限の過去から、無限の未来につづく、悠久の歴史と悠久の天地。そのなかに在《あ》って、自己の存在の儚《はかな》さを痛感するとき、作者のするどい自意識は、激しい悲哀の言葉となって、四句、二十二字の小詩に結晶する。

「愴然《そうぜん》 chuàng rán」とは、激しく心の痛むさま。「念《ねん》 niàn」は、心にかかって離れない

「念《おも》い」をいう。作者にとっては、「天地の悠悠」たる事実と、それによって強調される一人の個人（自我）の渺小さ《びょうしょう》こそ、寸刻も心を離れぬ悲しみの想念として自覚されているのである。冒頭に対比された「前《さき》に……、後《のち》に……」の表現は、時間と空間を総合した無限の時空のひろがりとして読まれるべきであろう。

あめつちの
まなかに独り立つごとき
この悠《はる》けさに
ひとは耐ふるや

こうした「詠懐」的な詩想の系譜は、詩歌の本質にかかわるものであるだけに、『詩経《しきょう》』や『楚辞《そじ》』など、きわめて早い時期にまで遡《さかのぼ》ることができる。しかし、一首全体がそうした詩想によって統一された作品、いわば「詠懐のうた」の源泉的な役割を果してきた作品という意味でいえば、前漢の武帝の作と伝えられる「秋風の辞」をあげるのが妥当であろう。

秋風辭

秋風起兮白雲飛
草木黄落兮雁南歸
蘭有秀兮菊有芳
懷佳人兮不能忘
汎樓船兮濟汾河
横中流兮揚素波
簫鼓鳴兮發棹歌
歡樂極兮哀情多
少壯幾時兮奈老何

秋風《しゅうふう》の辞《じ》　漢《かん》の武帝《ぶてい》

秋風《しゅうふう》起《お》こりて　白雲《はくうん》飛《と》び
草木黄落《そうもくこうらく》して　雁《かり》　南《みなみ》に帰《かえ》る
蘭《らん》に秀《はな》有《あ》り　菊《きく》に芳《かおり》有《あ》り
佳人《かじん》を懐《おも》いて　忘《わす》るる能《あた》わず
楼船《ろうせん》を汎《うか》べて　汾河《ふんが》を済《わた》り
中流《ちゅうりゅう》に横《よこ》たわりて　素波《そは》を揚《あ》ぐ
簫鼓《しょうこ》鳴《な》りて　棹歌《とうか》発《おこ》り
歓楽極《かんらくきわ》まりて　哀情《あいじょう》多《おお》し
少壮幾時《しょうそういくとき》ぞ　老《おい》を奈何《いかん》せん

秋風が吹き起こって、白い雲が流れ飛び、草や木は黄ばみ散って、雁は南に帰ってゆく。蘭《ふじばかま》には美しい花がさき、菊には清らかな芳《かお》りがある。そのような佳《よ》き人が、心に懐われて、忘れられない。

今ここに、大きな楼船《やかたぶね》を浮かべて汾河《ふんが》をわたり、大河の中ほどを横ぎりつつ、白い波がしらを揚《あ》げるのだ。簫《しょう》の笛、大小の鼓《つづみ》、その音色《ねいろ》とともに棹歌《ふなうた》がひびく。歓楽《よろこび》の極まるときにこそ、哀情《かなしみ》は深まるのだ。ああ、少《わか》く壮《さか》んな時期は、たちまちに過ぎてゆく。この身に迫る老いを、何《なん》とすればよいのか。――

漢の武帝《ぶてい》が、河東《かとう》の汾陰《ふんいん》（山西省栄河県《えいか》の北）に行幸して、后土《こうど》（大地の神）を祀《まつ》ったおりの作とされている。『漢書《かんじょ》』（武帝本紀《ほんぎ》）の元鼎《げんてい》四年（前一一三）冬十一月甲子《きのえね》、「后土の祠《し》を汾陰脽上《すいじょう》に立つ」の記載が、それに当るとされている。が、この詩の現存資料での初出が『文選《もんぜん》』（巻四十五）まで下がるため、武帝に仮託した後人の作であるとされることも多い。

そうした作者の真偽に関する問題とは別に、この作品は、秋の悲しさと老年の悲哀とを直結した典型的な作品として、後世に大きな影響を与えてきた。とりわけ、「歓楽極まりて哀情多し」の一句は、人生の歓びと哀しみにかかわる一つの真実を衝《つ》いた名句として、多くの人々に愛唱されてきた。「佳人」は、〝すぐれた人材〟とするのが通説であるが、〝神仙〟、あるいは〝美女〟のイメージを重ねることも可能だろう。各句の中間に「兮《けい》」の字が置かれているのは、『楚辞』のスタイルを承《う》けたもの。とくに、悲秋文学の系譜という点では、宋玉《そうぎょく》「九弁《きゅうべん》」から、直接の影響を受けている。

悲哉秋之爲氣也　　悲《かな》しい哉《かな》　秋《あき》の気《き》たるや
蕭瑟兮 草木搖落而變衰　　蕭瑟《しょうしつ》として　草木揺落《そうもくようらく》して変衰《へんすい》す
……
歲忽忽而遒盡兮　　歳《とし》は忽忽《こつこつ》として遒《せま》り尽《つ》き
恐余壽之弗將　　余《わ》が寿《よわい》の将《なが》からざるを恐《おそ》る

では、こうした動かしがたい〝人生有限〟の事実を前にして、人はどのように生きるべきか。「歓楽極まりて哀情多し」とは対照的に、「歓楽による人生の充足」を説く作品にも、人々の共感を得てきた名句が少なくない。

生年不滿百　　生年《せいねん》は百《ひゃく》に満《み》たず　　無名氏《むめいし》

生年不滿百　　生年《せいねん》は百《ひゃく》に満《み》たざるに

常懐千歳憂
晝短苦夜長
何不秉燭遊
爲樂當及時
何能待來茲
愚者愛惜費
但爲後世嗤
仙人王子喬
難可與等期

常《つね》に千歳《せんざい》の憂《うれ》いを懐《いだ》く
昼《ひる》は短《みじか》く　夜《よる》の長《なが》きに苦《くる》しむ
何《なん》ぞ燭《しょく》を秉《と》って遊《あそ》ばざる
楽《たの》しみを為《な》すは　当《まさ》に時《とき》に及《およ》ぶべし
何《なん》ぞ能《よ》く　来茲《らいじ》を待《ま》たん
愚者《ぐしゃ》は費《ついえ》を愛惜《あいせき》し
但《た》だ後世《こうせい》の嗤《わら》いと為《な》るのみ
仙人王子喬《せんにんおうしきょう》とは
与《とも》に期《き》を等《ひと》しくす可《べ》きこと難《かた》し

生きている年月は百歳にも満たないのに、常に千年もの憂いを抱くのは愚かなこと。昼は短いのに、苦しくも夜は長いのだ。さあ、燭《ともしび》を手にとって、この夜の時間にも楽しく遊びつづけよう。——

ここまでが前半の四行。「憂《ゆう》 yōu・遊《ゆう》 yóu」と、平声《ひょうしょう》の韻を踏んでいる。以下、後半の六句。

——楽しいことをするには、その時期を逃さぬことが大切。「来《きた》る茲《とし》」、来年なんぞを、とても待ってはいられない。愚か者は、楽しみの費用を惜しんで倹約し、後世の物笑いとなるだけだ。なぜなら、仙人王子喬《おうしきょう》のような長生きは、われわれに出来るはずがないのだから。——

後半では「時《じ》 shí・茲《じ》 zī・嗤《し》 chī・期《き》 qī」と、(i) の母音をもつ平声の韻に変っている。「王子喬」は、周の霊《れい》王の太子晋《しん》。笙《しょう》の笛の名手で、後に仙人となって緱子《こうし》山(河南省)から天上に去ったと伝えられる(『列仙伝校正』仙、上)。

後漢の末から魏晋のころに作られた「古詩十九首」の第十五首。人生の有限性を逆手《さかて》にとって、積極的な歓楽を勧めるこの作品は、生きがたい世に生きる人々、また、生きることの意味に苦しむ人々にとって、一つの解決の拠《よ》り所を与えることになった。「及時為楽《きゅうじいらく》——その時を逃さずに楽しむ」「秉燭夜遊《へいしょくやゆう》——昼も夜も楽しく遊ぶ」などの成句が、後世に与えた影響はきわめて大きい。「時に及んで当《まさ》に勉励すべし、歳月、人を待たず」(陶淵明「雑詩」四一ページ)、「古人燭を秉《と》りて夜遊ぶ。良《まこと》に以有《ゆえ》るなり」(李白「春夜、桃李園に宴するの序」)など、第一級の文学者がこの詩を承けた名作を生んでいることは、とくに印象にのこる点である。「人生天地間、忽如遠行客——人《ひと》、天地の間《かん》に生まるるや、忽《こつ》として遠行《えんこう》の客《たびびと》の如《ごと》し」(第三首)、「人生忽如寄——人《ひと》、生まるるや、忽《こつ》として(この身を）寄《よ》するが如し」（第十三首）など、「古詩十九首」には、人生の短さを嘆いた名句が多い。

まことに、人生は、束《つか》の間《ま》であり、一回限りである。詠ずべく、書《しょ》すべく、述べるべき「懐《おも》い」は、あまりに多い。無名氏の作（詠《よ》み人知らず）として伝えられる「古詩十九首」の「懐い」とも相い応ずる世界として、やがて、「詠懐」「書懐」「述懐」などを詩題とする一連の作品の系譜が生まれるようになる。魏の阮籍《げんせき》による「詠懐」の作品群は、その早い時期のものである。始めに、最も著名な第一首。

詠懐

夜中不能寐
起坐彈鳴琴
薄帷鑒明月
清風吹我襟

詠懐《えいかい》　阮籍《げんせき》

夜中《やちゅう》　寐《い》ぬる能《あた》わず
起坐《きざ》して鳴琴《めいきん》を弾《だん》ず
薄帷《はくい》　明月《めいげつ》に鑒《て》り
清風《せいふう》　我《わ》が襟《えり》を吹《ふ》く

孤鴻號外野
翔鳥鳴北林
徘徊將何見
憂思獨傷心

孤鴻《ここう》 外野《がいや》に号《さけ》び
翔鳥《しょうちょう》 北林《ほくりん》に鳴《な》く
徘徊《はいかい》して 将《は》た何《なに》をか見《み》ん
憂思《ゆうし》して 独《ひと》り心《こころ》を傷《いた》ましむ

この真夜中、どうしても眠れない。身を起こして坐《ざ》し、琴《きん》のコトを弾《ひ》く。薄い帷《とばり》をすかして、明るい月が輝き、清らかな風が、私の襟《えり》もとに吹きよせる。孤独な鴻《おおとり》は、遠い野末《のずえ》で高く号《な》き、群がり飛ぶ小鳥たちは、北の林で鳴きさわぐ。立ちさまよう我が眼に映るものは何か。憂いに沈みつつ、独り心を痛めるばかりだ。——

一首を貫く深い憂いの色調は、この詩がたしかに、「詠懐」の名にふさわしいものであることを感じさせる。しかし、最終句に「独り心を傷《いた》ましむ」と歌われる「憂思」が何を意味するものであるか、具体的にはほとんど分かっていない。「孤鴻」を、孤独な賢君や左遷された君子の喩《たと》えとし、「翔鳥」を権臣や小人《しょうじん》の喩えとする説もあるが、むろん、臆測の域を超えない。「厥《そ》の旨《こころ》は淵《ふか》く放たれ、帰趣《きしゅ》（表現意図）は求め難《がた》し」（『詩品《しひん》』巻上）と評される阮籍の作風の、真の面目を伝える作品といえよう。

阮籍の「詠懐詩」は、現在、五言詩八十二首と、四言詩十三首が伝えられている。五言の第三十三首は、生きてゆくことの苦悩を、より直接なかたちで詠《うた》ったもの。

詠懐

一日復一夕
一夕復一朝
顏色改平常
精神自損消
胸中懷湯火
變化故相招
萬事無窮極
知謀苦不饒
但恐須臾間
魂氣隨風飄

詠懐《えいかい》　阮籍《げんせき》

一日《いちじつ》　復《ま》た一夕《いっせき》
一夕《いっせき》　復《ま》た一朝《いっちょう》
顔色《がんしょく》　平常《へいじょう》を改《あらた》め
精神《せいしん》　自《おのず》ら損消《そんしょう》す
胸中《きょうちゅう》　湯火《とうか》を懐《いだ》き
変化《へんか》　故《ことさら》に相《あ》い招《まね》く
万事《ばんじ》　窮極無《きゅうきょくな》く
知謀《ちぼう》　饒《おお》からざるに苦《くる》しむ
但《た》だ恐《おそ》る　須臾《しゅゆ》の間《かん》に
魂気《こんき》の　風《かぜ》に随《したが》って飄《ひるがえ》るを

終身履薄冰
誰知我心焦

終身《しゅうしん》　薄氷《はくひょう》を履《ふ》む
誰《たれ》か知《し》らん　我《わ》が心《こころ》の焦《こが》るるを

一日がまた一夜をむかえ、一夜がまた一日の朝をむかえる。容貌はいつか衰えやつれ、気力はおのずから損《そこな》われてゆく。わが胸の中に、煮えたぎる湯、燃えさかる火のような苦しみがあればこそ、こうした変化を招くことになったのだ。

ああ、万事万物は、極まりやむことなく移り変る。だが、それに対処すべきわが知恵は、あまりに乏《とぼ》しい。ただ恐れるのは、須臾《たちまち》のうちに、魂が風とともに飛び去って死を迎えること。生きている限りは、いつも薄氷を履《ふ》むような、身のすくむ思い。わが心の焼けつくような不安を知ってくれるのは、果して誰なのか。「誰知我心焦」。——

とりたててむつかしい言葉が使われているわけではないが、ここに歌われた「胸中の湯火」の激しさは、そのさだかならぬ輪郭のまま、読者の心中の湯火をもかき立てる趣きをもっている。作者の阮籍は、数々のエピソードで知られる詩人である。礼俗の士には「白眼」をもって対し、あびるほどに酒を飲んで危険な政情から身をまもり、「方外（超俗）の人」と評されながら、最も繊細に人間の真情を理解した阮籍、字《あざな》は嗣宗《しそう》。その内心の鼓動が、五言詩のリズムにのって、生き生きと伝えられる。「詠懐」という新しい詩題は、かりそめに選ばれたものではないだろう。

阮籍よりもおよそ一五〇年ほど後に生まれた東晋《とうしん》の陶淵明《とうえんめい》も、深く人生の意味を考えるタイプの詩人であった。「詠懐」「書懐《しょかい》」という詩題は用いていないが、かれの作品には、そうした人生の価値観にかかわるものが少なくない。

雑詩

人生無根蔕
飄如陌上塵
分散逐風轉
此已非常身
落地爲兄弟
何必骨肉親

雑詩《ざつし》　陶淵明《とうえんめい》

人生《じんせい》　根蔕《こんてい》無《な》く
飄《ひょう》として　陌上《はくじょう》の塵《ちり》の如《ごと》し
分散《ぶんさん》し　風《かぜ》を逐《お》って転《てん》ず
此《こ》れ已《すで》に　常《つね》の身《み》に非《あら》ず
地《ち》に落《お》ちて　兄弟《けいてい》と為《な》る
何《なん》ぞ必《かなら》ずしも　骨肉《こつにく》の親《しん》のみならんや

得歡當作樂
斗酒聚比鄰
盛年不重來
一日難再晨
及時當勉勵
歲月不待人

歓《かん》を得《え》ては 当《まさ》に楽《たの》しみを作《な》すべし
斗酒《としゅ》もて 比隣《ひりん》を聚《あつ》めん
盛年《せいねん》 重《かさ》ねて来《きた》らず
一日《いちじつ》 再《ふたた》び晨《あした》なり難《がた》し
時《とき》に及《およ》んで 当《まさ》に勉励《べんれい》すべし
歳月《さいげつ》 人《ひと》を待《ま》たず

人がこの世に生きてゆくとき、そこには支えてくれる〝根〟も〝蔕《へた》〟もない。さだめなく飄《ただよ》うさまは、陌《みち》ばたの塵や埃《ほこり》のようなもの。ちりぢりに、風に吹かれて転《まろ》びゆく。人としてこの世にある以上、すでに、恒常不変の身ではありえないのだ。

ひとたび生まれ落ちて、兄弟となる。必ずしも、血を分けた肉親でなければならぬということはない。歓《よろこ》ばしいことがあれば、愉快に楽しむことこそ肝要。わずか斗《ます》いっぱいの酒であっても、比隣《となり》近所の人々を聚《あつ》めて楽しむのだ。

年わかく盛んな時代は、二度とは来てくれない。この一日は、ふたたび朝にはならないのだ。何事にも、その時機を逃さぬよう、力を尽《つ》くして集中せよ。流れゆく歳月は、人を待ってはくれないから。「歳月不待人」。――「塵《じん》・身《しん》・親《しん》・鄰《りん》・晨《しん》・人《じん》」と、同じ平声の韻で一貫した作品であるが、意味のうえでは四句ずつ一段にまとまって、三つの部分から構成されている。

第一段は、この世に生きる人間存在のはかなさ、移ろいやすさ、その点への凝視が歌われる。第二段は、それゆえに生まれる、人間存在へのいとしさ、なつかしさの感情。流れゆく時間の前には決定的に無力なるがゆえに、いや、無力なるを自覚するがゆえに、人と人とは、骨肉ならずとも〝兄弟〟の親しさを共有することができるのであり、偶然の隣人とも〝同酔〟の歓びを共有することができるのであろう。

第三段は、警策の詩句として最も名高い。この四句が独立して、一首の格言のように用いられている例も珍しくない。表現の中心は、むろん「及時当勉励」である。「勉励」すべきことがらは、かつてこの詩句について説《と》かれたような「学問」や「道徳」には限らない。また、近年の訳注に説かれるような「行楽」や「飲酒」には限らない。要は、その時その時に自分の意欲が向かうそれぞれのことがらについて、その時を失うことなく「勉《つと》め励《はげ》む」べきことを、作者の体験的な実感として歌っているわけである。

生きることへの感慨の詠出は、著名詩人の作品だけに見られるわけではない。南北朝時代の作品には、北朝の歌謡として愛唱された男児《おのこ》ゆえの嘆息の歌がある。歌謡類を集めた『楽府詩集《がふししゅう》』では、鼓角横吹曲辞《こかくおうすいきょくじ》、つまり、軍隊の馬上で演奏される鼓笛の伴奏の歌辞、として分類されている作品である。四首連作の第四首。

詩題の「企喩」の意味については、「男児としての大業を企てる喩《たとえ》」といった望文生義《ぼうぶんせいぎ》の解釈もあるが、正確には未詳。恐らくは、北方異民族の言葉を音訳したものだろう。この詩が、五胡十六国の一つ、前秦《ぜんしん》の苻融《ふゆう》の作とされたり、北朝、燕魏《えんぎ》の際の鮮卑《せんぴ》族の歌とされたりするところにも、その点が、うかがわれる。

企喩歌

男兒可憐蟲
出門懷死憂
尸喪狹谷中
白骨無人收

企喩歌《きゆか》　無名氏《むめいし》

男児《だんじ》は　憐《あわ》れむ可《べ》きの虫《むし》
門《もん》を出《い》づれば　死《し》の憂《うれ》いを懐《いだ》く
尸《しかばね》は　狭谷《きょうこく》の中《なか》に喪《うしな》われ
白骨《はくこつ》は　人《ひと》の収《おさ》むる無《な》し

男は可哀そうな生きもの。門口《かどぐち》を一歩出れば、生き死にの心配ばかり。屍《しかばね》は、狭い谷間にさらされ、白骨は、拾ってくれる人もない。——

歌謡にふさわしい素朴な口ぶりである。なかでも「可憐虫」は、一首の表現の中心であろう。「虫《ちゆう》」には、古典的にも、動物の総称としての用法があり（たとえば『大戴礼記《だたいらいき》』易本命《えきほんめい》）、人間を「裸虫《らちゆう》」と呼ぶことも珍しくない。が、ここでは、もっと口語的に、「虫けらのようなもの」という連想が生きている。

「横吹曲辞」という分類からいえば、この「男児」は、従軍の兵士のイメージが中心になる。しかし、もっと普遍的に、男子一般のイメージとして読めるというところが、広く愛唱されてきたゆえんであろう。

以下は、唐詩に詠《うた》われたさまざまな懐《おも》い——。

可惜　　　　惜《お》しむ可《べ》し　　　　杜甫《とほ》

花飛有底急　　花《はな》の飛《と》ぶこと　底《なん》の急《きゆう》か有《あ》る

老去願春遅
可惜歡娯地
都非少壮時
寛心應是酒
遣興莫過詩
此意陶潜解
吾生後汝期

老《お》い去《ゆ》けば　春《はる》の遅《おそ》きを願《ねが》うに
惜《お》しむ可《べ》し　歓娯《かんご》の地《ち》
都《す》べて　少壮《しょうそう》の時《とき》には非《あら》ず
心《こころ》を寛《ゆる》くするは　応《まさ》に是《こ》れ酒《さけ》なるべく
興《きょう》を遣《や》るは　詩《し》に過《す》ぐるは莫《な》し
此《こ》の意《い》　陶潜《とうせん》のみ解《かい》す
吾《わ》が生《せい》　汝《なんじ》の期《き》に後《おく》れたり

ああ花は、なぜ、こんなにも急《あわただ》しく散ってゆくのか。年ごとに老いてゆくこの身には、春の歩みの遅いことこそ願われるのに。「花飛有底急、老去願春遅」。口惜しいことに、華やかな歓楽の場に出かけてみても、もうまったく、血気盛んなころの自分ではなくなっているのだ。「可惜歓娯地、都非少壮時」。――この「都《すべ》て」は、「どの場所もすべて」の意ではなく、否定詞「非」を強調する副詞であろう。「都非……」は、「まるで、まったく、……でない」の意。

――心を寛《くつろ》がせるのには、むろん、〝酒〟がよいし、興《おもい》を晴らすのには、〝詩〟にまさるものはない。この気持は、陶潜だけが理解してくれよう。ただしかし、わたしの生まれてくるのが、あなたの生きている時代に間に合わなかったのだ。——

これもまた、人生の瞬間性への詠嘆である。が、「花飛」「春遅」「歓娯」「少壮」などの華やいだ詩語が散りばめられているために、——それらが意味的にはすべて否定されているにもかかわらず——気分的には一首全体に或る種の華やかな趣きが生まれている。「陶潜」は、「雑詩」（四一ページ）の作者、東晋の陶淵明。盛唐の李白に先立って、真に酒と詩を愛した詩人であった。杜甫の酒は、しばしば傷心憂愁の酒であるが、ここでは陶潜にあやかって、「心を寛《くつろ》がせる」ものとして、酒の功徳《くどく》が歌われている。

同じく酒と詩を前にして、中唐の詩人白居易《はくきょい》（楽天《らくてん》）は、こう歌った。いわゆる「蝸牛《かぎゅう》角上《かくじょう》の争い」の故事に即した詠懐の作。

對酒　　酒《さけ》に対《たい》す　　白居易《はくきょい》

蝸牛角上爭何事　　蝸牛《かぎゅう》の角上《かくじょう》　何事《なにごと》をか争《あらそ》う

石火光中寄此身
隨富隨貧且歡樂
不開口笑是癡人

石火《せっか》の光中《こうちゅう》　此《こ》の身《み》を寄《よ》す
富《と》みに随《したが》い　貧《まず》しきに随《したが》いて　且《しば》らく歓楽《かんらく》せよ
口《くち》を開《ひら》きて笑《わら》わざるは　是《こ》れ痴人《ちじん》

蝸牛《かたつむり》の角《つの》の上のような小さな世界で、いったい何事を争いあっているのか。火打ち石の火花のような短い人生に、かりそめの此の身を寄せているだけなのに。――蝸牛の左の角の上の触氏《しょくし》の国と、右の角の上の蛮氏《ばんし》の国とが、たがいに土地争いをしたという名高い寓話（『荘子《そうじ》』則陽《そくよう》篇）。あたかもそれに似た人間世界の争いの愚かしさを、作者は「石火の光中に此の身を寄す」という、人生の短さのイメージと対比することによって、いっそう効果的に強調してみせる。

「随富随貧且歓楽」。豊かであれば豊かなままに、貧しければ貧しいままに、まずは人生を楽しむことだ。思いっきり口をあけて笑わないようなやつは、ほんとうの愚か者。「不開口笑是痴人」――「痴《ち》 chī」とは、何かに夢中になって判断力を失った状態をいう。眼前の憎悪や憂愁にとらわれて、人生の本質を見失いがちな〝人間〟というもの、その形容としても、卓抜な効果をあげている。白居易、五十八歳ごろの作。

閑吟

自從苦學空門法
銷盡平生種種心
唯有詩魔降未得
毎逢風月一閑吟

閑吟《かんぎん》　白居易《はくきょい》

苦《ねんごろ》に空門《くうもん》の法《ほう》を学《まな》びて自従《よ》り
銷《け》し尽《つ》くす　平生種種《へいぜいしゅじゅ》の心《こころ》
唯有《ただ》　詩魔《しま》のみは　降《くだ》すこと未《いま》だ得《え》ず
風月《ふうげつ》に逢《あ》う毎《ごと》に　一《ひと》たび閑吟《かんぎん》す

空《くう》の真理を説く法門、その〝仏法〟を一心に学ぶようになってから、つね日頃の種々《さまざま》な心の迷いは、すっかり銷《き》え尽くした。しかし、いまだにただ一つ、詩歌の魔《デモン》だけは、調伏《ちょうぶく》することができない。吹きよせる風、澄み切った月、その美しさに出逢うたびに、ついつい閑《きまま》に吟じてしまうのだ。——「閑吟」とは、特定の目的もなく気ままに詩を吟ずること。詩題と末尾で互いに呼応しているこの詩語は、読詩と作詩の両方を含めた包括的な表現とみるのがよいであろう。

白居易は中年のころから仏教に心を寄せるようになり、空《くう》の世界のなかに心の平安を求めることが多くなった。この世の一切《いっさい》の現象を空と観《かん》ずることは、たしかに、さまざまな煩悩を相対化し、対象にとらわれにくい心境を生む。そうした心境を経験した白居易にとって、詩歌への意欲だけは、相対化しようとしてし切れない、根源的な衝動として自覚されていたようである。

「詩魔」とはもともと、他人が白居易を評した言葉だったようであるが、その評はまた、白居易自身が納得する適評でもあった。この詩と同じ江州《こうしゅう》（江西《こうせい》省九江《きゅうこう》市）左遷時代に、かれは、みずからこういっている。

心霊《しんれい》を労し、声気を役《えき》し、朝《あした》に連《つらな》りて夕《ゆうべ》に接《いた》り、自《みずか》ら其《そ》の苦しみを知らず。「魔」に非《あら》ずして何ぞや。

（「元九《げんきゅう》に与うるの書《しょ》」）

また、晩年の六十九歳、自分の詩集を洛陽の香山寺《こうざんじ》に納めた折りの発言も、かれにおける詩歌と仏教の位置づけを示すものとして興味深い。

我に本願《ほんがん》有り。願わくば、今生《こんじょう》〝世俗文字〟の業《ごう》、〝狂言綺語《きょうげんきぎょ》〟の過《あやまち》を以《も》って、転じて、将来世世〝仏乗《ぶつじょう》を讃《さん》する〟の因《いん》、〝法輪《ほうりん》を転《てん》ずる〟の縁《えん》と為《な》さんと也《なり》。

（「香山寺『白氏洛中集』の記」）

有限の現世における〝詩歌〟という過業《かごう》（執着行為）を、無限の来世における〝仏教信仰〟の因縁（直接間接の原因）に転用したい。そういう開きなおった信仰告白である。ただし、かれの名が永く後世に伝えられたのは、ひとえに、「世俗文字、狂言綺語」と自評してみせた詩歌の言語によってである。しかし、それこそは、白居易が真に望んだ〝本願〟だったかもしれない。

白居易における、平明暢達《ちょうたつ》で、自己肯定的な詩的感慨に対して、同じく詩歌への執着・愛着ながら、李賀のそれは、極度に陰鬱で、しかも、被虐的な気分に彩《いろど》られている。

秋來

桐風驚心壯士苦
衰燈絡緯啼寒素
誰看青簡一編書
不遣花蟲粉空蠹
思牽今夜腸應直
雨冷香魂弔書客
秋墳鬼唱鮑家詩
恨血千年土中碧

秋来《あきき》たる　李賀《りが》

桐風《とうふう》　心《こころ》を驚《おどろ》かして　壮士《そうし》苦《くる》しむ
衰灯《すいとう》　絡緯《らくい》　寒素《かんそ》に啼《な》く
誰《たれ》か　青簡一編《せいかんいっぺん》の書《しょ》を看《み》て
花虫《かちゅう》をして　粉《ふん》として空《むな》しく蠹《むしば》ま遣《し》めざる
思《おも》いは牽《ひ》きて　今夜《こんや》　腸《ちょう》　応《まさ》に直《ちょく》なるべく
雨《あめ》は冷《ひや》やかにして　香魂《こうこん》　書客《しょかく》を弔《とぶ》らわん
秋墳《しゅうふん》　鬼《き》は唱《うた》う　鮑家《ほうか》の詩《し》
恨血《こんけつ》　千年《せんねん》　土中《どちゅう》の碧《へき》

桐の葉に吹く秋風は心を驚かせ、壮士《ますらお》の胸は重苦しく痛む。光の薄れた灯火《ともしび》のもと、絡緯《きりぎりす》は、冷ややかな素《しろぎぬ》を織るような寒々とした音色《ねいろ》で鳴く。ああ、この一編の心血の詩稿を愛読して、花虫《しみ》にむざむざ喰い破られないようにしてくれるのは、果して誰であろうか。

暗い情念に牽《ひ》きつけられて、今夜はきっと、腸《はらわた》がまっ直《すぐ》に硬直して命絶えてしまうのではないか。雨の冷え冷えと降るなか、過ぎし世の詩人の香魂は、この若き書生を悼《いた》んで弔問におとずれるだろう。

秋深き墓場の静寂《しじま》、幽鬼たちは、鮑照《ほうしょう》の「死者の詩」を唱《うた》っている。無念のままに死んだ恨みの血潮は、千年の後《のち》までも、地中の碧《エメラルド》と化して発光するのだ。——

二十七歳の若さで死んだ鬼才李賀の、名高い〝鬼詩《きし》guǐshī〟の一つである。

万物の凋落《ちょうらく》を象徴する桐の落葉。秋に鳴く絡緯《きりぎりす》の声が、ここでは秋夜の機織《はたお》りの音に喩えられている。「青簡」とは、青竹の細長い簡《ふだ》。火にあぶって油を抜き、文字を書く。いわゆる「竹簡《ちくかん》」であり、古代の書籍である。一字一句、命をけずるようにして書き終えた詩稿を、自分の偏愛する古代的なイメージで表現したもの。「花虫」は、書物に寄生する昆虫、蠹魚《しみ》。苦心の詩稿が、読者も無いまま、蠹魚に喰い荒らされて「粉々《ぼろぼろ》」になることへの不安。それが、〝知己〟を過去の世に求めて死者と交感するという、後段の発想につながってゆく。ここまでが、「苦《く》kǔ・素《そ》sù・蠹《と》dù」、去声《きょしょう》の韻を踏んだ前段である。

「思牽今夜腸応直」。強い情念に牽引され、軟《やわら》かに曲った腸《はらわた》がまっ直ぐに硬直して絶命するのではないかという、斬新な、恐らくは李賀自身の体感的なイメージ。「香魂」は、一般には女性の魂をいうが、ここでは、句末の「書客」と相い応じて、「書香之魂——詩人・文人の魂」を暗示させているだろう。「鮑家詩」とは、六朝《りくちょう》宋代の詩人鮑照《ほうしょう》の「代蒿《だいこう》里行《りこう》」「代挽歌《だいばんか》」など、死者の嘆きを歌った作品をいう。

最終句「恨血千年土中碧」は、この詩の中核をなす鮮烈な表現である。周の敬王《けいおう》の賢臣萇弘《ちょうこう》が蜀《しょく》で死に、その血が、三年後に碧《エメラルド》に変った（『荘子』外物篇《がいぶつ》）という説話にもとづくもの。ただし、「土中（碧）」という要素は、『荘子』や『呂氏《りょし》春秋』（孝行覧、必己《ひっき》）などの原話には見られず、李賀の創案の可能性が大きい。一首の冒頭から徐々に積み重ねられてきた過敏で抑鬱的な情念が、今の世には終《つい》に容《い》れられないという被虐的な妄想と融けあって、ついに、「恨血《こんけつ》―千年《せんねん》―土中《どちゅう》の―碧《へき》――hènxuè(t)・qiānnián・tǔzhōng・bì(k)」の絶唱を生み出すことになった。「直《ちょく》・客《かく》・碧《へき》」という切迫した入声《にっしょう》の韻字も、情念の切迫を増幅して、大きな効果をあげている。桐風に心を驚かす若き壮士と、その恨血の化した碧玉は、むろん李賀自身の自己投影であろう。と同時に、世に知られないままに死んでいった早逝の詩人たちを、鮮やかに象徴するものとなっている。

続いて、十歳あまり後の世代に属する杜牧の詩。刺史《しし》（太守）として池州《ちしゅう》（安徽省《あんき》貴池《きち》県）に在住していた時期の九月九日、重陽《ちょうよう》の佳節に、城《まち》の東南三キロほどの斉山《せい》に登って感慨を詠じたもの。いわゆる〝重陽登高〟の詠懐である。

九日齊山登高

九日《きゅうじつ》　斉山《せいざん》に登高《とうこう》す　杜牧《とぼく》

江涵秋影雁初飛
與客攜壺上翠微
塵世難逢開口笑
菊花須插滿頭歸
但將酩酊酬佳節
不用登臨恨落暉
古往今來只如此
牛山何必獨霑衣

江《こう》は秋影《しゅうえい》を涵《ひた》して　雁《がん》初《はじ》めて飛《と》び
客《かく》と壺《つぼ》を携《たずさ》えて　翠微《すいび》に上《のぼ》る
塵世《じんせい》　逢《あ》い難《がた》し　口《くち》を開《ひら》いて笑《わら》うに
菊花《きくか》　須《すべか》らく　満頭《まんとう》に挿《かざ》して帰《かえ》るべし
但《た》だ酩酊《めいてい》を将《もっ》て　佳節《かせつ》に酬《むく》いん
用《もち》いず　登臨《とうりん》して落暉《らくき》を恨《うら》むを
古往《こおう》　今来《こんらい》　只《た》だ此《か》くの如《ごと》し
牛山《ぎゅうざん》　何《なん》ぞ必《かなら》ずしも　独《ひと》り衣《ころも》を霑《うるお》さん

長江の流れが秋の影《ひかり》をたたえ、雁が初めて飛んでくるこの日、九月九日。わたしは幕客《ばくきゃく》たちと酒壺《さかつぼ》を携えて、薄青いモヤのかかる斉山に登った。——「江涵秋影雁初飛」の句は、秋深まる長江の水景を描いて、とりわけ美しい。斉山は、すぐ背後に長江系の水郷を望む景勝の地である。「翠微」は、山の八合目あたりをいうこともあるが、ここでは薄青くかすむ山の気《もや》を意味していよう。そのモヤのかかる斉山に登ったのである。

——俗塵にまみれたこの世間では、口を開《あ》けて笑えるような楽しいことは、めったにない。だからこそ、今日のようなめでたい日には、菊の花を頭いっぱいに挿《かざ》して、心楽しく帰りたいものだ。——九月九日には、高い処に登って故郷を思うという〝登高〟の行事とともに、辟邪《へきじゃ》（魔よけ）と長寿への願いから、強い香気をもつ茱萸《はじかみ》の枝を髪にかざす習俗が盛んであった。この詩では、同様に延命長寿を象徴する香り高い菊の花が、茱萸のかわりに歌われている。恐らくは、実際にも、菊花を挿《かざ》す習俗があったのだろう。

「但将酩酊酬佳節、不用登臨恨落暉」。ただただ大事なのは、十分に酩酊して、今日という佳節に酬《むく》いること。やめたほうがよいのは、斉山に登り長江に臨んで、沈みゆく夕陽の暉《ひかり》を嘆くこと。

思えば古《いにしえ》から今に到るまで、時はただ此《こ》のようにして過ぎてきたし、人はただ此のようにして老いてきたのだ。かの斉《せい》の景公《けいこう》のように、牛山に登って老いと死の到来を独《ひと》り泣く、そんな必要は、ないではないか。——

春秋時代、斉の景公は、都臨淄《りんし》の南郊、牛山に登って国見をし、なぜこの美しい国土を捨てて死んでゆかねばならないのかと、涙を流した。「「寡人《われ》、将《まさ》に此《ここ》を去って何《いず》くにか之《ゆ》かんとする」。俯《ふ》して、泣《なみだ》、襟《えり》を沾《うるお》す」（『韓詩外伝』巻十）。杜牧は、この名高い故事を転用して、人間の生死というものを、長い時間の流れのなかで達観してみせたのである。「古往今来只如此、牛山何必独霑衣」。

これはまた、何とも闊達《かったつ》で颯爽《さっそう》たる感懐の披瀝である。ただし、このように歌う杜牧の心に、老いや死への不安がなかったわけではない。豪放闊達のかげにひそむ繊細と感傷は、杜牧の詩が愛唱される大きな要因である。

「可惜」（杜甫）―「閑吟」（白居易）―「秋来」（李賀）―「九日、斉山登高」（杜牧）と読んでくるとき、唐詩人たちの個性の差は、詠懐・書懐といった分野のなかにあっても著しく鮮明であることがわかる。しかしまた、より新しい詩歌の時代、近世には近世の個性があることは、いうまでもない。

新花　　新花《しんか》　　王安石《おうあんせき》

老年少忻豫　　老年《ろうねん》　忻予《きんよ》少《すく》なし

況復病在牀
汲水置新花
取慰此流芳
流芳祇須臾
我亦豈久長
新花與故吾
已矣兩可忘

況《いわ》んや復《ま》た　病《や》んで牀《しょう》に在《あ》るをや
水《みず》を汲《く》んで新花《しんか》を置《お》き
慰《なぐさ》めを此《こ》の流芳《りゅうほう》に取《と》る
流芳《りゅうほう》　祇《た》だ須臾《しゅゆ》のみ
我《わ》れも亦《ま》た　豈《あ》に久長《きゅうちょう》ならんや
新《あたら》しき花《はな》と　故《ふる》き吾《われ》と
已《や》んぬるかな　兩《ふた》つながら忘《わす》る可《べ》し

年老いた日々には、忻予《よろこび》が少ない。まして、病気で牀《ベッド》に寝ていれば、なおさらのこと。せめて、水を汲んで新しい花を生け、この漂《ただよ》ってくる芳《かお》りを慰めとしよう。しかし、漂う芳りは、ほんの須臾《しばらく》のあいだだけ。私自身もまた、久しい命ではあるまい。新しい花と、故《ふる》い私と。ああ、もうよそう。両方とも忘れてしまうのがよいのだ。――

北宋の文学者であり、代表的な政治家でもあった王安石の、最晩年、絶筆とされる作品である。いわゆる新法党の領袖《りょうしゅう》として数かずの政治改革を断行し、拗相公《おうしょうこう》（つむじ曲りの宰相）とも呼ばれた剛毅果敢な王安石は、同時にまた、繊細な感受性と美意識に恵まれたすぐれた詩人であった。とりわけ、その晩年、江寧《こうねい》（南京）に隠棲してからの十年間の作品には、宋代随一とも評しうるほどの、冴え冴えとした感覚を示すものが少なくない。

この詩もまた、その一つ。恐らくは六十六歳の春、死の一か月ほど前の作品であろう。むさくるしい老残の病床と、そこに置かれた切りたての水々しい春の花。その対比の鮮かさは、花の香りばかりでなく、切りたての茎《くき》の香り、汲みたての水の香りさえ漂わせるような、生き生きとした一瞬を構成する。このばあい、「新花」には、かれ自身の青春を見ることもできようし、かれの志を継ぐべき若い世代への希望を見ることもできよう。「慰めを此の流芳に取る」のである。

しかし、新花の流芳がたまゆらの存在であるごとく、茫々たる時の流れのなかにあっては、青春も青年も、また、「須臾《たまゆら》」であるほかはない。まして、それを「慰め」とする意識そのものが間もなく消えてしまうこの身にとっては。かくしてかれは、〝新〟と〝故〟の区別を超えたところに、真の価値と心の平安を見いだそうとする。「新しき花と、故《ふる》き吾《われ》と。已《や》んぬるかな、両《ふた》つながら忘るべし」。――『荘子』（大宗師《だいそうし》篇）の言葉、「如《し》かず、両つながら忘れて、其《そ》の道《みち》に化《か》せんには」を踏まえた表現である。

時間の推移への自覚が「詠懐」的な抒情の主要な源泉であるとすれば、青春回顧や青春愛惜が、この分野の好個のテーマとなることは理解しやすい。清朝《しんちょう》中期の詩壇で「性霊――人間の性情の霊妙な作用」を説いた袁枚《えんばい》は、さすがに、軽妙で清俊《せいしゅん》な青春回顧の懐《おも》いを詠じている。

意有所得雑書数絶句　意《こころ》に得《う》る所《ところ》有《あ》りて　数絶句《すうぜつく》を雑書《ざつしょ》す　袁枚《えんばい》

莫説光陰去不還　説《い》う莫《な》かれ　光陰《こういん》　去《さ》りて還《かえ》らずと
少年情景在詩篇　少年《しょうねん》の情景《じょうけい》は　詩篇《しへん》に在《あ》り
燈痕酒影春宵夢　灯痕《とうこん》　酒影《しゅえい》　春宵《しゅんしょう》の夢《ゆめ》
一度謳吟一宛然　一度《ひとたび》　謳吟《おうぎん》すれば　一《ひと》たび宛然《えんぜん》

光陰は過ぎ去って還《かえ》らないなどと、そんなことを言うのはよそう。若かった日々の情景《ありさま》は、あのころの詩のなかに残っている。「少年の情景は詩篇に在り」。燃え尽きた灯火《ともしび》の痕《あと》も、杯《さかずき》にたたえた酒の影《ひかり》も、そして春の夜の夢さえも、一とたびその詩を吟ずれば、ほら、そっくりそのまま、眼の前に浮んでくるではないか。――

詩題にいうように、ふと感じとった胸の懐い、物の見かたを、数首の絶句のかたちで書きとめたもの。九首連作の第九首。八十二歳の長寿を保った袁枚の、還暦（数えどし六十一歳）を過ぎたころの作。晩年の四十年間、江寧（南京）小倉《しょうそう》山の宏壮な随園で悠々自適の生活を過したかれは、人間の性情の流露を重んずる、すぐれた詩人であり思索者であった。

「光陰去りて還《かえ》らず」は、古来、万人の認める定理であり、渇《か》れることなき抒情の源泉である。かれは、その動かしがたい事実を十分に知りながら、しかし、それゆえに、詩篇のなかによみがえる一つ一つの情景を、永遠の青春として味わおうとする。「灯痕・酒影・春宵・夢」——とりわけ「灯痕」と「酒影」は新鮮な詩語であるが、恐らくは、「灯影」「酒痕（酒をこぼした痕《しみ》）」というべきところを、平仄《ひょうそく》（アクセント配置）の関係で組合せを変えたもの。韻律上の制約がかえって新しいイメージを生み出している例といえよう。最終句、「一度謳吟一宛然」は、句中対（当句対）を使った流麗な七言句。「宛然《えんぜん》 wǎnrán」は、きわめてよく似たさま。

前半の二句では、一種の逆説的な道理を説き、後半の二句では、個々の心象に即して追憶の実感を述べている。難解な文字も典故もない。平易な説理が、平易な抒情と結合して、独特の情感にあふれた七言絶句の佳篇となった。「性霊」の性霊たるゆえんであろうか。

袁枚の人生観を、もう一首の詩から。――こんどは、詩題そのものも「書懐」であり、詩型も素朴な五言古詩である。五首連作の第一首。

書懐

我不樂此生
忽然生在世
我方欲此生
忽然死又至
已死與未生
此味原無二
終嫌天地間
多此一番事

懐《おもい》を書《しょ》す　　袁枚《えんばい》

我《われ》　此《こ》の生《せい》を楽《たの》しまざるに
忽然《こつぜん》として　生《う》まれて世《よ》に在《あ》り
我方《われまさ》に　此《こ》の生《せい》を欲《ほっ》するに
忽然《こつぜん》として　死《し》の又《ま》た至《いた》る
已《すで》に死《し》せると　未《いま》だ生《う》まれざると
此《こ》の味《あじ》　原《も》と二《に》なる無《な》し
終《つい》に嫌《いと》う　天地《てんち》の間《かん》
此《こ》の一番《いちばん》の事《こと》　多《おお》きを

私は、この〝生〟を楽しんでもいなかったのに、忽《ふ》と気づくと、この世に生まれていた。私は、いまちょうどこの〝生〟を大事にしているのに、忽《ふ》と気づくと、こんどは〝死〟がやって来る。

已に死んでしまってからの存在と、まだ生まれてこないまえの存在と、その味わいは、もともと違ったものではないはずだ。

結局のところ、やっかいなのは、天地の間なる人の世に、〝生と死〟というこの余計なものが有るということ。――

人間にとって永遠の難問である生と死の問題を、ユーモラスな口調を混えつつ、「懐《おもい》を書す」という一見まじめそうな詩題で歌っている。

生まれたかったわけでもないのに、気がついたら生まれていた。死にたくもないのに、気がついたら死が近づいていた、というのは、多くの人々の実感であろう。生まれる以前の存在と、死んでからの存在は、その〝不可知〟性という点で、たしかに共通した趣きをもっている。

結びの一聯は、口語的な表現である。「終嫌……」は、「最終的には、……が困った問題だ」「結局のところ、難題は……だ」の意。「多……」は、「多すぎる、余計だ、余分だ」。「多此一番事」の一句は、「生死などという、此《こ》の（面倒くさい）余計な一つの過程《プロセス》」、という気分を、日常的なことばで正確に表わしている。

こうした生死に関する抽象的な思弁が、老荘思想や仏教思想の議論としてでなく、書懐詩や詠懐詩のテーマとして好まれるのは、やはり近世という時代相と無関係ではない。清朝も後期の龔自珍《きょうじちん》は、自分の生まれつきの気質「憂患《ゆうかん》――神経症、気病み」を観察して、その主題にふさわしい独特の詩境を生み出した。「賦……」とは、対象の性情や形状を、個別的・具体的に描き出してゆく手法である。

賦憂患　　龔自珍《きょうじちん》

故物人寰少
猶蒙憂患倶
春深恒作伴
宵夢亦先驅
不逐年華改

憂患《ゆうかん》を賦《ふ》す

故物《こぶつ》　人寰《じんかん》に少《まれ》なり
猶《な》お　憂患《ゆうかん》の　倶《とも》にあるを蒙《こうむ》る
春深《はるふか》くして　恒《つね》に伴《とも》と作《な》り
宵《よる》　夢《ゆめ》みるに　亦《ま》た先駆《せんく》す
年華《ねんか》を逐《お》うて改《あらた》まらず

難同逝水徂
多情誰似汝
未忍託禳巫

逝水《せいすい》と同《とも》に徂《ゆ》くこと難《かた》し
多情《たじよう》　誰《たれ》か汝《なんじ》に似《に》たる
未《いま》だ　禳巫《じようふ》に託《たく》するに忍《しの》びず

この人寰《よのなか》には、私にとって、故馴染《ふるなじみ》というべき親しい物は、ほとんど無い。「故物《こぶつ》、人寰《じんかん》に少《まれ》なり」。ただ、有難いことに神経症だけは、いつでも、どこでも、私と行動を倶《とも》にしてくれる。「猶《な》お〝憂患〟の倶《とも》にあるを蒙《こうむ》る」。「蒙〜」は、「〜してくださる」の意。相手への感謝を表わすことばであるが、ここではそれが、反語的なユーモアを生んでいる。

――春深まるころともなれば、恒《つね》に御伴《おとも》をして付きそってくれるし、夜、夢を見るときは見るときで、また先き駆《が》けとして導いてくれる。

年華《とし》をとるにつれて改善されるというわけでもなく、逝《ゆ》く水とともに流れて徂《い》ってしまうわけでもない。

思えば、多情《ふかなさけ》という点で汝《おまえ》にかなうものは誰もいない。お禳《はら》いの巫《みこ》さんに頼んで、祓《はら》い清めてしまう気にもなれぬ。さてさて。――

「春深……、宵夢……」も対句であり、「不逐……、難同……」も対句である。中央に二組の対句を配置した五言律詩。

龔自珍は、病的といえるほどに過敏な感受性の持ち主であった。その過敏さは、生涯、かれを悩ませるとともに、かれを独創的な詩人とするうえで、大きく役立っていたようである。この点は、かれ自身も十分に自覚していたらしい。この詩は、三十代半ばの作とされている。作者は、ここで、自分に付きまとって離れない〝憂患〟を冷静に観察しつつ、それをユーモラスに対象化することによって、上手に手なずけているわけである。同様の思考は、古来、第一級の文学者や思想家には多かれ少なかれ見られるものであるが、その思考過程そのものが自覚的に提示されているという点で、ここにはいわば近代的な新しい詠懐の気分が生まれている。そしてその〝新しい詠懐〟が、口語の自由詩によってではなく、文語の五言律詩という典雅な詩型によって行なわれているところに、この詩の虚実皮膜的な魅力がかかっているのであろう。

「詠懐」の章の最後には、もっとも典型的な唐代の詩がふさわしい。詩題にいう「金縷《きんる》の衣《い》」とは、黄金を薄くのばして糸のように細くした「金《こがね》の縷《いと》」、それを綴《つづ》って織った美しい衣服。また、近年の出土品として知られる「金縷の玉衣」のように、金縷で綴り合わせた玉《ぎょく》や錦の衣服を想像することもできよう。いずれにしても、高価な品物の象徴としての用法である。

金縷衣

金縷《きんる》の衣《い》

杜秋娘《としゅうじょう》

勸君莫惜金縷衣
勸君須惜少年時
花開堪折直須折
莫待無花空折枝

君《きみ》に勧《すす》む　惜《お》しむ莫《なか》れ　金縷《きんる》の衣《い》
君《きみ》に勧《すす》む　須《すべか》らく惜《お》しむべし　少年《しょうねん》の時《とき》
花開《はなひら》いて折《お》るに堪《た》えなば　直《ただ》ちに須《すべか》らく折《お》るべし
花無《はなな》きを待《ま》って　空《むな》しく枝《えだ》を折《お》る莫《なか》れ

あなたに勧《すす》めましょう。金縷《きんる》の衣服など惜しいと思ってはなりません。二度と返らぬ少《わか》い時期こそ、本当に惜しむべきなのです。花が美しく開いて、手折《たお》るによい時がきたなら、そのまま折ってしまいなさい。花が散ってから空《むな》しく枝を折るなど、そんなことは決してないように。——

分かりやすく、美しい、勧告の詩。人に勧めるかたちを借りて、自分の懐いを述べたもの。だれもが一度は思い当たる実感であり、世界のあちこちに、これに似た歌があるのも不思議ではない。

この詩の作者は、中唐の女性杜秋娘《としゅうじょう》といわれているが（『唐詩別裁集』巻二十、『唐詩三百首』楽府《がふ》）、杜秋娘の相手の李錡《りき》ともいわれ（『楽府詩集』巻八十二）、また無名氏とする説もあって（『全唐詩』巻七百八十五）、はっきりしない。詩題についても、「雑詩」（『全唐詩』）、「少年に勧む」（『万首唐人絶句』巻五十五）など、やはり一定していない。いつの時代の、だれの作とも定めがたい、普遍化された抒情であり説理であるところが、この詩の愛唱された一つの原因であろう。また一方、「勸君莫惜……、勸君須惜……」「堪折……須折……、空折……」など、多くの分かりやすい反復《リフレーン》が含まれていることも、この詩の朗誦性、歌唱性という点で、鮮かな効果をあげている。〝楽府〟系の七言絶句として、実際にも歌われていたことは確かであろう。事実、杜牧の「杜秋娘の詩」には、「与《とも》に唱《うた》う金縷の衣」という一句がある。

二　詠物のうた——実相を求めて

疎《そ》影《えい》　横斜《おうしや》　水《みず》　清浅《せいせん》
暗香《あんこう》　浮動《ふどう》　月《つき》　黄昏《こうこん》
（林逋《りんぽ》「山園《さんえん》の小梅《しようばい》」）

「詠物《えいぶつ》――事物の性状《ありさま》を詠《うた》う」詩の系譜は、後漢のころまで遡《さかのぼ》ることができる。しかし、それが一つの独立した分野《ジャンル》として扱われるようになるのは、おおむね六朝《りくちょう》の後半ごろからだと見なせよう。

詠物詩は、その名のごとく、天地間の万物・万象が題詠の対象となるわけであるから、その範囲はきわめて広い。大きく分ければ、日・月・風・雨のような〝天象〟類、草・木・鳥・獣のような〝動植物〟類、楽器・武器・工芸品のような〝器物〟類、の三つに類別するのが妥当であろう。

すでに見た「詠懐《えいかい》」の詩が、一般に、直接的な抒情を中心としていたのに対して、「詠物」の詩は、対象の観察と描写をつうじて、間接的な抒情を試みるものが多い。また、対象物の描写に託して、そこに別個の意図を寓するという〝寄託〟〝寓意〟の表現も、詠物詩の得意とする手法であった。

興味深いことに、詠物詩については、詩人によって、かなりはっきりした適性の差が認められる。中国の古今をつうじて、〝詠物〟の分野に抜群の適性を示したのは、杜甫であった。対象に密着した精密な写実、――この点を基調とする杜甫の詩風は、その精密さが一種の象徴性を生んで、詠物詩にとって理想的な、いわば象徴的リアリズムの詩境が構成されやすいからであろう。

本章の始めは、まずその杜甫の詩から。初月《しょげつ》、すなわち三日月を詠《うた》ったもの。

初月

光細弦初上
影斜輪未安
微升古塞外
已隠暮雲端
河漢不改色
關山空自寒
庭前有白露
暗滿菊花團

初月《しょげつ》　　杜甫《とほ》

光細《ひかりほそ》くして　弦《げん》初《はじ》めて上《うえ》なり
影斜《かげなな》めにして　輪《わ》未《いま》だ安《やす》からず
微《かす》かに古塞《こさい》の外《そと》に升《のぼ》り
已《すで》に暮雲《ぼうん》の端《はし》に隠《かく》る
河漢《かかん》　色《いろ》を改《あらた》めず
関山《かんざん》　空《むな》しく自《おのずか》ら寒《さむ》し
庭前《ていぜん》に白露《はくろ》有《あ》り
暗《あん》に菊花《きくか》に満《み》ちて団《しとど》なり

光っている部分は細く弱く、弦はやっと上向きになったばかり。影《ひかり》は斜めにかたむいて、その円形はまだ不安げだ。――この部分では、夜ごとにふくらみを増してゆくはずの上弦の三日月が、精密に描かれている。ここに用いられた「光《こう》」と「影《えい》」は、ともに「ひかり」の意であるが、前者は、実際に光を放って輝いている部分、後者は、そこから流れ出る光線を、それぞれにさしているだろう。「光細弦初上、影斜輪未安」。

――その月は、古い塞《とりで》のかなたに、わずかに升ったかと見るまに、もうすでに、夕暮れの雲の果てに隠れてしまった。「微升古塞外、已隠暮雲端」。――月光はあまりにかそけくて、河漢《あまのがわ》の群星は、その色あいを変えることもなく、国境の山々は、むなしくも、そのまま、寒々と連なっている。――上弦の月は、夕暮れ近くに西の空に現れ、いくばくもなく沈んでしまう。その光のかそけさに、天の河も、連山も、何ら影響を受けることなく、もとのままの姿で望まれるのである。「河漢不改色、関山空自寒」。

――ふと見れば、庭さきには、まっ白な露の玉。いつのまにか、いちめんの菊の花が、すっかり露にぬれてしまっていた。――

作者の眼は、遠景から近景へと移行して、叢《むらが》り咲く菊の花が、いつの間にか、しとどの露にぬれていることに気づく。「庭前有白露」の「有」の字には、そうした自覚・発見の語気が表われて興味深い。そしてまた読者も、「……関山空自寒」と詠《うた》われてきたそれまでの景物が、実は冬のそれではなく、秋のそれであることに気づくのである。「暗満菊花団」の「団《だん(たん)》」は、同音の「漙《だん(たん)》 tuán」と同義。遥か古代の『詩経《しきょう》』の詩句、「零露漙兮――零《お》つる露は漙《たん》たり」〔鄭風《ていふう》「野有蔓草《やゆうまんそう》」〕の朱子注に「露の多き皃《かたち》」というように、露にぐっしょりと霑《ぬ》れるさま。

西北の辺境の町、秦州《しんしゅう》の夕空にのぼった新月と、その刻々の変化が、周囲の景物との対比において、精妙に描かれている。印象的なその情景は、後世の読者たちに、「初月」が何を意味しているかを、さまざまに議論させるほどであった。第一句から第八句まで、すべてが叙景・写実に徹しており、人間とのかかわりには、まったく言及されていない。それにもかかわらず、そこには独特の情緒と独特の象徴的な気分が生まれている。杜甫的な詠物詩の、一つの典型と評せよう。

これとは反対に、詠物的な写実と詠懐的な感慨を直結した明月の詩、二首。

中秋月　中秋《ちゅうしゅう》の月《つき》　蘇軾《そしょく》

暮雲收盡溢清寒
銀漢無聲轉玉盤
此生此夜不長好
明月明年何處看

暮雲《ぼうん》 収《おさ》め尽《つ》くして 清寒《せいかん》溢《あふ》れ
銀漢《ぎんかん》 声無《こえな》く 玉盤《ぎょくばん》を転《てん》ず
此《こ》の生《せい》 此《こ》の夜《よ》 長《なが》くは好《よ》からず
明月《めいげつ》 明年《みょうねん》 何《いず》れの処《ところ》にか看《み》ん

夕暮れどきの雲が消え尽くすころ、清らかな寒気は天地に溢《あふ》れ、白銀に輝く天の川にそって、玉《ぎょく》の盤《さら》のような満月が、音もなく転《まろ》び移ってゆく。ああ、私というこの生命《いのち》も、今夜というこの一夜も、長《とこしえ》にこのままでは在《あ》りえない。明年は、この明月を、いったい何処《どこ》で見ることになるのだろうか。「此生・此夜・不長好、明月・明年・何処看」。——

秋夜月　　　劉基《りゅうき》

秋夜の月《しゅうやのつき》

秋夜月
黄金波

秋夜《しゅうや》の月《つき》
黄金《おうごん》の波《なみ》

照人哭
照人歌
人歌人哭月長好
月缺月圓人自老

人《ひと》の哭《こく》するを照《て》らし
人《ひと》の歌《うた》うを照《て》らす
人《ひと》歌《うた》い人《ひと》哭《こく》すれど　月《つき》は長《とこしえ》に好《よ》し
月《つき》欠《か》け月《つき》円《まど》かなれど　人《ひと》は自《おのずか》ら老《お》ゆ

秋の夜の明月よ、黄金の波のような月光よ。人々が悲しみ哭《な》くのを照らし、人々が喜び歌うのを照らしつづける。人は歌い人は哭《な》いても、月は永遠に美しく澄《す》みわたる。月は欠《か》け月は円くなっても、人は人ゆえに老いてゆくのだ。――

北宋の蘇軾《そしょく》（東坡《とうば》）と、元末明初の劉基《りゅうき》の作。七言絶句と雑言古詩。前者は、「寒《かん》・盤《ばん》・看《かん》」と同じ平声《ひょうしょう》の韻を踏み、後者は、「波《は》・歌《か》」「好《こう》・老《ろう》」と、平声から上声《じょうしょう》に韻が換わる。

「中秋の月」と「秋夜の月」の差はあるが、ともに、月の永遠性と人生の定めがたさとが対比されている。それぞれ、前半に美しい叙景の句が置かれ、後半に抑制的な詠嘆の句が置かれている。それは、こうした配置・構成こそが、いわゆる「触景傷情――景に触れて情を傷《いた》ましむ」の詩的プロセスと合致しやすいからだろう。「此生此夜……、明月明年……」「照人哭、照人歌」「人歌人哭……、月欠月円……」といったリフレーンの愛用も、典型的な詠物詩の枠には収まりきれない歌謡的な趣きを生み出している。反復《リフレーン》という手法が、〝音〟と〝意味〟と〝文字〟の三要素を共有した頭韻や句中韻の役割を果たしていること、つまり、複合的・立体的な韻律技法の一つにほかならないことが、確認されよう。

リフレーンの中でも、「人歌人哭……」は、とくに印象的である。ここでは、『礼記《らいき》』(檀弓《だんぐう》篇、下)の「歌於斯、哭於斯——斯《ここ》に歌い、斯に哭す」などを踏まえた杜牧の詩句、「人は歌い人は哭す水声の中」(「宣州開元寺《せんしゅうかいげんじ》の水閣に題す」)が、直接の典拠として意識されているだろう。

詠物詩のジャンルで、〝天象〟の代表的な題材が〝月〟であるとすれば、〝動植物〟のそれは何であろうか。〝月〟のような決定的な地位にはないが、〝蛍〟は最も好んで詠《うた》われるものの一つである。

詠螢　蛍《ほたる》を詠《えい》ず　梁《りょう》の簡文帝《かんぶんてい》

本將秋草幷　本《もと》　秋草《しゅうそう》と幷《おな》じく
今與夕風輕　今《いま》　夕風《せきふう》と与《とも》に軽《かろ》し
騰空類星霣　空《そら》に騰《のぼ》りては　星《ほし》の霣《なが》るるに類《るい》し
拂樹若花生　樹《き》を払《はら》いては　花《はな》の生《しょう》ずるが若《ごと》し
屛疑神火照　屛《へい》には神火《じんか》の照《て》れるかと疑《うたが》い
簾似夜珠明　簾《れん》には夜珠《やしゅ》の明《あき》らかなるに似《に》たり
逢君拾光彩　君《きみ》に逢《あ》いては光彩《こうさい》を拾《ひろ》い
不恡此身傾　此《こ》の身《み》の傾《かたむ》くを恡《おし》まず

もともとは、朽《く》ち果てた秋草《あきくさ》と同じだった身が、今は、夕ぐれの風とともに軽やかに流れ舞う。――中国の詩歌では、蛍は腐った草から生まれる、という特殊なイメージをもつ。『礼記《らいき》』（月令篇《がつりょうへん》）に、「季夏《きか》（晩夏）の月（陰暦六月）……、腐草《ふそう》、蛍と為る」と記されていることの影響も大きい。腐草から生まれた蛍が、夕風とともに軽やかに舞う。変身のイメージの鮮かさ。

――夜空たかく舞うさまは、まるで星が流れてゆくよう。樹々をかすめて舞うときは、あたかも花が咲いたよう。屛風《びょうぶ》に近づけば、神秘な炎が照らすかと疑われ、簾《すだれ》にとまれば、夜光の珠《たま》のように明るく光る。――

この二組の対句は、蛍のふしぎな美しさを、さまざまな美しい輝きにたとえつつ、その魅力をこまやかに詠《うた》いあげる。詠物詩として、一首の表現の中心をなす部分といえよう。

――蛍よ。君と出逢えば、その美しい光をわが手に拾いあげずにはいられない。此の身を傾《かが》める苦労も悋《おし》まずに。――

「不悋此身傾」は、やや凝った表現。身をかがめて蛍を手にとることと、いわゆる「傾家《けいか》蕩産《とうさん》――家の財産を使い果たす」の意とを兼ねているだろう。「悋《りん》」は「吝《りん》――おしむ」の俗字。

秋の夜の蛍への憧《あこが》れが、五言律詩の前身というべき整った詩型で、美しく描かれている。最後の二句を除いて、いずれも対句であることが注意されよう。作者は、六朝時代、梁《りょう》の第二代の簡文帝。繊細で艶冶《えんや》な「宮体詩《きゅうたいし》――東宮《とうぐう》スタイルの詩」の、中心的な存在であった。「蛺蝶《きょうちょう》を詠ず」「橘《たちばな》を詠ず」「煙を詠ず」など、詠物詩の作品も少なくない。

同じくその「蛍」を、杜甫はどのように詠《うた》っているだろうか。

螢火　　蛍火《けいか》　　杜甫《とほ》

幸因腐草出　幸《さいわ》いに　腐草《ふそう》に因《よ》りて出《い》づ
敢近太陽飛　敢《あえ》て　太陽《たいよう》に近《ちか》づいて飛《と》ばんや
未足臨書巻　未《いま》だ　書巻《しょかん》に臨《のぞ》むに足《た》らず
時能點客衣　時《とき》に能《よ》く　客衣《かくい》に点《てん》ず
隨風隔幔小　風《かぜ》に随《したが》いては幔《とばり》を隔《へだ》てて小《ちい》さく
帶雨傍林微　雨《あめ》を帯《お》びては林《はやし》に傍《そ》いて微《かす》かなり
十月清霜重　十月《じゅうがつ》　清霜《せいそう》　重《おも》くんば
飄零何處歸　飄零《ひょうれい》して　何《いず》れの処《ところ》にか帰《き》せん

かろうじて、腐った草から生まれ出た身。どうして、まぶしい太陽の近くを飛ぶことなどできよう。――恐らくこの二句は、西晋《せいしん》の傅咸《ふかん》「蛍火の賦」（『初学記《しょがくき》』巻三十、等）の類似の表現、「近腐草而化生、……進不競於天光兮――腐草《ふそう》に近づきて化生《かせい》し、……進みては天光《てんこう》（日月）と競《きそ》わず」を承《う》けたもの。

――書物のそばで照らすには、光の明るさが足りないが、時には、客の衣《たびびところも》にポツリと灯《ひ》をともすことができる。――「未足臨書巻」は、いわゆる「蛍の光」で読書したという晋の車胤《しゃいん》の故事を踏まえている。従って、「時能点客衣」にも何か故事がありそうであるが、この点については、はっきり分かっていない。

――風に吹かれては、幔《とばり》ごしに小さく光り、雨にぬれては、林に身を寄せるようにして微《かす》かに照らす。「随風隔幔小、帯雨傍林微」。――はかなげに点滅する蛍火の一つ一つが、杜甫の精緻《せいち》な眼によって生き生きと描かれた対句である。「傍《ぼう》――傍《そ》う」は、bàng の去声《きょしょう》。

――やがて初冬の十月、清らかな霜がいちめんに降るころともなれば、風に飄《ひるがえ》って散る落葉のように、おまえたちは、何処《どこ》にその身を落ち着けることになるのだろうか。――「十月清霜重」の「重」は、『広韻《こういん》』（上声腫韻）に「多也、厚也」と注するように、程度の強さを示す語。霜が「いっぱいに・いちめんに」降る意。訓読は「おもし」でもよいが、重量が「重い」の意ではない。当時の中国では、霜は、雪や雨と同様に、大空から降ってくるものと考えられていた。

簡文帝の詠《うた》う蛍が、華やかな、憧憬《しょうけい》に満ちたものであるのに対して、杜甫の描く蛍は、その微小さ、はかなさが、イメージの基調となっている。そのためもあって、この詩については、当時の粛宗《しゆくそう》朝廷の宦官《かんがん》たちを諷刺《ふうし》した作品、とする説も行なわれている（仇兆《きゆうちよう》鰲《ごう》『杜詩詳註』など）。第一句は、蛍という種類の賤《いや》しさを言い、次の句は、性質の陰険さを言い、第三、四句からは、暗さが多く明るさの少ないことが分かり……、といった解釈である。

詠物詩、とくに杜甫の詠物詩には、そうした深読みを可能にする象徴的な気分を帯びたものが少なくない。しかし、その象徴性の微妙さは、必ずしも特定の解釈には限らず、さまざまな連想を可能にする。この詩についても、仇兆鰲たちの解釈とは逆に、蛍を杜甫自身の内省的な自画像、とみることも可能であろう。故郷を離れ、朝廷を離れ、才能を理解されないまま、あての無い旅にさすらうわが身……、といったイメージである。現に潘岳《はんがく》の「蛍火の賦」では、蛍を、賢人哲人の生きかたに譬《たと》えている（「猶《な》お賢哲の時に処《しよ》するがごとし」）。また、むろん、たんに蛍そのものを詠じたもの、と見ることもできよう。

およそ作品は、いったん作者の手を離れれば、作品自体に即した自立的な解釈をも許容せざるをえない。一般に、写実に優れる杜甫の作品は、作者の実生活と作品の表現内容との距離が小さい。従って、そうした自立的な解釈の余地が少ないという傾向をもっているのであるが、詠物詩のジャンルでは、その精密な写実が象徴的な印象を生み、かえって解釈の幅を広げているという事実は興味深い。この作品においても、とりわけ印象的なのは結びの二句であろう。「十月清霜重、飄零何処帰」。蛍の行くえが知りがたいように、解釈の行くえも、なかなかに定めがたいのである。

杜甫の詠物詩をもう一首。その対象は、馬である。房《ぼう》という姓の兵曹参軍（軍事の属官）の愛馬。「胡馬」とは、西北異民族の地に産する馬。

房兵曹胡馬　　杜甫《とほ》

胡馬大宛名
鋒稜瘦骨成
竹批雙耳峻
風入四蹄輕
所向無空闊
眞堪託死生

房兵曹《ぼうへいそう》の胡馬《こば》

胡馬《こば》　大宛《たいえん》の名《な》あり
鋒稜《ほうりよう》　瘦骨成《そうこつな》る
竹批《たけそ》ぎて　双耳峻《そうじそばだ》ち
風入《かぜい》りて　四蹄軽《していかろ》し
向《むか》う所《ところ》　空闊無《くうかつな》く
真《しん》に　死生《しせい》を託《たく》するに堪《た》えたり

驍騰有如此
萬里可横行

驍騰《ぎょうとう》 此《か》くの如《ごと》くなる有《あ》れば
万里《ばんり》も 横行《おうこう》す可《べ》し

この西域の馬は、大宛《フェルガーナ》産という名声をもつ。「胡馬大宛名」。するどく稜《かど》ばった輪郭、無駄のない引きしまった骨格、その完成された見事な姿。「鋒稜瘦骨成」。――「大宛《たいえん》Daiyuān」とは、漢代の西域、中央アジアにあった王国の名。漢の武帝《ぶてい》は、この地に産する汗血馬《かんけつば》を得て、天馬と名づけた。ここでは、「大宛―汗血馬―天馬」という伝統的な連想から、名馬の典型として「胡馬大宛名」と讃えたもの。

――まるで竹を批《そ》ぎとったかのように、双《ふた》つの耳はピンと峻《そばだ》ち、あたかも風が吹きこんでいるかのように、四つの蹄《ひづめ》は軽やかに駆ける。「竹批双耳峻、風入四蹄軽」。

この馬の向うところ、あらゆる距離は、たちまちに消え失せる。真に死生を託するに足りる名馬なのだ。――「所向無空闊」の「無空闊」は、この馬の速さがあらゆる空間的距離をゼロにする、という気の利《き》いた表現である。

――驍《いさ》ましく騰《まいあが》るようなエネルギーは、こんなにも溢れんばかり。万里の空間も、縦横に往来できることだろう。――

当時の人々にとって憧れの一つだった西域大宛産の名馬。そのイメージは、今日の最高級の外国産乗用車というのに近いだろうか。しかも、戦時に在っては、しばしば生命の危険を脱する依《よ》りどころとなるだけに、その憧れは、さらに本質的なものだったといってよい。「真に死生を託するに堪えたり」は、一つの実感でありうるわけである。

この詩は杜甫が三十歳ごろの作品とされている。描写はさすがに躍動的であるが、二十年近くも後の「初月」や「蛍火」に見られるような、深い象徴性は感じられない。この点は、同じ時期の、同じく著名な作品「画鷹《がよう》――画かれた鷹」にも共通している。しかし、かれの初期の主要作品にこうした印象鮮明な詠物詩が含まれているという事実は、詠物的な手法や発想が、杜甫にとって如何《いか》に体質的に適性の高いものであったか、その点がよく表われているようである。

動物を対象とする詠物詩としては、〝猿〟もまた独特のイメージをもっている。

猿

月白煙青水暗流
孤猿銜恨叫中秋
三聲欲斷疑腸斷
饒是少年須白頭

猿《さる》　　杜牧《とぼく》

月《つき》白《しろ》く煙《けむり》青《あお》く　水《みず》暗《あん》に流《なが》れ
孤猿《こえん》　恨《うらみ》を銜《ふく》んで　中秋《ちゅうしゅう》に叫《さけ》ぶ
三声《さんせい》　断《た》えんと欲《ほっ》して　腸《ちょう》断《た》ゆるかと疑《うたが》う
饒《たと》い是《こ》れ少年《しょうねん》なりとも　須《すべから》く白頭《はくとう》なるべし

月の光は白く、川の煙《もや》は青く、水はひそやかに流れてゆく。孤猿《はぐれざる》は、解けぬ恨みをこめて、中秋の夜に叫《な》く。三たび鳴くその声が断えんとすれば、わが腸《はらわた》も断ち切れんばかり。たとえ年わかい人であろうとも、きっと白髪になってしまうだろう。——

中国の古典詩では、猿の声が、旅人の悲哀を増すものとして歌われることが多い。その早い例として、東晋の『宜都《ぎと》山川記』（『芸文類聚《げいもんるいじゅう》』巻九十五）では、三峡の舟旅の苦しさが、こう詠嘆されている。「巴東《はとう》の三峡、猨《さる》鳴くこと悲し。猨鳴くこと三声、涙、衣を霑《うるお》す」。杜牧のこの詩で「三声欲断……」と歌われているのは、これを承けたものにほかならない。第二句「孤猿銜恨叫中秋」の「叫」は、鳥獣が「啼叫——なく」意味を表わす口語的用法。第四句の「饒是……」は、「縦饒《たとい》……」「任是《たといこれ》……」などと同じく、譲歩の仮定を表わす口語的な接続詞である。

ここで、鳥を詠《うた》った作品を一首。「鷓鴣《しゃこ》」は、ウズラや鳩に似たキジ科の小鳥。長江以南の暖い風土に多く棲《す》む。鳴き声や姿の印象から、行旅、離別、懐古、閨怨《けいえん》などの愁いをかきたてるものとして、盛唐の末ごろから好んで歌われるようになった。この詩は、作者の鄭谷《ていこく》が「鄭鷓鴣」と呼ばれるほどに、当時から高い評価を得てきた作品である。

鷓鴣

暖戯烟蕪錦翼齊
品流應得近山雞
雨昏青草湖邊過
花落黄陵廟裏啼
遊子乍聞征袖濕

鷓鴣《しゃこ》　鄭谷《ていこく》

暖《あたた》かく烟蕪《えんぶ》に戯《たわむ》れて　錦翼斉《きんよくひと》し
品流《ひんりゅう》　応《まさ》に得《う》べし　山鶏《さんけい》に近《ちか》きを
雨昏《あめくら》くして　青草湖辺《せいそうこへん》に過《よぎ》り
花落《はなお》ちて　黄陵廟裏《こうりょうびょうり》に啼《な》く
遊子《ゆうし》　乍《たちま》ち聞《き》いて　征袖湿《せいしゅううるお》い

佳人纔唱翠眉低　佳人《かじん》　纔《わず》かに唱《うた》いて　翠眉《すいび》低《た》る
相呼相喚湘江曲　相《あ》い呼《よ》び相《あ》い喚《よ》ぶ　湘江《しょうこう》の曲《くま》
苦竹叢深春日西　苦竹《くちく》　叢《むら》深《ふか》くして　春日《しゅんじつ》西《にし》す

春の暖かさにさそわれて、烟《もや》けむる蕪《くさはら》に戯れ遊びつつ、美しい翼《つばさ》を斉《そろ》えて飛ぶ。鳥としての品等をいえば、きっと山鶏《やまどり》に近いレベルが得られよう。――「品流応得近山鶏」とは、おもしろい表現であるが、詠物詩として対象を正確に位置づけるという点で、独特の効果をあげている。

――雨が昏《くら》く降りしきるころには、青草湖のほとりを飛んで過ぎ、花々が散り落ちるころには、黄陵廟のなかで啼《な》きしきる。――この対句には、鷓鴣の愛する長江《ちょうこう》流域の風土が美しく歌われている。「青草湖」は「洞庭湖」の南の部分をさすことば。平仄の関係と、対句として次句の「黄陵廟」と色対《しきつい》を構成するために、特にこの地名が用いられた。「黄陵廟」は、舜帝《しゅんてい》の二人の后妃《こうひ》、娥皇《がこう》と女英《じょえい》を祭った廟。古代の伝説によれば、舜帝が蒼梧《そうご》（湖南）の地を巡幸中に病没したとき、二人は、愛する夫の後を追って湖水に身を投げて死んだ。廟は、それに因《ちな》んで、湖南省湘陰県《しょういんけん》に設けられているのである。

——道ゆく遊子《たびびと》は、ふっとその声を聞いただけで、わびしさに征衣《たびごろも》の袖を涙で湿《うるお》し、宴席の佳人《かじん》は、わずかに「鷓鴣の詞《うた》」を唱《うた》っただけで、悲しさにその翠《あお》い眉を伏せてしまうのだ。——「遊子乍聞……」の句からは、鷓鴣の声に対する旅愁のイメージが直接に知られよう。「佳人纔唱……」の句には、当時の楽曲に、「鷓鴣詞」「山鷓鴣」(『楽府《がふ》詩集』巻八十)のような閨怨の情を歌った作品のあったことが反映している。

——ああ、湘江の岸辺の隈《くま》で、相《たが》いに呼びかわす鷓鴣たちよ。苦竹《まだけ》の茂みは深くひろがり、春の日は早や西に暮れてゆく。「苦竹叢深春日西」。——

鷓鴣を歌った詠物詩の典型とされるにふさわしく、ここには、鷓鴣のもつ詩的イメージが、美しく集約的に描き出されている。寒がりで暖かさを好む鳥、長江中流下流の水郷的風土、黄陵廟にかかわる懐古の情、旅人にかかわる望郷の情、美人にかかわる閨怨の情、そして、その鳴き声のもつ独特の喚情作用など。

鷓鴣の声については、「不得也哥哥《プトウイエコーコ》——兄さん行かないで」と聞こえるという説がよく知られている。しかし、近年の調査によれば、これは宋代以後の記録らしく、唐代では、「鉤舟格磔《こうしゆうかくたく》」「懊悩沢家《おうのうたくか》」などと記されている。この点、杜鵑《ほととぎす》(子規)の声が、「不如帰去《プールーコエイチユイ》——帰り去《ゆ》くに如《し》かず」と聞こえるという説は特に名高いが、聴覚的なイメージが生む詩的連想という点で、鷓鴣の声もまた、捨てがたい趣きをもっていた。「相呼相喚湘江曲」

と、頭韻・句中韻の効果で歌われている鄭谷の鷓鴣の声は、どんな響きとして聞かれていただろうか。

「花鳥風月」「風花雪月」などということばが知られるように、詠物的な題材のなかで最も広く好まれたものは、やはり四季の花々であろう。現代でもそれぞれの国家にその国を象徴する〝国花〟があるように、それぞれの時代には、その時代を象徴する〝時代の花〟が認められるばあいが少なくない。では、唐代を象徴する花は何だろうか。その華麗、その豪奢、いうまでもなく牡丹である。

詠白牡丹

閨中莫妬啼妝婦
陌上須慚傅粉郎
昨夜月明清似水
入門惟覺一庭香

白牡丹《はくぼたん》を詠《えい》ず　　韋荘《いそう》

閨中《けいちゅう》　妬《ねた》ましむる莫《な》かれ　啼粧《ていしょう》の婦《ふ》
陌上《はくじょう》　須《すべか》らく慚《は》じしむべし　傅粉《ふふん》の郎《ろう》
昨夜《さくや》　月明《げつめい》　清《きよ》きこと水《みず》に似《に》たり
門《もん》を入《い》りて惟《た》だ覚《おぼ》ゆ　一庭《いってい》の香《かんば》しきを

まっ白な牡丹の花よ。奥深い寝室では、〝啼《な》き化粧〟をした美しい女性を、妬《ねた》ませてはいけない。陌《みち》の上《ほとり》では、粉《おしろい》を傅《つ》けたような白皙《はくせき》の美男を、慚《は》じ入《い》らせるがよい。——白牡丹の純潔な白さは、若く美しい男女に嫉妬や慚愧《ざんき》の情を起こさせるほどに美しい。「啼粧の婦」「傅《ふ》粉《ふん》の郎」にはそれぞれ典故があるが、ここでは、そうした男女に象徴されるエロス的な美が、白牡丹の純潔な美によって否定されるというのが、作者の詩的イメージの冴えであろう。

——昨夜、月は明るく照り、清らかな光は、水のように澄みわたっていた。門を入って気づいたのは、庭じゅうが花の香りにつつまれていたことだけ。——純白な白牡丹は、水のように透明な月光に溶けこんで、花を花と気づかせない。気がついたのは、庭いっぱいにひろがるその香りだけだった、と歌うのである。「入門惟覚一庭香」。——

これは一種の詩的幻想であろう。牡丹の香りは、香りだけでそれと気づかせる梅花のような万人周知の香気ではない。しかし、「暗香《あんこう》——暗やみの中で、どこからともなく香る」（九三ページ参照）と讃えられ、「春の夜の闇はあやなし　梅の花　いろこそ見えね香やは隠るる」（凡河内躬恒《おおしこうちのみつね》）と歌われる梅の清香が、だれにも分かりやすい実感的な詠物の美であるとすれば、明るい月光ゆえに視覚から消えてしまった白牡丹の純白は、それが、何よりも視覚的な美を生命とする大輪の花々であるだけに、ほとんど晩唐の詩歌においてのみ可能な、幻想的な詠物の美というべきであろう。ちなみに『古今集』(春、上)には、「月夜にはそれとも見えず　梅の花　香をたづねてぞ知るべかりける」(躬恒)というように、梅の花が香りだけをのこして月光に溶けこむという類似のイメージが歌われている。流麗な詩想ではあるが、その香りが実感的なものであるだけに、白牡丹のばあいほどの幻想性は生まれにくい。それにしても、これほどの発想の類似は、かならずしも偶然とのみは、いいがたいであろう。

牡丹は、盛唐のころから詩材として愛好されるようになり、中唐・晩唐期には、たんに「花」といえば「牡丹」をさすほどになった。平安期以後のわが国で「はな」が「さくら」をさすのと似た情況だったわけである。ただし色彩の好みは、赤や紫、あるいは黄色など、鮮やかなもののほうが、一般的には人気が高かった。韋荘の「白牡丹」への好みは、晩唐期の新しい傾向を示している。

牡丹への愛好は宋代にも続くが、宋代や宋詩を象徴する花は、むしろ梅であるといってよい。そして、その風尚の主な源泉となったのは、ほかならぬ林逋《りんぽ》(和靖《わせい》)の「山園小梅――山荘の園《にわ》の小さな梅」であった。二首連作の第一首。

山園小梅

衆芳搖落獨暄姸
占盡風情向小園
疎影横斜水清淺
暗香浮動月黄昏
霜禽欲下先偸眼
粉蝶如知合斷魂
幸有微吟可相狎
不須檀板共金尊

山園《さんえん》の小梅《しょうばい》　林逋《りんぽ》

衆芳揺落《しゅうほうようらく》して　独《ひと》り暄妍《けんけん》たり
風情《ふぜい》を占《し》め尽《つ》くして　小園《しょうえん》に向《むか》う
疎影《そえい》　横斜《おうしゃ》　水《みず》　清浅《せいせん》
暗香《あんこう》　浮動《ふどう》　月《つき》　黄昏《こうこん》
霜禽《そうきん》　下《くだ》らんと欲《ほっ》して　先《ま》ず眼《め》を偸《ぬす》む
粉蝶《ふんちょう》　如《も》し知《し》らば　合《まさ》に魂《たましい》を断《た》つべし
幸《さいわ》いに微吟《びぎん》の相《あ》い狎《な》る可《べ》き有《あ》り
須《もち》いず　檀板《だんぱん》と金尊《きんそん》と

衆《さまざま》な芳《かぐ》わしい花々、そのすべてが散り落ちた冬枯れの景色のなかで、独り暄妍《けんけん》として咲きにおう梅の花よ。早春の風情《おもむき》をひとり占めにしたように、この小さい庭園のなかで香っている。――「占尽風情向小園」の「向」は、「於」「在」などと同じく場所を表わす語であるが、もっと口語的な軽い響きをもっている。
——疎《まば》らな枝の影が横さまに斜《かし》いで映《うつ》るところ、水は清らかに浅く流れ、どこからともなく漂う香りがゆるやかに浮動するとき、月は朧《おぼ》ろげに黄ばんで昏《くら》い。——

この七律頷聯《がんれん》の対句は、梅の美を詠じた名対の典型として、以後の梅のイメージに、決定的な影響を与えることになった。その中心をなすものは、「疎影」「暗香」の対語であろう。「疎影、月は壁に移る」（許渾《きょこん》「秋日……竹に対す」）、「暗香、風に随《したが》って軽し」（白居易「桐花に答う」）など、それ以前は必ずしも梅をさすものではなかったこの詩語が、以後はもっぱら梅を意味するほどに、人々の心をとらえたのである。

おもしろいことに、この対句は、五代南唐の詩人江為《こうい》の残句「竹影横斜水清浅、桂香浮動月黄昏」を、それぞれ一字だけ「疎影……、暗香……」に改めて、点鉄成金《てんてつせいきん》の効果をあげたものだとも、いわれている（『全五代詩』巻三十九「江為」注所引、明の李日華《りじつか》『紫《し》桃軒雑綴《とうけんざつてつ》』）。日本の和歌の「本歌《ほんか》取り」にも似たこの手法からは、中国の古典詩の美意識が、どのような形で継承・展開されてゆくものであるか、その一面がよくうかがえよう。

霜禽《そうきん》　下《くだ》らんと欲して　先《ま》ず眼を偸《ぬす》む
粉蝶《ふんちよう》　如《も》し知らば　合《まさ》に魂を断つべし

霜を冒《おか》して飛ぶ小鳥は、花の枝に舞い下りようとして、まず、こっそりと流し眼をむける。粉《しろ》い蝶々《ちょうちょう》は、もしこの花を知ったなら、きっと魂を奪われてしまうだろう。

幸いに微吟《びぎん》の　相い狎《な》るべき有り
須《もち》いず　檀板《だんぱん》と金尊《きんそん》と

幸いなことに、私には、梅花と親しみ狎《むつ》みあうにふさわしい詩歌の微吟が有る。檀《まゆみ》作りの拍子木《カスタネット》や、黄金《こがね》づくりの酒尊《さかがめ》で、飲めや歌えの花見をするには及ばないのだ。――「幸有微吟可相狎」の句は、やや訓読に乗りにくく、先行訳注で明確に訳出されているものが少ないようであるが、主語は作者自身。高潔な梅花と「相い狎《した》しむに可《ふさわ》しい微吟が私には有る」の意。

作者の林逋は、宋代の初期、西湖《せいこ》の孤山《こざん》に棲んだ隠士的な詩人。仕えず、娶《めと》らず、梅を妻とし、鶴を子として、高潔な生涯を送ったと伝えられている。とりわけ梅花を愛して、すぐれた詠梅の詩句を生んだ。この詩に描かれた「小梅」にも、恐らくは作者の自画像の投影があるであろう。

続いて、王安石の「杏花《きょうか》――あんずの花」を詠んだ七言絶句。「北陂《ほくひ》」の「陂《ひ》 bēi」は、「坂・堤・池」などの意があるが、ここでは、堤に囲まれた池そのものをさしている。そのほとりに咲く杏花を、「北の陂《いけ》の杏花」と呼んだもの。恐らくは、隠棲地江寧《こうねい》（南京）

の、鍾山《しょうざん》近くの北陂であろう。

北陂杏花　　北陂《ほくひ》の杏花《きょうか》　　王安石《おうあんせき》

一陂春水繞花身　　一陂《いっぴ》の春水《しゅんすい》　花身《かしん》を繞《めぐ》り
身影妖嬈各占春　　身影《しんえい》　妖嬈《ようじょう》　各〻《おのおの》春《はる》を占《し》む
縦被春風吹作雪　　縦《たと》い春風《しゅんぷう》に吹《ふ》かれて雪《ゆき》と作《な》るも
絶勝南陌碾成塵　　絶《た》えて勝《まさ》る　南陌《なんぱく》に碾《ふ》まれて塵《ちり》と成《な》るに

池いっぱいの春の水が、アンズの花を繞《めぐ》るように広がって、花そのものも、水に映った影も、ともに妖嬈《あでやか》に美しく、それぞれに〝春〟を我がものとしている。——「一陂」は「満陂」と同じく、「〜いっぱいの」の意。「妖嬈《ようじょう》 yāoráo」は、母音 ao と声調《ちょう》（平声）を共有した畳韻《じょういん》の形容詞。あでやかな美しさをいう。一般に王安石の詩には、水の美を歌うものが多いが、これもその一つ。とりわけ、ここでは、春の花と春の水がたがいに映発して、ほとんど耽溺《たんでき》にも近い作者の嗜好《しこう》が感じられる。「一陂春水繞花身、身影妖嬈各占春」。——

——たとえ、春風に吹き散らされて、雪のように舞い落ちてしまおうとも、南の陌《みち》のほとりで、人や車に踏みしだかれて塵となるよりは、はるかにましなのだ。——「絶勝南陌碾成塵」の「碾《ねん》 niǎn」は、細かく砕き、すりつぶす、といった語義をもつ。薄くれないの杏の花びらが、道行く車馬や人間に無残に踏みしだかれる感覚が、効果的に生きている。

晩春の落花を詠《うた》った絢爛《けんらん》たるイメージの作品であるが、詠物詩の伝統にしたがって、作者自身の投影と読むことも可能であろう。晩年を迎え、政界から隠棲し、やがて来たるべき人生の終結を予感する作者の、いさぎよい美意識の表白、としてである。

草木を対象とした詠物詩としては、清朝初期の王士禛《ししん》（士禎《してい》）の「秋柳」を欠かすことができない。〝衰柳―悲秋―懐古〟の詩想が渾然ととけあって、詠物詩の史的展開の一つの極限をなしている作品である。四首連作の第一首。

秋柳

秋來何處最銷魂
殘照西風白下門
他日差池春燕影
祇今憔悴晩煙痕
愁生陌上黄驄曲
夢遠江南烏夜村
莫聽臨風三弄笛
玉關哀怨總難論

秋柳《しゅうりゅう》　　王士《おうし》禛《しん》

秋来《しゅうらい》　何《いず》れの処《ところ》か　最《もっと》も銷魂《しょうこん》なる
残照《ざんしょう》　西風《せいふう》　白下《はくか》の門《もん》
他日《たじつ》　差池《しち》たり　春燕《しゅんえん》の影《かげ》
祇今《ただいま》　憔悴《しょうすい》す　晩煙《ばんえん》の痕《あと》
愁《うれ》いは生《しょう》ず　陌上《はくじょう》　黄驄《こうそう》の曲《きょく》
夢《ゆめ》は遠《とお》し　江南《こうなん》　烏夜《うや》の村《むら》
聴《き》く莫《なか》れ　風《かぜ》に臨《のぞ》む三弄《さんろう》の笛《ふえ》
玉関《ぎょくかん》の哀怨《あいえん》　総《すべ》て論《ろん》じ難《がた》し

秋ともなれば、何処《どこ》の柳こそが、魂も銷《き》え果てんばかり最も深い悲しみを誘うのだろうか。それは、薄れゆく斜陽のなか、ひややかな西風の吹きよせるところ、白下《はくか》の門の柳なのだ。――

「白下」とは、現在の南京市の西北部にあった地名。台城の西、石頭城《せきとうじょう》の東北に在った白下城が、その故地に当たるとされる（『読史方輿紀要《どくしほうよきよう》』巻二十、江寧県）。南京自体の古名・雅名としても用いられるが、たとえば李白の詩に、「白下亭」が二例、「白門柳」が四例あることからも知られるように、南京の特定地区を意識した用法と見るのがよいだろう。「亭」があり、「柳」があることからも知られるように、旅人を送る離別の場所であった。それゆえに、「最も魂を銷《け》す」悲哀の柳として歌われているわけである。「残照西風白下門」。——

　他日《たじつ》　差池《しち》たり　春燕の影
　祇今《ただいま》　憔悴《しょうすい》す　晩煙の痕《あと》

過ぎさった日々、差池《ひらひら》と羽根を交《かわ》しつつ柳の枝に戯れていた春の燕たちの影よ。今はただ、憔悴《やつ》れ黄ばんだ枝々に、晩《ひぐれ》の煙《もや》の痕が残るばかり。——「他日」とは、今はすでに自己のものに属さぬ過去の日々、また、いまだ自己のものに属さぬ未来の日々。ここでは前者。「差池《しち》 cīchí」は、母音 /i/ と声調（平声）を共有する畳韻の形容詞。物ごとが不ぞろいに交わるさま。『詩経』〔邶風《はいふう》〕「燕燕《えんえん》」の詩に、「差池《しち》たり其《そ》の羽《はね》」とあるのが典拠となっている。

　愁いは生ず　陌上《はくじょう》　黄驄《こうそう》の曲
　夢は遠し　江南　烏夜《うや》の村

その昔、陌《みち》の上《ほとり》に死んだ愛馬黄驄《こうそう》のために作らせたという哀悼の曲、道傍の柳に流れたその曲を想えば、深い愁いが生まれる。また昔、江南に生まれた皇后のために烏《からす》が夜啼《な》いたという瑞祥《ずいしょう》の村、烏夜村の柳に啼いたその声を想うとき、夢は遠くおぼろにかすむ。

——

ここは、律詩の対句にふさわしく、二つの典故が踏まえられている。唐の太宗李世民《たいそうりせいみん》は、高麗《こうらい》遠征の途上に死んだ愛馬のために、その名に因《ちな》んだ四曲の「黄驄の畳曲《じょうきょく》（組曲）」を楽人たちに作らせた（『新唐書《しんとうじょ》』巻二十一楽志《がくし》）。東晋《とうしん》の穆帝司馬聃《ぼくていしばたん》の皇后何氏《かし》が江南の村に生まれた夜、また、大赦《たいしゃ》の前夜、その村ではいずれも烏《からす》が啼きさわいだという（宋、范《はん》成大《せいだい》『呉郡志』巻九）。これらの典故には、必ずしももともと柳が踏まえられているわけではない。しかし王士禛は、「秋柳」と名づける四首連作の第一首において、それぞれの詩句を、直接間接に、「柳」のイメージに重ねていると見るべきであろう。

聴く莫《な》かれ　風に臨む三弄《さんろう》の笛
玉関《ぎょくかん》の哀怨　総《すべ》て論じ難《がた》し

君よ。風に臨んで三たびまで弄《ふ》き鳴らされる「折楊柳《せつようりゅう》」の笛の音《ね》を、みずから求めて聴かないでほしい。春の光さえとどかない西の塞《とりで》、玉門関を守る兵士の哀怨の情は、とても口に出しては述べがたいのだから。——

尾聯は散句ではあるが、ここにも二つの典故が踏まえられている。東晋の名士王徽《おうき》之《し》（子《し》猷《ゆう》）は、渡し場の船中から、岸辺をゆく笛の名手桓伊《かんい》（子《し》野《や》）に一曲を所望したところ、桓伊は「三調《さんちょう》」（三曲）を「弄《ふ》」（吹）き終えて、そのまま立ち去った。二人とも、一ことも言葉を交さなかったという（『世《せ》説新語《せつしんご》』任誕《にんたん》二十三）。また、盛唐の詩人王之《おうし》渙《かん》は、辺塞《へんさい》を守る兵士の苦しみを、「羌笛《きょうてき》、何ぞ須《もち》いん、〝楊柳〟を怨むを。春光、度《わた》らず、玉門関《ぎょくもんかん》」（「涼州《りょうしゅう》の詞」）と歌っている。ここでは、桓伊が吹いたのが笛の曲であることと、「涼州の詞」で「楊柳を怨む（吹く）」と歌われているのが、ほかならぬ「折楊柳――楊柳《やなぎ》の枝を折って人を送る」という笛の曲であることとを重ね合わせて、「秋柳」の詩にふさわしい結びの一聯を構成したのである。

作者の王士禛は、清初の詩壇において「神韻《しんいん》」説を唱え、「一代の正宗《せいそう》」と讃えられた大きな存在であった。「秋柳」は、そのかれが二十四歳の白面の青年だった秋の日に、故郷済南《せいなん》（山東省）の名勝、大明《たいめい》湖に遊んで作ったもの。その「序」に「情《じょう》を楊柳に寄せ、……託《たく》を悲秋に致し、……」というように、〝悲秋〟の詩歌の伝統のなかに〝秋柳〟の衰落の情趣を位置づけて、まさしく神韻縹渺《ひょうびょう》たる世界を生み出している。後年の自覚的な神韻の境地が、早くも冴え冴えとその精華を表わしていることがうかがえよう。王士禛の名を天下に広めた出世作であるばかりでなく、かれの詩想の本質が具現されているという点で、まさしく代表作と評すべき会心の作であった。「秋柳」詩社を中心に、多くの唱和の作が生み出されたのも偶然ではない。

王士禛にやや遅れて、対立的な「性霊《せいれい》」説を唱えた袁枚《えんばい》にも、草木を歌ったすぐれた詠物詩がある。

苔　　袁枚

白日不到處
青春恰自來
苔花如米小
也學牡丹開

苔《こけ》　　袁枚《えんばい》

白日《はくじつ》　到《いた》らざる処《ところ》
青春《せいしゅん》　恰《あたか》も　自《おのず》から来《きた》る
苔花《たいか》　米《こめ》の如《ごと》く小《ちい》さきも
也《ま》た　牡丹《ぼたん》を学《まな》んで開《ひら》く

太陽の光が、当らないところ。そこにも春は、ちゃんとやって来る。苔《こけ》の花は、米つぶのように小さいけれど、それでもなお、牡丹《ぼたん》の真似をして開くのだ。――

性情の自由な働きを重んずる袁枚にふさわしく、また、五言絶句という最短詩型にふさわしく、ここには、典故らしいものは使われていない。いわゆる〝白描《はくびょう》〟の作である。「青春恰自来」の「恰《かふ(こう)》 qià」は、「ちょうど恰も」、すなわち、「来るべき時期にきちんと合わせて」の意。「自《じ》 zì」は「おのずから」と訓読するが、「自然と」の意ではなく、「(日の光は差して来ないが)春は春自体として(やって来る)」の意。

日陰にひっそりと咲く苔の花。そこにもやはり春は来て、咲くべき花は、きちんと咲く。米つぶのような白い小さな花と、大輪で色彩絢爛《けんらん》たる牡丹花との、一見ユーモラスな対比のなかに、身辺の微小なものに寄せる作者の温かな眼が感じられよう。作者のいわゆる性霊の発露を見ることもできようし、詠物詩の伝統に従って、何らかの象徴性や寓意性を見ることも可能である。

「詠物」の章の結びとして、いわゆる「器物」を詠《うた》った作をあげる。対比的なイメージの「刀」と「笛」。

琅琊王歌辭

新買五尺刀
懸著中梁柱
一日三摩娑
劇於十五女

琅琊王《ろうやおう》の歌辞《かじ》　無名氏《むめいし》

新《あら》たに五尺《ごしやく》の刀《かたな》を買《か》いて
中梁《ちゆうりよう》の柱《はしら》に懸着《けんちやく》す
一日《いちにち》に三《み》たび摩娑《まさ》す
十五《じゆうご》の女《むすめ》よりも劇《はなは》だし

近ごろ買ったばかりの、五尺の刀。まん中の梁《はり》の丸太に、くくりつけてぶらさげる。一日に、何度も何度も摩《な》でさする。十五の女《むすめ》よりも、もっと可愛い。――「琅琊王歌辞」は、『楽府詩集《がふ》』（巻二十五）に、「梁の鼓角横吹曲《こかくおうすいきよく》」として収める組曲の一つ。八首連作の第一首。「詠懐」の章の「企喩歌《きゆか》」（四四ページ）と同じく、北方異民族の軍楽が南朝の楽府に採り入れられたものらしい。鼓《つづみ》と角《つのぶえ》を用いる楽曲が「横吹《おうすい》」と呼ばれ、軍隊で演奏された、とされるのである。

北方民歌にもとづく軍楽の歌辞にふさわしく、素朴で野性的な趣きの歌。伝統的な詠物詩とは、その発想や構造が大きく異なっている。とりわけ、次にあげる「聞笛」の繊細流麗とくらべるとき、その点がひときわ印象的である。しかし、詩歌史的に通観すれば、これもまた中国の詠物詩の一つとして、適切に位置づけられることが必要であろう。

聞笛

戍鼓停撾月五更
嗚嗚巧作斷腸聲
江南自是春來早
吹到梅花夢也淸

笛《ふえ》を聞《き》く　劉吉甫《りゅうきつぼ》

戍鼓《じゅこ》　撾《う》つを停《とど》めて　月《つき》は五更《ごこう》
嗚嗚《おお》として巧《たく》みに作《な》す　断腸《だんちょう》の声《こえ》
江南《こうなん》　自《おのずか》ら是《こ》れ　春《はる》の来《きた》ること早《はや》し
吹《ふ》いて梅花《ばいか》に到《いた》れば　夢《ゆめ》も也《ま》た清《きよ》らかなり

守備兵の太鼓は撾《う》つ手を停《とど》め、月は五更の夜ふけに澄みわたる。嗚々《おお》として、咽《むせ》び泣くような笛の音《ね》は、巧みに断腸の声《ひびき》を生み出すのだ。故郷の江南は、もともと春の来るのが早いところ。嫋々《じょうじょう》たるその調べが、遥かに梅の花々に吹き入るとき、夢もまた清らかに香るであろう。遥かな望郷の、その夢も。——国境地方を戍《まも》る兵士たち。夜警の太鼓の音さえ途絶えた夜の静寂《しじま》。「五更」とは、夜を五つに分けた最深夜。透明な月光に溶けこむように、断腸の笛の調べが流れてくる。兵士の想念は、笛の音とともに、いつしか故郷の江南に吹き渡り、夢幻のうちに早春の梅花の香りにつつまれる。「梅花」は、清らかに香る現実の梅の花であるとともに、名高い笛の曲調「梅花落《ばいからく》」をも、連想に含んでいるだろう。

前半二句の北方の夜景は、後半、一転して江南の春夜へと展開し、望郷の想念は、梅にゆかりの笛の音とともに、梅の清香に馥《かお》るのである。伝統的な詠物詩の発想が、辺塞、望郷の発想と結ばれて、月光のごとく透明で、梅香のごとく清澄な、美しい七絶の小品を生み出している。このばあい、「吹到梅花夢也清」の七字こそは、作者にとって天啓の一句であったに違いない。

三　情愛のうた——愛の深層

慈母　手中《しゆちゆう》の線《いと》
遊子　身上《しんじよう》の衣《ころも》
（孟郊「遊子吟《ゆうしぎん》」）

「情愛のうた」は、その対象との関係から、大きく二つに分けて考えるのが妥当だろう。一つは、男女を結ぶ愛情・恋情をうたうものであり、もう一つは、親子、兄弟、姉妹などを結ぶ肉親の愛・骨肉の情をうたうものである。

比較詩学の立場から見たばあい、第一のジャンルは、世界の各国文学史において、ほとんど例外なく重要な地位を占めている。それは、男女間における愛《エロス》の感情というものが、人間全般における時間《クロノス》の感情と並んで、もっとも持続的な〝詩的抒情の源泉〟として作用しているからに他ならない。すぐれた恋うたの伝統をもたない文学史は、かりに有ったとしても例外的な存在であろう。

これに対して、第二のジャンル、肉親の愛をうたった作品は、一般に、第一のジャンルほどには重要な地位を占めていないように見える。自己犠牲をも含む愛の情念としては、恐らく同様な根源性や深層性をもちながら、なぜ骨肉の愛は、男女の愛ほどの詩的比重をもちえないのだろうか。——それは要するに、骨肉・肉親の愛が、男女の愛にくらべて、より安定した存在であり、それゆえに、〝抒情の源泉〟として絶えず刺激されるということが少ないからだ、と考えられよう。

このことは、①同じく男女の愛のうたであっても、より安定した夫婦関係の愛をうたう作品はより少なく、より不安定な恋愛関係の愛をうたう作品がより多い、という事実によって、また、②同じく骨肉の愛のうたであっても、その愛の持続が、より不安定な情況、すなわち、死別、離別、老病などの悲哀や不安をうたう作品はより多い、という事実によって——はっきりと立証されるはずである。

中国の詩歌史にあっても、この点は基本的に共通している。ただ、古典詩歌の最盛期というべき中世~近世の恋愛詩では、詩人が主体的・一人称的に自分の恋情をうたった作品は、きわめて乏《とぼ》しい。逆に、古代の無名氏（詠《よ》み人しらず）の作品には、主体的・一人称的な愛の表白が見られるのである。

上邪　上邪《じょうや》　無《む》名氏《めいし》

上邪　上《じょう》や
我欲與君相知　我《われ》　君《きみ》と相《あ》い知《し》り
長命無絶衰　長《とこしえ》に絶《た》え衰《おとろ》うること無《な》から命《し》めんと欲《ほっ》す

山無陵
江水爲竭
冬雷震震
夏雨雪
天地合
乃敢與君絕

山《やま》に陵《おか》無《な》く
江《かわ》の水《みず》　竭《つ》くるを為《な》し
冬《ふゆ》に雷《いかずち》　震震《しんしん》として
夏《なつ》に雪雨《ゆきふ》り
天地《てんち》　合《がっ》するとき
乃《すなわ》ち敢《あ》えて　君《きみ》と絶《た》えん

上天の神に誓います。私はあなたと愛しあい、この気持が絶え衰えることなど永遠に無いことを。そして、高い山脈《やまなみ》に峰々が無くなり、無限の大江《おおかわ》の水が枯れて竭《つ》き、冬に雷が震々と鳴り、夏というのに雪が降り、天と地が崩れて一つになってしまうような、そんなときがもし来るならば、その時こそ、はじめてあなたと別れるのです、と。――

漢代の民間歌謡。若い女性が、恋の永遠を上天の神に祈り誓う歌。『楽府《がふ》詩集』(巻十六)では、「鼓吹曲辞《こすいきょくじ》」の「漢の鐃歌《どうか》、十八曲」の一つに収める。

「上邪」の「邪《や》 yé」は、「耶《や》」と同じく、呼びかけの語気を示す。前半の第二・三句では、五・七・九句では、「竭《けつ》・雪《せつ》・絶《ぜつ》」と韻を踏みつつ、この世の終末という有りえない情況を設定し、そのとき始めてこの愛が終るであろうと、愛の永遠を間接的に誓う手法をとっているのである。

天地《あめつち》といふ名の絶えてあらばこそ
汝《いまし》と吾《われ》と逢ふこと止《や》まめ
（『万葉集』巻十一、二四一九）

民謡系の相聞歌《そうもんか》（恋歌）だという点を含めて、両者の発想はきわめてよく似ている。恋歌ゆえの偶然の一致とも考えられるし、「上邪」からの直接間接の影響とも考えられよう。もし影響だとすれば、平安時代に盛んな句題和歌の発想の、より早い、鮮烈な先蹤《せんしょう》の一つということになるだろう。「天地合、乃敢与君絶――天地《あめつち》合するとき、乃ち敢えて君と絶えん」。――

漢代の「上邪」にさらに先立つ恋の歌としては、『詩経』に収める民謡系の作品がある。鄭風《ていふう》、つまり、現在の河南省の中央部、鄭の国の民謡とされる、切《せつ》ない女心のうた。

子衿《しきん》　詩経《しきよう》〔鄭風《ていふう》〕

青青《せいせい》たる子《きみ》が衿《えり》
悠悠《ゆうゆう》たる我《わ》が心《こころ》
縦《たと》い　我往《われゆ》かずとも
子《きみ》　寧《なん》ぞ音《おん》を嗣《つ》がざる

青青《せいせい》たる子《きみ》が佩《はい》
悠悠《ゆうゆう》たる我《わ》が思《おも》い
縦《たと》い　我往《われゆ》かずとも
子《きみ》　寧《なん》ぞ来《きた》らざる

子衿

青青子衿
悠悠我心
縦我不往
子寧不嗣音

青青子佩
悠悠我思
縦我不往
子寧不來

挑兮達兮　挑《とう》たり　達《たつ》たり
在城闕兮　城闕《じょうけつ》に在《あ》り
一日不見　一日《いちにち》見《み》ざれば
如三月兮　三月《みつき》の如《ごと》し

青々《あおあお》と美しい　子《あなた》の服の衿《えり》
悠々《はろばろ》と慕いつづける　私の心
たとい　私からは往《ゆ》かなくても
子《あなた》はどうして　音《たより》をくれないの
青々《あおあお》と美しい　子《あなた》の佩《おびだま》
悠々《はろばろ》と慕いつづける　私の思い
たとい　私からは往《ゆ》かなくても
子《あなた》はどうして　来てくれないの

挑兮《かろやか》に　また達兮《うきうき》と
子《あなた》は　城下の大通りのあたり
ほんの一日　会っていないだけで
まるで三月《みつき》も　会っていないみたい

「青衿」は、青い衿《えり》の学生服を着た若者をさす。この点については、古来の解釈に大きな異論はない。「悠悠」は、相手を思う気持が長くつづくさま。「佩《はい》」とは、腰に佩《お》びる飾りの玉。第二章の「青青」は、玉そのものの色とも、また、それを結んだ組綬《くみひも》の色ともとれよう。「挑兮達兮《とうけいたつけい》」は、軽快で気ままな様子を表わす「挑達《とうたつ》」という形容詞を二分して、助字の「兮《けい》」を添えたもの。民歌的な軽い気分が生まれている。「城闕」とは、本来は城門や城楼をさす言葉であるが、ここでは城内の繁華街、目抜き通りを意味していよう。「一日見ざれば三月《みつき》の如し」という詩句は、同じ『詩経』の「采葛《さいかつ》」〔王風〕にも見られ、男女の激しい慕情を表わす成語として実感がこもっている。ただし、漢代から唐代にかけての詩経学では解釈が異なり、学業を怠《なま》けて放縦《ほうじゆう》な遊びにふける友人を、同窓の学友が心配して歌ったもの、と見るのが通説だった。しかし、自分自身も「青衿」の身分にある学生が、友人に向って「青青たる子が衿《きみ》《えり》」と呼びかけたとするのは、詩的イメージの構成として無理がある。南宋の朱熹《しゆき》（朱子）が男女の恋愛詩と解釈しなおしたのは、この作品の本来の姿をよみがえらせたものといえよう。

「子衿《しきん》」のような直接話法的な恋愛表現ではないが、同じ『詩経』の「桃夭《とうよう》」〔周南〕の詩は、嫁ぎゆく女性を祝福する祝婚歌として、早くから源泉的な地位を占めてきた。いわば、男女の愛——新しい生命の誕生——に対する、社会的に共有された頌歌《ほめうた》、といった趣きである。

桃夭《とうよう》　　詩経《しきよう》〔周南《しゆうなん》〕

桃夭

桃之夭夭
灼灼其華
之子于歸
宜其室家

桃《もも》の夭夭《ようよう》たる
灼灼《しやくしやく》たり其《そ》の華《はな》
之《こ》の子《こ》　于《ここ》に帰《とつ》ぐ
其《そ》の室家《しつか》に宜《よろ》しからん

桃之夭夭
有蕡其實
之子于歸
宜其家室

桃之夭夭
其葉蓁蓁
之子于歸
宜其家人

桃《もも》の夭夭《ようよう》たる
有蕡《ゆうふん》たり　其《そ》の実《み》
之《こ》の子《こ》　于《ここ》に帰《とつ》ぐ
其《そ》の家室《かしつ》に宜《よろ》しからん

桃《もも》の夭夭《ようよう》たる
其《その》の葉《は》　蓁蓁《しんしん》たり
之《こ》の子《こ》　于《ここ》に帰《とつ》ぐ
其《そ》の家人《かじん》に宜《よろ》しからん

桃は夭夭《ようよう》と若やかに
灼灼《しゃくしゃく》と燃えて咲く　その良き華
この子が　こうして帰《とつ》ぎゆけば
さぞや　よい嫁と愛されよう

桃は夭夭と若やかに
蕡《ふん》として丸《まろ》やかな　その良き実
この子が　こうして帰《とつ》ぎゆけば
さぞや　よい嫁と愛されよう

桃は夭夭と若やかに
蓁蓁《しんしん》と茂る　その良き葉
この子が　こうして帰《とつ》ぎゆけば
さぞや　よい嫁と愛されよう

第一章の「室家」、第二章の「家室」、第三章の「家人」は、いずれも、嫁ぎ先の家族たちを意味している。各章の押韻の関係で、「華《か》・家《か》」（第一章）、「実《じつ》・室《しつ》」（第二章）、「蓁《しん》・人《じん》」（第三章）、と、同じ韻《ひびき》の字を揃えたもの。中国の詩歌が、きわめて早い時期から、押韻の技法に熱心だったことが知られよう。

各章とも、第一句の「桃之夭夭」と、第三句の「之子于帰」は、まったく共通の詩句を用いている。第四句の「宜其……」も、やはり共通性が高い。古代の共同体的な社会では、こうした単純な反復《リフレーン》の手法をつうじて、共通の情緒や感情を盛り上げてゆくのが好まれたのである。

古代の民謡にふさわしく、章ごとの差異の部分にも、分かりやすいイメージが用いられている。第一章の「華」は、嫁ぎゆく娘の華やかな美しさを、第二章の「実」は、やがて生まれてくる新しい生命を、第三章の「葉」は、そのようにして形成される一族の繁栄を、それぞれに象徴していると見られよう。これは、伝統的な詩経学では、「比《ひ》」（比喩）とか「興《きよう》」（象徴）とか呼ばれる修辞法であるが、具体物の形象《イメージ》に即して何らかの比喩や象徴を試みるというのは、むしろ、詩歌の歴史とともに久しい普遍的な発想というべきだろう。

三章全体をつうじて、この詩の主題は、「夭夭《わかわか》しい桃」に象徴される初《う》いういしい娘が「帰《とつ》いでゆく」、という事実に集約される。その眼目というべき「帰《き》 gui」の字には、「最終的に帰着すべきところに帰着する」という要素が強い。従って、そのような要素が強い場合には、初めてゆく場所であっても「帰」の字が使える、という点に留意したい。ここでは、嫁ぎ先の夫の家を「帰着すべき所」と意味づけることによって、「帰《とつ》ぐ」と歌っているのである。

この点から判断すれば、「桃夭」はたしかに古代の民謡ではあるが、招婿婚のような母系社会の歌ではなく、父系制が確立した後の祝婚歌だと見なければならない。いやむしろ、「帰=女の嫁《とつ》ぐ也」（『説文《せつもん》』巻二上）という漢字の字源そのものが、そうした社会の産物というべきであろう。

男女の情愛は普遍的なものだけに、人間をとりまくいろいろな現象のなかに、その投影が見いだされる。秋の夜空に輝く天《あま》の河《がわ》と、それを隔てて南北に対《むか》いあう牽牛星と織女星。名高い七夕《しちせき》の伝説も、逢う瀬の乏しいこの世の恋が、美しく投影されたものにほかならない。

迢迢牽牛星　　迢迢《ちょうちょう》たる牽牛星《けんぎゅうせい》　　無名氏《むめいし》

迢 迢 牽 牛 星　　迢迢《ちょうちょう》たる牽牛星《けんぎゅうせい》
皎 皎 河 漢 女　　皎皎《きょうきょう》たる河漢《かかん》の女《じょ》
纖 纖 擢 素 手　　纖纖《せんせん》として素手《そしゅ》を擢《あ》げ

札札弄機杼
終日不成章
泣涕零如雨
河漢清且淺
相去復幾許
盈盈一水間
脈脈不得語

札札《さつさつ》として機杼《きちょ》を弄《ろう》す
終日《しゅうじつ》　章《しょう》を成《な》さず
泣涕《きゅうてい》　零《お》つること雨《あめ》の如《ごと》し
河漢《かかん》　清《きよ》く且《か》つ浅《あさ》し
相《あ》い去《さ》ること復《ま》た幾許《いくばく》ぞ
盈盈《えいえい》として　一水《いっすい》に間《へだ》てられ
脈脈《みゃくみゃく》として　語《かた》るを得《え》ず

迢々《ちょうちょう》と遠く遥かな牽牛星よ。皎々《きょうきょう》と白く輝く織女星よ。繊《せん》々とたおやかに素《しろ》い腕を擢《あ》げ、札々《さつさつ》と軽ろやかな音色《ねいろ》で機《はた》の杼《ひ》を操っている。一日かかっても、その章《あや》模様は織りあがらない。悲しみの涙が、雨のようにふりかかるばかりだ。——河漢《あまのがわ》は、清らかに澄んでしかも浅い。両岸を隔てる距離とて、いかほど有ろうか。それなのに、盈々《えいえい》と広がる一と筋の河に間《へだ》てられ、脈々《みゃくみゃく》と見つめあうばかりで、語りあうすべはないのだ。——

「古詩十九首」の第十首。冒頭の一句によって「迢迢たる牽牛星」の詩と呼ばれているが、描写の中心は織女星である。一読して気づくように、「迢迢」「皎皎」「纖纖」「札札」「盈盈」「脈脈」と、同じ字を重ねた〝重言《じゅうげん》〟（畳字《じょうじ》）の修飾語が、効果的に使われている。

牽牛星（鷲座《わしざ》アルタイル）と織女星（琴座ヴェガ）については、『詩経』（小雅《しょうが》）の「大《だい》東《とう》」の詩に、「跂《かたむ》きたる彼の織女は、……報《くりかえ》す章《あやおり》を成《な》さず。睆《かがや》ける彼の牽牛は、以《も》って（牛車《ぎゅうしゃ》の）箱を服《つ》けず」とあるように、早くからその詩的イメージが形成されていた。しかし、七月七日の夜に、鵲《かささぎ》がかけ渡した橋を渡って、一年に一度だけの逢う瀬を楽しむというまとまった伝説、いわば七夕《しちせき》（棚機《たなばた》）伝説の完成された形態は、魏晋のころから次第に明確になってくるようである。それが詩歌に詠まれた比較的早い例としては、梁《りょう》の庾《ゆ》肩吾《けんご》の「七夕詩」が挙げられよう。

……

離前忿促夜　離《わか》るる前《まえ》には　促《せわ》しき夜《よる》を忿《いか》り
別後對空機　別《わか》るる後《のち》には　空《むな》しき機《はた》に対《むか》う
倩語雕陵鵲、倩《か》りて語《つ》げん　雕陵《ちょうりょう》の　鵲《かささぎ》に
塡河未可飛　河《あまのがわ》を塡《うず》めて　未《いま》だ飛《と》ぶ可《べ》からずと

「雕陵の鵲」とは、『荘子《そうじ》』（山木篇《さんぼく》）に見える異鵲《いじやく》（ふしぎな鵲）のことであり、ここではそれを借りて、鵲には天の河を塡《うず》めて渡れるようにしてほしい、と呼びかけているのである。ただし、「迢迢たる牽牛星」の詩では、「盈盈《えいえい》として一水に間《へだ》てられ、脈々《みやくみやく》として語るを得ず」と歌われているのであるから、まだ鵲の橋の伝説は反映されていない。ちなみに、わが国の古典和歌では、平安期も中～後期の、

天の河　扇《あふぎ》の風に霧はれて
　そら澄み渡るかささぎの橋
（『拾遺集《しゆういしゆう》』一〇八九、清原元輔《きよはらのもとすけ》）

いかなれば　とだえそめけむ天のがは
　逢ふ瀬に渡す鵲の橋
（『詞花集《しかしゆう》』八五、加賀左衛門《かがさえもん》）

などが、伝説の完成形態を反映した比較的早い作例のようである。上代の漢詩集『懐風《かいふう》藻《そう》』には「鵲の橋」を歌う作品がありながら（出雲介吉《き》智首《ちのおびと》「七夕」）、ほぼ同時期の和歌集『万葉集』の「七夕歌」にはそれが見えないという点も、比較文学史的には興味深い。

天上の恋のイメージは、はるかな大空に託した伝承であるだけに、間接化された典雅な趣きが中心になっている。しかし、同じ恋の伝承でも、地上のそれのイメージは、時としてきわめて直接的な描写に及ぶことがある。少女碧玉《へきぎょく》の恋を歌った江南《こうなん》の歌謡、一首。

碧玉歌　　碧玉《へきぎょく》の歌《うた》　　無名氏《むめいし》

碧玉破瓜時　　碧玉《へきぎょく》　破瓜《はか》の時《とき》
相為情顛倒　　相《あ》い為《ため》に　情《じょう》　顛倒《てんとう》す
感郎不羞郎　　郎《ろう》に感《かん》じて郎《ろう》に羞《は》じず
回身就郎抱　　身《み》を回《めぐ》らして郎《ろう》に就《つ》いて抱《いだ》かる

碧玉は、十六歳の娘ざかり。相思相愛で、気もそぞろ。郎《あのひと》がいとしくて、羞《はず》かしさも忘れ、くるっと身をひるがえして、郎《あのひと》にぴったり抱きしめられる。——「破瓜《はか》」は、「瓜」の字の篆書《てんしょ》体を分けると二つの「八」の字になるところから、十六歳の意で用いられている。「郎」は一般に、わかい男性を呼ぶ二人称。一句一句が、感じやすい娘の奔放な恋を歌って、いかにも民歌的な、素朴であからさまな愛の描写となっている。「回身就郎抱」。——

『楽府詩集』（巻四十五）では、『楽苑』を引いて、「碧玉」を宋の汝南王《じょなんおう》の愛妾の名、この詩を王の作、とする説を紹介する。『玉台新詠《ぎょくだいしんえい》』（巻十）では、「情人碧玉の歌」と題して、東晋の孫綽《そんしゃく》の作とする。また、『通典《つてん》』（巻百四十五、楽典）のように、晋の汝南王の作とするものもあって、はっきりしない。しかし、碧玉を歌った一連の作品の内容から見れば、貧しいむすめが玉の輿《こし》に乗った恋物語をさまざまにアレンジした民間の流行歌謡、と見ておくのが妥当であろう。詩の本文もまた、それにふさわしく、テキストによって多くの異同がある。

これとはちょうど逆に、同じ五言四句の楽府詩ながら、宮中の女性の抑制的な愛を、洗錬された筆致で描いた宮怨《きゅうえん》の詩、「玉階怨」。宮中の「玉の階《きざはし》」に象徴される、宮女の怨《ものおもい》を詠じたもの。

玉階怨

夕殿下珠簾
流螢飛復息
長夜縫羅衣
思君此何極

玉階怨《ぎょくかいえん》　　謝朓《しゃちょう》

夕殿《せきでん》　珠簾《しゅれん》を下《おろ》し
流蛍《りゅうけい》　飛《と》んで復《ま》た息《いこ》う
長夜《ちょうや》　羅衣《らい》を縫《ぬ》う
君《きみ》を思《おも》うこと　此《ここ》に何《なん》ぞ極《きわ》まらん

夜の宮殿に、美しい珠簾《たまだれ》が下ろされるころ、蛍は、流れるように闇を飛んで、またふっと動きをとめる。

長い長い秋の夜、羅《うすぎぬ》の衣を縫いつづける宮女。わが君をお慕《した》いする気持に、どうして限りがありましょうか。——

「珠簾」は、真珠を綴《つづ》った御簾《みす》を意味しているが、たんに、簾《すだれ》の美称とも見られよう。玉階、夕殿、珠簾、流蛍、羅衣……と、詩句の流れを追って提示される洗錬された美しいイメージ。それらが互いに結ばれて、第四句の可憐な宮女の姿を周囲から浮かび上がらせる、という効果を生んでいる。

作者、南斉の謝朓は、唐の李白がだれよりも敬愛した詩人であった。李白が、同じ「玉階怨」という詩題によって、また、同じ「五言四句」という詩型によって、共通した美の世界を描いているのは、その敬愛の一端を表わすものといえよう。そしてそのイメージは、さらに洗錬された透明感を加えている。

玉階怨　　玉階怨《ぎょくかいえん》　　李白《りはく》

玉階生白露　　玉階《ぎょくかい》に白露《はくろ》生《しょう》じ
夜久侵羅襪　　夜久《よるひさ》しくして　羅《うすぎぬ》の襪《くつした》を侵《おか》す
却下水精簾　　水精《すいしょう》の簾《すだれ》を却《くだ》し下《おろ》すも
玲瓏望秋月　　玲瓏《れいろう》として　秋月《しゅうげつ》を望《のぞ》む

ここには、いわば「本歌どり」にも似た、楽府詩の詩想と手法の展開のあとをたどることができよう。「夕《よる》の宮殿」と「玉《ぎょく》（大理石）の階《きざはし》」、「真珠の簾」と「水精（水晶）の簾」、「羅《うすぎぬ》の衣《ころも》」と「羅の襪《くつした》」、「流れとぶ蛍」と「白い露」……、それぞれが対応しあう美しい詩語の連なりのなかで、李白の詩の結句には、謝朓の詩とは、あえて対比的な、玲瓏たる秋月が描き出される。

すなわち、ほの暗い夜の闇のなかに、ただひとり君王を思いつづける宮女の陰影《シルエット》のような形象と、逆に、水晶の簾ごしにそそぐ月光のなかに、ほとんど溶けこんでしまいそうな透明な宮女の姿との、鮮かな対比である。ここでは、李白の詩に描かれた、まばゆいまでの月光が、謝朓の「玉階怨」の淡い幽《かす》かな蛍の光の印象をも、――異質の光の対比として――かえって強く引き立たせる効果を生んでいることに注意したい。同一の〝楽府題〟に即した詩的イメージの、継承と展開、相互の映発。李白が「楽府」というジャンルにいかに生来の適性をそなえていたか、その点がよく分る例である。

謝朓や李白に代表される女性の姿、また、そこに託された情愛の念《おもい》には、たしかに、三人称的な視点から、穏やかに客体化されたものが多い。

逆に、杜甫の「月夜」（「今夜《こんや》、鄜州《ふしゅう》なる月、閨中《けいちゅう》にて、只《た》だ独《ひと》り看《み》るならん」）や、李《り》商隠《しょういん》の「夜雨《やう》に、北に寄《つま》す」（「君は帰る期《とき》を問えども、未《いま》だ期有らず」）などが、妻への情愛を一人称的・主体的に抒《の》べた代表作であること。この点は、中国古典詩における情愛描写の二つのパターンとして、近年では次第に知られるようになってきている。

ここでは、後者の系譜の典型として、南宋の陸游《りくゆう》の「沈園《しんえん》」の作を引きたい。

沈園　沈園《しんえん》　陸游《りくゆう》

夢斷香消四十年　夢《ゆめ》は断《た》え香《か》は消《き》えて　四十年《しじゅうねん》
沈園柳老不吹綿　沈園《しんえん》　柳《やなぎ》老《お》いて　綿《わた》を吹《ふ》かず
此身行作稽山土　此《こ》の身《み》　行〻《ゆくゆく》稽山《けいざん》の土《つち》と作《な》るも
猶弔遺蹤一泫然　猶《な》お遺蹤《いしょう》を弔《とむら》いては　一《ひ》とたび泫然《げんぜん》

わかき日の夢は途絶え、甘やかな香りは消えて、いまやすでに四十年。ここ沈園《しんえん》では、柳さえも老いはてて、春の綿毛が風に舞うこともない。この私も、やがて会稽山《かいけいざん》の土となる老いの身ではあるが、いまなお、憶い出の場所を弔えば、涙ははらはらとこぼれ落ちるのだ。——

陸游は二十歳のころ、母方の従姉妹《いとこ》に当る唐琬《とうえん》と結婚した。母にとっては姪《めい》に当る嫁でありながら、その母に気に入られず、旧社会の礼教のもと、二人は別れてそれぞれに再婚する。十年ほど後の春の日、二人は紹興《しょうこう》城内の沈園《しんえん》で、思いがけず再会する。唐琬は現在の夫、趙士程《ちょうしてい》に事情を話し、陸游への挨拶として酒と肴《さかな》を届けさせた。陸游は万感の思いを、「釵頭鳳《さいとうほう》」という塡詞《てんし》(歌謡)に託し、その歌詞を沈園の壁に書きつけて立ち去った(周密《しゅうみつ》『斉東野語《せいとうやご》』巻一)。

唐琬は、その後まもなく他界したらしいが、陸游は最晩年に到るまで、折りおりにこの妻をしのぶ詩を作っている。この詩は、四十数年後の七十五歳のころ、さらにまた沈園を訪れて、あの突然の再会の日を憶《おも》って作った七言絶句、二首連作中の一つ。「自分自身も、ほどなく故郷の会稽山の土となる身」と歌われるように、陸游自身も、老残の身の繰り言《くごと》とは十分に知りつつ、それでもなお、「遺蹤《いしょう》——憶い出の遺《のこ》る場所」沈園に亡き人を弔って、泫然《げんぜん》 xuànrán と涙を流すのである。

ちなみに、さらに数年の後、八十一歳の陸游は、歳も末の冬の夜、こんどは夢の中で沈園の春景色を訪れる。

城南小陌又逢春
只見梅花不見人
玉骨久成泉下土
墨痕猶鎖壁間塵

城南《じようなん》の小陌《こみち》に　又《ま》た春《はる》に逢《あ》う
只《た》だ梅花《ばいか》を見《み》るのみにして　人《ひと》を見《み》ず
玉《よきひと》の骨《ほね》は久《ひさ》しく泉下《せんか》の土《つち》と成《な》るも
墨《すみ》の痕《あと》は猶《な》お鎖《とざ》さる　壁間《へきかん》の塵《ちり》に
（「十二月二日夜、夢に沈氏《しんし》の園亭《えんてい》に遊ぶ」其《そ》の二）

篤実な私小説にも似た、まさに一人称そのものの、持続的な情愛の告白である。その情感のみずみずしさこそは、かれに八十六歳もの長寿を保たせた要因の一つであろうか。

中国詩歌を貫く骨肉の情愛は、兄弟姉妹にかかわる名作をも、折りおりに生み出している。

始めに、きわめて名高い「七歩の詩」。――実の兄から迫害された弟が、骨肉ゆえの愛の回復を訴えたとされる哀切な作品である。

七歩詩

七歩《しちほ》の詩《し》　曹植《そうしょく》

煮豆持作羹
漉豉以爲汁
萁在釜下燃
豆在釜中泣
本是同根生
相煎何太急

豆《まめ》を煮《に》て　持《も》って羹《あつもの》と作《な》し
豉《し》を漉《こ》して　以《も》って汁《しる》と為《な》す
萁《まめがら》は釜《かま》の下《した》に在《あ》りて燃《も》え
豆《まめ》は釜《かま》の中《なか》に在《あ》りて泣《な》く
本《も》と是《こ》れ　同根《どうこん》より生《しょう》ずるに
相《あ》い煎《に》ること　何《な》んぞ　太《はなは》だ急《きゅう》なる

豆を煮て羹《あつもの》（ポタージュ）を作り、豉《みそ》を漉《こ》して汁を為《つく》る。萁《まめがら》は釜の下で燃え、豆は釜の中で泣くのだ。「もともとは同じ根から生まれた仲なのに、どうしてこんなに容赦なく煎《に》たてるのでしょうか」。――

『三国志』で名高い魏《ぎ》の曹操《そうそう》の息子たち、兄の曹丕《そうひ》と弟の曹植は、父に似て、詩人としてのすぐれた資質をそなえていた。とくに曹植は天才的な才能に恵まれ、一時は父の曹操も、かれを兄に優先して太子の位につけようとしたほどだったらしい。しかし、結局は曹丕が太子となり、やがて魏の文帝《ぶんてい》として、決定的な権力の場に君臨する。かつて太子の位を争った曹植は、陰に陽にさまざまな圧迫を受け、次の明帝《めいてい》の代に、不遇のまま四十一歳で没する。

この詩は、その曹植が、兄の文帝から七歩あるく間に詩を作ることを命ぜられ、出来なければ死刑（大法《たいほう》）に処すと迫られたときに、見事に作りあげて兄を慙《は》じいらせた、という話題の一環として伝えられるものである（『世説新語《せせつしんご》』文学篇六十六）。わが国の源頼朝と義経の関係にも似た曹丕と曹植の関係は、不幸な曹植への判官《ほうがん》びいきの感情を、中国でも広く生んでいる。それだけに、この詩が、本当にそうした情況のなかで、曹植によって作られたものかどうか、研究史的にはむしろ疑問が大きい。伝本《テキスト》によって詩の本文に異同が多いということも、そうした判断の理由の一つになっている。

しかし、詩歌の享受史という点から通観してみると、この詩は、愛されるはずの兄から憎まれる弟の嘆きを〝豆と萁《まめがら》〟に託した実感的な作品として、多くの人々の共感を生んできた。とりわけ、骨肉・血縁の関係を根本原理とする旧中国の社会では、兄弟の相克《そうこく》は人生の最大の不幸の一つ、という象徴的な意味を含んでいる。「七歩詩」が、各時代の王朝の帝位継承の争いや、知識人社会の兄弟不和の場において、常に生きた作用を果しえたのは、このためにほかならない。「本是同根生、相煎何太急」。——

「七歩詩」に託された曹植の哀切な心情とは逆に、美しい兄弟の情を描いた作品も、広く愛唱されている。十七歳の少年だった王維が、科挙《かきょ》の受験のため長安に滞在していたころ、九月九日の重陽《ちょうよう》の節句に、故郷の弟たちを思って作った七言絶句。

九月九日憶山東兄弟　　九月九日《くがつここのか》　山東《さんとう》の兄弟《けいてい》を憶《おも》う　　王維《おうい》

獨在異郷爲異客　　独《ひと》り異郷《いきょう》に在《あ》りて　異客《いかく》と為《な》る
毎逢佳節倍思親　　佳節《かせつ》に逢《あ》う毎《ごと》に　倍ゝ《ますます》親《しん》を思《おも》う
遙知兄弟登高處　　遥《はる》かに知《し》る　兄弟《けいてい》　高《たか》きに登《のぼ》る処《ところ》
遍插茱萸少一人　　遍《あまね》く茱萸《しゅゆ》を挿《かざ》して　一人《ひとり》を少《か》くを

独り異郷に在って、見知らぬ旅人として過せば、佳《めでた》い節句に逢うたびに、常にも増して肉親が恋しく思われる。ああ、こうして遠く離れていてもよく分かる。この日、兄弟たちがみんなで高い岡に登るとき、そろって茱萸《はじかみ》の小枝を髪に挿しながら、そこに私ひとりだけが欠けているその寂しさが。――

九月九日は、奇数(陽数)を代表する「九」が「重」なるところから、「重陽《ちようよう》」の節句とされている。人々はこの日、小高い岡や山に登り、魔よけ(辟邪《へきじや》)のための茱萸《しゆゆ》(カワハジカミの類)の小枝を髪にさし、菊酒を飲んで長寿を祈るのである。いわゆる「登高――高きに登る」の行事であり、唐代では、旅人が故郷の人々をしのぶ望郷の習俗ともなっていた。茱萸には、重陽節のころ赤い実がなり、強い香気がある。それは、黄色い菊酒の香気とともに、九月九日を象徴する色彩(視覚)と芳香(嗅覚)として、重陽の詩歌に独特のイメージを与えてきた。

王維には、縉《しん》・繟《せん》・紘《こう》・紞《たん》という四人の弟がいた。やさしく繊細な性格の王維が、肉親に対してとりわけ深い愛情を抱いていたことは、その作品や伝記史料がよく示している。そうした作者の、しかも最も感じやすい青春期の作品だったとすれば、ここに歌われた兄弟たちへの濃《こま》やかな慕情は、そのまま、王維の偽らざる実感だったとみてよいであろう。とりわけ第二句、「毎逢佳節倍思親――佳節に逢う毎《ごと》に倍〻《ますます》親《しん》を思う」は、永遠に変ることのない人間の実感として、今日の中国でも、春節や仲秋などの佳節に常に引用される名句となっている。

盛唐の王維に次ぐ中唐の自然詩人、柳宗元にも、兄弟関係の深い情愛を歌った作品がある。作者が遠い西南の僻地《へきち》、柳州《りゅうしゅう》の刺史《しし》として左遷されていた時期、元和《げんな》十一年（八一六）の春に、従弟《いとこ》の柳宗一《りゅうそういつ》が、柳州から江陵《こうりょう》（現在の湖北省江陵）に行くのを見送った七言律詩である。旧中国の大家族制のもとでは、従兄弟は、ほとんど実の兄弟同様の親密な関係にあるのが普通であった。

別舎弟宗一

零落殘紅倍黯然
雙垂別涙越江邊
一身去國六千里
萬死投荒十二年
桂嶺瘴來雲似墨
洞庭春盡水如天
欲知此後相思夢

舎弟宗一《しゃていそういつ》に別《わか》る　柳宗元《りゅうそうげん》

零落《れいらく》せる残紅《ざんこう》　倍〻《ますます》黯然《あんぜん》
別涙《べつるい》を双垂《そうすい》す　越江《えっこう》の辺《ほとり》
一身《いっしん》　国《くに》を去《さ》ること　六千里《ろくせんり》
万死《ばんし》　荒《こう》に投《とう》ずること　十二年《じゅうにねん》
桂嶺《けいれい》には瘴《しょう》来《きた》りて　雲《くも》は墨《すみ》に似《に》たり
洞庭《どうてい》には春《はる》尽《つ》きて　水《みず》は天《てん》の如《ごと》し
此《こ》の後《のち》　相思《そうし》の夢《ゆめ》を知《し》らんと欲《ほっ》すれば

長在荊門郢樹烟　長《なが》く在《あ》らん　荊門郢樹《けいもんえいじゅ》の烟《けむり》に

咲き衰えては散ってゆくいちめんの花びら。私の心はますます暗く沈む。ここ南越の江《おおかわ》のほとり。別れを惜しむ涙が、双《ふた》つの眼から、しきりに流れおちる。この身は、遠く国都長安を離れ去ること六千里。数えきれない苦しみのなかで、荒野僻《へき》遠《えん》の地に左遷されること十二年。

私の留《とど》まる桂嶺の山々には、毒気のような霧が立ちこめ、雲は墨のように黒く流れる。君のゆく洞庭の湖《みずうみ》では、春の季節も終りをつげ、水は大空のように澄みわたっているだろう。

ああ、今日より以後、君を思うわが夢の所在を知ろうとするならば、きっと、君の居る荊門の地、郢都《えいと》の樹々の煙《もや》のあたりまで、いつも、遠くさまよってゆくことだろう。――

柳宗元は、中唐期における政治改革に失敗し、永州《えいしゅう》（湖南省零陵《れいりょう》）の司馬《しば》に流される（八〇五年）。さらに十年後の元和十年（八一五）、いっそう遠い柳州（広西《カンシー》柳州）に、刺史として左遷される。「万死」の苦しみのなかで「荒に投ずること十二年」と歌われるのは、この詩が、都を追われてから足かけ十二年目の元和十一年に作られているからである。

「桂嶺」は柳州近くの山の名。逆に「荊門」は、宗一の行く江陵の西北の山の名。「郢《えい》」は、春秋戦国時代の楚の国の都。「荊門」とともに、宗一の所在を象徴する。

最終句「長在荊門……」の「長」は、「いつも、いつまでも」という時間的なイメージと、「はるかに、遠く」という空間的なイメージが重なった複合的な用法。従って、訓読としては、「長《つね》に・長《とこしえ》に・長《とお》く」などと読んでもよい。

骨肉への深い情愛を歌った作品として、この詩は柳宗元の代表作の一つとなっている。が、このとき〝舎弟〟の宗一がどのような事情で柳州にいたのかは、はっきりしていない。作者の左遷の旅に同行して柳州に滞在していたのか、あるいは別の事情で、たまたま柳州を経由して荊門江陵の地に向ったのか、いずれにしても作者にとっては、ほぼ永遠の別れを予想させる「黯然《あんぜん》ànrán」たる心情であった。事実、この後わずか三年で、柳宗元は柳州の地で病没する（八一九年）。宗一との別れは、予想どおりの永別だったと判断してよいであろう。そうした事実を思うとき、尾聯の二句にこめられた作者の思いは、ひときわ実感を増す。「欲知此後相思夢、長在荊門郢樹烟」。——

骨肉の情愛として最も深いものは、いうまでもなく親と子のそれである。兄弟姉妹から祖父母や孫・曽孫にいたるまで、およそ〝骨肉〟なるものは、すべて〝親子〟の関係を基本として、つながっている。「情愛」の章のまとめには、このテーマを歌った作品が読まれるのがふさわしい。

始めに、親が子への愛情を歌ったもの。晋の陶淵明が、五人の息子たちへの思いを、逆説的な諧謔《かいぎやく》をこめてユーモラスに開陳した作品。

責子　　子《こ》を責《せ》む　　陶淵明《とうえんめい》

白髪被兩鬢
肌膚不復實
雖有五男兒
總不好紙筆
阿舒已二八
懶惰故無匹
阿宣行志學
而不愛文術

白髪《はくはつ》　両鬢《りようびん》を被《おお》い
肌膚《きふ》　復《ま》た実《ゆたか》ならず
五男児《ごだんじ》有《あ》りと雖《いえど》も
総《す》べて紙筆《しひつ》を好《この》まず
阿舒《あじよ》は已《すで》に二八《にはち》なるも
懶惰《らんだ》なること故《もと》より匹無《たぐいな》し
阿宣《あせん》は行〻《ゆくゆく》志学《しがく》なるも
而《しか》も文術《ぶんじゆつ》を愛《あい》せず

雍端年十三
不識六與七
通子垂九齢
但覓梨與栗
天運苟如此
且進杯中物

雍《よう》と端《たん》とは年十三《としじゅうさん》なるも
六《ろく》と七《しち》とを識《し》らず
通子《つうし》は九齢《きゅうれい》に垂《なんな》んとするも
但《た》だ梨《なし》と栗《くり》とを覓《もと》むるのみ
天運《てんうん》　苟《いやし》くも此《か》くの如《ごと》くんば
且《しばら》くは　杯中《はいちゅう》の物《もの》を進《すす》めん

私はすでに、白髪《しらが》が両方の鬢《びん》にかぶさり、肉づきや膚《はだ》の張りも緩《ゆる》む老境を迎えた。

五人の男の子がいるというのに、どの子もみんな学問が嫌い。

阿舒《あじょ》は、もう「二八《にはち》」の十六歳というのに、懶惰《なまけ》ものという点では、もともと匹《くら》べものがない。

阿宣《あせん》は、もうすぐ、「志学《しがく》」の十五歳というのに、文章や学術が大嫌い。

雍《よう》と端《たん》は、十三歳になったのに、「六」と「七」との区別がつかない。

通子《つうし》は、もうすぐ九歳なのに、ただ欲しがるのは梨《なし》や栗《くり》ばかり。

ああ、これが天から与えられた運命ならば、ひとまずは、杯中の酒でも飲んで過ごすしかあるまい。——

　陶淵明が書いた、「子《こ》の儼《げん》等《ら》に与うる疏《そ》」によれば、息子たちの正式の名は、儼《げん》・俟《し》・份《ひん》・佚《いつ》・佟《とう》。「亻《にんべん》」が共有されているのは、王維の兄弟の名が「糸《いとへん》」を共有していた（一三五ページ）のと同様に、中国の知識人の家庭に多い統一的な命名法である。この詩に歌われている阿舒・阿宣・雍・端・通子《つうし》は、かれらの幼名（小名）だったことが分かる。

　旧中国の伝統では、多くの男の子をもつことは、それ自体が大きな幸福だとされていた。当然、父親としての期待は大きい。当時の社会の価値観では、「紙と筆——学問」を好んで役人となり、父祖の名を顕彰することこそが、最も期待される内容であった。しかし、現実のわが子は、しばしば期待とは相い反する。「五男児有りと雖も、総《す》べて紙筆を好まず」と嘆いてみせるのは、そのためである。

　たしかに、文献史料から見ても、陶淵明の息子たちが役人として立身出世したり、大詩人になったりしたという記録はない。ここに歌われた息子たちの生態も、恐らくは実態に近かったのだろう。しかし、「子《むすこ》たちを責《しか》る」と題しながらも、ここに一首全体をつうじて流れているものは、そうした現実を泰然として受け入れ、その一人ひとりに慈愛の目をそそいでいる作者の穏やかな充足感である。

　長男が生まれたとき、淵明は「命子——子に命《なづ》く」という詩を作り、「儼」という名と

「求思」という字《あざな》をつけて、その立派な成長を願った。しかし、その詩の結びの部分において、

爾之不才　爾《なんじ》之《これ》不才《ふさい》ならば
亦已焉哉　亦《ま》た已《や》んぬる焉哉《かな》

と、すでに一種の達観のことばを述べている。淵明は、政治や社会のありかたについては、必ずしも達観的な見かたに終始した詩人ではない。しかし、自分の身辺の個人的な生活に関しては、極端な激情や大言壮語を避けた、多元的で複眼的な物の見かたを身につけていたようである。「責子」の詩に表われた眼差《まなざ》しの穏やかさも、恐らくその点と関わっているだろう。

「天運、苟《いやし》くも此《か》くの如《ごと》くんば」と、陶淵明は、息子たちの不学ぶりを嘆いてみせた。しかし、現実の親と子の関係には、もっと決定的な悲嘆が訪れることも稀《まれ》ではない。中唐の白居易は、その長女金鑾子《きんらんし》を、数え年三歳の可愛い盛りに、病気で失ってしまう。三年

をへてなお忘れえぬ深い悲しみは、父親としての詩人に、さまざまな思いを抱かせる。

念金鑾子

金鑾子《きんらんし》を念《おも》う　白居易《はくきょい》

與爾爲父子
八十有六旬
忽然又不見
邇來三四春

爾《なんじ》と父子《ふし》と為《な》り
八十《はちじゅう》有《ゆう》六旬《ろくじゅん》
忽然《こつぜん》として又《ま》た見《み》えず
邇来《じらい》三四《さんし》の春《はる》

お前と父子《おやこ》の関係になってから、八百と六十日。忽然《こつぜん》と、またもや、お前は私の眼前から消えてしまった。あれからもう、三、四年の春が過ぎたのだ。

形質本非實
氣聚偶成身
恩愛元是妄

形質《けいしつ》は本《もと》と実《じつ》に非《あら》ず
気《き》聚《あつま》りて偶〻《たまたま》身と成《な》るのみ
恩愛《おんあい》は元《もと》と是《こ》れ妄《かりそめ》なり

縁合暫為親　縁合《えにしがっ》して暫《しばら》く親《しん》と為《な》るのみ

人間の肉体は、本《もと》もと実体として在るのではない。天地間の〝気〟が聚《あつま》って、偶然に身体を形成するものなのだ。親と子の恩愛は、元《もと》もと妄《かりそめ》の現象にすぎない。縁と縁とが結び合わされて、暫《しばら》くの間だけ肉親と為《な》るものなのだ。

念茲庶有悟　茲《これ》を念《おも》えば　悟《さと》ること有《あ》るに庶《ちか》く
聊用遣悲辛　聊《いささ》か用《も》って　悲辛《ひしん》を遣《や》る
慚将理自奪　慚《は》づ　理《り》を将《も》って自《みずか》ら奪《うば》うを
不是忘情人　是《こ》れ情《じょう》を忘《わす》るるの人《ひと》ならず

こうした道理をかみしめていると、何か心に悟るところが有るように思われ、ひとまずは何とか、悲しさ辛《つら》さを払いのけているのだ。しかし、やはり慚《は》ずかしい。こんな理屈でもって、自分の本来の気持を奪《うば》い去っていることが。私は所詮《しょせん》、多情多恨《たこん》の人間なのだ。

――

白居易は、陶淵明とともに、言葉の力、とくに、道理を説《と》く言葉の力を信頼した詩人であった。堪えがたい悲しみや苦しみさえも、その悲しさや苦しさの由《よ》って来《きた》る理《すじみち》を把握することによって、たしかに、或程度までは相対化することができる。これは、陶淵明や白居易、さらにはその系譜を承《う》けついだ北宋の蘇軾《そしょく》などにとっては、ほとんど確固とした信念でさえあったようである。白居易はここで、老荘思想や仏教思想の〝理〟を自分に向かって説き聞かせることによって、愛児の早世という極度の悲しみに立ち向かっているのだといってよい。「慚将理自奪、不是忘情人」と歌われる結びの二句は、作者の自省の言葉であるとともに、それにもかかわらず〝説理〟の力を借りざるを得ない〝悲辛〟の深さを示すものであろう。

最後に、子が親への思いを歌った作品、三首。

游子吟　　　　遊子吟《ゆうしぎん》　　　　孟郊《もうこう》

慈母手中線　　慈母《じぼ》　手中《しゅちゅう》の線《いと》

游子身上衣
臨行密密縫
意恐遲遲歸
誰言寸草心
報得三春暉

遊子《ゆうし》　身上《しんじょう》の衣《ころも》
行《こう》に臨《のぞ》んで密密《みつみつ》に縫《ぬ》う
意《い》に恐《おそ》る　遅遅《ちち》として帰《かえ》らんことを
誰《たれ》か言《い》う　寸草《すんそう》の心《こころ》
三春《さんしゅん》の暉《ひかり》に報《むく》い得《え》んと

慈愛深い母の、手の中の線《いと》。それは、旅に出るわが子の、身につける衣服を仕立てるため。出発の間際《まぎわ》まで、密《こま》やかに密やかに縫いつづける。意《こころ》の中では、わが子の帰りが遅れ遅れになることを恐れているのだ。

ああ、いったい誰が言えようか。わずか一寸ばかりの草にも似た、母思う息子の孝養の心が、春三月の太陽の暉《ひかり》にも似た、広大無辺な母の愛に報い得ようとは。――

作者の孟郊は、科挙《かきょ》の試験に苦労をしたことと、母への愛情が深かったことで知られている。この詩は、四十代の半ばでようやく進士に及第し、五十歳のころ溧陽《りつよう》（江蘇省溧陽）の県尉《けんい》を授けられた折りに、母を任地に迎えて作ったもの、と考えられている。「游子吟――遊子《たびびと》の吟《うた》」と題する楽府題を借りて、老いた母への深い感謝の思いを歌った五言六句の古体詩。春の若草は、春の陽光によって育てられる。子供が母親から受ける無限の愛情の比喩として、きわめて実感的であって、分かりやすい。この詩が孟郊の代表作の一つとして愛唱されているのは、わが子の旅衣《りょい》を縫い続ける母親の具体的な行為と心情が、この分かりやすい比喩のイメージと溶けあって、だれにも共感される永遠の〝慈母像〟の、一つの典型を生み出しているからであろう。

中国古典詩を支える知識人の世界は、〝孝〟をもって道徳の根本とする儒家思想の世界でもあった。それだけに、父母への愛の詩は、社会的に何ら抑制されることなく、作者や読者の美徳を表わすものとして高く評価されてきた。文学史的に見て、その最も早い時期の源泉的な作品は、『詩経』〔小雅〕の「蓼莪《りくが》」であるといってよい。父母を亡くした子供が、十分に孝養を尽くせなかったことを哀しむ詩、とされるものである。

蓼莪　　　　　　　蓼莪《りくが》　　　　　　　詩経《しきょう》〔小雅《しょうが》〕

蓼 蓼 者 莪　　　蓼蓼《りくりく》たるは莪《が》

匪莪伊蒿　莪《が》に匪《あら》ず伊《こ》れ蒿《こう》
哀哀父母　哀哀《あいあい》たる父母《ふぼ》
生我劬勞　我《われ》を生《う》みて劬労《くろう》す
（第一章）

蓼蓼者莪　蓼蓼《りくりく》たるは莪《が》
匪莪伊蔚　莪《が》に匪《あら》ず伊《こ》れ蔚《い》
哀哀父母　哀哀《あいあい》たる父母《ふぼ》
生我勞瘁　我《わ》れを生《う》みて労瘁《ろうすい》す
（第二章）

蓼々《りくりく》と、やわらかに育ちゆく莪《わかな》よ。いつしか、莪ではなく蒿《よもぎ》に育ってしまった。哀々たる労《いた》わしき父母よ。私を生み育て、劬労《くろう》を重ねて死んでゆかれた。
蓼々《りくりく》と、やわらかに育ちゆく莪《わかな》よ。いつしか、莪ではなく蔚《おとこよもぎ》に育ってしまった。哀々たる労《いた》わしき父母よ。私を生み育て、病み瘁《や》れて《つか》死んでゆかれた。——
各章の冒頭の二句は、わかく、みずみずしい莪《わかな》が、硬く大きいだけの蒿《よもぎ》や蔚《おとこよもぎ》に育って、食用に供せなくなることを、可愛い幼な児が役立たずの大人に育ってしまうことに喩えたもの、とされている。孝子の自責の念として訓《よ》むものであるが、父母への孝養の歌としてはやや無理があり、むしろ、蒿《こう》や蔚《い》のように、大きく、たくましく育った、と解釈すべきものかもしれない。

…………
無父何怙
無母何恃
出則銜恤
入則靡至

…………
父《ちち》無《な》ければ　何《なに》をか怙《たの》まん
母《はは》無《な》ければ　何《なに》をか恃《たの》まん
出《い》でては則《すなわ》ち　恤《うれい》を銜《ふく》み
入《い》りては則《すなわ》ち　至《いた》る靡《な》し　（第三章）

……ああ、父がいなければ、何を怙《たの》みとして生きられよう。母がいなければ、何を恃《たの》みとして生きられよう。家を出れば出たで、憂恤《うれい》の思いを心に抱き、家にもどればもどったで、この身を寄せる所もない。

父兮生我　父《ちち》や　我《われ》を生《う》み

母兮鞠我
拊我畜我
長我育我
顧我復我
出入腹我
欲報之徳
昊天罔極

母《はは》や　我《われ》を鞠《やしな》う
我《われ》を拊《な》で　我《わ》れを畜《やしな》い
我《われ》を長《ちょう》ぜしめ　我《われ》を育《そだ》て
我《われ》を顧《かえり》み　我《われ》を復《かば》い
出《い》づるに入《い》るに　我《われ》を腹《いだ》く
之《これ》が徳《とく》に報《むく》いんと欲《ほっ》するも
昊天《こうてん》　極《きわ》まり罔《な》し

（第四章）

父と母は、私を生みかつ育ててくれた。私を撫《な》で、私を養い、私を長《はぐく》み、私を育て、私に気をくばり、私を庇《かば》い、外出にも帰宅にも、いつも私を抱きかかえてくれた。この恩徳に報いようとしても、それは昊空《おおぞら》のように極《きわ》みなく、とうてい報いきれるものではない。

——

一首の表現の中心をなす章である。亡き父母への熱い想いが、「生我《せいが》、鞠我《きくが》、拊我《ふが》、畜《きく》我《が》、長我《ちょうが》、育我《いくが》、顧我《こが》、復我《ふくが》、腹我《ふくが》」という、さまざまな愛育の行為をつうじて、一つ一つ、具体的に積み重ねられてゆく。いわゆる「蓼莪《りくが》罔極之哀《むきょくのあい》——蓼莪《りくが》、極まり罔《な》きの哀しみ」である。晋の王褒《おうほう》や、南斉の顧歓《こかん》が、『詩経』を講じてこの篇まで来ると、哀しみのあまり講義が進まず、門弟たちがテキストから「蓼莪」を外《はず》したという話は、『晋書《しんじょ》』や『南斉書』の本伝に記されて、後世にも名高い。

たしかに、第一章の「哀哀たる父母、我を生みて劬労《くろう》す」から、この章の「出《い》づるに入るに我を腹《いだ》く」まで読み進むとき、とりわけ、すでに父母を失った者にとっては、在りし日の父母との関わりが、わがこととして想起されるという趣きがある。およそ世の中に、父と母をもたない人はいない。その意味で、父母との関わりこそは、人として最も普遍的な体験であろう。古代中国の、あまりにも素朴で明からさまな、亡き父母への熱愛は、近現代の精神分析の賢《さか》しらをも超えて、今なお深く読者の心を打つものがあるようである。

この詩は、第三章の前半に、「缾之罄矣、維罍之恥。鮮民之生、不如死之久矣」（小さな酒器〝缾《へい》〟に、酒が罄《つ》きるのは、大きな酒器〝罍《らい》〟の恥。窮独《きゆうどく》の民《たみ》として生きるよりは、とっくに死んだほうがまし）という四句がある。また第五章と第六章には、「南山烈烈、飄風発発。民莫不穀、我独何害」（南山は烈烈として高大に、飄風《つむじかぜ》は発発《はつはつ》として吹きすさぶ。民《ひと》はみな穀《めでた》〔善〕きに、我れ独り何ぞ害《そこな》わる）、「南山律律、飄風弗弗。民莫不穀、我独不卒」（南山は律律《りつりつ》として高大に、飄風は弗弗《ふつふつ》として吹きすさぶ。民《ひと》はみな穀《めでた》きに、我れ独り〔孝養を〕卒《お》えず）という各章四句が加わっている。

しかし、これらの部分は、「蓼莪」篇の抒情の本質とはほとんど関係なく、歴代のさまざまな解釈も、ほとんどこじつけに等しい。或いは、楽府詩の囃子《はやし》ことばのように、本文とは無関係の、付属的な部分であったかもしれない。

古代『詩経』の「蓼莪」の伝統を遥かに承《う》けついで、近代詩の先覚者、清の龔自珍《きょうじちん》は、離れ住む母を思う印象的な作品を生んでいる。

冬日小病寄家書作　　冬日小病《とうじつやや》み　家書《かしょ》を寄《よ》せて作《つく》る　　龔自珍《きょうじちん》

黄日半窗煖　　黄日《こうじつ》　窓《まど》に半《なか》ばして煖《あたた》かく
人聲四面希　　人声《じんせい》　四面《しめん》に希《まれ》なり
餳簫咽窮巷　　餳簫《とうしょう》　窮巷《きゅうこう》に咽《むせ》び
沈沈止復吹　　沈沈《ちんちん》として　止《や》みて復《ま》た吹《ふ》く
小時聞此聲　　小時《しょうじ》　此《こ》の声《ひびき》を聞《き》けば
心神輒爲癡　　心神《しんしん》　輒《すなわ》ち　為《ため》に痴《ち》たり

慈母知我病
手以棉覆之
夜夢猶呻寒
投於母中懷
行年迫壯盛
此病恆相隨
飲我慈母恩
雖壯同兒時
今年遠離別
獨坐天之涯
神理日不足
禪悦詎可期
沈沈復悄悄
擁衾思投誰

慈母《じぼ》は我《わ》が病《やまい》を知《し》り
手《て》ずから棉《めん》を以《も》って之《これ》を覆《おお》う
夜夢《やむ》にも猶《な》お呻寒《しんかん》し
母《はは》の中懐《ちゅうかい》に投《とう》ず
行年《こうねん》　壮盛《そうせい》に迫《およ》ぶも
此《こ》の病《やまい》　恒《つね》に相《あ》い随《したが》う
我《わ》が慈母《じぼ》の恩《おん》を飲《の》むは
壮《そう》と雖《いえど》も　児時《じじ》に同《おな》じ
今年《こんねん》　遠《とお》く離別《りべつ》し
独《ひと》り　天《てん》の涯《はて》に坐《ざ》す
神理《しんり》　日《ひ》びに足《た》らず
禅悦《ぜんえつ》　詎《な》んぞ期《き》す可《べ》けんや
沈沈《ちんちん》　復《ま》た悄悄《しょうしょう》
衾《きん》を擁《よう》して　誰《たれ》にか投《とう》ぜんと思《おも》う

予毎聞斜日中簫聲則病。予《われ》、毎《つね》に斜日中《しゃじつちゅう》の簫声《しょうせい》を聞けば、則《すなわ》ち病《や》む。
莫喩其故。附記於此。其《そ》の故《ゆえ》を喩《さと》る莫《な》し。此《ここ》に附記《ふき》す。

「冬の日に、ちょっと病気をし、家族への手紙を出したおりに作った詩」。作者三十歳ごろの作品とされている。

——黄色い夕陽が、窓の半ばに差しこんで煖《あたた》かな気分。あたりには、人声もまるで聞こえない。餳《あめ》売りの簫《ふえ》の音《ね》は、せまい路地裏に咽《むせ》び流れ、沈々《ちんちん》と、重苦しく吹き止《や》んでは、また吹きつづける。

幼いころ、この声《ひびき》を聞くと、わたしの心は、いつでも、物に憑《つ》かれたようになってしまった。母上は私の病気をよく理解し、手ずから棉被《かけぶとん》をとって、すっぽりと覆ってくださった。夜の夢の中でも、猶《な》お呻《うな》され寒き、慄《おのの》き、母上の懐《むね》にとびこんだものだ。

年齢はやがて壮年期を迎えたが、この病気はいつも、随《つ》いてまわった。母上の恩情に頼るという点では、三十歳になっても、子供のころと同じなのだ。

今年は、母上と遠く離別し、たった一人、天の涯《はて》なる北京で過ごしている。精神の働きは、来る日も来る日も鬱屈したまま。坐禅の法悦の境地など、どうして期待できようか。

ああ、またあの音が聞こえてくる。重苦しく、また悄悄《ひそやか》に……。衾《かけぶとん》をしっかり擁《だ》きしめて、私は思う、いまは誰の懐《むね》にとびこもうかと。

私は、いつも、夕陽の中の簫《ふえ》の音を聞くと病気がおこる。その理由は分からないが、此《ここ》に付記しておく。——

作者が、病的なまでに過敏な感受性をもっていたことは疑いない。その過敏さは、夕陽の中の餳《あめ》売りの笛の音と固着し、さらには、母への依存的な愛と固着しつつ、壮年三十歳の、妻子ある作者を、痴《ち》chī すなわち、一種の放心状態におちいらせる。少年時代、夢の中でさえ「呻《うな》され寒《おのの》いた」作者は、今また、首都北京の冬の夕陽の中でその音を聞き、共に在ればその胸にとびこむべき母を、故郷なる蘇州《そしゅう》の地に遠く慕うのである。「衾《きん》を擁《よう》して誰にか投ぜんと思う」。母への愛の深さを讃える中国の古典詩においても、これはむろん極端な例というべきであろう。

しかし、〝詩作〟との運命的な関わりを自覚する作者は、あえて、こうした特殊な体験を、五言二十句の古体詩にまとめて世に示した。そこには、作品への客体化こそ、精神の過敏さを手なずける良薬だという実感が、一連の詩作体験として確信されていたことがうかがわれよう。かれにとっては、母への絶対的な愛着も業《ごう》であり、詩作への絶対的な執着も業であった。

四　友情のうた——思念と信頼

三五《さんご》夜中《やちゅう》　新月の色
二千里《にせんり》外《がい》　故人の心

（白居易「八月十五日夜、禁中に独直《どくちょく》し……」）

中国の文学史において、「友情のうた」は、「情愛のうた」と、ほぼ補いあう関係にある。それはとりわけ、詩人たちが具体的な個人の作品として詩を作るようになった魏晋以後の文学史において、はっきり認められる傾向であるといってよい。

王朝がつぎつぎに交替し、社会的な変動の激しかった中国の知識人社会では、骨肉のつながりをもたない人間同士が互いに固い友情を保ちつづけるということは、それ自体が称讃に値する貴重な美徳であった。春秋時代の管仲《かんちゅう》と鮑叔《ほうしゅく》の交わり、盛唐時代の李白と杜甫、中唐時代の白居易と元稹《げんしん》など、友情をめぐる名高い嘉話《かわ》は乏《とぼ》しくない。それは一面、真の友情の得がたさを示すとともに、そうした得がたい事例への熱い共感を示すものであろう。知識人たちは、男女の情愛を一人称的に抒《の》べる場合のような〝社会的抑制〟を何ら感ずることなく、ひたすら、一人称的に、主体的に、友愛・友情の詩を作りつづけることが可能であった。つまり、知識人どうしの友情を主体的に抒べることは、男女のあいだの愛情を客体的に抒べることと、まさに補いあう関係にあったのである。

贈范曄　　　　范曄《はんよう》に贈《おく》る　　　陸凱《りくがい》

折花逢驛使　　花《はな》を折《お》って駅使《えきし》に逢《あ》い
寄與隴頭人　　寄《よ》せ与《あた》う　隴頭《ろうとう》の人《ひと》に
江南無所有　　江南《こうなん》　有《あ》る所無《ところな》し
聊贈一枝春　　聊《いささ》か贈《おく》る　一枝《いっし》の春《はる》

折りよく駅伝の使者に出逢えたので、梅の花を手折《たお》って、北のかた隴頭《ろうとう》に住むわが友へと届けてもらう。「こちら江南の地には、何のすばらしいものとて有りません。いささかの心づくしとして、この一枝の春の気分を贈るのです」と。――北宋の『太平御覧《ぎょらん》』（巻九百七十「梅」）に引く『荊州記《けいしゅうき》』によれば、作者の陸凱は范曄《はんよう》と仲がよかったので、江南の地から梅の一枝を長安に届けさせ、あわせて「花を贈る詩」を添えた、という詩作上のコメントがある。范曄は、南北朝時代、劉宋《りゅうそう》の著名な学者であり、『後漢書《ごかんじょ》』の撰者として知られている。このため、この詩は、『古詩源』や『古詩賞《しょう》析《せき》』など通行の詞華集《しかしゅう》では、同時代の後魏（北魏）の陸凱（字《あざな》は智君《ちくん》）が范曄に送った詩として、劉宋時代の部に収められてきた。

しかし、南朝の范曄が北魏の長安（隴頭）に滞在したという史料は無い。また、北魏の正平《せいへい》（山西省）の太守で知られる陸凱が江南から梅の枝を送るというのも、つじつまが合わない。恐らくは、かれらの名声に託した作品か、あるいは、中国に多い同姓同名の別人の作品であろう。

そうした作者の問題は含みながらも、この詩は、遠く離れ住む親友に寄せた心づくしの友愛の証《あか》しとして、詩歌史的にはきわめて著名な作品となった。甘粛《かんしゆく》の隴《ろう》山から流れる隴水の頭《ほとり》、すなわち漢中平野の長安地方と、長江東南の下流、すなわち建康（建業・金陵・南京）地方とは、古典中国の西北と東南を象徴する対照的な風土・文化圏である。両都を隔てる遥かな空間は、駅伝の駅《うまや》から駅へと乗りついでその間を結ぶ「駅使」にでも頼らないかぎり、容易に踏破できる距離ではない。第一句の「折花（於）逢駅使――駅使に逢った折りに花を折る」は、そうした共通感覚を踏まえた巧みな措辞《そじ》となっている。

このばあい、江南から寄せた梅の花が、長安に着くまで散らずにいるかどうかなどという事実関係は、ほとんど問題にならない。「有る所無き」江南から、遥かに「一枝の春」を贈るという表現上の冴えが、いわば一種の詩的真実として、読者を説得するからである。この詩が友情詩の源泉の一つとなりえたのは、まさにこの点によっていよう。

同じく、南北朝の時代、梁《りょう》の庾信《ゆしん》は、北朝の西魏に使して長安に留まるうちに祖国の滅亡にあい、そのまま西魏~北周に仕えて一生を終える。江南への望郷の思いは、かれに「江南を哀《かな》しむの賦《ふ》」を作らせるほどに、その後半生を貫く哀切な基調となった。その庾信が、南朝にのこって梁朝の再興を企てる友人、王琳《おうりん》からの手紙を受けとり、懐旧と自責の念を詠じて返信とした名高い短篇詩。

寄王琳

王琳《おうりん》に寄《よ》す　　庾信《ゆしん》

玉關道路遠　　玉関《ぎょくかん》　道路遠《どうろとお》く
金陵信使疏　　金陵《きんりょう》　信使疏《しんしまれ》なり
獨下千行淚　　独《ひと》り　千行《せんこう》の涙《なみだ》を下《くだ》し
開君萬里書　　君《きみ》が万里《ばんり》の書《しょ》を開《ひら》く

遥かな玉門関《ぎょくもんかん》ともいうべき北朝の長安、ここへの道のりはあまりに遠く、南朝の都金《きん》陵《りよう》からの信使《つかい》の訪れは、ほんの疏《まれ》にしか有りえない。私はいま、独《ひと》り囚《とら》われの身として、幾筋《いくすじ》もの涙を流しつつ、君が寄せられた、万里のかなたからの書信を開くのだ。——

王琳《おうりん》、字は子珩《しこう》。梁朝の忠臣として、数々の武勲をたてた。江陵《こうりよう》（湖北省江陵）の元帝《げんてい》（蕭繹《しようえき》）が西魏に襲われて没した後は、梁の一族、永嘉王蕭荘《えいかおうしようそう》を戴いて、南朝の新王朝陳《ちん》と対抗していた。庾信は、親しかった王琳からの、万里遥かな書信の到来を喜ぶとともに、なすすべもなく北朝に客寓する自分の不甲斐なさを恥じつつ、涙とともにそれを読むのである。五言四句、二十字の短篇ながら、「玉関—金陵」「千行—万里」といった鮮明なイメージを結ぶ〝的名対《てきめいつい》〟を前後に配置。南北両朝をつうじて、一世を風靡《ふうび》した最高の詩人にふさわしく、さすがに印象的な作品に仕上げている。ただし、後半二句は、あえて厳密な対句にはしていない。

中国の詩歌の歴史のなかで、〝著名な詩人の著名な友情の詩〟ということを考えるとき、李白に寄せた杜甫の詩、および、白居易と元稹が相互に寄せあった詩は、その最も代表的なものというべきであろう。

中国文学史を代表する李白と杜甫が同時代の親しい友人だったということは、歴史上の偶然とはいいながら、今日から見ても、たしかに或る種の感慨を引きおこす。とりわけ、十一歳年下の杜甫が李白に傾注した情熱は、生涯をつうじて変らぬ誠意と敬愛に満ちていた。

山東地方での忘れがたい離別の翌年、長安で科挙《かきょ》への合格を目ざしていた杜甫は、遠く江南を歴遊していた李白を憶って美しい五言律詩を作った。天宝《てんぽう》五年（七四六）、作者三十五歳の春である。

春日憶李白

白也詩無敵
飄然思不羣
清新庾開府
俊逸鮑參軍
渭北春天樹
江東日暮雲
何時一樽酒

春日《しゅんじつ》　李白《りはく》を憶《おも》う　　杜甫《とほ》

白《はく》や　詩《し》に敵無《てきな》く
飄然《ひょうぜん》として　思《おも》い　群《ぐん》ならず
清新《せいしん》なるは　庾開府《ゆかいふ》
俊逸《しゅんいつ》なるは　鮑参軍《ほうさんぐん》
渭北《いほく》　春天《しゅんてん》の樹《き》
江東《こうとう》　日暮《にちぼ》の雲《くも》
何《いず》れの時《とき》か　一樽《いっそん》の酒《さけ》

重与細論文　重《かさ》ねて与《とも》に　細《こま》やかに文《ぶん》を論《ろん》ぜん

李白よ、あなたには、詩作において匹敵するような相手がおりません。飄然たる自在な詩想は、群小の詩人たちから遥かに抜きん出ています。

その詩の清新な趣きは、北朝の開府儀同三司《ぎどうさんじ》、庾信《ゆしん》のよう。俊逸な趣きは、南朝宋代の参軍、鮑照《ほうしょう》のよう。

私は、ここ渭水《いすい》の流れる西北の地で、春の日の樹々のもとに、あなたを憶っています。あなたは、長江の東南の地で、日暮れの雲を眺めつつ、私を憶っていてくれることでしょう。

ああ、いつになったなら、酒樽《さかがめ》に満ちた酒をくみかわしつつ、もう一度、細《こま》ごまと、たがいに詩文を論じあえるのでしょうか。——

この前年、山東魯郡《ろぐん》の石門山で二人が別れたとき、李白は、

何時石門路　何《いず》れの時《とき》か　石門《せきもん》の路《みち》に

重有金樽開　重《かさ》ねて金樽《きんそん》の開《ひら》く有《あ》らん

（「魯郡《ろぐん》の東石門《ひがしせきもん》にて杜二甫《とじほ》を送《おく》る」）

と歌った。杜甫の詩に「何時……、重与……」と歌われる最終二句は、杜甫らしい誠実さでこの表現を踏まえたものにほかならない。

李白の詩才への絶大な信頼と、李白の人柄を慕う濃《こま》やかな友情とが溶けあって、「春日憶李白」の詩は、遥かな友人を憶う感動的な作品として、後世に大きな影響を与えることになった。「春樹・暮雲」という美しい成語をイメージの中心に温めつつ、人々は、それぞれに、親しい友人との再会を願う詩を作りつづけたのである。

さらに十三年後の乾元《けんげん》二年（七五九）、安史《あんし》の乱による数々の変転を体験した杜甫は、秦州《しんしゅう》（甘粛省天水《てんすい》）に家族とともに身を寄せつつ、李白の身の安否を案じるあまり、三晩つづけてその夢を見た。李白は、安史の乱に関わる唐朝内部の権力闘争に巻きこまれ、この前々年の冬、もしくは前年の春に、反逆罪に問われて追放の身となっていたからである。

夢李白　　李白《りはく》を夢《ゆめ》む　　杜甫《とほ》

死別已呑聲
生別常惻惻
江南瘴癘地
逐客無消息
故人入我夢
明我長相憶
恐非平生魂
路遠不可測
魂來楓林青
魂返關塞黑
君今在羅網
何以有羽翼
落月滿屋梁
猶疑照顏色

死別《しべつ》は已《すで》に声《こえ》を呑《の》むも
生別《せいべつ》は常《つね》に惻惻《そくそく》たり
江南《こうなん》　瘴癘《しょうれい》の地《ち》
逐客《ちくかく》　消息《しょうそく》無《な》し
故人《こじん》　我《わ》が夢《ゆめ》に入《い》り
我《わ》が長相憶《ちょうそうおく》を明《あき》らかにす
恐《おそ》らくは　平生《へいぜい》の魂《たましい》に非《あら》ざらん
路遠《みちとお》くして測《はか》る可《べ》からず
魂来《たましいき》たるとき楓林《ふうりん》青《あお》く
魂返《たましいかえ》るとき関塞《かんさい》黒《くろ》し
君《きみ》　今《いま》　羅網《らもう》に在《あ》るに
何《なに》を以《も》ってか羽翼《うよく》有《あ》るや
落月《らくげつ》　屋梁《おくりょう》に満《み》ち
猶《な》お　顔色《がんしょく》を照《て》らすかと疑《うたが》う

水深波浪闊　水深《みずふか》くして　波浪《はろう》闊《ひろ》し

無使蛟龍得　蛟竜《こうりゅう》をして得《え》しむること無《な》かれ

死別は、すでに返らぬこととして、哀しみの声を吞《の》んで耐えるしかないが、生別は、再会が諦《あきら》めきれぬだけに、常に惻々《そくそく》として心がいたむ。

江南は、恐ろしい毒気（瘴癘）の立ちこめる土地と聞く。そこへ放逐《ほうちく》された客《たびびと》、李白についてては、まるで消息《たより》が聞かれない。——

ここまでが、導入部の第一段。生別が死別よりもいっそう悲しいという冒頭の表白は、この詩の基調をなすものとして適切な説得力をもつ。李白が放逐されたのは、遠く長江を遡《さかのぼ》った西南未開の地、夜郎《やろう》（貴州省東部）であった。蒸し暑い風土のその地方では、川や沼からメタンガスのような瘴癘が立ちのぼると考えられていたのである。

——わが故人《とも》は、私の夢の中に現れた。私が、いつも、いつまでも、あなたを忘れずにいることを明らかにしてくれたのだ。

ただその様子は、どうも平生《ひごろ》の李白らしい面影とは違っていた。江南からの路《みち》のりが余りに遠いので、そのわけは推し測《はか》りようもないけれど。

あなたの夢魂がやって来たとき、江南の楓樹《ふうじゅ》の林は青々と茂っていた。夢魂が立ち去ってゆくとき、秦州の関塞《とりで》なす山々は、黒々と横たわっていた。

あなたは今、罪人《つみびと》として、国法の羅網《あみ》にかかっているはずなのに、どうして、羽翼《つばさ》をもって自由に飛んで来られたのか。

傾きゆく月の光は、屋《へや》の梁《はり》のあたりに満ちあふれ、今も猶《な》お、あなたの顔の色を照らし出しているかのよう。——

ここまでが、肝腎な〝夢〟にかかわる中心の一段。連作第二首に「三夜頻夢君、情親見君意——三夜《さんや》頻《しき》りに君を夢む。情《じょう》の親《しん》なるに、君が意《い》を見る」と歌われるように、三晩まで夢に見続けた李白ながら、それはしかし、匆々《そうそう》として訪れ、匆々として去ってゆく流刑《るけい》者の夢魂であった。つね日頃の闊達《かったつ》な李白の様子とは異なって、十分な言葉も交せないまま。それゆえに、醒《さ》めた後も猶《な》おそこに在《あ》るかのように、杜甫の心の動悸《どうき》を呼ぶのであろう。

——ああ、長江の水は深く、波浪は高く立ち騒ぐ。私はただ祈る。水中に棲《す》む恐しい蛟竜《みずち》が、あなたを餌《え》じきとすることがないようにと。——

滔々《とうとう》と逆巻きつつ流れゆく長江、そこを独《ひと》り小舟でさかのぼってゆく危険さをイメージの中心に置きながら、杜甫はひたすら李白の身の安全を祈りつづける。水路のさまざまな危険は、むろん、李白をとりまく政治的・社会的な危険の象徴であろう。

この詩は、粛宗《しゅくそう》の乾元二年の秋に作られたものと考えられるが、李白はこの年の春の末のころ、すでに白帝城の付近で大赦《たいしゃ》の知らせを受け、流刑《るけい》地に向かう左遷の身から解放されていた。西北の辺境秦州《しんしゅう》に寄寓していた杜甫は、その事情を知らずに、罪人としての李白を夢に見、その失意と苦境を哀しんだのである。そうした実作上の経緯はもちながらも、われわれはこの詩の一句一句から、杜甫という詩人の、本質的な心の優しさ、友情の厚さを見ることができよう。同時にまた、天性の苦労性ともいうべき、憂い多き感受性の苦しさも。

こうした杜甫の誠実な心性は、当然にも、それ自体がまた誠実な友情の対象となって、すぐれた作品を生み出させることにもなる。多年の友人の一人である高適《こうせき》が、蜀州《しょくしゅう》（成都の西、約四十キロ）刺史《しし》として在任中、上元《じょうげん》二年（七六一）、正月の七日、成都西郊の草堂に寓居していた杜甫に寄せた七言古詩。

詩題にいう「人日《じんじつ》」とは、正月の元日から六日までは鶏・狗《いぬ》・羊・猪《ぶた》・牛・馬の吉凶を占い、七日は人の吉凶を占うという当時の習慣。新春の「人日」にこの詩を寄せ、それを詩題と本文の冒頭および文中に、再三提示するというところには、恐らく、お互いの一年の幸福を占い祈るという気持がこめられているだろう。杜甫を「杜二《とじ》拾遺」と呼んでいるのは、かつて杜甫が長安で左《さ》拾遺の職に在ったことと、かれが一族の同世代で二番目の男子だったこと（排行《はいこう》）とを示している。

人日寄杜二拾遺

人日題詩寄草堂
遙憐故人思故郷
柳條弄色不忍見
梅花滿枝空斷腸
身在南藩無所預
心懷百憂復千慮
今年人日空相憶
明年人日知何處
一臥東山三十春

人日《じんじつ》　杜《と》二《じ》拾遺《しゅうい》に寄《よ》す　　高適《こうせき》

人日《じんじつ》　詩《し》を題《だい》して草堂《そうどう》に寄《よ》す
遥《はる》かに憐《あわ》れむ　故人《こじん》の　故郷《こきょう》を思《おも》うを
柳条《りゅうじょう》は色《いろ》を弄《ろう》して見《み》るに忍《しの》びず
梅花《ばいか》は枝《えだ》に満《み》ちて空《むな》しく断腸《だんちょう》
身《み》は南藩《なんはん》に在《あ》りて　預《あずか》る所無《ところな》く
心《こころ》に懐《おも》う　百憂《ひゃくゆう》　復《ま》た千慮《せんりょ》
今年《こんねん》の人日《じんじつ》　空《むな》しく相《あ》い憶《おも》う
明年《みょうねん》の人日《じんじつ》　知《し》るや　何《いず》れの処《ところ》ぞ
一《ひと》たび東山《とうざん》に臥《ふ》して三十春《さんじっしゅん》

豈知書劍老風塵
龍鍾還忝二千石
愧爾東西南北人

豈知《あにし》らんや 書剣《しょけん》もて風塵《ふうじん》に老《お》いんとは
竜鍾《りょうしょう》 還《ま》た忝《かたじ》けなくす 二千石《にせんせき》
愧《は》ず 爾《なんじ》 東西南北《とうざいなんぼく》の人《ひと》に

正月七日、この人日《じんじつ》に詩を書きつけて、草堂にいる君に寄せよう。こうして離れていても、深く心にしみてくる、わが親しき故人《とも》が遥かな故郷を思い慕《した》っているということが。柳の条々《えだえだ》は新緑の色を弄《たのし》むように芽を吹いても、君はさぞや見るに忍びない思いで居られよう。梅の花々は枝に咲き満ちても、空しく断腸の思いで居られるのではないか。——

ここまでの四句が第一段。杜甫の激しい望郷の念を思いやった部分である。堂《どう》 táng・郷《きょう》 xiāng・腸《ちょう》 cháng と平声《ひょうしょう》の韻を踏んでいる。

——この身は、ここ西南の藩国《はんこく》（地方行政区）に在って、中央の政治には何ら参預できないまま。心には、つぎつぎと、数えきれないほどの憂慮《なやみ》が湧きあがる。今年の人日には、こうして空しく相い憶うばかり。明年の人日には、いったい何処《どこ》で君を思っていることか。

——

第二段。自分の現状と相手への友情を述べた部分である。預《よ》 yù・慮《りょ》 lǜ・処《しょ》 chù と去声《きょしょう》の韻を踏む。

――かつては、かの東晋の謝安《しゃあん》のように、一とたび東山に高臥《こうが》して、三十年の春秋を自由に過ごしたわが身。それが思いもかけず、書《しょ》（学問）と剣（軍略）とを業として、世俗の風塵の中に老いてゆく身となったのだ。竜鍾《りょうしょう》たる老残の身でありながら、いまだに二千石の地方長官を拝命しているありさま。ああ、まことに愧《は》ずかしい。爾《きみ》が役職の拘束もなく、東西南北を自由に行動できる身の上であることを思えば。――

結びの第三段。二人の生きかたを比較して、杜甫を高く評価した部分である。春《しゅん》chūn・塵《じん》chén・人《じん》rén と平声の韻を踏む。

高適は比較的に晩学で、有道科《ゆうどうか》の科挙に合格したのは四十九歳。それまでの約三十年は、正式の官途に就《つ》くことなく野《や》に在って自由な生活を続けていた。東晋の謝安が東山に隠棲していたのに喩《たと》えて、「一臥東山三十春」と歌うのは、このためである。しかし、その後半生は、武官・文官として世に顕《あら》われ、最晩年の渤海県侯《ぼっかいけんこう》から、死後には礼部尚書《れいぶしょうしょ》を贈られるという生涯であった。この詩では、そうした役人勤めを、自分の本志とは違《たが》う拘束された生き方だと自省しつつ、成都に流寓《りゅうぐう》する無位無官の杜甫の生きかたを、かえって、その本性を損《そこ》なわないすぐれた態度として、羨《うらや》んでいるのである。

ちなみに、「豈知書剣老風塵」の句は、現行の邦訳では、「書と剣の才能が風塵の中で老い朽《く》ちてゆく」の意に訳するものが多い。しかし、第三段全体の文脈からいえば、「書（文官）と剣（武官）の俗務に従いつつ俗塵の中に老いてゆく」の意であることは明らかであろう。最終句「東西南北の人」は、『礼記《らいき》』（檀弓《だんぐう》、上）に「今《いま》、丘也《きゅうや》、東西南北之《の》人也《なり》」とあり、孔子が席の暖まる暇もなく各地を歴遊したことを典拠とする。ここでは、書（文）と剣（武）とを象徴する俗務、すなわち「蜀州刺史」という風塵の中に自分が老いてゆくこととの対比において、杜甫の無官の流浪の旅が、かえってプラスの価値に転化されているわけである。

　およそ十年後の大暦《たいれき》五年（七七〇）、最晩年の杜甫は、涙とともにこの詩を読み返し、「追酬故高蜀州人日見寄――故《もと》の高蜀州の、人日に寄せ見《ら》るるに追酬《ついしゅう》す」と題する七言古詩を作った。「追酬」「故《もと》の」と題しているように、高適はすでに没していた。そして、杜甫自身も、その年の冬に世を去るのである。

　杜甫がかつて夢に見た李白は、罪人として江南を旅する失意の遊魂の形象《イメージ》であった。季節は、むろん秋である。一方、同世代の岑参《しんじん》は、恋愛詩とも見まがう華やかな「春夢」の中で、江南湘水《しょうすい》のほとりに住む友人をたずねつつ春風とともにさまよい出る自分の遊魂を描いている。

春夢

洞房昨夜春風起
遙憶美人湘江水
枕上片時春夢中
行盡江南數千里

春夢《しゅんむ》　岑参《しんじん》

洞房《どうぼう》　昨夜《さくや》　春風起《しゅんぷうお》こり
遥《はる》かに憶《おも》う　美人《びじん》　湘江《しょうこう》の水《みず》
枕上《ちんじょう》　片時《へんじ》　春夢《しゅんむ》の中《うち》
行《ゆ》き尽《つ》くす　江南《こうなん》　数千里《すうせんり》

奥深いこの部屋にも、昨夜は暖かな春風が吹き起こり、湘水のほとりに住む美《よ》き人、わが友を、遥かに憶いおこしたのだった。枕辺《まくらべ》の、ほんのひとときの春の夢のなか、わたしは江南数千里の道のりを、君をたずねて歩き尽くしたのだ。――

「洞房」とは、奥深い静かな部屋を意味する古典語である。が、同時に、新婚夫婦の部屋を意味する日常語でもある。この詩は、その「洞房」に「春風」が起こった夜、「湘江」の「美人」を、「枕上」の「春夢」の中に尋ね歩く、という設定であり、素材的・発想的には、恋愛詩と紙一重のところにあるといってよい。事実、この「美人」を、古典語としての「美た《すぐれ》男性」の意味ではなく、『詩経《しきよう》』〈鄘風《ようふう》〉「桑中《そうちゅう》」篇に歌われているような美女だとする解釈（唐汝詢《とうじょじゅん》『唐詩解』巻二十七）もある。或いは、「美人」については男性だとしながらも、洞房の女性が湘江の美き《よ》男性を慕う詩だとする解釈（高光復『高適岑参詩訳釈』黒竜江人民出版社）なども、現に有る。

しかし、この詩は恐らく、そうしたイメージの大きな揺れを許容しながらも、第一義的には、やはり作者自身が、一人称的に、古典語的な「美き《よ》人・美た《すぐれ》人」としての友人を尋ねた作品、と見るのがふさわしい。岑参の作品には、作者が三人称的に女性の視点から恋を歌うという「閨怨《けいえん》」的な作品はほとんどないし、妻（家人）以外の女性を一人称的に慕うという一般的な恋歌《こいうた》も見当らないからである。

ただし、岑参ほどの作者が、この詩のもつ艶詩的な雰囲気に無自覚だった可能性は、ほとんどない。この詩は『河岳英霊集《かがくえいれい》』（収録作品の下限は七五三年）に採られているところから、岑参の三十歳代半ば以前の作である可能性が大きい。恐らくは、比較的わかい時代の友情詩として、そこに華やかな艶詩的気分が重なるのをあえて避けなかった、換言すれば、あえて多義的・重層的なイメージを提示しているのではないか、と推測されよう。詩題が普遍化された「春夢」であること、友人が普遍化された「美人」であって、具体的な個人の名が示されていないことなどは、この点を或程度まで傍証しているようである。

どのような〝情〟を抒《の》べたものであれ、後半二句のイメージはとりわけ美しい。「枕上片時春夢中、行尽江南数千里」。――この表現が、宋代以後の詩詞にさまざまな影響を生んでいるのは、偶然ではないであろう。

「同病相い憐れむ」ということばが、中国でも日本でも実感をもって使われているように、人は一般に、共通の苦境に在るときにこそ、互いの連帯感を増す。そして友情もまた、この点で例外ではない。政治改革に失敗して、僻遠《へきえん》の柳州（広西《カンシー》柳州）刺史に流された柳宗元は（一三六ページ参照）、同じく天涯の僻地に流された四人の同志を思いつつ、自由な書信の交換さえ許されない逆境のなかで、それゆえに、いっそう強められた友情をこめて、名高い七言律詩を生み出している。

登柳州城樓寄漳汀封連四州　　柳宗元《りゅうそうげん》
柳州《りゅうしゅう》の城楼《じょうろう》に登《のぼ》り　漳汀封連《しょうていほうれん》の四州《ししゅう》に寄《よ》す

城上高樓接大荒　城上《じょうじょう》の高楼《こうろう》　大荒《たいこう》に接《せっ》す

海天愁思正茫茫
驚風亂颭芙蓉水
密雨斜侵薜茘牆
嶺樹重遮千里目
江流曲似九廻腸
共來百越文身地
猶自音書滯一郷

海天《かいてん》 愁思《しゅうし》 正《まさ》に茫茫《ぼうぼう》
驚風《きょうふう》 乱《みだ》れ颭《うご》かす 芙蓉《ふよう》の水《みず》
密雨《みつう》 斜《なな》めに侵《おか》す 薜茘《へいれい》の牆《かき》
嶺樹《れいじゅ》は重《かさ》なって 千里《せんり》の目《め》を遮《さえぎ》り
江流《こうりゅう》は曲《まが》って 九廻《きゅうかい》の腸《ちょう》に似《に》たり
共《とも》に来《き》たる 百越文身《ひゃくえつぶんしん》の地《ち》
猶自《なお》 音書《いんしょ》 一郷《いっきょう》に滞《とどこお》る

柳州の城郭にそびえる高楼の眺めは、遠く世界の果てなる「大荒《たいこう》」にまで連なっているかのよう。ここ絶境の大空のもと、愁いの思いは、ひたすら茫々と果てもなく広がる。激しく吹きよせる風は、芙蓉《はす》の花咲く池の水を荒々しく波立たせ、視野をも閉ざすように降りしきる雨は、薜茘《つたかずら》のまとう城壁に横ざまにそそぎかかる。嶺々《みねみね》に茂る樹々は幾重にも重なって、千里遠き諸君を望まんとする私の目を遮り、柳江の流れは幾たびも折れ曲って、愁いに九転するわが腸《はらわた》によく似ている。志を同じくしたわれら五人、共に都を追われ、「百越文身」、すなわち、「百《さまざま》な越人」

(南蛮異民族)たちが「文身《いれずみ》」をして住むこの未開の地にやって来たのだ。それなのに、自由な連絡さえもままならず、互いの音書《たより》は、それぞれの任地の中だけに差し止められているではないか。――

このとき柳宗元がこの詩を寄せた四人の同志とは、〝永貞《えいてい》の改革〟の失敗後に左遷された「八司馬《しば》」のうち、再度、より遠い嶺南《れいなん》道・江南東道の刺史として流された人々、すなわち、漳州《しょうしゅう》(福建漳州)刺史の韓泰《かんたい》、汀《てい》州(福建長汀《ちょうてい》)刺史の韓曄《かんよう》、封《ほう》州(広東封川《カントンほうせん》)刺史の陳謙《ちんけん》、連州《れんしゅう》(広東連県)刺史の劉禹錫《りゅううしゃく》、の四人である。なかでも連州刺史の劉禹錫は、貞元《ていげん》九年(七九三)に同時に進士に合格して以来の、苦楽を共にした盟友であった。劉禹錫が、より辺鄙《へんぴ》な播《は》州(貴州遵義《じゅんぎ》)に赴任すべきところを連州刺史に改められたのは、柳宗元の上奏を契機とするものであった。また、柳宗元の没後、劉禹錫が柳の遺児と遺稿を託されたのも、両者の深い信頼によるものであった。当時の知識人の友情が、生涯を通じての相互信頼を理想としていたということが、よく分かる例である。

第一句から第八句まで、暗鬱な憂愁と鋭い緊張感に満たされた作品であるが、一首全体を貫くものは、苦しみが加われば加わるほどに高まる友人たちへの思念であろう。「驚風……、密雨……」「嶺樹……、江流……」の対句は、叙景にすぐれた柳宗元の詩の中でも、特にダイナミックな名対として知られている。ここでは、その精確な情景描写が、作者をとりまく政情の厳しさの象徴ともなりえている点が、特に注目されてよいだろう。

　数多い中唐の詩人のなかで、柳宗元は劉禹錫より一歳だけ若い。その劉禹錫は、晩年の親友となった白居易と同じ年（七七二）の生まれである。つまり、この三人は、まったく同じ世代の詩人だと言ってよい。そして、白居易との生涯の友情で知られる元稹《げんしん》は、七歳年少の、やや若い世代に属する俊才であった。

　白居易と元稹の交遊は、二人が〝書判抜萃《しょはんばつすい》〟科の試験に合格した貞元十九年（八〇三）のころに始まったらしい。白居易三十二歳、元稹二十五歳の春である。以後、〝才識兼茂、明於体用〟科のための共同の受験勉強から、それぞれの変転目まぐるしい朝官《ちょうかん》・外任《がいにん》の時代をへて、白居易六十歳の七月に元稹が五十三歳で没するまで、前後およそ三十年間、二人は互いに、変らぬ思念と信頼で結ばれた文字通りの親友であった。

　三十年の親交をつうじて二人が交した友情の詩は、名作といわれるものだけでも、多くの数にのぼっている。ここでは、その中の最も代表的なものを、それぞれ一首ずつあげる。

　憲宗《けんそう》皇帝の元和《げんな》五年（八一〇）の二月、三十二歳の元稹は、中央の監察御史《ぎょし》から、長江中流のまち江陵の士《し》曹掾《そうえん》に左遷された。長安で翰林《かんりん》学士・左拾遺《さしゅうい》の職に在った白居易は、その年の仲秋八月十五夜の当日、大明宮中《たいめいきゅうちゅう》の翰林院に独り宿直しつつ、折りしもさし登ってきた明月に対《むか》って、遠い元稹のことを憶いおこす。「元九」と排行《はいこう》で呼んでいるところには、当時の習慣として、一種の親しさが込《こ》められているといってよい。

八月十五日夜禁中獨直對月憶元九

八月十五日夜《はちがつじゅうごにちよる》　禁中《きんちゅう》に独直《どくちょく》し　月《つき》に対《たい》して元九《げんきゅう》を憶《おも》う　白居易《はくきょい》

銀臺金闕夕沈沈
獨宿相思在翰林
三五夜中新月色
二千里外故人心
渚宮東面煙波冷
浴殿西頭鐘漏深
猶恐清光不同見
江陵卑濕足秋陰

銀台《ぎんだい》　金闕《きんけつ》　夕沈沈《ゆうべちんちん》
独宿《どくしゅく》　相《あ》い思《おも》うて　翰林《かんりん》に在《あ》り
三五夜中《さんごやちゅう》　新月《しんげつ》の色《いろ》
二千里外《にせんりがい》　故人《こじん》の心《こころ》
渚宮《しょきゅう》の東面《とうめん》は煙波《えんぱ》冷《ひや》やかに
浴殿《よくでん》の西頭《せいとう》は鐘漏《しょうろう》深《ふか》し
猶《な》お恐《おそ》る　清光《せいこう》　同《おな》じくは見《み》ざらんことを
江陵《こうりょう》は卑湿《ひしつ》にして秋陰《しゅういん》足《た》る

金殿玉楼の連なる長安の宮中は、いましも夜がしずかにふけてゆく。私は独り翰林院に宿直して、遠い元稹の身の上を案じている。

十五夜の大空にのぼる、みずみずしい月の光よ。二千里のかなたに隔たる、なつかしい故人《とも》の心よ。

君の住まう江陵城、渚宮の東の水面には、夜霧に煙る川波が冷たくひろがっているだろう。私の身をおく長安宮、浴堂殿の西の一帯には、時を告げる鐘や漏刻《ろうこく》(水時計)の音が深く重く聞こえてくる。

しかし、それでもやはり気にかかる。この清らかな月光を、君は私と同様には見られないのではないか。江陵は古来、低湿の土地として知られ、秋の陰《くも》り日が多いということだから。——

同じ仲秋の八月十五夜ながら、乾燥して晴天の多い長安地方と、水郷地帯で雨の多い江陵地方。その風土的な差異を踏まえつつ、白居易は、文字通り〝配所に月を見る〟身の元稹が、その月さえも眺められないのではないかと、案じているのである。『史記《しき》』(貨殖《かしょく》列伝)に「江南は卑湿《ひしつ》にして、丈夫《ますらお》も早夭《そうよう》(若死)す」と記されるように、北方育ちの知識人にとって、長江系の水沢《すいたく》の地は、心身の不健康を招きやすい土地と意識されていた。

七言律詩という詩型の表現力が十分に駆使され、暢《の》びやかなリズムのなかに、友を憶う作者の真情が、鮮明なイメージと化して歌いあげられている。とりわけ、「三五夜中新月色、二千里外故人心」の一聯は、平易な文字と平易な発想に依拠したきわめて平易な対句でありながら、一読して読者の心をとらえる清新な抒情性をそなえている。『和漢朗詠集』のなかでも一、二を争う名対として愛唱されてきたのは、理由のないことではない。

この詩から五年後の元和十年（八一五）秋八月、こんどは白居易自身が、江陵から三十キロほど下流の、江州（江西九江《こうせいきゅうこう》）の司馬の職に左遷されることになる。その知らせは、すでに通州《つうしゅう》（四川達県《しせんたつけん》）の司馬に転任していた元稹のもとに、同じ八月のうちに届けられた。元稹の「白楽天の東南行《とうなんこう》に酬《む》ゆるの詩」（『全唐詩』巻四百七）の自注には、

元和十年閏《うるう》六月、通州に至る。瘴《しょう》（熱病）に染《かか》りて危重《きじゅう》（危篤）なり。八月、楽天の、江州に司馬たるを聞く。

とあり、その間の経緯を正確に知ることができる。名目的には刺史としての栄転であるが、

江陵以上に辺鄙な通州に流された元稹は、おまけに風土病の瘴《しょう》(高熱の出るマラリアの類)にかかって、身心ともに衰弱していたらしい。わが身の苦境のなかで親友の左遷を知った元稹は、二人の運命に黯澹《あんたん》たる思いを馳《は》せつつ、その夜の自画像を一首の七言絶句に結晶させた。

聞樂天授江州司馬
楽天《らくてん》の江州司馬《こうしゅうしば》を授《さず》けらるるを聞《き》く　元稹《げんしん》

殘燈無焰影幢幢
此夕聞君謫九江
垂死病中驚坐起
暗風吹雨入寒窓

残灯《ざんとう》 焰《ほのお》無《な》くして 影幢幢《かげとうとう》たり
此《こ》の夕《ゆうべ》 君《きみ》が九江《きゅうこう》に謫《たく》せらるるを聞《き》く
垂死《すいし》の病中《びょうちゅう》 驚《おどろ》いて坐起《ざき》すれば
暗風《あんぷう》 雨《あめ》を吹《ふ》きて 寒窓《かんそう》に入《い》る

消えかかる灯火《ともしび》は焔《ほのお》も立たず、影さえ幢々《とうとう》(chuáng chuáng)と暗くかすか。此の夜、君が九江郡の司馬に流謫《るたく》されたことを聞いたのだ。頻死の病床にありながら、驚きのあまり半身を起こせば、深い夜の闇《やみ》のなか、風は雨を交えて寒々とした窓に吹き込んでくる。
——

「幢幢《とうとう》」は「憧憧《しょうしょう》」となっているテキストもあるが、その場合でも、この詩の韻字（上《じょう》平《ひょう》〝江〟韻）としての役割からいって、「憧憧」（〝江〟韻）と通用させた用法だと見なければならない。「幢」は、「翳《おおい》也、帷《とばり》也」などの訓から見て、それによって生まれる「暗いかげ、薄暗さ」と見るのが穏当だろう。或いは、「幢」には「旌旗《せいき》」の意があるから、旌《のぼり》や旗《はた》が揺れるように「ゆれる・ゆらめく」の意と見ることも可能だろう。「心如懸旌——心は懸《か》かれる旌《のぼり》の如し」とは、今日でも用いられる「不安・動揺」の形容である。

第二句「此夕」の「夕《せき》」は、日本語の「夕方」をも含む「夜」全体。例えば、「七夕《しちせき》」は「たなばたの夜」の意であり、夕方には限られない。「寒窓」の「寒」は、冬を想像させやすいが、この詩の制作が秋八月だったことからも知られるように、中国古典詩では、一般に「秋」の景物に関して用いられることのほうが多い。つまり、生理的・物理的な「寒さ」よりも、心理的な「わびしさ・さびしさ」のほうが優先されているのである。

第一句の「残灯無焰……」から第四句の「暗風吹雨……」まで、この夜の情景と心情が的確にとらえられ、舞台の一場面を思わせるような印象的な表現となっている。後《のち》に白居易はこの詩を読み、此の句、他人すら尚《な》お聞く可《べ》からず（聞くに忍びない）。況《いわ》んや僕の心を哉《や》。今に至るまで、吟ずる毎《ごと》に猶《な》お惻惻《そくそく》（心痛むさま）たる耳《のみ》。

と、その感動を語っている（「微之《びし》〔元稹〕に与うるの書」）。

白居易と元稹の友情は、中国の詩人の交遊の典型として最も名高いものであるが、こうした典型を理想として、後世にも、詩人の友情を伝える美しい作品は乏しくない。本章のまとめとして、宋代の著名な詩人の作品を二首あげておきたい。詩型としては、対照的な表現感覚をもつ五言古詩と七言律詩である。

江上懐介甫　　曾鞏《そうきょう》

江上《こうじょう》にて介甫《かいほ》を懐《おも》う

江上信清華　　江上《こうじょう》　信《まこと》に清華《せいか》にして
月風亦蕭洒　　月風《げっぷう》　亦《ま》た蕭洒《しょうしゃ》なり

故人在千里
樽酒難獨把
由來懶拙甚
豈免交遊寡
朱弦任塵埃
誰是知音者

故人《こじん》　千里《せんり》に在《あ》り
樽酒《そんしゅ》　独《ひと》り把《と》るは難《かた》し
由来《ゆらい》　懶拙《らんせつ》なること甚《はなは》だし
豈《あ》に交遊《こうゆう》の寡《すくな》きを免《まぬか》れんや
朱弦《しゅげん》は塵埃《じんあい》に任《まか》す
誰《たれ》か是《こ》れ　音《いん》を知《し》る者《もの》ぞ

大江《たいこう》の水上は、信《まこと》に清らかで美しい。月も風も、さわやかに澄み切っている。わが親しき故人《とも》は、千里のかなたに居る。酒樽《さかずき》の酒も、独りでは手に把《と》って飲む気にもなれない。

わたしは昔から、ひどく懶《なま》けもので世渡りも下手。交遊する友達が寡《すくな》いのも、当然のことだ。

朱塗りの琴の弦は、塵《ちり》や埃《ほこり》をかぶったまま。私の弾《ひ》く琴の音《ね》の真意を本当に知ってくれるのは、君を措《お》いて誰がいよう。——

恐らくは長江《ちょうこう》の船上で、王安石、字《あざな》は介甫《かいほ》を懐った詩。曾鞏と二歳年下の王安石は、欧《おう》陽脩《ようしゅう》門下の逸才として知られる友人であった。王安石の〝新法〟は曾鞏にとって必ずしも同意できるものではなかったようであるが、友人としての親しい交わりは生涯続いている。事実、かれの詩集に最もしばしば登場する友人は、王安石だといってよい。この詩でも、「朱弦……、誰是……」の結びの二句に強調されるように、自分にとっての「知音《ちいん》——真の理解者」たる王安石が身近かにいないために、美しい琴も塵をかぶったままだとして、「千里のかなたに在る」王安石を懐《なつ》かしんでいるのである。

寄黄幾復　　黄幾復《こうきふく》に寄《よ》す　　黄庭堅《こうていけん》

我居北海君南海　　我《われ》は北海《ほっかい》に居《お》り　君《きみ》は南海《なんかい》
寄雁傳書謝不能　　雁《がん》に寄《よ》せて書《しょ》を伝《つた》えんとするに　能《あた》わざるを謝《しゃ》す
桃李春風一杯酒　　桃李《とうり》　春風《しゅんぷう》　一杯《いっぱい》の酒《さけ》
江湖夜雨十年燈　　江湖《こうこ》　夜雨《やう》　十年《じゅうねん》の灯《ともしび》
持家但有四立壁　　家《いえ》を持《じ》するに　但《た》だ四立《しりつ》の壁《かべ》有《あ》るのみ
治病不蘄三折肱　　病《やまい》を治《ち》するに　三《み》たび肱《うで》を折《お》るを蘄《もと》めず

想得讀書頭已白
隔溪猿哭瘴溪藤

想《おも》い得《え》たり　書《しょ》を読《よ》んで　頭《こうべ》已《すで》に白《しろ》く
溪《たに》を隔《へだ》てて　猿《さる》は哭《こく》せん　瘴溪《しょうけい》の藤《ふじ》に

私はここ北の海のほとりに住み、君は南の海辺に住む。雁《かり》に託して書《てがみ》を伝えようとしても、不可能ですと謝《ことわ》られるほどの遥けさ。

桃や李《すもも》に吹く春風のなか、君とともに飲んだ一杯の酒。飄泊《さすらい》の各地に降る夜の雨のなか、君を想いつつ孤独に見つめ続けた十年の灯火《ともしび》。「桃李春風一杯酒、江湖夜雨十年灯」。

清廉《せいれん》な県令たる君は、家庭を維持するにも、ただ「四面に壁が立っている」だけの質素な生活であろう。有能な為政者たる君は、「三たび肱《うで》を折る」までもなく、すぐれた政治が行なえるはずなのだ。

思うに、君はきっと読書にはげみつつ、髪の毛もすでに白くなっているだろう。渓《たにがわ》のむこうでは、野猿が悲しげに哭《な》いているだろう。瘴気《しょうき》（毒気）の立ちのぼる、その渓《たにがわ》の藤蘿《ふじ》の茂みのなかで。——

少年時代からの親友、黄介《こうかい》、字《あざな》は幾復《きふく》に寄せた詩。北宋神宗《しんそう》の元豊《げんぽう》八年（一〇八五）の作。当時、作者は、渤海湾に近い徳州徳平鎮《とくへいちん》に監鎮《かんちん》（鎮の長官）として在任していた。一方、詩を寄せられた黄幾復は、南海に近い西南の辺境、端州四会《たんしゅうしかい》県（広東《カントン》四会）の知事をしていた。漢の蘇武《そぶ》の〝雁信《がんしん》〟の故事以来、雁は書信を託すものとして詩文に愛用されてきたが、その雁さえも、端州の四会はあまりに遠く、とても届けられないと謝絶した、というのである。ちなみに、雁の飛来する南限は、四会よりも数百キロ北に当たる南岳衡山《こうざん》の〝回雁峰《かいがんほう》〟までだと、古典詩文では意識されていた。

黄庭堅という学殖派の詩人の七言律詩にふさわしく、この作品には多くの典故が踏まえられている。雁信や回雁峰のほかにも、冒頭の一句には「君処北海、寡人処南海――君は北海に処《お》り、寡人は南海に処る」（『左伝《さでん》』僖公《きこう》四年）が、第五句には「家居徒四壁立――家居《かきょ》するに徒《ただ》に四壁《しへき》の立つのみ」（『史記』司馬相如《しばそうじょ》伝）が、第六句には「三折肱、知為良医――三たび肱《うで》を折りて、良医たるを知る」（『左伝』定公《ていこう》十三年）が、それぞれ巧みに踏まえられている。

「四壁立」は、何も無い極貧のさま。「三折肱」は、何度も失敗してこそ名医になれる、というたとえ。ここでは、「治病」は「治国」の意に転用されている。黄幾復が、そうした失敗の経験を必要としないすぐれた為政者の資質をもちながら、辺境の知事として不遇であることに、わが身の不遇を重ね合わせつつ同情を寄せているのである。また、「持家但有四立壁」のような特殊な平仄《ひょうそく》（アクセント配置）の句が用いられていることなどにも、恐らくは、杜甫の晩年の特殊な七律に倣《なら》おうとした作者の、屈折した古典志向がうかがえよう。

そうした、いわば一と癖も二た癖もある独特の手法を組みこみながらも、この詩は、「桃李春風……、江湖夜雨……」という平易で美しい対句のイメージを中心に、隔絶した親友を思う代表的な宋詩として、長く人々に愛唱されることになった。旧中国の精神風土に還元していえば、中央官僚としての栄達を望みながら、江湖《こうこ》（地方）の行政官として不遇をかこつ多くの知識人がいる限り、この詩が常に切実な実感をもつものだったことは疑いない。

しかし、そのような社会的・時代的な条件を超えて、この詩は、今日なお独自の抒情効果をもっているといえるだろう。骨肉ならざる友人間の深い思念が、時間や空間の隔絶による風化作用に耐えようとする緊張感。そうした友情詩の発想の典型が、ここに分かりやすく見られるからであろうか。

五　戦乱のうた——戦いの本質

酔うて沙場《さじよう》に臥《ふ》すとも　君　笑う莫《な》かれ
古来　征戦《せいせん》　幾人か回《かえ》る

（王翰「涼州《りようしゆう》の詞《し》」）

中国古典詩の主題《テーマ》の歴史、いわば〝主題史〟ということを考えたとき、「戦乱」は、最も早く成立したものの一つといってよい。

それは何よりも、戦乱というものが、事実として太古以来くり返されてきたこと、またそれが、人間の生と死に直結した非日常的な体験であるという点で、詩歌に詠《うた》われやすい精神の波動を生むものだったことに、原因しているであろう。

かつまた、そこには、中国独自の原因も働いている。中国では、詩歌は、政治や社会の実情を反映すべきもの、民情を為政者に伝えるべきもの――とする考えかたが、早くから生まれていた。すなわち、戦乱の悲惨は最も直接に民情と関わるものであり、それゆえにまた、最も積極的に詩歌に反映されるべきものだったからである。

戦乱の悲惨は、まず第一に、末端の兵士とその家族によって体験される。この点について、たとえば明治の女性詩人は、「すめらみことは、戦ひに／おほみづからは出《い》でまさね」（与謝野晶子「君死にたまふことなかれ」）と、哀切な批判の矢を放った。が、それは、明治の日本だけの特例ではなく、古来、多くの戦いに共通する事実であった。中国の詩歌が戦乱の悲惨の反映に忠実であろうとすれば、末端の兵士の苦しみや、のこされた家族の悲嘆を描く作品が中心になるのは、当然であろう。

隴西行　　隴西行《ろうせいこう》　　陳陶《ちんとう》

誓掃匈奴不顧身　　誓《ちか》って匈奴《きょうど》を掃《はら》わんとして　身《み》を顧《かえり》みず
五千貂錦喪胡塵　　五千《ごせん》の貂錦《ちょうきん》　胡塵《こじん》に喪《うしな》う
可憐無定河邊骨　　憐《あわ》れむ可《べ》し　無定河辺《むていかへん》の骨《ほね》
猶是春閨夢裏人　　猶《な》お是《こ》れ　春閨《しゅんけい》　夢裏《むり》の人《ひと》

かならずや匈奴《えびす》の軍勢を一掃してみせようと、わが身の生死を顧りみず、戦いに赴《おもむ》いた兵士たち。五千人もの唐朝の軍隊は、北の沙漠のなかに全滅した。いたましいかな、無定河のほとりに散乱する無数の白骨よ。かれらこそは、故郷の若い妻たちが、今なお夢に見つづけている人なのに。——

「隴西行——隴西の行《うた》」とは、魏晋以来の楽府《がふ》題（相和歌辞《そうわかじ》）である。初期にはたんに曲調《メロディ》の名で、歌詞とは無関係だったのが、「隴西」（陝西《せんせい》省隴山《ろうざん》以西の地）という地名への連想から、次第に西北での兵士の戦いを描くものが多くなった。晩唐の陳陶のこの作品は、むろん、その用法である。

漢代の異民族「匈奴」との戦いに象徴されるように、西北の異民族との攻防は、歴代の中国にとって外政上の最大の難題であった。唐代における異民族との戦いも、多くは西北の砂漠の地で行なわれた。この詩にいう「無定河」も、その舞台の一つである。長安の北方、黄河が「コ」の字形に折れ曲った内側、オルドスの高原を東流して黄河に注ぐ川。水流の深浅が常に「定まらない」ところから、無定河と名づけられた。「胡塵」とは、胡《えびす》の住む北方の砂漠、また、その砂塵。濛々《もうもう》たるその胡塵のなかに、全軍の将兵が命を喪《うしな》ったのである。

「貂錦《ちょうきん》」は、やや凝《こ》った表現であるが、「貂《てん》」の毛皮の軍帽と、「錦」織りの軍服を身につけた将兵、の意。唐朝の軍隊への美称であり、全将兵がこれを身につけた軍隊が実際にあったわけではない。しかし、この美称は、そうした華やかな若者たちが無残な白骨と化すという対比を生むうえで、大きな効果をあげているだろう。「春閨」も、同様に、若い女性の居室・寝室への美称。同時に、若い女性そのものへの美称にもなっている。

隴西、匈奴、胡塵、無定河……。こうした関連した詩語によって生み出される広大な西北の空間的イメージ。そこに、「河辺《かわべ》の白骨」「春閨の香夢《こうむ》」という死《タナトス》と生《エロス》のイメージが巧みに重なることによって、この詩は、中国における「辺塞詩《へんさいし》」の、ほぼ完璧な典型となりえているといえよう。『詩経』以来、すでに千数百年の歴史を重ねるなかで、中国の戦乱詩は、このような洗練された意境に達していたのである。

では、その最も早い時期の『詩経』では、戦乱の悲惨はどのように歌われているであろうか。

陟岵《ちょくこ》　　詩経《しきょう》〔魏風《ぎふう》〕

陟岵

陟彼岵兮
瞻望父兮
父曰嗟予子
行役夙夜無已
上愼旃哉
猶來無止

彼《か》の岵《こ》に陟《のぼ》りて
父《ちち》を瞻望《せんぼう》す
父《ちち》は曰《い》えり　嗟《ああ》　予《わ》が子《こ》よ
役《えき》に行《ゆ》きては　夙夜《しゅくや》　已《や》むこと無《な》からん
上《ねが》わくは　旃《こ》れを愼《つつし》めや
猶《な》お来《き》たれかし　止《とど》まること無《な》かれ

陟彼屺兮
瞻望母兮
母曰嗟予季
行役夙夜無寐
上慎旃哉
猶來無棄

陟彼岡兮
瞻望兄兮
兄曰嗟予弟
行役夙夜必偕
上慎旃哉
猶來無死

彼《か》の屺《き》に陟《のぼ》りて
母《はは》を瞻望《せんぼう》す
母《はは》は曰《い》えり　嗟《ああ》　予《わ》が季《き》よ
役《えき》に行《ゆ》きては　夙夜《しゅくや》　寐《いぬ》ること無《な》からん
上《ねが》わくは　旃《こ》れを慎《つつし》めや
猶《な》お来《き》たれかし　棄《す》てらるること無《な》かれ

彼《か》の岡《こう》に陟《のぼ》りて
兄《あに》を瞻望《せんぼう》す
兄《あに》は曰《い》えり　嗟《ああ》　予《わ》が弟《おとうと》よ
役《えき》に行《ゆ》きては　夙夜《しゅくや》　必《かなら》ず偕《とも》にせん
上《ねが》わくは　旃《こ》れを慎《つつし》めや
猶《な》お来《き》たれかし　死《し》すること無《な》かれ

出征兵士の望郷の思いを描いた詩。詩題は、『詩経』の伝統にそって、冒頭の一句からとられている。「陟岵《ちょくこ》――岵《はげやま》に陟《のぼ》って」。

――木々のないあの山に登って、遥かに父を眺め望もう。父はこういった。「ああ、わが子よ。戦役《いくさ》に行けば、夙《あさ》も夜も休むひまさえないだろう。どうか、くれぐれも気をつけて。何とか帰って来ることだ。戦場に止《とど》まることなど無いように」と。

木々茂るあの山に登って、遥かに母を眺め望もう。母はこういった。「ああ、わたしの季《すえ》の子よ。戦役《いくさ》に行けば、夙《あさ》も夜も寐《ねむ》るひまさえありますまい。どうか、くれぐれも気をつけて。何とか帰って来ておくれ。戦地に棄て置かれたりしないように」と。

高いあの尾根に登って、遥かに兄を眺め望もう。兄はこういった。「ああ、わが弟よ。戦役《いくさ》に行けば、夙《あさ》も夜も仲間と共に過すことだろう。どうか、くれぐれも気をつけて。何とか帰って来るように。死ぬことだけはないように」と。――

中国の厭戦詩のなかで、おそらく最も早い時期のものの一つである。遠く故郷を離れた戦場で、あたりの山々に登り、肉親との別れの日を憶《おも》い起こす若い兵士の姿が設定されている。ここでは、父のことば、母のことば、兄のことばが描かれて、妻や子供のことばがない点に留意したい。「人の愛も知らずに死んだ」という厭戦の歌詞もあるように、ここでも兵士は、未婚の若者として設定されているのである。それは、この詩の作者の意図であるとともに、恐らくは、当時の出征兵士の実情を反映したものであろう。この点はまた、以後の中国詩歌に顕著な青春愛惜《あいせき》の発想の、一つの源泉的作品ともなっている。各章に用いられている「兮《けい》」の字は、『楚辞《そじ》』に代表される南方系の助字。語調を調《ととの》えることが主で、特定の意味はない。

「詩に達詁《たつこ》無し――『詩経』には決定的な詁《よ》みかたは無い」（『春秋繁露《しゅんじゅうはんろ》』精華第五）という名言そのままに、この作品にも、さまざまな解釈の異同がある。「岵《こ》」は木々の無い山、「屺《き》」は木々の有る山、とするのが通説であるが、その逆の説も、否定しがたい。「父曰……、母曰……、兄曰……」も、出征の日のことばを回想したものではなく、戦場から肉親の気持を想像したことばだと見る説もある。

そうした解釈の幅を許容しながら、なおこの作品は、強い説得力をもって読者の心をとらえてきた。そこには、長い人類の歴史で繰り返されてきた戦役の苦しさと、望郷の切なさの、文字通りの原型があるからであろう。

一方また、兵士を想う肉親の心情も、今にいたるまで変っていない。「止《とど》まること無かれ（無止 wúzhǐ）」「棄てらるること無かれ（無棄 wúqì）」「死すること無かれ（無死 wúsǐ）」。押韻の関係で三つの文字が使い分けられているが、いずれも「戦死だけはするな」という、ぎりぎりの願望を表わしたもの。兄のことばにだけ「死」のイメージがはっきり歌われているのは、とりわけ父と母にとっては、わが子の出征に当って「死」ということばを口にしたくなかった、ということかもしれない。そうした読みわけさえ可能にする作者（無名氏）の筆力は、偶然であろうか、必然であろうか。

戦役の生活は、さまざまな局面で兵士たちを苦しめる。きびしい自然のなかでの行軍は、その特徴的な一つであろう。

何草不黄《かそうふこう》　何《いず》の草《くさ》か黄《き》ばまざらん　詩経《しきょう》〔小雅《しょうが》〕

何草不黄　何《いず》の草《くさ》か　黄《き》ばまざらん
何日不行　何《いず》の日《ひ》にか　行《ゆ》かざらん
何人不將　何《いず》の人《ひと》か　将《おこな》わざらん
經營四方　四方《しほう》を経営《けいえい》す
何草不玄　何《いず》の草《くさ》か　玄《くろ》まざらん

何人不矜　何《いずれ》の人《ひと》か　矜《うれ》えざらん
哀我征夫　哀《かな》し　我《わ》が征夫《せいふ》
獨爲匪民　独《ひと》り　民《たみ》に匪《あら》ずと為《な》す

匪兕匪虎　兕《じ》に匪《あら》ず　虎《こ》に匪《あら》ず
率彼曠野　彼《か》の曠野《こうや》に率《したが》う
哀我征夫　哀《かな》し　我《わ》が征夫《せいふ》
朝夕不暇　朝夕《ちょうせき》するに暇《いとま》あらず

有芃者狐　芃有《ほうあ》る者《もの》は狐《きつね》
率彼幽草　彼《か》の幽草《ゆうそう》に率《したが》う
有棧之車　桟有《さんあ》るの車《くるま》
行彼周道　彼《か》の周道《しゅうどう》を行《ゆ》く

どの草もどの草も、黄ばんで枯れた。毎日毎日、行軍がつづく。だれもだれもが兵役をまぬがれず、四方の防衛に当っている。

どの草もどの草も、黒ずんで枯れた。だれもだれもが、つらい憂《うれ》いを抱いている。哀《かな》しいかな、われら兵士だけは、人間らしい扱いも受けられない。

犀《さい》でもなく虎でもないのに、あの果てしない荒野をさまようのだ。哀しいかな、われら兵士は、朝夕の親孝行もできないのだ。

長い尾をした狐が、深草《ふかくさ》のしげみをさまようように、粗木《あらき》づくりの行軍の車は、だだっ広い道を、あてもなく行く。——

「陟岵《ちょくこ》」の詩が、長短さまざまな詩句からなるのとは対照的に、「何草不黄」の詩は、四章十六行が、すべて四言の詩句に整えられている。「何《いずれ》の草か……、何《いずれ》の日か……、何《いずれ》の人か……」と畳みかけるように句頭に繰り返される「何《か》 hé」の文字は、各句の第三字に配された「不《ふ》 bù」の字と呼応しつつ、休むことなく続く行軍の、隊列のリズムを響かせているかのような気分を生む。

秋も深まって、黄ばみしおれた一面の野草。長い行軍に疲れはてた兵士たちの象徴として、絶妙のイメージというべきだろう。また、荒野をさまよう犀《さい》（兕《じ》）や虎、茂みをうろつく長尾（芃《ほう》）の狐など。「黄草」とともに、いずれも『詩経』で好まれた「興《きょう》」の手法と見なしてよい。具体的なイメージを提起して、後続の詩句に独自の気分を与えるのである。

行軍が大きな苦しみであることはいうまでもないが、敵との激戦と、敗北による戦死こそは、将兵にとって最大の苦難といわねばならない。屈原《くつげん》の作と伝えられる『楚辞』（九《きゅう》歌《か》）の一つ「国殤《こくしょう》」は、国難に当って戦没した将兵の生と死を、悲壮かつ昂揚《こうよう》した筆致で描き出す。全詩十八行。押韻はこまかく分れているが、内容的には、大きく三段に分れて扱うのが妥当であろう。

國殤

操呉戈兮被犀甲
車錯轂兮短兵接
旌蔽日兮敵若雲
矢交墜兮士争先

国殤《こくしょう》　屈原《くつげん》

呉戈《ごか》を操《と》り　犀甲《さいこう》を被《き》て
車《くるま》は轂《こしき》を錯《まじ》え　短兵接《たんぺいせつ》す
旌《のぼり》は日《ひ》を蔽《おお》い　敵《てき》は雲《くも》の若《ごと》く
矢《や》は交〻《こもごも》墜《お》ち　士《し》は先《さき》を争《あらそ》う

呉国産の戈《ほこ》を手にとり、犀《さい》の皮の甲《よろい》を被《き》て、戦車は車軸をぶつけ合い、兵士は短い武器で切り結ぶ。

旗や旌《のぼり》が天を蔽《おお》うほどにはためいて、敵の大軍は雲のようにひろがり、両軍の矢は飛びかって、将士はひたすら先陣を争う。——

ここまでが第一段の四句。激戦の描写の導入部として位置づけることができよう。「轂《こく》」は、車の車軸の通る部分。和訓は「こしき」。「錯轂」とは、敵味方の戦車の車軸が交錯するような激戦をいう。「短兵」は、戈矛《ほこ》や刀剣のような、短距離用の武器（兵）。弓矢のような長距離用の武器に対していう。

以下六句は、敵の大軍に圧倒され、奮戦むなしく全軍の潰滅《かいめつ》に到る情景が描かれる。一首の表現の中心といってよい。

凌余陣兮躐我行　余《わ》が陣《じん》を凌《しの》ぎ　我《わ》が行《こう》を躐《ふ》み
左驂殪兮右刃傷　左驂《ささん》は殪《たお》れ　右《みぎ》は刃《やいば》に傷《きず》つく
霾両輪兮縶四馬　両輪《りようりん》を霾《うず》めて　四馬《しば》を縶《つな》ぎ
援玉枹兮撃鳴鼓　玉枹《ぎよくふ》を援《と》りて　鳴鼓《めいこ》を撃《う》つ

天時懟兮威靈怒
嚴殺盡兮棄原野

天時《てんじ》は懟《うら》み　威霊《いれい》は怒《いか》る
厳殺《げんさつ》し尽《つ》して　原野《げんや》に棄《す》てらる

敵はわが陣に突入して、わが隊列を踏みくだき、左の馬はすでに倒れ、右の馬は傷ついた。

戦車の両輪が泥に埋まり、四頭の馬が足をとられてもがくとき、なおも美しい枹《ばち》を手にとって、激しく戦鼓を撃《う》ち鳴らすのだ。

果てしない戦いに、天地も神霊も怨《うら》み怒《いか》る。将士は無残に殺され尽して、屍《しかばね》は原野に棄てられたまま。――

「左驂《ささん》」は、左の驂《そえうま》。古代の戦車には、四頭の馬をつなぐ。中央の二頭を「服《ふく》」、左右のそれぞれを「左驂、右驂」と呼んだ。「縶《ちゅう》」には従来、定訳がないが、ひもでしばられたような、自由の利《き》かないさま、と見ておきたい。「天時」は、その時その時の天象に表われる天の意志。天地神霊が怨み怒《いか》るのは、無残な戦いが果てもなく続いて、大自然の調和が乱されるからである。敗北を怒っているわけではない。

以下八句が第三段、戦死した将兵の魂を慰め賛える鎮魂の詩句である。

出不入兮往不反　　出《い》でて入《い》らず　往《ゆ》きて反《かえ》らず
平原忽兮路超遠　　平原《へいげん》　忽《こつ》として　路超遠《みちちょうえん》なり
帶長劍兮挾秦弓　　長剣《ちょうけん》を帯《お》び　秦弓《しんきゅう》を挟《はさ》み
首身離兮心不懲　　首身離《しゅしんはな》るるも　心《こころ》懲《こ》りず
誠既勇兮又以武　　誠《まこと》に既《すで》に勇《ゆう》にして　又《ま》た以《も》って武《ぶ》
終剛強兮不可凌　　終《つい》に剛強《ごうきょう》にして　凌《しの》ぐ可《べ》からず
身既死兮神以靈　　身《み》　既《すで》に死《し》するも　神《しん》　以《も》って霊《れい》
魂魄毅兮爲鬼雄　　魂魄《こんぱく》　毅《き》として　鬼雄《きゆう》と為《な》る

ああ、わが家の門を出てはふたたび入ることなく、戦場に往《い》ったきり反《かえ》ってこない、平原は忽然《こつぜん》と広がり、その路は遥かに遠いのだ。

長剣を腰に帯び、剛弓《ごうきゅう》を脇《わき》に挟《はさ》み、身体《からだ》から首が落ちても、なお心に悔いることがない。

まことに勇にして武なるほまれ、最後の最後まで剛強で、犯し凌ぐすべはない。

その肉体は滅んでも、その精神は亡びない。魂魄《こんぱく》は勇気に満ちあふれて、霊魂の英雄と

なったのだ。──
「国殤」とは、国家のために死んだ人間をいう。「殤」は一般に、成年に達しないまま死ぬことを意味するが、ここでは、生きるはずの年齢を生きないまま死ぬことを、意味しているだろう。いずれにしても、「殤」の字のもつ「若き死」のイメージが、詩想の中心である。

鎮魂の歌であるだけに、ここでは、死者の死は、ただむなしいものとしては描かれていない。いわゆる「死して護国の鬼（霊魂）となる」の賛嘆が、一篇の結びとなっている。しかし無残に殺されて「原野に棄てられ」た一人ひとりの将兵にとっては、死後にどのような鎮魂のことばを受けようとも、その生をふたたび生きることはできない。この詩が実際に屈原の作であるかどうかは別にしても、「国殤」の「殤」の字は、たしかに的確な効果をあげている。むろん、後世に与えた影響も大きい。たとえば唐の孟郊《もうこう》は、「弔国殤──国殤を弔《とむら》う」の詩を作ってこう歌っている。

徒言人最靈　徒《いたず》らに言《い》う　人《ひと》　最《もっと》も霊《れい》なりと
白骨亂縱橫　白骨《はっこつ》　乱《みだ》れて縦横《じゅうおう》たり

敗軍の悲哀はさまざまな場面にあらわれるが、天下を争った総帥《そうすい》にとっても、運命は苛《か》刻《こく》にその前に立ちふさがる。満四年にわたる漢楚の興亡の戦いについに敗れた楚王項羽《こうう》は、漢王劉邦《りゅうほう》の大軍に追いつめられ、垓下《がいか》（安徽省霊璧県《あんきれいへき》）の陣中で、絶望的な心中をこう歌った。

垓下歌　　　垓下《がいか》の歌《うた》　　　項羽《こうう》

力抜山兮氣蓋世　　力《ちから》　山《やま》を抜《ぬ》き　気《き》　世《よ》を蓋《おお》う
時不利兮騅不逝　　時《とき》　利《り》あらず　騅《すい》　逝《ゆ》かず
騅不逝兮可奈何　　騅《すい》　逝《ゆ》かず　奈何《いかん》すべき
虞兮虞兮奈若何　　虞《ぐ》や虞《ぐ》や　若《なんじ》を奈何《いかん》せん

膂力《ひりょく》は山をも引き抜き、気《き》魄《はく》は一世を蓋うようなこのわが身。だが、時運はわれに利あらず、愛馬の騅《すい》も駆けようとしない。この騅が駆けようとしないのだ、どうしたらよいのか。虞美人よ、虞美人よ、おまえを、どうしたよいのか。――

項羽が劉邦との長期戦に敗れて、垓下の地に包囲された事情については、本書第八章「懐古のうた」に詳しい（三二六ページ）。周囲の漢軍がみな楚の歌をうたう（四面楚歌）のを聞いた項羽は、――それが敵軍の謀《はかりごと》とは気づかず――自分の故郷の楚の地方がすでに敵の支配下に入ったと思いこみ、急激に絶望感を深めてしまう。項羽の単純な性格がよくうかがえる一とコマであるが、絶望のなかで涙とともに歌われたこの歌には、抜群の軍人的資質に恵まれたわかい項羽（三十歳）の、ナルシスティックな悲哀が率直に表現されている。

みずから「抜山蓋世」の武勇を誇る項羽にとって、軍事的敗北の原因は、自分にはない。時運の変化そのものにある。「奈何 nàihé……、奈何……――いかんせん……、いかんせん……」と慨嘆されているのが、自慢の名馬騅《すい》と、愛する女性虞美人《ぐびじん》だけであるというところにも、その趣きは表われていよう。しかし、そうした自己愛的で自己中心的な悲哀の高唱に徹底していることによって、この詩は、かえって強く読者の心を打つ。

七言八句。どの一字も置きかえにくい巧みな用法であるが、とりわけ、「騅不逝」の「逝《せい》」が生きていよう。「世《せい》 shì・逝《せい》 shì」と踏まれる韻字としての効果とともに、本来、風のように遠く駆け抜けてゆくはずの名馬の疾走のイメージが、字義と字音の両者から相乗的に生まれている。「折《せつ》」という入声《にっしょう》の発音記号（音符）が、早くから「逝《せい》」という去《きょ》声《しょう》の発音記号として使われていたことも、この詩の押韻から分かって興味深い。

　これだけの名作が、本当に項羽の軍中での即席の作であるかどうか、むろん、疑問の点は多い。しかし、ここに歌われた〝覇王〟項羽の敗軍の姿は、司馬遷《しばせん》によって描かれたその日その時の情景とともに、中国の歴史上、もっとも劇的な場面の一つとして、多くの読者に愛されることになった。『史記《しき》』（項羽本紀《ほんぎ》）には、こう記される。「歌うこと数闋《すうけつ》（数回）、美人、これに和《わ》す。項王、涙、数行下《くだ》る。左右のもの皆泣き、敢《あえ》て仰ぎ視《み》るものなし」。

　このとき、虞美人が唱和したとされる作品が、今日まで伝えられている。

漢兵已略地　　漢《かん》の兵《へい》　已《すで》に地《ち》を略《おか》し
四方楚歌聲　　四方《しほう》　楚歌《そか》の声《こえ》
大王意氣盡　　大王《だいおう》　意気《いき》　尽《つ》きたり
賤妾何樂生　　賤妾《せんしょう》　何《なん》ぞ生《せい》を楽《たの》しまん

（『史記正義』所引『楚漢春秋』）

戦乱はさまざまな悲劇を生む。母親の子棄ては、その極限的なものの一つであろう。それを描いた早い時期の作品。後漢末期の王粲の「七哀」。三首連作の第一首である。韻字は一貫して換わっていないが、意味のうえから、大きく三段に分けて扱うのが妥当だろう。

七哀詩

西京亂無象
豺虎方遘患
復棄中國去
委身適荆蠻
親戚對我悲
朋友相追攀

七哀《しちあい》の詩《し》　　王粲《おうさん》

西京《せいけい》　乱《みだ》れて象《みち》無《な》く
豺虎《さいこ》　方《まさ》に患《わざわい》を遘《かま》う
復《ま》た中国《ちゅうごく》を棄《す》てて去《さ》り
身《み》を委《ゆだ》ねて荆蛮《けいばん》に適《ゆ》く
親戚《しんせき》　我《われ》に対《たい》して悲《かな》しみ
朋友《ほうゆう》　相《あ》い追攀《ついはん》す

西の京《みやこ》、長安は乱れて頼るべき道もなく、豺《やまいぬ》や虎のような兇暴な軍人たちが、今まさに悪事の限りをつくしている。わたしは、またもや都を棄て、遠く荊蛮の地に行って、この身を委ねることになったのだ。親類のものは目の前で泣き悲しみ、友人たちは、追いすがって名残りを惜しむ。――

後漢末期から三国の鼎立《ていりつ》にいたるまで、中国は動乱に動乱を重ねた。昨夜王粲は、東都洛陽《らくよう》の破壊によって西都長安に移り、いままた長安の動乱を逃れて、荊州《けいしゅう》（湖北省襄陽《じょうよう》）に身を寄せようとしているのである。「中国」とは、ここでは、国都の長安・洛陽をさす。
ここまでが冒頭の六句であり、第一段。以下の八句が第二段であり、この詩の表現の中心になっている。

出門無所見
白骨蔽平原
路有飢婦人
抱子棄草閒
顧聞號泣聲
揮涙獨不還

門《もん》を出《い》づるも見《み》る所無《ところな》く
白骨《はっこつ》 平原《へいげん》を蔽《おお》う
路《みち》に 飢《う》えたる婦人《ふじん》有《あ》り
子《こ》を抱《いだ》いて草間《そうかん》に棄《す》つ
顧《かえり》みて号泣《ごうきゅう》の声《こえ》を聞《き》くも
涙《なみだ》を揮《ふる》いて独《ひと》り還《かえ》らず

未知身死處　　未《いま》だ　身《み》の死処《ししょ》を知《し》らず
何能兩相完　　何《なん》ぞ能《よ》く　両《ふたり》ながら相《あ》い完《まった》からん

ひとたび門を出てみると、目に入るものは何もない。ただ死者の白骨だけが、野原を蔽《おお》いつくしているばかりだ。路ばたに飢え疲れた女性がいる。胸に抱いたわが子を、草むらに棄てているではないか。泣き号《さけ》ぶ声を、振り返りつつ聞きながらも、涙をぬぐうばかりで、決してもどってゆこうとしない。「このわが身が、いつどこで死ぬかさえ分りません。どうして、この子をつれたまま、両人《ふたり》で生きのびることができましょうか」と。——

驅馬棄之去　　馬《うま》を駆《か》って之《これ》を棄《す》てて去《さ》る
不忍聽此言　　此《こ》の言《げん》を聴《き》くに忍《しの》びず
南登霸陵岸　　南《みなみ》のかた　霸陵《はりょう》の岸《おか》に登《のぼ》り
迴首望長安　　首《こうべ》を回《めぐ》らして長安《ちょうあん》を望《のぞ》む
悟彼下泉人　　彼《か》の下泉《かせん》の人《ひと》に悟《さと》り
喟然傷心肝　　喟然《きぜん》として心肝《しんかん》を傷《いた》ましむ

わたしは馬を走らせて、その場を振り棄てるように立ち去った。女性のこの言葉を聴くに忍びないからだ。南のかた覇陵の岸《おか》に登り、ふり返って、遠く長安を望み見る。この京師《みやこ》の平安を懐かしんだ「下泉」の詩の作者、その心情が思いあわされて、深い嘆息とともに、この胸は、激しく鋭く傷《いた》む。——

「覇陵」は、長安の東南郊外、覇水《はすい》の南岸、前漢の文帝《ぶんてい》の墓陵がある。一首の結びのこの部分では、文帝時代の平和な長安と、現在の戦乱の長安との対比が、発想の起点になっているだろう。すなわち、「下泉」とは『詩経』〈曹風《そうふう》〉の詩篇の名。そこでは「念彼周京——彼《か》の周の京《みやこ》を念《おも》う」「念彼京師——彼《か》の京師《みやこ》を念う」というように、かつての周の都鎬京《こうけい》の繁栄のさまが、現実の衰退と対比されて、慕《した》われ、懐《なつ》かしまれているのである。鎬京は長安のすぐ西郊。事実上、ほとんど同じ場所と意識されている。長安の動乱、漢王朝の衰退を嘆く王粲が、「下泉」の詩の作者の思いを我が思いとして「悟」るのは、まさにこのためにほかならない。

同時にまた「下泉」とは、「黄泉《こうせん》」「泉下《せんか》」と同じく、死後の世界を意味している。詩歌における自由なイメージの展開としては、「下泉の人」がそうした連想を拒否することはむつかしい。ここでは、戦乱の長安で死んでいった無数の人々、「白骨、平原を蔽《おお》う」と歌われた有名無名の死者たち、そうした「下泉」の人々への連想が重なっていると見ておくのが、享受史的に妥当であろう。

「七哀」と名づけるこの詩が、激しい「哀しみ」を歌ったものであることは確かである。が、なぜ「七哀」と題するかについては、正確なことが分かっていない。同じ詩題の作例や、『楚辞』の「七諫《しちかん》」（前漢の東方朔《とうぼうさく》）の用例から見れば、「哀しみの七つの相《かたち》」といった意に解釈するのがよいようである。

戦乱の詩は、唐代になって、いっそう精彩を増してくる。

國破山河在　　国破《くにやぶ》れて山河《さんが》在《あ》り
城春草木深　　城春《しろはる》にして草木《そうもく》深《ふか》し

（杜甫《とほ》「春望《しゅんぼう》」）

去年戰桑乾源　　去年《きょねん》は桑乾《そうかん》の源《みなもと》に戦《たたか》い
今年戰葱河道　　今年《ことし》は葱河《そうが》の道《みち》に戦《たたか》う

（李白《りはく》「戦城南《せんじょうなん》」）

秦時明月漢時關　　秦時《しんじ》の明月《めいげつ》　漢時《かんじ》の関《かん》
萬里長征人未還　　万里《ばんり》長征《ちょうせい》して人《ひと》未《いま》だ還《かえ》らず

（王昌齢《おうしょうれい》「出塞《しゅつさい》」）

いずれも、一読して忘れがたい名唱である。戦争・戦乱の悲惨な本質が、イメージ豊かな詩的言語によって的確に紡《つむ》ぎ出されている。そこに一貫して流れる厭戦の感情や理念は、次にあげる「兵車行——兵車《いくさぐるま》の行《うた》」によって、より詳細に理解されよう。

兵車行　　兵車行《へいしゃこう》　　杜甫《とほ》

車轔轔　馬蕭蕭　　車《くるま》轔轔《りんりん》　馬《うま》蕭蕭《しょうしょう》
行人弓箭各在腰　　行人《こうじん》の弓箭《きゅうせん》　各〻《おのおの》腰《こし》に在《あ》り
耶嬢妻子走相送　　耶嬢《やじょう》　妻子《さいし》　走《はし》りて相《あ》い送《おく》る

塵埃不見咸陽橋
牽衣頓足攔道哭
哭聲直上干雲霄

塵埃《じんあい》に見《み》えず　咸陽橋《かんようきょう》
衣《ころも》を牽《ひ》き足《あし》を頓《そばだ》て　道《みち》を攔《さえぎ》りて哭《こく》す
哭声《こくせい》直《ただ》ちに上《のぼ》りて　雲霄《うんしょう》を干《おか》す

車は轔々《りんりん》línlín と、鋭く響き、馬は蕭々《しょうしょう》xiāoxiāo と、わびしげに鳴く。「行人」、出征兵士の弓と箭《や》は、それぞれ腰に着けられている。耶《ちち》も、嬢《はは》も、そして妻子《つま》も、追いすがるようにして兵士たちを送る。立ちのぼる土ぼこりに、咸陽橋《かんようきょう》さえ見えないほど。「牽衣《けんい》」、衣服にすがりつき、「頓足《とんそく》」、足をふみならし、行く手を攔《さえぎ》って、大声に哭《な》く。哭《な》き声は、そのまままっ直ぐにのぼり、大空の雲のきわみにまで突きささる。——

「蕭《しょう》・腰《よう》・橋《きょう》・霄《しょう》」と韻が踏まれた第一段。何千年来、繰り返されてきた情景。出征する兵士と、見送る家族との、せつない情景である。「咸陽橋」は、長安から咸陽に通じる街道の、渭水《いすい》（渭河）にかけられた大きな橋。西北地方への遠征は、おおむねこの道筋によっていた。「耶嬢 yéniáng」とは、俗語で「父母」の意。「妻子 qīzǐ」も、同じく俗語で「つま」の意。見送る「子供」のいないことが、兵士の若さ、痛ましさと、残された家族の将来の不安を強調しているのである。

道傍過者問行人　道傍《どうぼう》を過《す》ぐる者《もの》　行人《こうじん》に問《と》えば
行人但云點行頻　行人《こうじん》但《た》だ云《い》う　点行頻《てんこうしき》りなりと
或從十五北防河　或《ある》いは十五《じゅうご》従《よ》り　北《きた》のかた河《か》を防《ふせ》ぎ
便至四十西營田　便《すなわ》ち四十《しじゅう》に至《いた》りて　西《にし》のかた田《でん》を営《いとな》む
去時里正與裹頭　去《ゆ》きし時《とき》　里正《りせい》　与《ため》に頭《こうべ》を裹《つつ》む
歸來頭白還戍邊　帰《かえ》り来《きた》れば頭白《こうべしろ》くして還《ま》た辺《へん》を戍《まも》る

道の傍《かたわら》を通りすぎる男が、兵士たちにたずねた。兵士たちは、ただ答える。「徴兵と出征が、頻《しき》りに続いているのです」と。或る兵士は、十五の年から北方で黄河の守りにつき、そのまま四十になっても、まだ西方で屯田兵《とんでんへい》をしているのだ。門出《かどで》のときには、村長《むらおさ》が頭《ず》巾《きん》をつけてくれるような少年だったのが、やっと帰ってきたときには白髪《しらが》になっており、それでもまだ辺境を守っているという有りさまなのだ。——

第二段。「人《じん》・頻《ひん》・田《でん》・辺《へん》」と、古体詩の通押《つうおう》による緩《ゆる》やかな押韻。「道傍を過ぐる者」とは、杜甫自身を仮りにそこに設定したもの、と見られよう。必ずしも、実景である必要はない。「里正」、すなわち「村長・名主《なぬし》」が頭巾《ずきん》で頭を裹《つつ》むというのは、出陣に当って、まだ自分では上手に包めないような、徴兵適齢以前の少年兵であることを表わす。「或いは十五従《よ》り……」の句とともに、ここでも、兵士の若さ幼なさが強調されていることに注意したい。

邊庭流血成海水
武皇開邊意未已
君不聞漢家山東二百州
千村萬落生荊杞

辺庭《へんてい》の流血《りゅうけつ》　海水《かいすい》と成《な》るも
武皇《ぶこう》　辺《へん》を開《ひら》く　意《い》未《いま》だ已《や》まず
君《きみ》聞《き》かずや　漢家《かんか》山東《さんとう》の二百州《にひゃくしゅう》
千村万落《せんそんばんらく》　荊杞《けいき》を生《しょう》ずるを

辺境地方で流された血潮が海の水ほどにもなろうというのに、わが武皇大帝の国境拡大の野望は、まだ満ち足りてはいないのだ。聞きたまえ。わが漢帝国の山東二百余州では、「千村万落」、村落という村落が、ことごとく、荊杞《いばら》の生い茂る荒れ地となってしまったではないか。――

第三段。「水《すい》・已《い》・杞《き》」と、上声《じょうしょう》の韻が踏まれている。「山東」は、北中国を東西に二分する太行《たいこう》山脈の東に当る広大な平野。本来は、豊かな穀倉地帯であるはずの地域である。「武皇」といい「漢家」といっているのは、時代を漢代に借りた間接的な批判の手法。漢の武帝と唐の玄宗《げんそう》皇帝とは、イメージを重ねて歌われることが多い。

縦有健婦把鋤犂　縦《たと》い健婦《けんぷ》の鋤犂《じょれい》を把《と》る有《あ》るも
禾生隴畝無東西　禾《か》は隴畝《ろうほ》に生《しょう》じて東西無《とうざいな》し
況復秦兵耐苦戰　況《いわ》んや復《ま》た　秦兵《しんぺい》苦戦《せん》に耐《た》うるをや
被驅不異犬與雞　駆《か》ら被《る》ること　犬《いぬ》と鶏《にわとり》とに異《こと》ならず

たとえ、健気《けなげ》な女性たちが鋤犂《すき》を把《と》って働いたとしても、「禾《か》」、すなわち「穀物」は、田畑のあちこちに勝手に生えるばかりで、きちんとした野良《のら》仕事になるはずもない。ましてや、ここ長安地方の兵士たちは、苦しい戦いに耐えることで知られている。まるで、犬や鶏《にわとり》同様に、容赦なく前線に駆り立てられてゆくのだ。——

第四段。「犂《れい》・西《せい》・雞《けい》」と、平声《ひょうしょう》の押韻。働き盛りの男たちが徴発されたあと、農作業は、か弱い女たちの肩にかかってくる。「東西無し」とは、農地が整然と管理されていないさま。「隴畝《ろうほ》」は、田畑のウネとアゼ道。広く農地そのものをさす。

長者雖有問　長者《ちょうじゃ》 問《と》う有《あ》りと雖《いえど》も
役夫敢伸恨　役夫《えきふ》 敢《あ》えて恨《うら》みを伸《の》べんや

「御老人が、わざわざおたずね下さっても、われわれ兵士は、恨みの気持を伸べつくすことが出来ましょうか」。──

第五段。七言のリズムが五言のリズムに急転して、兵士の直接話法に転換したことが暗示される。「問《もん》・恨《こん》」、去声の押韻。

且如今年冬　且《か》つ今年《こんねん》の冬《ふゆ》の如《ごと》き
未休關西卒　未《いま》だ関西《かんさい》の卒《そつ》を休《や》めず
縣官急索租　県官《けんかん》 急《きゅう》に租《そ》を索《もと》むるも
租稅從何出　租税《そぜい》は何《いず》こ従《よ》り出《い》でんや

「おまけに今年の冬ときたら、ここ関西地方では、まだ兵卒の徴用がつづいています。県の役人どもが、せわしく租税を取り立てても、その租税は、いったい、どこからどうして出せるでしょうか」。——

第六段。「卒《そつ》・出《しゅつ》」、入声《にっしょう》の押韻である。「関西」とは、函谷関《かんこくかん》以西の地。北の蕭関《しょうかん》、西の散関《さんかん》、南の武関《ぶかん》、東の函谷関（潼関《とうかん》）と、四つの関所に囲まれているので「関中」ともいう。長安を中心とした関中平野の地である。

信知生男悪　　信《まこと》に知《し》る　男《おとこ》を生《う》むは悪《あ》しく
反是生女好　　反《かえ》って是《こ》れ　女《おんな》を生《う》むの好《よ》きを
生女猶得嫁比鄰　　女《おんな》を生《う》まば　猶《な》お比隣《ひりん》に嫁《か》するを得《え》ん
生男埋沒隨百草　　男《おとこ》を生《う》まば　埋没《まいぼつ》して百草《ひゃくそう》に随《したが》う

「信《まこと》に知る」、今こそ、本当によく分った。「男の子を生むのは不幸であり、反《かえ》って女の子を生むほうが好い」ということばの意味が。女の子を生めば、ともかくも隣り近所に嫁《とつ》がせることができる。男の子を生んだのでは、むなしく戦没して、数知れぬ雑草とともに朽《く》ち果てるばかりではないか。——

第七段。「好《こう》・草《そう》」と、上声の韻が踏まれている。同じ段のなかで五言と七言のリズムが並存しているのは、「生男悪、生女好」の部分が、古来の常識を逆手《さかて》に取った当時流行の諺《ことわざ》であり、続く七言の二句が、それを説明する杜甫自身の口調《くちよう》となっているからであろう。「埋没して百草に随う」。茫々《ぼうぼう》と生い茂る雑草、そのなかに朽ちてゆく死者のイメージを描いて、絶妙の措辞《そじ》といえよう。

君不見　青海頭
古來白骨無人收
新鬼煩寃舊鬼哭
天陰雨濕聲啾啾

君《きみ》見ずや　青海《せいかい》の頭《ほとり》
古来《こらい》　白骨《はっこつ》　人《ひと》の収《おさ》むる無《な》きを
新鬼《しんき》は煩寃《はんえん》し　旧鬼《きゅうき》は哭《こく》す
天陰《てんいん》　雨湿《うしつ》　声啾啾《こえしゅうしゅう》たり

君よ見たまえ、かの青海《ココ・ノール》のほとり。古来、戦死者たちの白骨が、ひろう人もなく散らばっているそのさまを。「新鬼」、死んだばかりの魂は、「煩寃」、いわれなきその死の苦しさに悶《もだ》えている。「旧鬼」、死して久しい魂は、今はただ大声で哭《な》いている。天は暗く陰《くも》り、雨はしとしとと降りつづくなか、死者たちの声のみが啾々《しゅうしゅう》 jiūjiū と哀しげに聞こえるではないか。——

最終の第八段。「頭《とう》・収《しゅう》・啾《しゅう》」と、平声の韻字で締めくくられる。「青海」は、その名にもとづく青海省の、東部に位置する大きな湖。古来、西方異民族との戦いが繰り返された地域である。

三言・五言・七言・九言のリズムが自由に併用され、雑言《ざつげん》古詩にふさわしい豊かな朗唱性が生まれている。杜甫はその起伏に富んだリズムに乗せて、いわれなき死を死んでいった無数の兵士たちの、無念の思いを代弁した。それは杜甫にとって、中国詩史の理念に基づく詩的実践であったといってよい。

すぐれた戦乱詩の実作からは、また、すぐれた警策の名句が生まれている。戦争・戦乱の本質をついた不朽の警句、「一将功成りて万骨枯る」。晩唐の詩人曹松《そうしょう》の「己亥《きがい》の歳《とし》」の第四句、作者会心の表現であった。

己亥歳　　己亥《きがい》の歳《とし》　　曹松《そうしょう》

澤國江山入戰圖
生民何計樂樵蘇
憑君莫話封侯事
一將功成萬骨枯

沢国《たくこく》の江山《こうざん》　戦図《せんと》に入《い》る
生民《せいみん》　何《なん》の計《けい》ありてか　樵蘇《しょうそ》を楽《たの》しまん
君《きみ》に憑《こ》う　話《かた》る莫《な》かれ封侯《ほうこう》の事《こと》
一将《いっしょう》　功成《こうな》りて　万骨枯《ばんこつか》る

ここ「沢国《たくこく》」、水辺の地方の山や河は、ことごとく戦域に含まれ、戦場と化してしまった。人々はどのようにして、「樵蘇《しょうそ》」、木を伐《き》り（樵）、草を刈る（蘇）という、平穏な日常生活を楽しめばよいのだろうか。

どうか君よ、手柄をたてて諸侯に封《ほう》ぜられることなど、語らないでほしい。一人の将軍が赫々《かくかく》たる戦功をたてるとき、無数の兵士たちの白骨は、空しく枯れ朽《く》ちてゆくのだから。

——

「己亥の歳」とは、晩唐の僖宗《きそう》皇帝の乾符《けんぷ》六年（八七九）に当っている。当時、唐王朝の衰退とともに各地には反乱が相い次いでいたが、とりわけ黄巣《こうそう》の反乱軍は、揚子江・淮水《わいすい》地区を中心に、広大な地域を戦乱に捲きこんでいた。「沢国《たくこく》の江山、戦図に入る」とは、まさにこの情況を踏まえて歌われたものであろう。

乱世では、戦功を手段として立身出世をはかろうとする野心家が輩出する。それは一面、社会の変動にともなう必然でもある。が、下積みの庶民にとっては、徴兵と戦役は、自分自身の戦傷戦没と、家族の窮乏餓死につらなる災厄《さいやく》そのものであった。まさしく、「一将」の功成るとき、「万骨」は枯れたのである。「一将《いっしょう》・功成《こうせい》・万骨《ばんこつ》・枯《こ》――yījiàng gōngchéng wàngǔ kū」。一句の中に、「一」と「万」の数字を核とした対《つい》の概念を置く「句中対」の手法。訓読で読んでも音読で読んでも、鮮明な数字のイメージが上下に響きあって、頭韻や句中韻に似た効果をあげていることに、注目したい。

中国の戦乱の歴史は、おおむね、漢民族と異民族の抗争の歴史であった。しかし、異民族と異民族のあいだにも、激しい戦闘は繰り返されている。宋代から元代に移る十三世紀の前半、当時、北中国一帯を支配していた女真《じょしん》族の王朝、金国《きんこく》。この時代を代表する詩人元好問《げんこうもん》は、祖国の滅亡と人民の辛酸を眼《ま》のあたりにして、戦乱詩の典型ともいうべき一連の作品を生み出すことになった。金を滅ぼしたのは、さらに北方に勃興した異民族の集団、蒙古帝国である。

岐陽

百二關河草不横
十年戎馬暗秦京
岐陽西望無來信
隴水東流聞哭聲
野蔓有情縈戰骨
殘陽何意照空城
從誰細向蒼蒼問
爭遣蚩尤作五兵

岐陽《きよう》　　元好問《げんこうもん》

百二《ひやくに》の関河《かんが》　草《くさ》横《よこ》たわらず
十年《じゆうねん》　戎馬《じゆうば》　秦京《しんけい》暗《くら》し
岐陽《きよう》　西《にし》に望《のぞ》むも　来信《らいしん》無《な》く
隴水《ろうすい》　東《ひがし》に流《なが》れて　哭声《こくせい》を聞《き》く
野蔓《やまん》　情《じよう》有《あ》りて　戦骨《せんこつ》に縈《まつわ》り
残陽《ざんよう》　何《なん》の意《い》か　空城《くうじよう》を照《て》らす
誰《たれ》に従《したが》ってか　細《こまや》かに蒼蒼《そうそう》に向《むか》って問《と》わん
争《いか》でか蚩尤《しゆう》をして　五兵《ごへい》を作《つく》ら遣《し》めしと

ああ、わが金軍は、「百二」といわれる堅固な要害に守られながら、草を踏み倒すほどの戦功もなく、十年もの戦乱に、秦京《しんけい》、長安は、暗澹たる気配につつまれてしまった。——「百二」とは、二万人の軍隊で百万人の軍隊を妨げるような要害の地。『史記《しき》』（高祖《こうそ》本紀《ほんぎ》）の、「秦得百二焉——秦は百二を得たり」に基づく。「草不横」は、いわゆる「横草《おうそう》の功《こう》」を典拠とする。雑草を踏み倒す程度の取るに足りない戦功、それすら無い、の意。『漢書《かんじょ》』（終軍伝《しゅうぐんでん》）の「軍無横草之功――軍、草を横たうるの功無し」に基づくもの。続く「十年、戎馬《じゅうば》、秦京暗し」の第二句は、杜甫の憂愁の詩句「十年、戎馬、南国暗し」（「愁」）を踏まえている。元好問の、杜甫への傾倒ぶりがうかがえよう。

岐陽　西に望むも　来信無く
隴《ろう》水　東に流れて　哭声《こくせい》を聞く

岐陽の城《まち》を遠く西方に眺め望んでも、ついに何のたよりも無く、隴水が東へ流れる水音のなかには、死者たちの哭《な》き声が聞こえるかのようだ。――「岐陽」は、長安の西方、鳳《ほう》翔《しょう》府。この年（一二三二）、正月以来、蒙古軍の攻撃を受けていたこの城《まち》は、四月、ついに陥落する。当時、南陽（河南省南陽）の県令だった元好問は、杜甫の詩句「西憶岐陽信――西のかた岐陽の信を憶《おも》う」（「行在所《あんざいしょ》に達するを喜ぶ」）に触発されつつ、「岐陽」と題するこの七言律詩を作ったのである。三首連作の第二首。「隴水」は、長安の西方隴山《ろうざん》地方から流れ出る川の通称。ここでは、陥落した鳳翔地区を象徴する景物として用いている。隴水には、旅人の悲しみを歌う漢代以来の歌謡もあった。「隴頭の流水、鳴声幽咽《めいせいゆうえつ》す。遥かに秦川《しんせん》（長安地区）を望めば、心肝《しんかん》断絶す」（「隴頭の歌辞」、本書三七一ページ）。

野蔓《やまん》　情有りて　戦骨に縈《まつわ》り

残陽《ざんよう》　何の意か　空城を照らす

青く茂る野辺の蔓草《つるくさ》は、情有《こころあ》るかのように、戦死者たちの白骨に縈《まつわ》りつき、赤あかと沈みゆく夕陽は、どのような気持でか、ひと気のない城並《まちな》みを照らしている。——ここでは、もともと無情なはずの野草や夕陽が擬人化され、戦骨や空城を憐れむものとして描かれる。蒙古軍は、抵抗した都市が陥落したときには、非戦闘員を含めて皆殺しにするのが常であった。白骨にまつわりつく青い野草の蔓《つる》、廃墟を照らす赤い夕陽の光……。文字通り〝戦乱〟の跡を描いて、一首の表現の中心となった対句である。

誰に従ってか　細《こまや》かに蒼蒼に向って問わん
争《いか》でか蚩尤《しゆう》をして　五兵を作ら遣めしと

ああ、誰に頼んで、詳しく蒼天に問いただしたらよいのだろうか。いったい、どうして、あの蚩尤に、さまざまな武器を作らせたのでしょうかと。——

「蚩尤」とは、古代伝説の英雄の名。黄帝《こうてい》と涿鹿《たくろく》（河北省西北部）の野に戦い、とらわれて殺された。武勇にすぐれ、戈《か》・戟《げき》など五種類の武器（五兵）を作ったと伝えられる。ここでは、もし蒼天の神が蚩尤にこうした武器を作らせなければ、後世の戦乱はこれほど悲惨なものにはならなかったろうに、と嘆いているのである。五兵を操る兇暴な蚩尤の軍隊が、現実の蒙古軍にたとえられていることは、いうまでもない。

二年ののち、すでに首都汴京《べんけい》も陥落し、蒙古軍に捕えられた元好問は、黄河を北に渡った河朔《かさく》（河北）の地で、乱後の惨状に改めて息をのむ。

癸巳五月三日北渡　　癸巳《きし》　五月三日《ごがつみっか》　北《きた》に渡《わた》る　　元好問《げんこうもん》

白骨縱横似亂麻　　白骨《はっこつ》　縦横《じゅうおう》　乱麻《らんま》に似《に》たり
幾年桑梓變龍沙　　幾年《いくねん》か　桑梓《そうし》　竜沙《りょうさ》に変《へん》じたる
只知河朔生靈盡　　只《ただ》知《し》る　河朔《かさく》　生霊《せいれい》の尽《つ》くるを
破屋疎煙却數家　　破屋《はおく》　疎煙《そえん》　却《かえ》って数家《すうか》

白骨はあちこちにころがって、まるで、乱れからんだ麻糸のよう。父母が桑と梓《あずさ》を植えてくれた懐かしい故郷の地、そこが無残な砂漠と化して幾年になることか。――「桑と梓」とは、父母が子孫のために植えて遺《のこ》してくれるもの。転じて、故郷をいう。「維《こ》れ桑《くわ》と梓《あずさ》とは、必ず恭敬《きょうけい》す」（『詩経』「小雅」「小弁《しょうばん》」）に基づくことば。緑したたる桑梓のイメージが不毛の砂漠に一転するなかから、次句の「生霊尽」の三字が導き出されている。

――ただ知られるのは、この河北の地に、「生霊」、人民が死に絶えたこと。しかし思いがけず、破屋《あばらや》からわずかな煙が立ちのぼるところ、そこには数軒の人家が残されているではないか。――白骨が縦横に横たわり、人みな死に絶えた河朔の地に、わずかに立ちのぼる破屋の煙。絶え絶えの気息にも似たその煙は、かえって、ここで繰り返された破壊と殺《さつ》戮《りく》のすさまじさを実感させるであろう。詩題にいう「癸巳《きし》」の年とは、金の哀宗《あいそう》の天興《てんこう》二年、一二三三年に当っている。金国滅亡の一年前の、五月三日であった。

金と元との戦いは、大局的には、女真族と蒙古族の興亡を意味していた。その意味では、少数民族の国家同士による、中原《ちゅうげん》攻防の戦乱だったといってよい。一方、それまで金に苦しめられていた漢民族の国家南宋《なんそう》は、元と協力して金を滅ぼしながら、結局は、その元によって滅ぼされ、中国大陸は、はじめて異民族の支配による統一を体験することになる。

蒙古族の支配による統一国家、元《げん》は、漢民族の明《みん》によって滅ぼされ、明はまた女真族(満洲族)の国家、清《しん》によって滅ぼされる。その間《かん》に流されたおびただしい血潮、失われた無数の人命。そうした戦乱のありさまは、それぞれの時代に生きた詩人たちによって、さまざまに描かれている。ここでは、その清朝帝国が、漢民族の「排満興漢《はいまんこうかん》――満洲族を排撃し漢民族を復興する」のスローガンのもと、ついに滅亡してゆく動乱期の作品に目を向けたい。

睹江北流民有感

江南塞北路茫茫
一聴嗷嗷一斷腸
無限哀鴻蜚不盡
月明如水滿天霜

江北《こうほく》の流民《りゅうみん》を睹《み》て感有《かんあ》り　周実《しゅうじつ》

江南《こうなん》　塞北《さいほく》　路茫茫《みちぼうぼう》
一《ひ》とたび嗷嗷《ごうごう》たるを聴《き》けば　一《ひ》とたび断腸《だんちょう》
無《む》限《げん》の哀鴻《あいこう》　蜚《と》び尽《つ》くさず
月明《げつめい》は水《みず》の如《ごと》く　満天《まんてん》の霜《しも》

揚子江の南から、万里の長城の北まで、路は茫々と果てもなく続く。嗷々《ごうごう》 áoáo と哀しげに鳴くその声を聞くたびに、わが胸は張り裂けんばかり。数限りない鴻雁《こうがん》の群れが、あとからあとからと飛びつづけるように、引きもきらずに北へと逃《のが》れてゆく流民の群れ。月光は水の如く澄みわたり、霜の気は、天《そら》いちめんに満ちわたる。——

清朝末期の中国は、列強の植民地的侵略や、軍閥の勢力争いが加わって、四分五裂の惨状を呈していた。戦乱によって生活を破壊されるのは、常に、まず、底辺の庶民である。

衣食住を奪われて流民と化した江南の庶民たちは、揚子江を北に渡り、あてもないままに遠い北中国へと逃れてゆく。しかし、その前途に待つものは、しばしば病気であり、餓死であり、凍死であった。作者は、その悲惨な情景を、北に飛びゆく鴻雁《おおとり》の群れにたとえつつ、どうしてやることもできない自己の無力さ、その断腸の思いを詩に託した。流民を鴻雁にたとえるのは、『詩経』以来の伝統である。

鴻雁于飛　　鴻雁《こうがん》 于《ここ》に飛《と》び
哀鳴嗷嗷　　哀鳴《あいめい》 嗷嗷《ごうごう》たり

（『詩経』〔小雅〕「鴻雁」）

「戦乱」の章の最後には、辺塞詩《へんさいし》の典型として、やはり唐代の作品がふさわしい。近世の詩論家によって「瑕無《きずな》きの璧《たま》」とも評せられた七言絶句、王翰の「涼州詞」。

涼州詞　　涼州《りょうしゅう》の詞《し》　　王翰《おうかん》

葡萄美酒夜光杯
欲飲琵琶馬上催
醉臥沙場君莫笑
古來征戰幾人回

葡萄《ぶどう》の美酒《びしゅ》　夜光《やこう》の杯《はい》
飲《の》まんと欲《ほっ》すれば　琵琶《びわ》　馬上《ばじょう》に催《うなが》す
酔《よ》うて沙場《さじょう》に臥《ふ》すとも　君《きみ》　笑《わら》う莫《な》かれ
古来《こらい》　征戦《せいせん》　幾人《いくにん》か回《かえ》る

葡萄の美酒《うまざけ》、それを満たした夜光の杯《さかずき》。飲もうとすれば、琵琶の音《ね》が、馬上から、せき立てるように聞こえてくる。

「葡萄《ぶどう》・美酒《びしゅ》・夜光《やこう》・杯《はい》――pútáo・měijiǔ・yèguāng・bēi」。原詩のリズムが、ほとんどそのまま訓読のリズムに反映されて、七言絶句にふさわしい華やかな気分が伝わってくる。西域から伝わった葡萄酒や、夜光杯や、馬上の琵琶。その蠱惑《こわく》的でエキゾティックなイメージは、この詩にいっそうの華やかな気分を添えるであろう。しかし、その華やかさは、死と隣り合わせの、深い闇を含んだ華やかさである。

　酔うて沙場に臥すとも　君　笑う莫《な》かれ

古来　征戦　幾人か回《かえ》る

たとえこの砂漠に酔い臥そうとも、どうか、君よ、笑ってくれるな。古来、こうして遠く戦いに駆り出された兵士たち、その幾人が、無事に故郷に帰れたであろうか。――涼州《りょうしゅう》、現在の甘粛省《かんしゅく》武威《ぶい》県。唐代には、西北防衛の要衝であった。「涼州の詞」とは、開元《かいげん》年間に西涼府《せいりょうふ》都督の郭知運《かくちうん》が採録した「涼州歌」に基づく楽曲の名。辺塞詩の楽府題として特に好んで用いられた。

どこまでも広がるゴビ灘《たん》。石と砂の続くその「沙場」、すなわち砂漠は、古来、西北異民族との戦いが繰り返された戦場であった。唐詩に歌われる「沙場・沙磧《させき》・沙漠《さばく》」などのことばに、しばしば「戦場」のイメージが重なっているのは、このためである。馬上の琵琶に急《せ》かされるように、夜光杯の美酒を重ねる戦士たちが酔い臥す場所は、こうした「沙場」であってこそ、もっともふさわしい。

沙場に泥酔する論理はただ一つ。――「古来、征戦、幾人か回《かえ》る」。生還の望めぬ征戦の身の上ゆえに、つかのまの陶酔は、広漠たる時空の広がりのなかで、哀切な説得力を生むのであろう。「万里長征して人未だ還《かえ》らず」（二一八ページ、王昌齢《おうしょうれい》「出塞《しゅつさい》」）の一句と相い対しつつ、戦役・征戦の苦しみを訴える唐代詩人の声が、遥かなこだまのように響きあって聞こえてくる。

六　飲酒のうた

——日常性をこえて

借問《しやもん》す　酒家《しゆか》　何《いず》れの処にか有る
牧童　遥かに指《ゆび》さす　杏花《きようか》の村
（杜牧「清明《せいめい》」）

およそ世界の詩歌史のなかで、〝酒の歌〟として愛唱される名作は、おびただしい数にのぼるだろう。中国もまた、古来、そうした数多くの酒の名歌を生んでいる。むろん、酒を愛した詩人の数も多い。

なかでも李白は、「酒仙」と呼ばれ、「一斗《いっと》、詩百篇」（杜甫「飲中八仙の歌」）と評せられるように、酒とのかかわりが、詩風や人柄の大事なポイントの一つとなっている詩人である。「将進酒——将《まさ》に酒を進めんとす」「月下独酌、四首」「酒を待てども至らず」など、詩題そのものに酒への思いを示した作品も少なくない。

そうした李白の愛酒家ぶりをもっともよく象徴する作品は、「一杯一杯、復《ま》た一杯」の名句で知られる〝対酌《たいしゃく》〟の詩であろう。

山中與幽人對酌　　山中《さんちゅう》にて幽人《ゆうじん》と対酌《たいしゃく》す　　李《り》白《はく》

兩人對酌山花開　　両人対酌《りょうにんたいしゃく》して　山花《さんか》開《ひら》く

一杯一杯復一杯
我酔欲眠卿且去
明朝有意抱琴來

一杯《いっぱい》　一杯《いっぱい》　復《ま》た一杯《いっぱい》
我《われ》　酔《よ》うて眠《ねむ》らんと欲《ほっ》す　卿且《きみしばら》く去《さ》れ
明朝《みょうちょう》　意《い》有《あ》らば　琴《こと》を抱《いだ》いて来《きた》れ

両人《ふたり》が対《むか》いあって酒を酌《く》むかたわらに、山中の春の花が咲いている。一杯、一杯、また一杯。私は酔って眠くなりました。卿《あなた》は且《ひとま》ずお帰りください。明日の朝、もしその気がお有りでしたら、琴を抱いてお出かけください。――山の中で、幽人、すなわち、世俗を避けて住む隠者と酒を酌《く》む、という場面である。これは恐らく実景ではなく、山中の隠者も、対酌する相手も、ともに李白の分身であろう。四句すべて分かりやすい表現であるが、第三句は、酒の詩にふさわしく、晋《しん》の陶淵明のエピソードを典故としている。『宋書《そうじょ》』（隠逸《いんいつ》伝）などの陶淵明伝によれば、かれは来訪者の身分の貴賤《きせん》にかかわりなく、酒があれば必ず一緒に飲み、もし自分が先に酔ってしまうと、「我酔欲眠卿可去――我、酔うて眠らんと欲す、卿《きみ》、去る可《べ》し」と、こだわりなく告げたという。

李白はここで、陶淵明に見られるような、たがいに気がねのない対酌の例を踏まえつつ、自分の最も気に入った〝対酌〟の情景を特に設定してみせたのであろう。「琴《きん》」は、五絃か七絃の小型のコト。持ち運びに便利であるとともに、古来、知識人にふさわしい楽器として、最も愛用された。「琴を抱いて来たれ」と歌われるゆえんである。

一首の表現の中心は、むろん「一杯一杯復一杯」の一句である。単純な言葉の、単純な繰返し。それが、飲酒、愛酒の心理をとらえた永遠の名句でありうるところに、詩人としての李白の資質や面目が、生き生きと表われている。

李白に先立つ愛酒の詩人は、李白が一つの理想とした陶淵明である。「飲酒二十首」と題される連作の冒頭には、名高い序文が置かれている。

余《われ》、閑居《かんきょ》して歓《よろこび》寡《すくな》く、兼ねて此《このごろ》、夜、已《すで》に長し。偶〻《たまたま》名酒有り。夕《ゆうべ》として飲まざるは無し。影を顧《かえり》みて独り尽《つ》くし、忽焉《こつえん》として復《ま》た酔う。……

おもしろいことに、「飲酒二十首」は、必ずしもすべてが直接に酒を歌ったものではない。むろん、〝飲酒〟の境地そのものを歌った作品も、詩題にふさわしく存在する。その代表的な作例。

飲酒

秋菊有佳色
裛露掇其英
汎此忘憂物
遠我遺世情
一觴雖獨進
杯盡壺自傾
日入羣動息
歸鳥趨林鳴
嘯傲東軒下
聊復得此生

飲酒《いんしゅ》　　陶淵明《とうえんめい》

秋菊《しゅうきく》　佳色《かしょく》有《あ》り
露《つゆ》に裛《ぬ》れて　其《そ》の英《はなぶさ》を掇《と》る
此《こ》の忘憂《ぼうゆう》の物《もの》に汎《うか》べ
我《わ》が　世《よ》を遺《わす》るるの情《じょう》を遠《とお》くす
一觴《いっしょう》　独《ひと》り進《すす》むと雖《いえど》も
杯《さかずき》尽《つ》きて　壺《つぼ》自《おのずか》ら傾《かたむ》く
日《ひ》入《い》りて　群動《ぐんどう》息《や》み
帰鳥《きちょう》　林《はやし》に趨《おもむ》いて鳴《な》く
嘯傲《しょうごう》す　東軒《とうけん》の下《もと》
聊《いささ》か復《ま》た　此《こ》の生《せい》を得《え》たり

秋の菊には、美しく佳《めでた》い色つやが有る。私は、露にぬれつつ、その英《はなびら》を摘むのだ。——邦訳の幾つかに、「裛露」の二字を「其英」の形容とする解釈が見られるが、語法的に無理であろう。露にぬれつつ（露にぬれた花を）摘む、のである。

——そして此《こ》の、〝憂いを忘れる物〟といわれる酒の中に花びらを汎《うか》べて、世俗を遺《わす》れ去ろうとする私の気持を深めるのだ。「汎此忘憂物、遠我遺世情」。觴《さかずき》は一つ、飲み手は私一人。しかし、いつか杯《さかずき》は飲み干《ほ》され、酒壺《さかつぼ》も傾け尽くして空《から》となる。「一觴雖独進、杯尽壺自傾」。——

一首の中心となる飲酒の場面である。「忘憂物」は、「酒」の意。『詩経《しきよう》』〔邶《はい》風〕「柏舟《はくしゆう》」篇の「微我無酒、以敖以遊——我《われ》、酒無《な》きに微《あら》ず、以って敖《あそ》び以って遊ばん」の「毛伝《もうでん》」に、「非我無酒、可以忘憂也——我《われ》、酒無きに非ず、以って憂いを忘るべし」とあるのに基づく古典的な用法。菊の花を酒に浮べる〝菊酒〟の風俗は、長命長寿を願うものとして、当時は特に盛んであった。第四句「遠我遺世情」の「遠」は、「深＝遠」の互訓を生かして、「深める」と読んでおきたい。

——やがて日は暮れてゆき、「群動」、天地間の万物の動きは、夜の休息へと収束されてゆく。ねぐらに帰る鳥たちも、林へと飛びゆきつつ鳴きかわすのだ。こうして東の窓辺（軒下）でのびのびと嘯《うそぶ》き傲《くつろ》げば、ひとまずは、此の生命力を回復し得た思いがする。

——

結びの一段である。酒興のうちに日は西に沈み、万物はやがて休息と静寂の時を迎える。このとき詩人は、さまざまな鬱屈をすべて吐き切ってしまうかのように、東の窓辺で心のままに嘯傲《しょうごう》する。嘯傲 xiàoào とは母音と声調を共有する ào の韻を重ねた畳韻《じょういん》の形容詞。それが、「嘯《うそぶ》き傲《おご》る」という語義と重なって、この場の情景に臨場感を与えている。淵明の飲酒が、生命力の回復、自己の本性の回復、としてとらえられているところに注目したい。——「嘯傲す、東軒の下《もと》。聊《いささ》か復た、此の生を得たり」。

酔後　　王績《おうせき》

阮籍醒時少
陶潜酔日多
百年何足度
乗興且長歌

酔後《すいご》

阮籍《げんせき》は　醒《さ》むる時《とき》少《すく》なく
陶潜《とうせん》は　酔《よ》える日《ひ》多《おお》し
百年《ひやくねん》も　何《なん》ぞ度《わた》るに足《た》らん
興《きょう》に乗《じょう》じて　且《しばら》く長歌《ちょうか》せん

魏の阮籍は、醒めている時がほとんどなかったし、晋の陶潜（淵明）は、酔っている日々が多かった。たとえ百年生きたとて、どうして十分な時間といえようか。酒興に乗じて、ひとまずはのびのびと歌でも歌おう。——

初唐の王績もまた、愛酒家の詩人として知られる。世に斗酒《としゆ》学士と称せられ、「酔郷《すいきよう》記《き》」「酒経《しゆけい》」「酒譜《しゆふ》」などの著作を生んでいるところにも、その面目はよく表われていよう。その作品には、言葉に表わしきれない精神の屈折を含むものが多いが、それだけに、かれにとっては、同様な屈折をもって生きた過去の愛酒家たち、魏晋《ぎしん》時代の阮籍、嵇康《けいこう》、劉伶《りゆうれい》、陶淵明などが、慕《した》わしい先行詩人として意識されていたようである。特に陶淵明への傾倒は著しく、「五柳《ごりゆう》先生伝」に倣《なら》って「五斗《ごと》先生伝」を作るほどであった。

この詩でも、酔後の心境を託するものとして、阮籍と陶潜が引かれている。「醒時少」と「酔日多」は、同じ酩酊《めいてい》状態を裏と表から言い換えた対句。権門との通婚《つうこん》を求められて六十日間も酔いつぶれていたという阮籍や、「篇篇に酒有り」の世評を得ていた陶淵明の生きかたが、いわば飲酒の正当性の論拠として提示される。そして、その主要な論拠は、「百年何足度」と論断される人生の短さである。

古来、人生の長寿の極限は百歳と意識されてきた。しかし、その百年でさえも、「度《わた》り過すには」どうして十分だといえようか、という嘆息である。それゆえにこそ、酒興に乗じて長歌する酔後の境地は、一つの価値ある生きかたとして、読者の共感を誘いつづけるのであろう。むろん、醒めない酒はない、と自覚しながらも。

友人會宿

滌蕩千古愁
留連百壺飲
良宵宜清談
皓月未能寢
醉來臥空山
天地卽衾枕

友人《ゆうじん》と会宿《かいしゆく》す　李白《りはく》

滌蕩《てきとう》す　千古《せんこ》の愁《うれ》い
留連《りゆうれん》す　百壺《ひやくこ》の飲《いん》
良宵《りようしよう》　宜《よろ》しく清《きよ》らかに談《だん》ずべし
皓月《こうげつ》　未《いま》だ寝《い》ぬる能《あた》わず
酔《よ》い来《きた》って空山《くうざん》に臥《ふ》せば
天地《てんち》　即《すなわ》ち衾枕《きんちん》なり

酒を飲みつつ、友人とともに一夜を過した詩。

――千古、千載《せんざい》の愁いを滌《あら》い蕩《おと》し、百個の酒壺《さかつぼ》の酒に心ひかれて帰るを忘れる。こんなにすばらしい夜、清らかに語りあうことこそふさわしい。皓《しろ》く輝く月光のもと、とても寝る気持にはなれない。
心地よい酔いのままに、人気《ひとけ》のない山中に倒れ臥《ふ》せば、ほら、天と地が、そのまま衾《ふとん》と枕になってしまう。──

飲酒の境地の真髄が、時空感覚の拡大と、周囲の事物との一体化、という点に在《あ》るとすれば、李白の酒の詩には、そうした趣きが直接に表われているものが多い。いやむしろ、そうした作品が多いからこそ、李白は真に中国を代表する酒の詩人となりえたのだろう。

五言六句の古体詩。「飲《いん》・寝《しん》・枕《ちん》」と上声《じょうしょう》の韻を踏む。第一・二句は対句である。「留《りゅう》連《れん》liúlián」は、何かに心が引かれて立ち去りがたいさま。語頭子音 /l/ を共有する双声《そうせい》の形容詞。第一句の「滌蕩《てきとう》 dídàng」が語頭子音 /d/ を共有する双声であるのと、相い応じた用法である。

第三・四句も対句。「宜清談↔未能寝」は、ともに「副詞+副詞+動詞」の構造をとる。訓読した場合でも、「宜↔未」という再読文字が対応しているところが、おもしろい。

第五・六句は逆に散句でまとめ、一首全体に変化を与えている。「天地が即《そく》（そのまま）衾《かけぶとん》と枕だ」という結びの一句は、時空拡大の感覚と周囲との一体化の感覚が、ほとんど原理的な純粋さで表われている。冒頭から一句ごとに積み重ねられてきた快適な気分が極限まで強調されるとき、「天地《てんち》・即《そく》・衾枕《きんちん》」の一句は、たんなる誇張のレベルを超えた一

種の詩的真実と化すのであろう。李白のこうした飲酒への適性は、例えば蘇軾《そしょく》の悪酔いの詩句、

悪酒如悪人　悪酒《あくしゅ》は悪人の如《ごと》し
相攻劇刀箭　相《あ》い攻《せ》むること　刀箭《とうせん》（刀と矢）よりも劇《はげ》し
（「金山寺《きんざんじ》にて柳子玉《りゅうしぎょく》と飲み、大酔して宝覚《ほうかく》の禅榻《ぜんとう》に臥《ふ》す。……」）

といった表現とくらべるとき、とりわけ対照的であるといってよい。

愛酒の詩人、陶淵明の生きかたは、後世の詩人たちに大きな影響を与えている。白居易もまた、「効陶潜体詩——陶潜の体《スタイル》に効《なら》った詩、十六首」の連作を作るほどに、深く傾倒した一人であった。その第七首では、陶淵明の酒境に効《なら》って、「独酔——独り酔う」ことの楽しみが歌われている。全体は、大きく三段に分かれる。

效陶潛體詩　陶潜《とうせん》の体《たい》に効《なら》う詩《し》　白居易《はくきょい》

朝亦獨醉歌
暮亦獨醉睡
未盡一壺酒
已成三獨醉
勿嫌飲太少
且喜歡易致

朝《あした》にも亦《ま》た　独《ひと》り酔《よ》いて歌《うた》い
暮《ひぐれ》にも亦《ま》た　独《ひと》り酔《よ》いて睡《ねむ》る
未《いま》だ一壺《いっこ》の酒《さけ》を尽《つ》くさざるに
已《すで》に三《み》たびの独酔《どくすい》を成《な》す
嫌《いと》う勿《なか》らん　飲《の》むことの太《はなは》だ少《すく》なきを
且《しばら》く喜《よろこ》ぶ　歓《よろこび》の致《いた》し易《やす》きを

訓読以外の訳はほとんど不要なほど、分かりやすい表現である。「未尽……」以下の趣旨は、「(独酔ならば) たった一本の壺《ボトル》で三度も酔える。飲む量の少なさなどは気にしない。飲むとすぐ良い気分になれるのが、まずは嬉しい」の意。

一盃復兩盃
多不過三四
便得心中適

一盃《いっぱい》　復《ま》た両盃《りょうはい》
多《おお》くとも　三四《さんし》を過《す》ぎず
便《すなわ》ち　心中《しんちゅう》の適《てき》を得《え》て

盡忘身外事　尽《ことごと》く　身外《しんがい》の事《こと》を忘《わす》る
更復強一盃　更《さら》に復《ま》た　一盃《いっぱい》を強《し》うれば
陶然遺萬累　陶然《とうぜん》として　万累《ばんるい》を遺《わす》る

一杯、また二杯と盃《さかずき》を重ね、多くとも三、四杯を越えることはない。たちまち、心の中が愉快になってきて、世間での利害などは、すべて忘れてしまう。さらにまた、強《し》いてもう一杯を重ねれば、陶々然として酔いがまわり、あらゆる心配ごとが気にならなくなる。

―

一飲一石者　一飲《いちいん》に一石《いっせき》なる者《もの》は
徒以多爲貴　徒《いたず》らに　多《おお》きを以《も》って貴《とうと》しと為《な》す
及其酩酊時　其《そ》の酩酊《めいてい》の時《とき》に及《およ》んでは
與我亦無異　我《われ》と亦《ま》た異《こと》なる無《な》し
笑謝多飲者　笑《わら》いて謝《しゃ》す　多《おお》く飲《の》む者《もの》の
酒錢徒自費　酒銭《しゅせん》　徒《いたず》らに自《みずか》ら費《つい》やすを

一度に一石《いっこく》も飲みほす者は、ただ量の多さを自慢しているだけ。酩酊して良い気分になってしまえば、私と何も異《ちが》った点はない。笑って御辞退申しあげる。大酒飲みは、ただ酒代《さかて》がむやみにかかるだけです、と。――

他人に気がねしない〝独酔〟の楽しみをつうじて、白居易は、適量だけ飲んで酔い心地を味わうことこそ、上手な酒の飲みかただと主張する。ただそれが、たんなるお説教としてではなく、一杯ごとの酒を心から楽しんでいるという実感があふれているところに、白居易の飲酒詩の説得力が見られよう。「一盃《いっぱい》、復《ま》た両盃《りょうはい》。多くとも、三四を過ぎず。便《すなわ》ち、心中《しんちゅう》の適《てき》を得《え》て、尽《ことごと》く、身外《しんがい》の事を忘る」。――生活の名人であった白居易は、また飲酒の名人でもあった。

清明　　　　杜《と》牧《ぼく》

清明《せいめい》

清明時節雨紛紛
路上行人欲斷魂

清明《せいめい》の時節《じせつ》　雨《あめ》　紛紛《ふんぷん》
路上《ろじょう》の行人《こうじん》　魂《たましい》を断《た》たんと欲《ほっ》す

借問酒家何處有　借問《しゃもん》す　酒家《しゅか》　何《いず》れの処《ところ》にか有《あ》る
牧童遙指杏花村　牧童《ぼくどう》　遥《はる》かに指《ゆび》さす　杏花《きょうか》の村《むら》

この清明節の季節、雨は紛々とふりしきる。路行《みちゆ》く旅人は、わびしさに気持が滅入《めい》ってしまいそう。「ちょっとお尋ねします。酒家《さかや》は何処《どこ》に有るのでしょうか」。牧童は、杏《あんず》の咲く村を遠く指さしてくれた。——

「清明節」は、春分から十五日目。太陽暦では四月の四日か五日に当る。二十四節気の一つであり、いわゆる「清明踏青《せいめいとうせい》」、青草を踏んだ散策をかねて、祖先の墓参りが行なわれる。

中国では最も広く愛唱されている七絶の一つであるが、実は、杜牧の作品であるかどうかはっきりしない。この詩が、『樊川《はんせん》文集』『外集《がいしゅう》』『別集』など杜牧詩集の主要なテキストに収められておらず、南宋《なんそう》期の『千家詩《せんかし》』のような通俗詞華集《しかしゅう》に初めて見えるからである。そうした作者の真偽の問題は含みながらも、この詩には、雨に煙る晩春の田園の季節感が、淡彩画のような筆致で、みずみずしく描き出されている。とりわけ第四句の「牧童遥指杏花村」は、牧童の指さすままに、読者の視線までが、遥かな杏花の村の花明かりへと誘われてゆく、といった趣きをもつ。そして、やがて杏花のもとに熱い酒を楽しむ作者の満足を思うとき、「魂を断たんと欲する」雨の路上で酒家を尋ねるというこの詩が、実は巧みな愛酒の歌でもあることに気づくのである。かりに、杜牧の手になるものではないにしても、この作品自体が、一読して忘れがたい印象的な七言絶句であることは疑いない。

それだけに、この詩の作られた場所についても議論があり、山西省太原《たいげん》市の南の杏花村、安徽《あんき》省貴池《きち》県の郊外の杏花村など、お国自慢と銘酒自慢を含めて、各説が主張されている。ただ、ここに描かれた雨の多い清明節の風物は、春の晩《おそ》い乾燥した河北のそれであるよりは、雨とともに百花の乱れ咲く長江《ちょうこう》流域のそれであるほうが、はるかに自然であろう。

勸酒　　酒《さけ》を勧《すす》む　　于《う》武陵《ぶりょう》

勸君金屈巵
滿酌不須辭
花發多風雨
人生足別離

君《きみ》に勧《すす》む　金屈巵《きんくつし》
満酌《まんしゃく》　辞《じ》するを須《もち》いざれ
花発《はなひら》いて　風雨《ふうう》多《おお》し
人生《じんせい》　別離《べつり》足《た》る

君に勧めよう。この黄金《こがね》色に輝く卮《さかずき》を。なみなみと酌《つ》がれたこの酒を、どうか辞退しないでくれたまえ。花の咲く時期にこそ、風雨は多い。人としてこの世に生きているかぎり、別離というものは避けがたいのだから。——

「金屈卮」は、金属製で、屈《まが》った取っ手のついた卮。「金」は同時に、美称としても機能していよう。「不須」は「～する必要がない」の意であるが、柔らかな語気の「禁止」の語。「足《そく》」は、「充・満・多」などの意。

詩題に示されたように、「酒を勧める」歌。人の世に在っては、花の咲いているとき、共に楽しみあっているとき、そうした幸福な時間にこそ、不幸はしばしば訪れる。だからこそ、その束《つか》の間《ま》の幸福を充実させるように酒を飲もう、というのである。その意味でこの詩は、飲酒という行為の意義を最も純粋な形で歌ったもの、といってもよい。

ただし詩歌は、しばしば多義的なイメージを含むものであり、そのことがその作品の表現力を高めていることが少なくない。この作品でも、「花発多風雨、人生足別離」という美しい対句が、二句対等の対句というよりも、——内容の切実さ・深刻さゆえに——人間の運命を直接に象徴する「人生足別離」の結句に収斂《しゆうれん》されて、一首全体に「別れを惜《お》しむ」歌というイメージを重ねることになりやすい。つまりそこでは、「花発多風雨」という「花」の運命が、「人生足別離」という「人」の運命の暗喩《メタファ》として機能しているのであり、そのことがこの詩を、たんなる一元的な〝飲酒〟の詩から、多元的な〝離別の対酌〟の詩へと変貌させる効果を生むのだといえるだろう。

なお、この最終句は、「人生、別離足《た》る」、或いは「〝サヨナラ〟ダケガ人生ダ」（井伏鱒二）と訳されて、広く愛唱されている。原詩が厳密な対句であることを生かして訓読すれば、ほぼ次のような訓読訳がふさわしいことになろう。

花発《ひら》いては　風雨多く
人《ひと》生まれては　別離足《た》る

花下酔　　　　花下《かか》に酔《よ》う　　　　李商隠《りしょういん》

尋芳不覺醉流霞　　芳《ほう》を尋《たず》ねて　覚《おぼ》えず　流霞《りゅうか》に酔《よ》う
倚樹沈眠日已斜　　樹《き》に倚《よ》りて沈眠《ちんみん》すれば　日《ひ》已《すで》に斜《なな》めなり
客散酒醒深夜後　　客散《きゃくさん》じ酒《さけ》は醒《さ》む　深夜《しんや》の後《のち》

更持紅燭賞殘花　更《さら》に紅燭《こうしょく》を持《も》って残花《ざんか》を賞《しょう》す

芳《かぐ》わしい花々を尋ね歩いているうちに、いつのまにか〝流霞《りゅうか》〟のような美酒に酔いしれてしまった。樹木に身を倚《よ》りかからせたまま熟睡しているうちに、日はすでに西に斜め。やがて深夜、客は散りぢりに帰ってゆき、酒もすっかり醒めたころ、さらにまた、紅《あか》い蠟《ろう》燭《そく》を手に持って、散り敷いた花弁《はなびら》の美しさを賞《め》で楽しむのだ。——

李商隠にふさわしい耽美《たんび》的な作品。「流霞」は仙人の飲みもので、不老長生の薬効をもつとされるが、ここではそのイメージを借りて「美酒」を意味している。「残花」は「散り残った花」と訳されやすいが、中国古典詩の用法では、落花、とくに地面に落ちて泥にまみれたり踏みしだかれたりした「残紅《ざんこう》」の形象《イメージ》が中心である。すなわち、「残《ざん》 cán」は、本来の美や完全さが「無残に」「残《そこな》われる」の意。日本語の「のこる」に相当する言葉は、「留《りゅう》 liú」である。

春の盛り、花を尋ね、美酒に酔い、さらには深夜、紅《あか》い蠟燭《ろうそく》で落花を楽しむ、という徹底した「及時行楽——時を逃さず積極的に楽しむ」詩人の姿が描かれている。しかし、恐らくは実景ではなく、李商隠が観念のままに構築した美的陶酔の世界であろう。ここで詩人を酔わせているものは二つある。一つは流霞の美酒であり、もう一つは、春とともに移ろい残《くず》れてゆく花々の色と香りである。その意味で、「花下に酔う」の詩題は、詩人にとっての価値の所在を分かりやすく示すものといえよう。

題酒家

酒綠花紅客愛詩
落花春岸酒家旗
尋思避世爲逋客
不醉長醒也是癡

酒家《しゆか》に題《だい》す　　韋《い》荘《そう》

酒《さけ》は緑《みどり》に　花《はな》は紅《あか》くして　客《きやく》は詩《し》を愛《あい》す
落花《らつか》　春岸《しゆんがん》　酒家《しゆか》の旗《はた》
尋思《じんし》して世《よ》を避《さ》け　逋客《ほかく》と為《な》る
酔《よ》わずして長《つね》に醒《さ》めたるは　也《ま》た是《こ》れ痴《ち》

酒屋《さかや》の、恐らくは壁に書きつけた詩。李商隠、温庭筠《おんていいん》と並んで、晩唐の詩壇に独自の美的世界を展開した韋荘の七言絶句。

——酒は緑をたたえ、花は紅《あか》く、客《たびびと》は詩を愛しむ《いつく》。花々が春の岸べに散りゆくところ、酒家を知らせる旗が風に舞う。あれこれと思案し、世俗を避けて〝逋客《ほかく》——世捨て人〟となったこの身。酔うこともなく、いつも醒めたままで過すのは、やはりまた痴《おろか》なこと。

――どの一句も、平明で清麗《せいれい》な趣きをたたえている。晩年の韋荘は、王建《おうけん》の前蜀《ぜんしょく》に仕えて宰相にまでなった詩人であるが、この詩は、中年期に、黄巣《こうそう》の乱によって各地を転々としていたころの作であろう。「尋思避世為逋客」の句には、唐末の動乱のなかで為《な》すすべもなく年齢を重ねてゆく知識人の鬱屈が、さりげない筆致でこめられているようである。最終句は、一種の説理。酒に溺れて常に酔ったままでいることも痴《おろか》なことながら、自分ひとり常に醒めたままでいることも、やはり痴《おろか》な生きかただ、とするのである。「痴 chī」とは、或る一つのことにとらわれて判断力を失った状態をいう。「題酒家」と題するように、酒と詩を愛した軽妙な飲酒の歌であるが、ここには、乱世に生きる知識人の象徴的な〝醒〟と〝酔〟という点で、遥かな屈原《くつげん》と漁父の対話（四八七ページ）も意識されていよう。

對酒　　　酒《さけ》に対《たい》す　　　陸游《りくゆう》

閑愁如飛雲　　　閑愁《かんしゅう》は飛雲《ひうん》の如《ごと》く

入酒即消融
好花如故人
一笑杯自空
流鶯有情亦念我
柳邊盡日啼春風
長安不到十四載
酒徒往往成衰翁
九環寶帯光照地
不如留君雙頰紅

酒《さけ》に入《い》れば　即《すなわ》ち消融《しょうゆう》す
好花《こうか》は故人《こじん》の如《ごと》く
一笑《いちしょう》すれば　杯《はい》　自《おのずか》ら空《くう》なり
流鶯《りゅうおう》　情有《じょうあ》り　亦《ま》た我《われ》を念《おも》い
柳辺《りゅうへん》　尽日《じんじつ》　春風《しゅんぷう》に啼《な》く
長安《ちょうあん》　到《いた》らざること　十四載《じゅうしさい》
酒徒《しゅと》　往往《おうおう》にして　衰翁《すいおう》と成《な》る
九環《きゅうかん》の宝帯《ほうたい》　光《ひかり》は地《ち》を照《てら》すも
如《し》かず　君《きみ》が双頰《そうきょう》の紅《くれない》を留《とど》めんには

閑愁《かんしゅう》、とりとめのない愁《うれ》いは、流れゆく雲のよう。酒の酔い心地のなかでは、即《たちま》ち融《と》けて消え去ってしまう。美しい花は、故《ふる》くからの友人のよう。向かいあって一笑すれば、杯はひとりでに空《から》っぽになってしまうのだ。——

ここまでが第一段。酒を飲むことの効用や楽しみを、新鮮な比喩（直喩《シミリ》）をつうじて印象的に歌う。

――流れるように飛び交《か》う鶯も、情《こころ》あるかのように私を念《おも》い慕うのだろうか。黄緑《きみどり》の芽を吹く柳のほとりで、一日じゅう春風を身に受けて啼いている。――

第二段。前段を承《う》けつつ、自分をとりまく春の景物を、穏やかな共感をこめて歌う。

――長安《みやこ》に行かないままに、十四年の歳月が流れてしまった。共に酒を酌《く》みかわした仲間たちは、すでに老衰の身となったものも多かろう。九環《きゅうかん》の帯の光が床《ゆか》を照すような、高位高官になってくれるよりも、たとえ酒のせいであれ、君の左右の頬の紅《くれない》が消えずにいてくれるほうが嬉しいのだ。――

第三段。都の友人たちを追懐しつつ、酒に託した青春愛惜《あいせき》の想いを述べる。

「長安」は、ここでは南宋の都、臨安《りんあん》(杭州)をさす。この詩は、淳熙《じゅんき》三年(一一七六)、陸游五十二歳の春、成都での作とされている。「長安不到十四載」とは、足かけ十四年前の隆興《りゅうこう》元年(一一六三)、中央官を免ぜられ鎮江《ちんこう》の通判《つうはん》(副知事)に左遷されて以来の年月を指す。詩的修辞ではなく実数であるところが、陸游らしくておもしろい。「九環宝帯」は、南北朝ごろから朝廷の高官が腰に佩《お》びた、宝玉つきの貴重な帯。「環」はドーナツ状の丸い宝玉。「九」はその数の多いことを表わしていよう。

「対酒」と題するこの詩の表現の中心は、「不如留君双頬紅」と歌われる結びの一句であろう。十四年の歳月は、斗酒《としゅ》なお辞せずだった壮年の酒徒たちを、しばしば「衰翁」に変貌させるに十分な時間である。陸游自身にしても、三十八歳から五十二歳への歳月であった。酒徒仲間には、むろん年上の者も年下の者もいたであろう。また、出世した者も失意の者もいたであろう。そうした友人たちの現実を踏まえつつ、陸游は「九環の宝帯で世に時めいてくれるよりも、酒の力で、しばしの紅頰《こうきょう》を保ってくれるほうが自分には嬉しい。あたかも、かつて共に飲んだ日々のような紅頰を」と歌うのである。

酒の力でしか紅頰・紅顔を留《とど》め得ないのが、人生の悲しさというものであり、かつまた、飲酒の功徳というものであろうか。

飲酒の章の結びには、やはり李白の詩がふさわしい。名高い「月下独酌」。ただし、四首連作の「其《そ》の一」（花間、一壺《いっこ》の酒）ではなくて、「其の三」である。

月下獨酌

三月咸陽城
千花晝如錦

月下独酌《げつかどくしゃく》　李白《りはく》

三月《さんがつ》　咸陽城《かんようじょう》
千花《せんか》　昼《ひる》　錦《にしき》の如《ごと》し

誰能春獨愁
對此徑須飲

窮通與修短
造化夙所稟
一樽齊死生
萬事固難審

醉後失天地
兀然就孤枕
不知有吾身
此樂最爲甚

誰《たれ》か能《よ》く　春《はる》に独《ひと》り愁《うれ》えん
此《これ》に対《たい》して　径《ただ》ちに須《すべか》らく飲《の》むべし

窮通《きゅうつう》と修短《しゅうたん》とは
造化《ぞうか》の夙《つと》に稟《さず》くる所《ところ》
一樽《いっそん》　死生《しせい》を斉《ひと》しくす
万事《ばんじ》　固《もと》より審《つまび》らかにし難《がた》し

酔後《すいご》　天地《てんち》を失《うしな》い
兀然《こつぜん》として孤枕《こちん》に就《つ》く
知《し》らず　吾《わ》が身《み》の有《あ》るを
此《こ》の楽《たの》しみ　最《もっと》も甚《はなは》だしと為《な》す

晩春三月の咸陽《かんよう》（長安）の城《まち》。さまざまな花々が咲き乱れて、明かるい日中《ひなか》には、錦のように照り輝く。こんな春の日に、だれが、独り愁えてなどいられよう。美しい景色を目の前にしては、すぐさま迷わず飲まねばならない。

人生の窮迫と栄達と、或いは、長寿と短命と。それは造化の神様が最初から稟《さず》け与えたもの。樽《さかがめ》いっぱいの酒を飲めば、生と死さえもが斉《ひと》しいものに思われてくる。世の中の万事は、もともと明確には知りがたいものなのだ。

酔ってしまえば、天も地も存在せず、兀然《こつぜん》wùrán、ばったりと、そのまま倒れて臥す枕ひとつ。吾《わ》が身体《からだ》さえ、有るのか無いのか。この楽しみこそ、何よりのもの。――

押韻は、「錦《きん》・飲《いん》・稟《ひん》・審《しん》・枕《ちん》・甚《じん》」と、上声の一韻到底格《いちいんとうていかく》で統一されているが、内容は、右に訳出したように、三つの部分から構成されている。

第一段は、百花千花の咲き乱れる長安城。「咸陽」は、渭水《いすい》を隔てる秦《しん》の都であるが、「渭水の陽《きた》」「北嶺の陽《みなみ》」＝「咸《みな》ともに陽《よう》なり」という名前の好ましさと、歴史的な語感の好ましさから、詩題の中では「長安」の別名として愛用される。錦のように目もあやな、大唐の都、長安の晩春。飲酒の必然性が強調される部分である。

第二段は、一種の老荘思想的な人生論。「貧窮と通達」「修（長）命と短命」。こうした人生を左右する深刻な差異が、造物者によって決定された不動の運命だとするならば、人生万事の価値を不可知とし、死と生さえも同一視する生きかたこそが望ましい。一樽《いっそん》の酒は、それを可能にする、と歌うのである。「樽《そん》」とは、口の広い酒がめ・酒杯《さかずき》の類。「酒だる」のイメージとは異質であることに留意したい。

第三段は、酔後の陶酔境。天地の存在も、我が身の存在も意識せず、万物が一体化したような自在な解放感。日常性・日常感覚を超えた、時空感覚の自在な拡大。この境地を楽しみえたところにこそ、李白の幸福な飲酒があったというべきだろう。——「知らず、吾《わ》が身《み》の有るを。此《こ》の楽《たの》しみ、最も甚《はなは》だしと為《な》す」。

七　山水のうた——風景の発見

両個《りようこ》の黄鸝《こうり》　翠柳《すいりゆう》に鳴き
一行《いつこう》の白鷺《はくろ》　青天に上《のぼ》る
（杜甫「絶句」）

人々の生活を包みこむ大自然。遥かな、夢のように遠い昔から、人々はその中で生きつづけてきた。

しかし、詩人が、大自然の美しさそのものを詩歌の主題として歌うようになったのは、かならずしも遥かな昔からのことではない。少なくとも、中国の文学史のなかではそうであり、古代というよりは中世の初め、すなわち、六朝《りくちょう》時代になってからである。そして、その手法が完成の域に達するのは、おおよそ、唐代に入ってからだといってよい。

「山水のうた」「山河の詩」。本章では、中国の自然風土、とりわけ風景・風光の美を歌った叙景的な作品を、おおむねは時代に即して読んでゆきたい。

始めに、一つの典型として杜甫の詩から。

絶句

絶句《ぜつく》　　杜甫《とほ》

遅日江山麗

遅日《ちじつ》　江山麗《こうざんうるわ》しく

春風花草香
泥融飛燕子
沙暖睡鴛鴦

春風《しゅんぷう》　花《か》草《そう》香《かんば》し
泥《どろ》融《と》けて　燕子《えんし》飛《と》び
沙暖《すなあたた》かにして　鴛鴦《えんおう》睡《ねむ》る

遅々《ちち》として日あしの永くなった春の日、あたりの山や河《かわ》は、麗《うる》わしく色どられる。暖かく吹きよせる春風に、いちめんの花や草は、香《かぐ》わしく匂《にお》い立つ。「遅日、江山麗《うるわ》しく、春風、花草香《かんば》し」。

今しも、川辺の凍《い》てついた泥は柔かく融《と》けて、燕は巣づくりに飛びかい、水際の沙《すな》は日差しに暖められて、つがいの鴛鴦《おしどり》がじっと睡っている。「泥融《と》けて燕子飛び、沙《すな》暖かにして鴛鴦《えんおう》睡る」。——

長江《ちょうこう》（揚子江）の上流、おそらくは、成都《せいと》付近を流れる錦江《きんこう》の春景色をうたった五言絶句、その第一首。同じ詩題の「江《こう》は碧《みどり》にして鳥は逾〻《いよいよ》白く……」は、これに続く第二首である。

「遅日」、遅い日。日の暮れること遅々たる春の日。『詩経《しきょう》』の〔邠風《ひんぷう》〕「七月」の詩に「春日遅遅たり」とあるのを承《う》けて、長い伝統と日常的な実感とを伴なう美しい詩語となった。それだけに、「遅日江山麗」の一句は、一首全体の気分やイメージをはっきりと方向づけ、それと対《つい》をなす「春風花草香」の一句を軽やかに引き出す効果をあげている。後半の二句では、より個別的に、春の日の点景が描かれる。柔かな泥を口に含んで、せわしく巣づくりに飛びかう燕たち。春の陽光をあびて、じっと置き物のようにうずくまる一対の鴛鴦《おしどり》。動と静の景物を対比しつつ、しかもその対句が、さらに前半一組の対句と対を成して、四句全対の、完結された絵画的な世界を構成することとなった。対句の名手、杜甫の視線が、春の山水の美を的確にとらえた一瞬である。

しかし、中国の山水のうたは、初めからこのような完結された叙景の世界を生み出していたわけではない。

たとえば、現存する最古の詩集『詩経』には、

蒹葭蒼蒼　　蒹葭《けんか》(アシの葉)は蒼蒼《あおあお》として
白露爲霜　　白露《はくろ》は霜《しも》と為《な》る
（「秦風《しんぷう》」「蒹葭《けんか》」）

河水洋洋　河《かわ》（黄河）の水《みず》は洋洋《ようよう》たり
北流活活　北《きた》に流《なが》れて活活《かつかつ》たり

（衛風《えいふう》「碩人《せきじん》」）

といった生き生きとした詩句があり、それに続く『楚辞《そじ》』には、

嫋嫋兮秋風　嫋嫋《じょうじょう》たる秋《あき》の風《かぜ》
洞庭波兮木葉下　洞庭《どうてい》波《なみ》だちて木《こ》の葉《は》下《お》つ

（九歌《きゅうか》「湘夫人《しょうふじん》」）

のような印象的な詩句が見られる。が、それらは、別個のテーマを歌い出すための技巧であったり、部分的な場面の設定の描写であったりして、一首全体の表現の中心をなすものでは決してなかった。古代詩集に見られるこうした表現は、やがて生まれてくる山水の美への熟視、ないしは耽溺《たんでき》の、個別的な芽ばえと見ておくのがよいであろう。

少し時代が下って漢代の前期になると、次第に、一首が叙景で統一された作品も生まれてくる。単純な詩句の繰返しを基調とした、素朴な、歌謡ふうな風景詩。——

江南　　江南《こうなん》　　無名氏《むめいし》

江南可採蓮
蓮葉何田田
魚戯蓮葉間
魚戯蓮葉東
魚戯蓮葉西
魚戯蓮葉南
魚戯蓮葉北

江南《こうなん》　蓮《はす》を採《と》る可《べ》し
蓮葉《れんよう》　何《なん》ぞ田田《でんでん》たる
魚《うお》は戯《たわむ》る　蓮葉《れんよう》の間《かん》
魚《うお》は戯《たわむ》る　蓮葉《れんよう》の東《ひがし》
魚《うお》は戯《たわむ》る　蓮葉《れんよう》の西《にし》
魚《うお》は戯《たわむ》る　蓮葉《れんよう》の南《みなみ》
魚《うお》は戯《たわむ》る　蓮葉《れんよう》の北《きた》

いちめんに広がった江南の水郷。湖沼にも、川辺にも、香《かぐ》わしい蓮《はす》の葉、うす紅《くれない》の蓮の花が、真っ盛り。女たちは小舟に乗って、蓮の実を摘み採《つと》りながら、声を揃えて歌う。――「江南は、蓮の実を採るのによいところ。蓮の葉は、何と田々《でんでん》と、まるく茂っていることでしょう。魚は蓮の葉の間を、楽しそうに泳いでいる」。

ここまでが恐らくは、歌詞の主な部分であり、以下は、はやし言葉のように、繰返《リフレーン》しが基調となる。――「魚は泳ぐよ蓮の葉の東、魚は泳ぐよ蓮の葉の西、魚は泳ぐよ蓮の葉の南、魚は泳ぐよ蓮の葉の北」。――

始めの三句は「蓮《れん》・田《でん》・間《かん(けん)》」と韻を踏み、後半の四句は「東・西・南・北」を句末に揃えただけで、韻は踏んでいない。同じ五言形式の句でありながら、後半が、より単純な、合《あい》の手・囃《はや》し言葉ふうの性格であることがよく分る。よく見ると、前半の三句は、五言の形式でありながら、毎句に押韻《おういん》する手法である。このことは、この詩が「楽府《がふ》」(漢代の相和歌辞《そうわ》)として歌われた作品であることを示しているだろう。歌われるための作品では、メロディーに従って自由に詩句が延ばせるため、五言のような短い詩句がすべて押韻していても、わずらわしく感じられないからである。

ここでは、素朴な田園風景を描きながら、民間の歌謡にふさわしく、健康なエロティシズムも添えられている。「蓮《れん》」は「憐《れん》=恋人」を、「魚《ぎょ》」は「吾《ご》(〃語《ご(ぎょ)》〃の原字)=わたし」を暗示する双関語《かけことば》。意味を置きかえれば、恋のうたへと一変する。漢魏《かんぎ》六朝時代から唐代に流行した恋のうた「採蓮《さいれん》の曲」、そのイメージの源泉となった作品である。

動乱に明け暮れた後漢《ごかん》末から、三国《さんごく》、西晋《せいしん》、東晋《とうしん》とへて、南北朝対立の形勢が確立されるころから、とりわけ南朝の詩人たちの作品には、大自然の山水の美しさそのものに目を向けた詩句がふえてくる。「荘老告退、山水方滋――荘老《そうろう》、退《たい》を告《つ》げて、山水《さんすい》、方《はじ》めて滋《しげ》し」（『文心雕龍《ぶんしんちょうりゅう》』明《みん》詩篇）。老荘思想を核とした「玄言詩《げんげんし》」の衰退の後に、自然の美をうたう「山水詩」が流行した――とする名高い評語である。が、実際にはむしろ、老荘思想への愛好と大自然への愛好とは、人智の賢《さか》しらな作為を避けて、大自然の美しい摂理を価値とするという点で、共通の心情から生まれているといってよい。

白雲抱幽石　　白《しろ》き雲《くも》は　幽《おくふか》き石《いわ》を抱《いだ》き
緑篠媚清漣　　緑《みどり》の篠《しのだけ》は　清《きよら》かなる漣《さざなみ》に媚《こ》ぶ
（謝霊運《しゃれいうん》「始寧《しねい》の墅《しょ》（別荘）に過《よぎ》る」）
池塘生春草　　池《いけ》の塘《つつみ》には　春《はる》の草生《くさめば》え

園柳變鳴禽　園《にわ》の柳《やなぎ》には　鳴《な》く禽《とり》変《あらわ》る
——池塘《ちとう》春草生《しゅんそうしょう》じ
——園柳《えんりゅう》鳴禽変《めいきんへん》ず

（同「池上《ちじょう》の楼《ろう》に登る」）

亭亭映江月　亭亭《ていてい》とあきらかなり　江《こう》を映《てら》す月《つき》
瀏瀏出谷飇　瀏瀏《りゅうりゅう》とすみやかなり　谷《たに》を出《いづ》る飇《かぜ》
斐斐氣幕岫　斐斐《ひひ》として（軽やかに）気《もや》は岫《みね》を幕《おお》い
泫泫露盈條　泫泫《げんげん》として（滴《したた》りつつ）露《つゆ》は条《えだ》に盈《み》つ
（謝恵連《しゃけいれん》「湖に泛《うか》びて帰り、楼中に出《い》でて月を翫《め》づ」）

謝霊運は、六朝劉宋《りゅうそう》の時代に詩名をうたわれた代表的な山水詩人である。かれの詩は、しばしば老荘的な言辞や思考に彩《いろど》られつつ、しかも、ここに見られるような山水描写の名句が、一首の表現のポイントとなっていることが多い。謝恵連はその族弟。一族の同世代で、一とまわりほど年少であった。やはり、美しい自然描写で知られる詩人である。

山水の美の重視や確立は、自然と人為との対比という点で、たしかに老荘的な価値観と関わっていたといえるだろう。しかし、いったん共有された美意識は、やがてそれ自体が比重を増し、一首の主題としての地位を占めるような作品が生まれてくる。

謝霊運や謝恵連よりも一つ後の王朝に活躍した詩人、斉《せい》の謝朓《しゃちょう》の「東田《とうでん》に遊ぶ」の詩。「東田」とは、現在の南京市の東郊、鍾山《しょうざん》の麓《ふもと》の地名。そこに在《あ》った別荘への行楽をうたっている。

游東田　東田《とうでん》に遊《あそ》ぶ　謝朓《しゃちょう》

感感苦無悰　感感《せきせき》として悰《たのし》み無《な》きに苦《くる》しみ
攜手共行樂　手《て》を携《たずさ》えて共《とも》に行楽《こうらく》す
尋雲陟纍榭　雲《くも》を尋《たず》ねて累榭《るいしゃ》に陟《のぼ》り
隨山望菌閣　山《やま》に随《したが》いて菌閣《きんかく》を望《のぞ》む
遠樹曖仟仟　遠樹《えんじゅ》　曖《あい》として仟仟《せんせん》

生煙紛漠漠
魚戯新荷動
鳥散餘花落
不對芳春酒
還望青山郭

生煙《せいえん》 紛《ふん》として漠漠《ばくばく》
魚《うお》戯《たわむ》れて 新荷《しんか》動《うご》き
鳥《とり》散《さん》じて 余花《よか》落《お》つ
対《むか》わず 芳春《ほうしゅん》の酒《さけ》
還《かえ》って望《のぞ》む 青山《せいざん》の郭《かく》

慼慼《せきせき》として憂い深く、まったく悰《たの》しみを失ってしまった私は、いま君と手を携えて、東《とう》田《でん》の山野に楽しみを求めようとする。——冒頭のこの二句は、以下に続く四組の叙景の対句を引き出すための導入部に当っている。

まず、第一の対句。

雲の遥けさを求めては、幾層にも累《かさ》なった榭《たかどの》に陟《のぼ》り、山中の小道をたどっては、菌《かおりぐさ》のように美しい閣《たかどの》を遠く眺め望むのだ。——「累榭《るいしゃ》」「菌閣《きんかく》」という『楚辞』の用語を生かした装飾的な表現である。続いて、第二の対句。

遠樹《えんじゅ》は曖《あい》として仟仟《せんせん》
生煙《せいえん》は紛《ふん》として漠漠《ばくばく》

遠くに見える樹々は、曖《ほの》かにかすみつつ仟々《せんせん》と生い茂り、生《わ》きあがる煙《もや》は、入り紛《みだ》れつつ漠々《ばくばく》とはてもなく広がっている。——春の山中の、わき立つようなエネルギーを感じさせる表現である。そして、最も名高い第三の対句。

　魚戯れて　新荷《しんか》動き
　鳥散《さん》じて　余花《よか》落つ

魚たちが戯れつつ泳げば、芽生えたばかりの荷《はす》の葉がゆれ動き、鳥たちがぱっと飛び立てば、春深い名残りの花は散り落ちる。——さりげなく晩春を描いたこの対句は、清麗《せいれい》な山水描写を誇る六朝詩のなかでも、一、二を争う名対として知られることになった。水中の魚が泳いでさえ荷《はす》の葉がゆれるのは、それがまだ、ほんの芽生えたばかりの、初《う》いういしい、か弱い葉だからである。小鳥が舞い立ってさえ花が散り落ちるのは、春も終りの、わずかに枝にとどまる名残りの花だからにほかならない。

最後に、一首を結ぶ第四の対句。

　対《むか》わず　芳春の酒
　還《かえ》って望む　青山の郭《かく》

芳《かぐ》わしい春の酒には目もくれず、私は、振り返って青い山々のかなたの郭《まち》を遠く望むのだ。——

友人との行楽、と歌い起こしながら、その友人の存在は、まったく詩中に反映していない。一首全体の表現の中心は、晩春の江南の山水への、あふれるような愛惜《あいせき》の思いである。芳春の美酒さえも忘れさせるような、深い愛惜である。このように歌う謝朓の心に、愁《うれ》いや悩みがなかったわけではない。「慼慼《せきせき》として悰《たの》しみ無《な》きに苦しむ」と第一句に提示されているように、伝記的に見れば、かれの身辺には、政治権力をめぐる危険な人間関係がうず巻いていた。事実かれは、三十六歳の若さで獄死する。しかし、慼々たる憂いのなかで熟視された山水は、平明で清麗な詩句と化して、江南の叙景の美の系譜に、大きな足跡をとどめることになった。ここでは、「魚戯……、鳥散……」と同様に愛誦された叙景の名対を引いておく。

餘霞散成綺　余《なご》の霞《ゆうやけ》は　散《さん》じて綺《あやぎぬ》と成《な》り
澄江静如練　澄《す》める江《おおかわ》は　静《しず》かなること練《ねりぎぬ》の如《ごと》し
——余霞《よか》散じて綺《き》と成《な》り
——澄江《ちょうこう》静《しず》かなること練《れん》の如《ごと》し

喧鳥覆春洲　喧《かまびす》しき鳥《ことり》は　春《はる》の洲《なかす》を覆《おお》い
雑英満春甸　雑《まじ》れる英《はなばな》は　春《はる》の甸《のやま》に満《み》つ
――喧鳥《けんちょう》　春洲《しゅんしゅう》を覆《おお》い
――雑英《ざつえい》　春甸《しゅんでん》に満《み》つ

（「晩《ひぐれ》に三山《さんざん》に登り、還《かえ》って京邑《みやこ》を望《のぞ》む」）

都、金陵（南京市）の少し上流にある三山《さんざん》に登って、夕暮れの揚子江（長江）を歌ったもの。一首十四句中の、第五・六、第七・八と続く二組の対句である。とりわけ前者は、唐代の李白に愛誦され、李白と謝朓を結ぶ象徴的な表現となった。「解道澄江浄如練、令人長憶謝玄暉――道《い》い解《え》たり「澄江《ちょうこうきよ》浄きこと練《れん》の如《ごと》し」と、人《ひと》をして長《なが》く謝玄暉《しゃげんき》を憶《おも》わしむ」（李白「金陵城の西楼、月下《げつか》の吟《ぎん》」）。「玄暉」とは、むろん謝朓の字《あざな》である。

謝霊運や謝朓の詩に描かれた山水は、いわば南朝的な叙景の典型である。その影響は、政治的に対立する北朝系の作品にも及ぶほどであった。しかし、北朝の叙景詩に、北中国の独自の風土を描いた名作が伝えられていないわけではない。

敕勒歌　　勅勒《ちよくろく》の歌《うた》　　斛律金《こくりつきん》

敕勒川　　勅勒《ちよくろく》の川《かわ》
陰山下　　陰山《いんざん》の下《もと》
天似穹廬　　天《てん》は穹廬《きゆうろ》に似《に》て
籠蓋四野　　四野《しや》を籠蓋《ろうがい》す
天蒼蒼　　天《てん》は蒼蒼《そうそう》
野茫茫　　野《の》は茫茫《ぼうぼう》
風吹草低見牛羊　　風《かぜ》吹《ふ》き草《くさ》低《た》れて牛羊《ぎゆうよう》見《あらわ》る

勅勒の草原よ、陰山のふもと。天は穹廬《ドーム》のように、四方の原野をすっぽりと蓋《おお》う。天空は蒼々《あおあお》と深く澄み、大地は茫々と果てもない。風が吹きわたり、草がなびけば、牛や羊が姿を現わす。――

「勅勒《ちよくろく》」とは、「トルコ」（チュルク）を音訳した漢字表記の一つ。時代によって狄歴《てきれき》・鉄《てつ》勒《ろく》・突厥《とつけつ》などとも書かれてきた。トルコ族は、東アジアから、次第に、中央アジア、西アジアへと勢力の中心を移していったようである。「川《せん》」とは、川を中心とした「平原」。したがって「勅勒の川」とは、勅勒族の住む平原、の意。その場所を特定する説もあるが、ここでは、広く内蒙古地方の草原を指しているだろう。「陰山」山脈は、現在の内蒙古自治区の南境を東西に走っている。その「下《ふもと》」と歌われている表現を、特定の狭い地域に限る必要は恐らくない。

詩は、前半の四句と後半の三句に、大きく二分される。前半では「下《か》・野《や》」と一句おきに韻を踏み、後半では「蒼《そう》・茫《ぼう》・羊《よう》」と毎句に韻を踏んでいる。「三・三・四・四／三・三・七」の雑言古詩。珍しいリズムであるが、これは、当時の北方異民族、鮮卑《せんぴ》族の言葉で書かれていたものを、中国語（漢語）に訳したためとされている（『楽府詩集』巻八十六所引『楽府広題』）。すなわち、北朝の一つ、北斉《ほくせい》の神武帝高歓《こうかん》が、勅勒族出身の部将、斛律金に歌わせ、自分もこれに唱和した、とする伝承である。

原詩《もとうた》が長短不揃いの詩句だったらしいことは、この記載からうかがわれるが、韻を踏んでいたかどうかは、はっきりしない。しかし、少なくとも、漢訳されたこの詩の、とりわけ後半の三句は、「毎句韻」の「三・三・七言」であることによって、きわめて流暢《りゅうちょう》な、よくひびく、歌謡的なリズムになっている。

天《てん》蒼《そう》蒼《そう》×《××》　Tiān cāng cāng　×
野《や×》茫《ぼう》茫《ぼう》×《××》　Yě máng máng　×
風《ふう》吹《すい》草《そう》低《てい》見《げん》牛《ぎゅう》羊《よう》×《××》　Fēng chuī cǎo dī xiàn niú yáng　×

（×印は休音の存在を示す。休音の存在は、その部分に弾力性《はずみ》を与え、歯切れをよくする。）

「風吹・草低・見牛羊」の一句は、蒼々茫々たる北方の草原を活写する表現として、一種の臨場感さえ具えていよう。穹廬《ドーム》のような包《パオ》に暮らし、牛や羊とともに生きる牧畜民族の日常が、草の匂いや土の匂いとともに、風に乗って伝わってくるようである。漢訳者の手腕も、並み並みならぬものだったといわねばならない。――「見牛羊」の「見」は、「現」と「見」の意を合わせ含む。現れた姿が、眼に見えるのである。

六朝期に形成された山水の美のイメージは、唐代に入ると、いっそう多様な、かつ、洗煉された美的世界を確立してゆく。唐代の主要な詩人たちが、ほとんど例外なく、すぐれた〝山水のうた〟の作者であったことは、いまや山水の美そのものが、唐詩の主題としていかに重要なものとなっていたかを示していよう。
はじめに、いわゆる自然詩人として名高い王維の五言絶句。しずかな、夜景の描写である。

鳥鳴磵

人閑桂花落
夜静春山空
月出驚山鳥
時鳴春澗中

鳥鳴磵《ちょうめいかん》　王維《おうい》

人《ひと》閑《ひそ》かにして　桂花《けいか》落《お》ち
夜《よる》静《しず》かにして　春山《しゅんざん》空《むな》し
月《つき》出《い》でて　山鳥《さんちょう》を驚《おどろ》かし
時《とき》に鳴《な》く　春澗《しゅんかん》の中《うち》

人々は、ひっそりと寝しずまり、桂《もくせい》の花だけがしきりに散り落ちる。夜は静かにふけて、春の山ざとは、ひと気もなくからりと広がっている。「人閑桂花落、夜静春山空」やがて明るい月がのぼり、山の鳥が目を覚ましたのだろうか、折り折りに、春の澗《たにがわ》のあたりで鳴いている。「月出驚山鳥、時鳴春澗中」。——「皇甫岳《こうほがく》の雲渓《うんけい》、雑題」と題する連作五首の第一首。「雲渓」と名づけられた、山中の別荘での作であろう。詩題の「磵《かん》」は、詩中の「澗《かん》」と同義。——始めの二句は、対句である。したがって、第一句の「閒《かん》（閑）xián」は、第二句の「静《せい》 jìng」と対《つい》になる。平仄《ひょうそく》だけが反対で、意味は共通の「閒＝静」、という並列的な描写と解釈されよう。森閑《しんかん》たる夜の静寂《しじま》ゆえに、闇のなかで桂花の散り落ちることにさえ、意識が向かうのである。「官職を離れた」「わび住まいの」を意味する「閒」では、恐らくないだろう。「時鳴」の「時」は、「時時——しょっちゅう」ではなく「有時——ときどき」の意。

一首全体が、すべて叙景の詩句で統一された作品である。淡々とした筆致のなかに、闇と静寂のイメージから、月光と鳥鳴のイメージへの変化が、美しい調和的な世界として浮びあがってくる。王維的な叙景の真髄であろう。

王維の代表的な叙景の詩は、おおむね、静謐《せいひつ》な美を基調としている。これに対して、李白の描く山水には、躍動的なイメージを基調とするものが多い。

望廬山瀑布

日照香爐生紫煙
遙看瀑布挂長川
飛流直下三千尺
疑是銀河落九天

廬《ろ》山《ざん》の瀑布《ばくふ》を望《のぞ》む　李白《りはく》

日《ひ》は香炉《こうろ》を照《て》らして紫煙《しえん》を生《しよう》ず
遥《はる》かに看《み》る　瀑布《ばくふ》の長川《ちようせん》を挂《か》くるを
飛流《ひりゆう》　直下《ちよつか》　三千尺《さんぜんじやく》
疑《うたが》うらくは是《こ》れ　銀河《ぎんが》の九天《きゆうてん》より落《お》つるかと

太陽は香炉峰を照らして、紫色の煙《もや》が湧きあがる。遥かに、じっと目をやれば、瀑布《たき》の水が、長大な川を差し掛けたように流れ落ちている。激しいしぶきをあげて、まっ直《すぐ》に流れ落ちること、三千尺。まるで、あの銀河が、九天のかなたから落ちてきたかと思われるほどに。――

「疑是銀河落九天」の一句が、この詩の表現のポイントであろう。近年の調査報告によれば、天の河が大空から流れ落ちるという発想は、南北朝の中ごろまでは溯《さかのぼ》ることができるようであるし、李白自身も、自分の詩文のなかで何度かこのイメージを用いている。しかし、決定的な影響力をもってこのイメージを世に広めたのは、疑いなくこの作品であった。

「九天」は、大空の最も高いところ。「香炉峰」は、その形が香炉に似ているところから名づけられた廬山の高峰である。

おもしろいことに、これだけ著名な作品でありながら、実は、この瀑布《たき》と香炉峰の所在が、正確にはわかっていない。現在、廬山には、香炉峰と呼ばれる峰が幾つか有り、しかも、文学史的に最も可能性の大きい北香炉峰には、かんじんな瀑布そのものが無いからである。「滝の音《ね》は絶えて久しくなりぬれど名こそ流れてなほ聞えけれ」（藤原公任《きんとう》）と歌われるように、古来、滝の水脈は、特に変化の大きいものである。おそらくは、唐末五代のころまでに北香炉峰の瀑布の水が涸《か》れてしまった、というのが実態に近いだろう。しかし、そうした地理的な事実関係がどうであるかを超えて、この作品は、スケールの大きい、躍動的な瀑布のイメージを、読者の脳裡にかき立ててきた。すぐれた作品の一首・一句がもつ、内発的な喚起力というべきだろうか。

絶句、とりわけ七言絶句という詩型は、李白によって完成された。文学史的にそれが定評であるほどに、七絶は李白にとって得意な詩型であった。「廬山の瀑布を望む」が名作中の名作でありえたのも、一つには、それが七絶の形式によっているからであろう。

一方、杜甫は、七言律詩の完成者と評されており、七言絶句については評価が低い。それは一と口でいえば、杜甫という詩人が、七律への適性が高すぎて、七絶を作っても七律のような雰囲気の詩になってしまうからである。日本文学でいえば、「俳句のような短歌」、あるいは「短歌のような俳句」、といえば分かりやすいかもしれない。しかし、そうした「詩と詩型」という視点から離れて、詩歌一般として味わってみると、杜甫の七絶には、輪郭の鮮明な、愛誦しやすい短篇詩が少なくない。——

絶句　　絶句《ぜっく》　　杜甫《とほ》

兩個黃鸝鳴翠柳
一行白鷺上青天
窗含西嶺千秋雪
門泊東吳萬里船

両個《りょうこ》の黄鸝《こうり》　翠柳《すいりゅう》に鳴《な》き
一行《いっこう》の白鷺《はくろ》　青天《せいてん》に上《のぼ》る
窓《まど》には含《ふく》む　西嶺《せいれい》　千秋《せんしゅう》の雪《ゆき》
門《もん》には泊《はく》す　東呉《とうご》　万里《ばんり》の船《ふね》

つがいの黄色い鸝《うぐいす》が　翠《みどり》の柳の枝で鳴きかわし
一列になった白鷺《しらさぎ》が　まっ青な大空にのぼってゆく

窓からくっきりと見えるのは　西の嶺《みね》に輝く永遠の深い根雪《ねゆき》
門辺《かどべ》にじっと泊《とま》っているのは　東の呉の地から来た万里の旅の船

第一の印象は、色彩の美しさ。第二の印象は、きちんと整えられた対句の安定感であろう。

「黄鸝―翠柳―白鷺―青天」の連続と対比は、一読して、すがすがしい絵画的な印象を与える。対句の構造もわかりやすい。第一句と第二句は、「両↕一」(数字)、「黄↕白」「翠↕青」(色彩)という明確なイメージを対比のポイントとし、第三句と第四句は、「西↕東」(方向)、「千↕万」(数字)というように、同じく明確なイメージを対比のポイントとしている。

さらによく見ると、第一句と第二句では、「鳴↕上」というように聴覚的な動詞と視覚的な動詞が対比され、第三句と第四句では、「千秋↕万里」という形で、時間と空間が対比されていることに気がつく。つまり、完璧な対句であり、したがってまた、完璧な明確さと安定感を生む。この詩が杜甫の数多い対句のなかで、とりわけ広く愛誦されてきたのも、不思議ではない。

戦火に追われ、生活に追われた晩年の杜甫が、成都の浣花《かんか》草堂でわずかに過しえた平穏な日々の作。その心の安らぎが、この四句全体の、叙景に徹した短篇にも反映しているだろう。草堂の西方には、チベットとの境をなす高い山々が連なり、草堂のほとりには、遥か東方の呉（江蘇《こうそ》省）に連なる長江の支流、美しい浣花渓が流れていた。

杜甫は、われひと共に認める対句の名手である。そして対句は、「律詩」にとって、表現の中核であり、不可欠の条件である。杜甫と律詩の結びつきの原因は、何よりもここに在った。

では、「絶句」にとってはどうか。対句は「絶句」にとって、中核でもなければ、不可欠でもない。絶句らしい絶句とは、たとえば李白の「望廬山瀑布」のように、対句をまったく使わないのが本来の姿だった。とくに七言絶句においては、そうである。詩歌の実作に生命をかけた杜甫にとって、この事実が分かっていないはずはない。それでも杜甫は、あえてこの「両個黄鸝……」を完璧な四句全対で作り、しかもそれに「絶句」という詩題を与えた。詩人と詩型を結ぶ脈絡の、深く根強いものが感じられて興味深い。

杜甫より少し時代の下った中唐期には、山水詩のすぐれた作者の一人として柳宗元がいる。「王・孟・韋・柳」という詩人評があるように、かれは、王維・孟浩然《もうこうぜん》・韋応物《いおうぶつ》と並んで、自然の美しさを描くのに水際だった技倆《ぎりょう》を示した。とくに、政治的にもっとも失意の時代、すなわち、永州《えいしゅう》（湖南省永州）の司馬《しば》に左遷されていた時期の作品には、唐代の山水詩を代表することができるような、印象的な幾篇かがある。――

漁翁《ぎょおう》 夜《よる》 西巌《せいがん》に傍《そ》って宿《しゅく》し
暁《あかつき》 に清湘《せいしょう》を汲《く》んで 楚竹《そちく》を燃《た》く
煙《けむり》銷《き》え日《ひ》出《い》でて 人《ひと》を見《み》ず
欸乃《あいだい》 一声《いっせい》 山水《さんすい》緑《みどり》なり
………

清らかな湘江《しょうこう》（湖南省）の水に溶けこんだような、漁翁と山水の一体化した世界がある。「欸乃 ǎi nǎi」は、櫓《ろ》の音とも、掛け声とも、舟唄ともいわれて、定説を見ない。しかし、そうした小さな差異を超えて、この一首は、次にあげる「江雪」とともに、中国の山水詩の典型的なイメージを構成することになった。

江雪

千山鳥飛絶
萬徑人蹤滅
孤舟蓑笠翁
獨釣寒江雪

江雪《こうせつ》　　　柳宗元《りゅうそうげん》

千山《せんざん》　鳥《とり》飛《と》ぶこと絶《た》え
万径《ばんけい》　人蹤《じんしょう》　滅《めっ》す
孤舟《こしゅう》　蓑笠《さりゅう》の翁《おう》
独《ひと》り釣《つ》る　寒江《かんこう》の雪《ゆき》

見渡すかぎりの山々から、鳥の飛ぶ姿が消え、道という道から、人の蹤《あしあと》が滅《き》え果てた。ぽつんと浮ぶ一艘《いっそう》の小舟に、蓑《みの》と笠《かさ》をつけた老翁。ただ独り、寒々とした雪の江《かわ》なかで釣り糸をたれている。——

五言絶句二十字が、徹底した叙景の詩句として構成されている。「江雪——江辺《かわべ》の雪」と題するのにふさわしく、視野の及ぶかぎり、あらゆる生き物の影が消えた純白の雪景。そのなかに、雪景色の一部と化したかのような老翁の姿が、完全な叙景的手法で、客観的に描き出される。喜怒哀楽にかかわる情緒的なことば、あるいは、作者自身の主観や主体を表わすことばは、まったく使われていない。しかし、まさにそれゆえに、抒情的な作品や、叙事的・説理的な作品とは異なった、独自の抒情効果・喚情機能が、ここには生まれている。

ある人はここに、中国における隠逸精神の伝統を見ようとした。ある人はここに、不義不正の世俗を憎む批判精神を見ようとした。あるいはまた、禅の透徹した境地を見ようとした。さらにまた、「寒江独釣《かんこうどくちょう》の図」(南宋《なんそう》、馬遠《ばえん》)を始めとする画題詩の例のように、この詩の情景を絵画という具体的なイメージに定着させたいという意欲に駆られた。いずれも、根本的には、この叙景詩のもつ喚情機能に触発された結果といってよい。

特別の故事もなく、むずかしい文字もなく、「千山↕万径」「鳥飛↕人蹤」という平易な対句を用いながら、この詩の世界は広く深い。六朝山水詩の伝統を踏まえつつ、新たに到達した唐代山水詩の頂点、少なくとも、その一つであろう。

柳宗元の「江雪」は、色彩を最小限まで抑制し、純白の雪景色にわずかに墨を点じたような叙景詩である。いわば、墨絵の世界にもっとも近い。これに対して、白居易の「暮江吟」は、同じく南中国の水郷をうたいながら、鮮やかな色彩の対比を特色としている。ただし、油絵ではなく、水彩画の清澄《せいちょう》さを基調として。

暮江吟

一道殘陽鋪水中
半江瑟瑟半江紅
可憐九月初三夜
露似眞珠月似弓

暮《ぼ》江吟《こうぎん》　白居易《はくきょい》

一道《いちどう》の残陽《ざんよう》　水中《すいちゅう》に鋪《し》き
半江《はんこう》は瑟瑟《しつしつ》にして　半江《はんこう》は紅《くれない》なり
憐《あわ》れむ可《べ》し　九月《くがつ》　初三《しょさん》の夜《よる》
露《つゆ》は真珠《しんじゅ》に似《に》　月《つき》は弓《ゆみ》に似《に》たり

一とすじの夕陽の光が、さっと水面に広がり、大江《たいこう》の半ばは深碧《ふかみどり》に、半ばは紅《あか》く染まっている。ああ、晩秋九月、三日の夜よ。露は真珠のように白く光り、月は弓のように細く輝く。——

作者四十数歳、江州《こうしゅう》(江西《こうせい》省九江《きゅうこう》市)司馬在任中の作とされているが、数年後に杭州《こうしゅう》(浙江《せっこう》省杭州市)の刺史《しし》(太守)として赴任する折りの作とも考えられる。夕暮れの大江の水面に出現した、つかの間の色彩の饗宴。それは、たちまち消えてゆく鮮かな対比であるだけに、いっそう鮮明な印象を白居易に与えたわけであろう。「瑟瑟」は、深い緑色を特色とする碧玉《エメラルド》の一種。ここでは、長江の水の色を形容した。「初三」は、旧暦の上旬の三日である。

旧暦の九月三日は、晩秋である。秋の訪れの遅い長江地方とはいえ、江畔《こうはん》の草には真珠のような夜露が一面に滴《したた》る。中天には、文字通りの「三日月」が、弓のような細さで輝いている。——多くの人が見てきたはずのこうした場面を、しかし、白居易のこの詩のような感覚でとらえた詩人はいなかった。まことに、人は、おのれの見んとするものを見るのであろう。

同じく「絶句」という形式によりながら、柳宗元の「江雪」では、落着いた五言のリズムと、「絶《ぜつ》・滅《めつ》・雪《せつ》」という短くつまった入声《にっしょう》/-t/の押韻を、表現の骨格としていた。逆に、白居易の「暮江吟」では、暢《の》びやかな七言のリズムと、「中《ちゅう》・紅《こう》・弓《きゅう》」という良く響く平声《ひょうしょう》/-ng/の押韻を骨格としている。抒情と韻律の質的合致という微妙な問題が、わかりやすく説明されるケースといえよう。

唐代に達成された山水詩・風景詩のレベルを前にして、宋代の詩人たちは、それをどのように超えようとしたのだろうか。詩語や詩材の拡大ということのほかに、叙景詩においてさえも、一種の「説理——ものごとの理《すじみち》を説《と》く」という要素が加わってくるのは、興味深いポイントである。

鍾山卽事

澗水無聲繞竹流
竹西花草弄春柔
茅檐相對坐終日
一鳥不鳴山更幽

鍾山即事《しょうざんそくじ》　王安石《おうあんせき》

澗水《かんすい》　声無《こえな》く　竹《たけ》を繞《めぐ》って流《なが》れ
竹西《ちくせい》の花草《かそう》　春《はる》に弄《たわむ》れて柔《やわら》かなり
茅檐《ぼうえん》に相《あ》い対《たい》して　坐《ざ》すること終日《しゅうじつ》
一鳥《いっちょう》鳴《な》かず　山更《やまさら》に幽《ゆう》なり

澗《たにがわ》の水は、音もなく竹の茂みをめぐって流れ、竹林の西にひろがる花や草は、春の暖かさを身にうけて柔かく育つ。粗末な我が家で、鍾山と真向いに終日じっと坐れば、一羽の鳥さえ鳴くことなく、山はいっそう静まり返る。――

「鍾山」は、現在の南京市の東北郊外にある名山。蔣山《しょうざん》、北山、紫金山《しきんさん》とも呼ばれ、古来、しばしば詩文の舞台となっている。晩年の王安石は、市街からは半ばの山麓の地に隠棲し、その詩境を深めていた。「即事」とは、事がらに即して見たままを詠ずることをいう。

第一句、第二句ともに、春の山里を描いて美しい。「弄春《ろうしゅん》」の「弄」は、「戯弄《ぎろう》」「玩弄《がんろう》」などと熟すように、あそぶ、たわむれる、しみじみ味わう、などの意。春の谷川の水が穏やかに音もなく流れるように、春の花や草は、暖かい風と光にたわむれて、柔かく、しなやかに育つのである。「茅檐《ぼうえん》——茅《かや》ぶきの檐《のき》」とは「茅屋《ぼうおく》」と同じく、自分の家をさす慣用句。平仄《ひょうそく》の関係で、入声の「屋」が使えず、平声の「檐」を使ったもの。

四句すべて入念の描写であるが、この詩の表現のポイントは、明らかに第四句「一鳥不鳴山更幽」にあるだろう。宋代に入ると、唐代以前の作品を古典詩学の対象としてその長短を論じたり、さらには、それを、自分たちの詩作の糧《かて》として理論的に活用したりする知的な態度が、はっきりと表われてくる。

王安石のこの詩句も、実は、六朝時代の梁《りょう》の王籍《おうせき》の「若邪渓《じゃくやけい》に入《い》る詩」の名高い対句「蟬噪林逾静、鳥鳴山更幽——蟬噪《さわ》いで林は逾〻《いよいよ》静かに、鳥鳴いて山は更《さら》に幽《しずか》なり」の発想を逆にしたもの。宋詩に多い、いわゆる翻案の表現である。王安石は、この翻案した詩句に自信をもっていたらしい。しかし、王籍の原詩が、——たとえば「閑《しづ》かさや岩にしみ入る蟬の声」(芭蕉)の典拠とも思えるほどに——常識を逆転した新鮮さをもつのに対して、王安石の句は、それを常識にもどした結果になるため、穏やかな平明さは生まれたが、着想の新鮮さは失われている。

おそらくは、それを十分知りながらこの翻案をしたところに、宋詩の――少なくとも王安石の――性格の一端は表われているだろう。「翻案」とは、要するに、原詩の思考の理《すじみち》を、同じ素材（対象）を用いながら、別個の理《すじみち》として説くことである。詩中で理を説くことは、いわば両刃《もろは》の剣《つるぎ》であり、作品にとってプラスにもマイナスにも働く。東晋の陶淵明や、中唐の白居易は、そこから生まれる充足感を十分に自覚していた。宋詩では、それが、時代の好みといえるほどに広く共有されているわけである。

飲湖上初晴後雨

水光瀲灩晴方好
山色空濛雨亦奇
欲把西湖比西子
淡粧濃抹總相宜

湖上《こじょう》に飲《の》むに　初《はじ》めは晴《は》れ後《のち》に雨《あめ》ふる　蘇軾《そしょく》

水光《すいこう》　瀲灩《れんえん》　晴《は》れて方《まさ》に好《よ》く
山色《さんしょく》　空濛《くうもう》　雨《あめ》も亦《ま》た奇《き》なり
西湖《せいこ》を把《と》って西子《せいし》に比《ひ》せんと欲《ほっ》すれば
淡粧《たんしょう》　濃抹《のうまつ》　総《すべ》て相《あ》い宜《よろ》し

水の光が、瀲灩《れんえん》 liàn yàn として、ゆらゆら揺れつつきらめくのを見れば、晴れてこそ西湖はすばらしい。山の色あいが、空濛《くうもう》 kōng méng として、おぼろおぼろに煙るのを見れば、雨もまた西湖は格別だ。もしこの西湖を西施《せいし》にたとえるならば、薄化粧も厚化粧も、美人には、結局、よく似合う。

作者三十八歳、杭州の通判《つうはん》（副知事）の任に在ったときの作とされている。二首連作の第二首。詩題に明らかなように、西湖に舟を浮かべて酒を飲み、晴から雨に変ったその日の風景をうたったもの。せっかくの晴天の舟遊びが雨に祟《たた》られたわけで、普通なら、こうした絶賛の歌とはなりにくい。ここにも、柔軟で環境適応力の強い作者の個性がおのずと表われていることが知られよう。

西湖は、杭州を象徴する名高い湖である。しかし、それが第一級の詩的景勝、いわば歌枕・俳枕・詩枕となったのは、中唐の白居易が杭州の刺史（太守）になってから、より厳密には、北宋の蘇軾が杭州通判になってからだといってよい。この詩は、西湖を、この地にゆかりの美女、春秋時代の越国《えつこく》の西施にたとえて、西湖の魅力を天下に知らしめた作品である。「疑是銀河落九天」（二八七ページ）のイメージが、廬山の瀑布の詩的発想の源泉となり、後人はもとより、李白自身も愛用しているように、「欲把西湖比西子」のそれは、西湖と西施を結ぶ絶妙の発想として、後人にも作者自身にも愛用されることになった。そしてその影響は、遠く日本文学にも及んでいる。「象潟《きさかた》や雨に西施がねぶの花」（松尾芭蕉

『奥の細道』)。

蘇軾らしい叙景詩をもう一首。こんどは、山が歌われている。

題西林壁　　西林《せいりん》の壁《かべ》に題《だい》す　　蘇軾《そしよく》

横看成嶺側成峯　　横《よこ》より看《み》れば嶺《れい》と成《な》り　側《かたわら》よりすれば峰《ほう》と成《な》る
遠近高低各不同　　遠近《えんきん》　高低《こうてい》　各〻《おのおの》同じからず
不識廬山眞面目　　廬山《ろざん》の真面目《しんめんもく》を識《し》らざるは
只縁身在此山中　　只《た》だ　身《み》の　此《こ》の山中《さんちゆう》に在《あ》るに縁《よ》る

横ざまに見わたせば幾つもの尾根となり、すぐ側《そば》で見あげれば一つの峰となる。見る位置の遠近・高低で、それぞれに違って見えるのだ。廬山の真の姿を識《し》りえないのは、まさに自分がこの山中にいるからだ。——

いわゆる「廬山の真面目」ということばの出典となった詩である。出典とは、いわば、特定の文学的イメージの源泉である。そうした作品が多いか少ないかは、その作者の力量という以上に、表現のタイプによっているだろう。すぐ前の「西湖西子」や、この詩を始め、たとえば「飛鴻雪泥《ひこうせつでい》」（「子由《しゆう》の『澠池懐旧《べんちかいきゅう》』に和す」）、「青山一髪《せいざんいっぱつ》」（「澄邁駅《ちょうまいえき》の通潮閣《つうちょうかく》」三八九ページ）、「春宵一刻、値千金」（「春夜」）など、蘇軾には、こうした作品が少なくない。

「西林寺」は、廬山七嶺の西北に、東林寺と相い対して在った寺。現在では、旧塔だけが残っている。

六朝以来の長い伝統のなかで、すでに山水詩の美意識は確立している。しかも人々の周囲には、豊かな山水が詩情を深めるものとして存在している。近世の詩人たちが、おびただしい山水のうたをのこすことになったのは当然であろう。ここではその中から、明《みん》の高啓（青邱《せいきゆう》）と清《しん》の王士禛《おうししん》の、対照的な作品をあげておきたい。

水上盥手　　水《みず》の上《ほとり》にて手《て》を盥《あら》う　　高啓《こうけい》

盥手愛春水
水香手應綠
浯浯細浪起
杳杳驚魚伏
怊悵坐沙邊
流花去難掬

手《て》を盥《あら》いて　春水《しゅんすい》を愛《あい》す
水香《みずかんば》しく　手《て》も応《まさ》に緑《みどり》なるべし
浯浯《うんうん》として細浪起《さいろうお》こり
杳杳《ようよう》として驚魚伏《けいぎょしず》む
怊悵《ちょうちょう》して沙辺《さへん》に坐《ざ》す
流花《りゅうか》　去《さ》りて掬《きく》し難《がた》し

手を洗いつつ、春の川の水を愛《いとお》しむ。水はさわやかに香り、手までが緑色に染まりそう。浯浯《うんうん》と豊かに流れつつ、細《こま》やかな川浪は起こり、杳々《ようよう》と行くえも知れず、人に驚いた魚は身を潜《ひそ》める。定かならぬ愁いのまま、川辺の砂に坐《すわ》れば、花は流れ去って、わが手に掬《すく》い採ることもできない。——

どことも知れぬ川辺の春の景色が、なぜとも知れぬ春の愁いとともに描かれる。水はあくまでも青く、人はあくまでも繊細に。おそらくは実際の体験にもとづくものだろうが、描写そのものは、極度に普遍化され一般化されている。作者が何歳であってもよく、その場所はどこであってもよい。しかし、描かれたイメージは、「水香手応緑」の一句を中心に、きわめて鮮明であり、明代を代表する詩人の作にふさわしい。伝統的な山水詩の美意識をどこまでも純化してゆけば、おそらく、必然的にこういう作品になるであろう。その意味で、一つの典型たり得ているといってよい。

これに対して、王士禛の「秦淮雑詩」は、秦淮河という特定の風土の、特定の歴史と、特定の詩的心象を背景とした作品である。したがってまた、「詩材としての風土」という視点が、とくに有効に生きてくる作例でもある。

秦淮雑詩

年來腸斷秣陵舟
夢繞秦淮水上樓
十日雨絲風片裏
濃春烟景似殘秋

秦淮雑詩《しんわいざつし》　王士禛《おうししん》

年来《ねんらい》　腸断《ちょうだん》す　秣陵《まつりょう》の舟《ふね》
夢《ゆめ》は繞《めぐ》る　秦淮《しんわい》　水上《すいじょう》の楼《ろう》
十日《とおか》　雨糸《うし》　風片《ふうへん》の裏《うち》
濃春《のうしゅん》の煙景《えんけい》は残秋《ざんしゅう》に似《に》たり

来る年も来る年も、切《せつ》ない思いで憧《あこが》れていた秣陵《まつりょう》（南京）の小舟。ここ秦淮河のほとりの酒楼のおもかげは、いつも夢にさえ見たものだ。「年来腸断秣陵舟、夢繞秦淮水上楼」。

——

「秣陵」は、南京の古名。「金陵」という美称を否定した蔑称だったはずの名が一種の雅名となってしまうところに、中国古典詩の、長く豊かな歴史が感じられる。第二句には、李白の「夢は繞る辺城の月、心は飛ぶ故国の楼」（「太原《たいげん》の早秋」）が意識されていよう。

——そしていま、ここにこうして十日を過せば、糸のような雨と折り折りの風。春もたけなわ、烟《もや》につつまれたこの景色は、かえって晩秋にも似た風情がある。「十日雨糸風片裏、濃春煙景似残秋」——

「風片」とは、一としきり一としきりと、切れ切れに吹き寄せる風。「雨糸《うし》——糸《きぬいと》のような、細《ほそ》く細《こまや》かな雨」と対をなす。吹き荒れる激しい風、の意ではない。「残 cán 秋」は「晩 wǎn 秋」の意。平仄の関係で、ここには平声の「残」が必要だったからである。しかし、結果的には、ものういような「濃春」のイメージと、万物の残《そこな》われ亡びゆく「残秋」のイメージが、南朝の栄華と衰亡を象徴する秦淮河の叙景として、より適切な句中の対比を生み出すことになった。

「神韻説《しんいんせつ》」を唱えて清朝初期の詩壇を代表した王士禛の、二十八歳の作品。その四年まえに作られた「秋柳《しゅうりゅう》」の詩（九七ページ）とともに、作者の青年期の傑作として知られている。六首連作の第一首。「秦淮」は、南京の城内と城外を分流して長江にそそぐ河。かつて秦《しん》の始皇帝が東方に巡幸したとき、金陵（南京）の地に潜在する王気（天子の出現する瑞祥《ずいしょう》の気）を断ち切るために切り開いた運河、という伝承をもつ。河沿いには紅灯の妓楼が発達し、すでに晩唐の杜牧が「商女は知らず亡国の恨み、江を隔てて猶《な》お唱《うた》う〝後庭花〟」（「秦淮に泊す」三四七ページ）と詠嘆したように、六朝の興亡と、人生の哀歓とに彩《いろど》られた文学風土となっていた。そして、その風土的イメージは、宋代以後にあっても変っていない。むしろ、小説や戯曲の類にまで滲透《しんとう》して、いっそう濃密なものとなっていたというべきだろうか。この詩の前半に、夢にまで見た秦淮水上の楼——と、「腸断」の憬《あこが》れがうたわれているのは、このためにほかならない。

ここには、たしかに、秦淮河を中心とした晩春の風景・風光が、印象的に描かれている。しかし、主題的・発想的には、むしろ「懐古のうた」の要素が色濃く認められよう。これもまた、中国詩歌の歴史における、一つの有力な叙景のパターンであった。

八　懐古のうた――滅びしものへ

滔々《とうとう》たる逝水《せいすい》　今古《きんこ》に流る
漢楚の興亡　両《ふた》つながら丘土《きゅうど》
（曾鞏《そうきょう》「虞美人草《ぐびじんそう》」）

中国詩歌の歴史のなかで、「懐古」という主題《テーマ》は、いつごろ成立したのだろうか。やや意外とも思えるほどに、六朝《りくちょう》末期以前には、「懐古のうた」と呼ぶべき作品は乏《とぼ》しい。それ以前にしばしば作られていたのは、「詠史《えいし》のうた」である。たとえば、六朝後期の梁《りょう》代に編集された『文選《もんぜん》』には、「詠史」の部門はあるが「懐古」の部門はない。

過去への関心、歴史への関心の強さは、中国の文明をつらぬくはっきりした特色である。それだけに、先人の事跡に対する強い関心が、詩歌のなかにだけ反映されないというはずはない。「詠史詩」の存在は、この意味で必然的である。ただ、原理的に見たばあい、「詠史」の詩は一般に、歴史上の事跡とそれへの評価（作者の価値観から見た毀誉褒貶《きよほうへん》、まれには喜怒哀楽）が表現の中心になっており、「懐古」の詩に見られるような「過去と現在との決定的な対比」、そこから生まれる「人為のはかなさ・人間存在の愛《いとお》しさ」、といった要素が乏しい。抒情の系譜としての詩歌史のなかで、「懐古のうた」が「詠史のうた」よりも内発的な共感をよぶことが多いのは、おそらくこのためであろう。

ではなぜ、「懐古」は「詠史」におくれて成立したのだろうか。この点は、「詩と時間」或いは「認識としての詩」といった視点から見るとき、特に興味深い。それはおそらく、

「懐古」のような時間感覚や人間感情が人々に共有されるためには、人間の事跡が歴史書に記されるようになってから、より長い時間が必要だったということを意味しているだろう。すなわち、『左伝《さでん》』『国語』『史記《しき》』『漢書《かんじょ》』のような歴史書を始め、多くの思想書や文学書をつうじて、人間の行為の壮大さと脆弱《ぜいじゃく》さが歴史的に（時間的に）より長く立証されつづけた後においてこそ、人々は初めて、そうした古人の事跡を、――褒貶の対象としてだけでなく――深い詠嘆の対象として実感するだけの遠近感覚《パースペクティヴ》を共有することになる。たとえば、漢代四百年の壮大な事跡が人為の瞬間性として実感されるためには、六朝四百年の時間では十分でなかった、と考えれば分りやすい。

これはむろん、懐古の対象が常により遠い過去に限られるということではない。いったん共有された「懐古詩」的な感情は、その鮮明な時間感覚が抒情の源泉として有効なものであるだけに、以後の詩人たちが近い過去をも同様な感情でとらえるようになるのは、不思議ではない。盛唐以後の詩に六朝の興亡が好んでうたわれたり、中唐以後の詩でしばしば隋朝《ずいちょう》の興亡が懐古されたりするのは、その例である。

この章では、そうした「懐古のうた」を中心に、適宜、「詠史のうた」をも混《まじ》えつつ、中国の詩歌史において古人の事跡への関心がどのような意境を生み出しているかを見てゆきたい。このばあい、人々がどんな事跡に関心を示してきたのかを知るためには、事跡そのものの時代に沿って見てゆくのが、もっとも効果的であろう。

中国の古代の事跡のなかで、人々が「懐古のうた」のイメージでとらえてきた早い例は、おそらく、殷周《いんしゅう》革命にかかわる殷の亡国であろう。名高い「麦秀歌《ばくしゅうか》」（『史記』宋微子世家《そうびしせいか》）が、主としてその役割を果してきた。『史記』の記載によれば、殷の王室の滅亡後、王室の一族だった箕子《きし》が、かつての都のあと（殷墟《いんきょ》）を通りかかり、その荒廃のさまを嘆いたものとされている。

麥秀漸漸兮禾黍油油、……
麦《むぎ》は秀《ひい》でて漸漸《ぜんぜん》とのびやかに　禾《いね》と黍《きび》は油油《ゆうゆう》とかがやきしげる。……

史的考証という点からいえば、実はこの歌がいつごろの作品であるか、はっきりしない。また、本当にそうした内容を歌っているかどうかも、はっきりしない。しかし、殷周革命という鮮烈な史実の存在と、殷の三仁《さんじん》の一人といわれた箕子の、新王朝たる周への朝見《ちょうけん》途上の作、という印象的な場面設定によって、この「麦秀漸漸《ばくしゅうぜんぜん》」の詩句は、次にあげる

「彼《ひ》黍《しょ》離《り》離《り》」の詩句とともに、亡国の悲哀や懐旧の詠嘆というイメージを、不可分的に担《にな》うことになった。

黍離

彼黍離離
彼稷之苗
行邁靡靡
中心搖搖
知我者
謂我心憂
不知我者
謂我何求
悠悠蒼天
此何人哉

黍離《しょり》

彼《か》の黍《しょ》　離離《りり》たり
彼《か》の稷《しょく》　之《こ》れ苗《びょう》す
行《ゆ》き邁《ゆ》くこと靡靡《びび》たり
中心《ちゅうしん》　揺揺《ようよう》たり
我《われ》を知《し》る者《もの》は
我《われ》を　心憂《こころうれ》うと謂《い》い
我《われ》を知《し》らざる者《もの》は
我何《われなに》をか求《もと》むると謂《い》う
悠悠《ゆうゆう》たる蒼天《そうてん》
此《こ》れ　何人《なんぴと》ぞや

詩経《しきょう》〔王風《おうふう》〕

黍《もちきび》は離々《ふさふさ》と穂をたれ、稷《うるちきび》は苗を伸ばしている。靡々《とぼとぼ》とさまよい歩けば、わが心は揺れて定まらない。わたしのことを知る者は、わたしが心憂えてさまようのだといい、わたしのことを知らない者は、何を求めてうろつくのかという。ああ、悠々《はるか》なる蒼天《あおぞら》よ。華やかな都をこんな廃墟にしてしまったのは、いったいだれなのか。——

三章連作の第一章である。第二章と第三章も、わずかに文字を入れかえるだけで、ほぼ同じ詩句を繰り返している。歌謡のおもかげを伝えるものであろう。

この詩は、殷を滅ぼした西周もやがて顚覆し、ゆかりの後人《こうじん》がその都の荒廃のさまを嘆いたもの、とされている。すなわち、前漢時代の『詩経』注釈書『毛詩《もうし》』が、この詩を、東周の大夫《たいふ》(高級官僚)が西周の宮殿の廃墟を悲しんだ作だと解釈し、それが通説となったためである。むろん、本来そうだったかどうかについては、「麦秀歌」のばあいと同様、確証がない。しかし、漢代以後の詩人たちは、おおむねこの解釈によってこの詩を読み、過去の栄華と現在の荒廃を対比して詠嘆する「懐古のうた」の、より直接的な源泉として位置づけてきた。中国の古典詩のなかで、「麦」や「黍《きび》」のイメージに悲哀や懐旧の色彩が加わっているのは、このためである。

西周の顚覆を嘆いた東周は、初めから政権の基盤が弱かった。平王《へいおう》に始まるその前半期は、ふつう春秋時代と呼ばれているが、その実態は、「春秋の五覇《ごは》」と呼ばれる有力な諸侯による覇権争奪の時代であった。

その春秋時代の末期のころ、中原《ちゅうげん》からは東南、長江《ちょうこう》下流の地で、西北と東南に隣りあった呉《ご》と越《えつ》の両国が、激しい攻防を繰り返していた。中国の詩歌史のなかで、典型的な懐古詩の対象となっている事跡としては、おそらく、この呉越の争いがもっとも早いものといえよう。「呉越同舟」という成語もあるように、呉と越とは、「仇敵《きゅうてき》」の代名詞ともなっているわけである。

呉越の直接の攻防は、越王允常《いんじょう》が呉に侵入したことから始まる（紀元前五〇六年）。数年後、逆に呉王闔廬《こうろ》（闔閭《こうりょ》）が、允常の死に乗じて越に侵入。しかし、允常の子勾践《こうせん》に破られ、その矢傷が悪化して死に、両国はここで決定的な対立関係に入る（前四九六年）。

あとを継いだ呉王夫差《ふさ》は、毎夜、あえて「薪《たきぎ》の上に臥《ね》て」は恨《うら》みを新たにし、父の仇《あだ》を討つことを誓って国力を養った。「臥薪《がしん》」という成語の典故である。二年後、夫差は、越の挑発を反撃して大勝し、宿願どおり勾践を会稽山《かいけいざん》（浙江《せっこう》省会稽）に囲んで降伏させた。敗れた勾践は、謀臣范蠡《はんれい》らの献策に従い、美人の西施《せいし》や多くの財宝を夫差に献上してその歓心をかうとともに、自分は、常に座右に置いた苦い胆《きも》を「嘗《あじわ》って」心をひきしめ、復讐の機会を待った。「嘗胆《しょうたん》」という成語の典故である。

やがて十二年の後（前四八二年）、勾践は呉を攻めて和睦を乞《こ》わせることに成功。さらに九年後には、ついに夫差を姑蘇台《こそだい》に囲んで自殺させた。「会稽の恥を雪《すす》ぐ」という成語の典故である。——前後およそ三十年。呉越両国のどちらにとっても、父子二代にわたる凄惨《せいさん》な攻防であった。

呉越の争いは、いくつもの名高い成語を生み出すほどに、広く後世の人々に語りつがれた。そこにはむろん、多くの伝承も付加されてくる。たとえば、夫差が薪の上に寝たという「臥薪」の話や、勾践の献上した美人が「西施」だったという話は、『呉越春秋』などの小説類によるもので、『史記』にはまだ記されていない。さまざまな伝承が加わることによって、呉越の興亡の文学的イメージは、ますます鮮かになったのである。そうした長い受容の歴史のなかで、これを歌った「懐古の詩」としてもっとも広く愛誦《あいしょう》されてきたのは、おそらく李白の七言絶句であろう。

蘇臺覧古

舊苑荒臺楊柳新
菱歌清唱不勝春
只今惟有西江月
曾照呉王宮裏人

蘇台覧古《そだいらんこ》　　李白《りはく》

旧苑《きゅうえん》　荒台《こうだい》　楊柳《ようりゅう》新《あら》たなり
菱歌清唱《りょうかせいしょう》して　春《はる》に勝《た》えず
只今《ただいま》　惟《ただ》有《あ》り　西江《せいこう》の月《つき》
曾《か》つて照《て》らす　呉王宮裏《ごおうきゅうり》の人《ひと》を

「蘇台」とは「姑蘇台」に同じ。呉王の闔閭《こうりょ》と夫差《ふさ》が、父子二代にかけて宮殿を造営した姑蘇山をさす。現在の蘇州《そしゅう》市西南約六十キロの霊岩山寺《れいがんざんじ》がその跡とされ、西施を住まわせたという館娃宮《かんあきゅう》の跡もある。蘇州・太湖《たいこ》一帯を眺望する景勝の地。「覧古」は、古《いにしえ》を覧《み》て懐《おも》いを述べる、の意。「〜懐古」とともに、「懐古のうた」の詩題として常用されている。

——旧《ふる》びた庭園、荒れはてた楼台《ろうだい》、楊柳の枝だけが新しい芽をふいている。菱《ひし》の実を採る少女たちの歌ごえは清らかにひびき、過ぎゆく春の日の深い愁《うれ》いにたえがたい。いまここに残されたものは、ただ、西の川辺に輝く明月だけ。この月こそは、かつて呉王夫差《ふさ》の宮殿にいた美しいひと、西施《せいし》を照らした月なのだ。——

血みどろの、怨念《おんねん》の戦いが、「菱歌清唱して春に勝《た》えず」という清麗《せいれい》な惜春のことばに変わるとき、そこには、軽い眩暈《げんうん》のような一種の陶酔が生み出される。作者の絶妙の筆致であるとともに、千年をこえる時間の流れを対象化し得た「懐古詩」ゆえの抒情の構造によるものであろう。「西江月」は、後世に詞牌《しはい》(歌唱文学の曲調の名)の一つにもなった美しいイメージである。ここでは、同時に、最終句の「呉王宮裏の人」がほかならぬ「西施」であることを連想させているだろう。西江の月に照らされた西施の美貌、である。

この詩では、呉越の争いのうち、直接には呉の国の栄華と滅亡だけが歌われている。姑蘇台が、呉国の興亡を象徴する史跡だからである。しかし、その興亡が、まさに宿敵との関わりにおいてだったことを思えば、作者にも、読者にも、一方の越国の興亡が、透《す》かし絵のようにこの詩に重なってくることはいうまでもない。

越中覧古

越王勾践破呉帰
義士還家盡錦衣

越中覧古《えつちゅうらんこ》　李白《りはく》

越王勾践《えつおうこうせん》　呉《ご》を破《やぶ》りて帰《かえ》る
義士《ぎし》　家《いえ》に還《かえ》りて　尽《ことごと》く錦衣《きんい》す

宮女如花満春殿
只今惟有鷓鴣飛

宮女《きゆうじよ》　花《はな》の如《ごと》く　春殿《しゆんでん》に満《み》つ
只今《ただいま》　惟《た》だ鷓鴣《しやこ》の飛《と》ぶ有《あ》るのみ

越王の勾践は、ついに呉の国を破って凱旋した。忠義の将士たちもわが家に帰り、それぞれに錦の衣《ころも》を賜わった。──「錦衣」とは、錦織りの衣服に象徴される華美な生活をいっている。

──宮女たちは、花のように美しく、華やかな春の宮殿にあふれていた。しかし、今ここに有るものは、鷓鴣と呼ばれる灰色の鳥が、わびしくあたりを飛んでいる姿だけ。──「鷓鴣」は、長江流域、とくに越の地方に多いため「越雉《えつち》」とも呼ばれるウズラほどの鳥（八七ページ参照）。ここでは越の風土を象徴する詩語として、たくみに最終句に配置された。「錦衣─宮女─如花─春殿」という華やかなイメージが、一挙に、わびしげな灰色の小鳥のイメージに収斂《しゆうれん》されている。懐古詩の典型的な手法・意境といってよい。

「越中覧古」と題するように、ここでは、越の都だった会稽の地（浙江省紹興《しようこう》市）で、越国の興亡のあとが追懐されている。現在ここには、壮大な越王台が、勾践のゆかりの地として置かれているが、李白の当時には、本当に「只今惟有鷓鴣飛」の廃墟だったらしい。

さきの「蘇台覧古」の詩とどちらが先に作られたかはっきりしないが、一般に、作者が四十代前半期の作とするものが多い。いずれにしても、この二首の七言絶句は、呉越の興亡を印象づける一対の作品として、以後、たがいにその表現効果を増幅しあうこととなった。

　呉を滅ぼした越は、その後、中原の諸侯とも覇権を争うが、最終的には楚《そ》に滅ぼされる。時代はすでに、「戦国の七雄」が実力を競う戦国時代である。その七雄の一つに、現在の北京地方を中心とした燕《えん》 Yān の国があった。その中興の英主とされる昭王姫平《しょうおうきへい》（前三一二〜二七九年在位）の事績が、「黄金台」「先《ま》ず隗《かい》より始めよ」などの故事とともに、しばしば懐古のうたの対象となっている。

　昭王が即位したのは、燕国がその内紛から南隣りの斉《せい》国の侵略を受け、首都が陥落し、父の燕《えん》王（噲《かい》）が死ぬ、という大動乱のあとであった。そしてここでも、復讐《ふくしゅう》への情熱がドラマを生む。父の仇の斉国を討つために、昭王は客臣《かくしん》の郭隗《かくかい》に、天下の賢士を招く秘策をたずねた。郭隗は答えた。「王、必ず士を致《まね》かんと欲すれば、先《ま》ず隗《かい》より始めよ――先従隗始 xiān cóng Wěi shǐ」。この私でさえ重く用いられるようならば、まして私より賢《すぐ》れた人材は、どんな遠くからでも馳《は》せ参じてくることでしょう。――これが、郭隗の献策の意図であった。

かくして昭王は、郭隗のために宮殿を築き、これを先生として尊んだ。果して、魏《ぎ》の国からは楽毅《がくき》が、斉からは鄒衍《すうえん》が、趙《ちょう》からは劇辛《げきしん》が、というように、人材が争って燕に集った。そして実に二十七年後、いまや富国強兵を実現した昭王は、楽毅を上将《じょう》軍として斉を討ち、首都臨淄《りんし》を占領し、斉の宮室《きゅうしつ》や宗廟《そうびょう》を焼いて復讐を果したのである。楽毅が斉の七十余城を降《くだ》したという赫々《かくかく》たる武勲も、後々までの語り草となった。

薊丘覧古　　陳子昂《ちんすごう》

南登碣石坂
遙望黃金臺
丘陵盡喬木
昭王安在哉
覇圖悵已矣
驅馬復歸來

薊丘覧古《けいきゆうらんこ》

南《みなみ》のかた碣石《けつせき》の坂《さか》に登《のぼ》り
遥《はる》かに黄金台《おうごんだい》を望《のぞ》む
丘陵《きゆうりよう》　尽《ことごと》く喬木《きようぼく》
昭王《しようおう》　安《いず》くに在《あ》りや
覇図《はと》　悵《ちよう》として已《や》みたり
馬《うま》を駆《か》りて復《ま》た帰《かえ》り来《きた》る

「薊丘」は、燕の国都のあった高台の地。現在の北京市の西南隅、広安門の附近を中心としていたようである。作者三十七歳の作。かれはその前年から、契丹《きったん》征討軍の参謀としてこの地方に従軍していた。七首連作の第二首。――

南のかた碣石宮への坂を登り、遥かに黄金台を眺め望む。――「碣石」とは、斉から燕に来た政治哲学者鄒衍《すうえん》のために、昭王が特に築いた宮殿の名。「黄金台」は、天下の賢士を招くために千金を置いたと伝えられる楼台の名。ただしこれは後世の説話らしく、三国時代ごろまでの文献にはこの名が出てこないようである。唐詩では、人材尊重の象徴的なイメージとして、好んで歌われた。

丘陵　尽く喬木
昭王　安くに在りや

しかし、あたりの丘には一面に高い木々がおい茂り、碣石館も黄金台もいまは無い。あの明君昭王は、どこへ行ってしまったのか。

覇図　悵として已《や》みたり
馬を駆《か》りて復《ま》た帰り来たる

天下に覇をとなえようとしたその雄図は、悵《いた》ましくも、永遠に過ぎさってしまったのだ。今はただ馬を走らせて、私は帰途についたのである。――

亡国の王子として父の跡を継ぎ、賢士を招き、国力を富強にし、二十数年の後にその宿願を達する。こうした昭王の事績は、戦国時代の理想の君主像として形象化され、後世の知識人の心をとらえたようである。かれらが特に感激したのは、賢士を招いてこれを師とし、しかも、碣石館や黄金台に象徴される破格の待遇の裏づけによって、かれらの才能を発揮させた、という点である。昭王の出身については、王噲《おうかい》の太子《たいし》平《へい》ではなく、燕の公子の一人職《しょく》だという説もあるが（『史記索隠《さくいん》』所引、古本『竹書紀《ちくしょき》年《ねん》』）、詩人たちにとって、それは昭王像の本質にかかわる問題ではなかった。「懐才不遇——才を懐《いだ》いて遇せられず」の思いをいだきつづけた多くの知識人にとっては、自己の才能を認めてくれる理解者としての君主の存在こそが、切実な問題だったからである。その意味で燕の昭王は、歴代の不遇な知識人における自己確認の象徴でもあった。——「昭王安在哉 Zhāowáng ānzài zāi」。
——

　昭王から数十年をへた戦国末期の舞台には、燕の滅亡をめぐる劇的な事跡として、太子丹《たん》と刺客荊軻《けいか》が、「懐古のうた」の主人公として登場する。ここでも、復讐への情熱が事件の発端となる。ただし、昭王のような成功譚《たん》としてではなく、失敗と亡国の悲劇として。戦国も末のこの当時、秦の六国併呑《りっこくへいどん》——天下統一の形勢は、ますます明らかになっていた。人質として秦に送られていた太子丹は、少年時代に親しかった秦王政《せい》（後の始皇帝）が苛酷な待遇をするのを怨《うら》んで、燕に逃げ帰る。加えて秦の軍隊が燕の国境に近づくという緊迫した情況のなかで、かれは、刺客荊軻を送って秦王を刺殺するという道を選ぶ。個人的な復讐心と救国の大義とが重なった、激しい情熱であった。いよいよ出発というその日、太子は人々とともに、白い衣服で身を包み、荊軻を易水《えきすい》（河北省易県の南）のほとりで見送った。門出の励ましとともに、生きて帰れぬことを知っての弔意《ちょうい》からである。送別の宴席で荊軻が歌ったとされる「易水の歌」は、このドラマを文学史中に配置するのに、大きな効果をあげている。

風蕭蕭兮易水寒　　風《かぜ》蕭《しょう》蕭《しょう》として　易水《えきすい》寒《さむ》し
壮士一去兮不復還　壮士《そうし》　一《ひ》とたび去《さ》って　復《ま》た還《かえ》らず

テロは、いま一歩のところで失敗し、荊軻は秦王の眼前で殺される。太子丹は、秦軍の追撃を受け、父の燕王喜《き》とともに遼東に逃《のが》れるが、秦王との和解を求める父によって斬られ、短い一生を終える。燕が秦に滅ぼされたのは、その四年後であった（前二二二年）。

荊軻と太子丹の悲劇は、『史記』（刺客列伝《しかくれつでん》）や『戦国策』（燕策）に活写され、後世に大きな影響を与えた。特に荊軻の行為は、おのれを知る者のために死地に赴《おもむ》いた壮烈な心情が、その悲劇的な結果とあいまって、多くの詩人たちの心をとらえてきた。

易水送別

此地別燕丹
壮士髪衝冠
昔時人已没
今日水猶寒

易水送別《えきすいそうべつ》　　駱賓王《らくひんのう》

此《こ》の地《ち》　燕丹《えんたん》に別《わか》る
壮士《そうし》　髪《かみ》　冠《かんむり》を衝《つ》く
昔時《せきじ》　人《ひと》　已《すで》に没《ぼっ》し
今日《こんにち》　水《みず》　猶《な》お寒《さむ》し

ここ易水の地は、荊軻が燕の太子丹と別れたところ。壮士の心は昂《たか》ぶり、髪は冠《かんむり》を衝《つ》き上げんばかりだった。
ああ、過ぎ去った遠い昔よ。当時の人々は、みなすでにこの世にない。そして今ここに、易水の水だけがなお寒々と流れている。――

「易水送別」という詩題からは、作者が易水のほとりで人を送った現実の情景を、太子丹が荊軻を送った過去の情景と重ね合わせたもの、と見るのが自然であろう。あるいはまた、太子と荊軻の別れを主題として、その情景を想像しつつ懐古の心情を詠《よ》んだもの、と見ることも不可能ではない。いずれにしても、ここには、荊軻の事績への深い共感と、それらをすべて押し流してゆく〝時間〟というものへの詠嘆という点で、懐古の詩のパターンがはっきりと表われている。

燕が滅んだ翌年、秦王政《せい》は、最後にのこった東方の大国斉を滅ぼして天下を統一し、みずから始皇帝と称する（前二二一年）。

始皇帝の天下統一は、文字通り壮大な事績であり、政治的・社会的にはきわめて重要な意味をもっている。しかし文学的に見たばあいには、統一の偉業が好んで詩歌に歌われるということは、あまりない。また、始皇帝個人についても、その陵墓造営の贅沢さや焚書《ふんしょ》坑儒《こうじゅ》の暴虐ぶりなどが「詠史」的な詩によって批判されることは多いが、「懐古」の詩によって深く愛惜《あいせき》されるということはほとんどない。少なくとも、広く愛誦されている作品のなかには、ほとんどない。この辺にも、詩歌というもの、特に、懐古の詩というものの性格が表われていて興味深い。

みずから始皇帝と名乗り、二世、三世……と万世に皇位を伝えるはずだった秦王朝は、わずか十四年で二世皇帝（胡亥《こがい》）が殺され、翌年（前二〇六年）には、三世皇帝（子嬰《しえい》）が沛公《はいこう》（後の漢の高祖《こうそ》）に降《くだ》って、あっけなく滅びた。この秦の滅亡から漢の統一（前二〇二年）に到るまでの四年間、いわゆる〝漢楚の攻防〟は、始皇帝の天下統一の事績とは対照的に、中国の古代史のなかで、もっとも好んで詩歌にうたわれる事跡となった。そしてその主人公は、勝った劉邦《りゅうほう》（高祖）ではなくて、敗れた項羽《こうう》（西楚の覇王《はおう》）である。

名高い「鴻門《こうもん》の会《かい》」の勢力関係からも知られるように、形勢は、初め項羽が圧倒的に優位であった。しかし劉邦は、個々の戦いには敗れながら大局的には味方の勢力をふやすという巧妙な戦略で次第に優位に立ち、ついに項羽を垓下《がいか》（安徽《あんき》省霊璧《れいへき》県）の地に囲む。いわゆる「四面楚歌」の情況であり、「垓下《がいか》の歌」（二一〇ページ）はこのとき生まれた。包囲を破って脱出した項羽は、激戦を重ねながら、長江西北岸の烏江《うこう》（安徽省和《わ》県の東北）までたどりつく。そして、もういちど江東（江南）の根拠地に帰って再起を期せと勧《すす》める亭長《ていちょう》（渡し場の長官）の好意を辞退し、乱戦の中でみずから首をはねて死んだ。ここで死ぬのが天命であり、かつまた、多くの若者を死なせて自分だけ生きて帰るのでは、江東の父兄に合わせる顔がない――というのが、その理由であった。年わずかに三十一歳である。

わかい項羽の壮烈な最期は、後世の詩人たちの脳裡に、鮮明な印象を刻んだ。さまざまな議論も引き起こした。天命とあきらめて自殺するのは、真の男児として忍耐心に欠ける、というのもその一つである。

題烏江亭
勝敗兵家事不期
包羞忍恥是男兒
江東子弟多才俊
捲土重來未可知

烏《う》江亭《こうてい》に題《だい》す　杜《と》牧《ぼく》
勝敗《しょうはい》は　兵家《へいか》　事《こと》期《き》せず
羞《はじ》を包《つつ》み恥《はじ》を忍《しの》ぶは　是《こ》れ男児《だんじ》
江東《こうとう》の子弟《してい》　才俊《さいしゅん》多《おお》し
捲土重来《けんどちょうらい》　未《いま》だ知《し》る可《べ》からず

勝敗は兵家の常《つね》。事の成否は、あらかじめ決めておけるものではない。羞恥の心を包み忍《こら》えてこそ、真の男児といえるのだ。江東の子弟《わかもの》たちには俊才が多い。捲土重来、ふたたび勢力を盛り返して、天下の覇権を争うことも出来たかもしれないのに。――

歴史上の既成事実に対して「もしも」と仮定を加えてみることは、歴史学としてはほとんど無意味であろうが、文学としてはおもしろい。作者の杜牧はそのおもしろさを知って、こうした発想の詩を系統的に作っている。最終句について、現行の邦訳には、「捲土重来すれば、（その結果は）未だ知るべからず」の意に解釈するものが多い。が、仮定の条件としては、「もしあのとき長江に渡っていれば」という前提が、すでに共有されている。従って第三・四句については、「江東の子弟には俊才が多いのだから——捲土重来して再び覇を争うことも、可能だったかもしれないのに」、つまり、「未可知」は「捲土重来」自体の述語（述部）として読むのが、自然である。「才俊」は「俊才」に同じ。平仄《ひょうそく》の関係で逆になっている。

これは、項羽の行為の是非を問う作品であって、時間への詠嘆を基調とする作品ではない。つまり、典型的な「詠史」の詩として、議論・評価のおもしろさがポイントになっている。

ちなみに、北宋の王安石は、同じ「烏江亭」の詩題で、杜牧の仮定をさらに否定してみせた。

烏江亭　　烏江亭《うこうてい》　　王安石《おうあんせき》

百戰疲勞壯士哀
中原一敗勢難廻
江東子弟今雖在
肯與君王捲土來

百戦疲労《ひやくせんひろう》して　壮士《そうし》哀《かな》しむ
中原《ちゆうげん》一敗《いつぱい》して　勢《いきお》い廻《かえ》し難《がた》し
江東《こうとう》の子弟《してい》　今《いま》　在《あ》りと雖《いえど》も
肯《あえ》て君王《くんのう》と与《とも》に捲土《けんど》して来《き》たらんや

詠史詩の伝統と、宋詩人の翻案趣味とが重なったもので、これも議論のおもしろさである。第四句の「与」は、口語的に「与に《ため》」と読みたいところだが、そうではあるまい。項羽が烏江の亭長にいった言葉、「かつては江東の子弟八千人と与《とも》に長江を渡って西に進撃したのに……」を承《う》けたもの。議論の詩らしい周到な用字といえよう。

詠史の詩にうたわれた項羽像も趣き深いが、その悲劇性や、さらに、それをも包みこんだ人間存在そのものへの詠嘆は、やはり懐古の詩によってよりよく表現されるだろう。たとえば、垓下の戦いで項羽に殉《じゆん》じて死んだ虞美人《ぐびじん》の、その血が化して咲いたとされる虞美人草《ひなげし》の花。その伝承に託して漢楚の抗争を詠じた七言古詩がある。

虞美人草

虞美人草《ぐびじんそう》

曾鞏《そうきょう》

鴻門玉斗紛如雪
十萬降兵夜流血
咸陽宮殿三月紅
霸業已隨煙燼滅
剛强必死仁義王
陰陵失道非天亡
英雄本學萬人敵
何用屑屑悲紅粧
三軍散盡旌旗倒
玉帳佳人座中老
香魂夜逐劍光飛
青血化爲原上草
芳心寂寞寄寒枝

鴻門《こうもん》の玉斗《ぎょくと》　紛《ふん》として雪《ゆき》の如《ごと》し
十万《じゅうまん》の降兵《こうへい》　夜《よる》　血《ち》を流《なが》す
咸陽《かんよう》の宮殿《きゅうでん》　三《み》月《つき》　紅《くれない》なり
霸業《はぎょう》已《すで》に　煙燼《えんじん》に随《したが》いて滅《ほろ》ぶ
剛強《ごうきょう》なるは必《かなら》ず死《し》し　仁義《じんぎ》なるは王《おう》たり
陰陵《いんりょう》に道《みち》を失《うしな》いしは　天《てん》の亡《ほろぼ》せるに非《あら》ず
英雄《えいゆう》　本《もと》と学《まな》ぶ　万人《ばんにん》の敵《てき》
何《なに》ぞ用《もち》いん　屑屑《せつせつ》として紅粧《こうしょう》を悲《かな》しむを
三軍散《さんぐんさん》じ尽《つ》きて旌旗《せいき》倒《たお》れ
玉帳《ぎょくちょう》の佳人《かじん》　座中《ざちゅう》に老《お》ゆ
香魂《こうこん》　夜《よる》　剣光《けんこう》を逐《お》いて飛《と》び
青血《せいけつ》　化《か》して為《な》る　原上《げんじょう》の草《くさ》
芳心《ほうしん》　寂寞《せきばく》　寒枝《かんし》に寄《よ》る

舊曲聞來似斂眉
哀怨徘徊愁不語
恰如初聽楚歌時
滔滔逝水流今古
漢楚興亡兩丘土
當年遺事久成空
慷慨樽前爲誰舞

旧曲《きゅうきょく》 聞《き》こえ来《きた》れば 眉《まゆ》を斂《ひそ》むるに似《に》たり
哀怨《あいえん》 徘徊《はいかい》 愁《うれ》いて語《かた》らず
恰《あたか》も初《はじ》めて楚歌《そか》を聴《き》ける時《とき》の如《ごと》し
滔滔《とうとう》たる逝水《せいすい》 今古《きんこ》に流《なが》る
漢楚《かんそ》の興亡《こうぼう》 両《ふた》つながら丘土《きゅうど》
当年《とうねん》の遺事《いじ》 久《ひさ》しく空《くう》と成《な》る
樽前《そんぜん》に慷慨《こうがい》して 誰《た》が為《ため》にか舞《ま》わん

鴻門の会で范増《はんぞう》に贈られた玉斗は、雪のように砕け散った。降伏した秦の十万の兵士は、夜陰に無残な血を流した。項羽に焼かれた咸陽《かんよう》の宮殿は、三月《みつき》にもわたって燃え続けた。しかしその覇業は、あたかも咸陽宮の煙燼とともに消えたかのごとく、むなしく滅びつくしたのだ。——

ここまでが「雪《せつ》 xuè(t)・血《けつ》 xuè(t)・滅《めつ》 miè(t)」と入声《にっしょう》の韻を踏んだ第一段である。鴻門の会で劉邦にうまうまと逃げられた楚軍の軍師范増《はんぞう》は、憤激のあまり、劉邦から贈られた玉斗（玉《ぎょく》製の杓《ひしゃく》）を剣で突き砕いた。「十万の降兵……」とは、項羽が秦の降兵二十余万人を、新安城《しんあんじょう》（河南省新安）の南に坑《あなうめ》にしたことをさす。

——剛強な武力を誇るものは必ず死に、仁義の徳をそなえたものが王者になるのだ。項羽が陰陵で道に迷って破滅したのは、天が滅ぼしたわけではない。みずから亡ぶべくして亡んだのだ。英雄たる項羽は、もともと、万人を敵《あいて》とする兵法を学んだはずではないか。どうして未練がましく、紅粧の虞美人の情にとらわれて涙を流したりしてよいものか。

「何用屑屑悲紅粧」。——

第二段であり、「王《おう》 wáng・亡《ぼう》 wáng・粧《しょう》 zhuāng」と平声《ひょうしょう》の韻を踏んでいる。鴻門の会で劉邦を殺す決断がつかなかったり、虞美人と歌を唱和して泣いたりで（二一〇ページ）、項羽は必ずしも「剛強」だけの人間ではなかった。が、ここでこう歌われているのは、「力《ちから》よく鼎《かなえ》を扛《あ》ぐ」といわれたり、秦の降兵を坑《あなうめ》にしたりした事跡の印象が強いからである。「陰陵……」とは、垓下から長江沿岸へ逃げる途中の陰陵で道に迷い、農父にだまされて湖沼地帯にはまりこんだことをさす。ここで漢軍に追いつかれたのが直接の原因となって、項羽は逃げきれないことを悟った。「これは天が私を滅ぼすのであって、戦いが下手だったためではない」と部下に語ったのは、この時である。「英雄……」の句は、若き日の項羽のエピソード。読み書きを学んで成功せず、剣を学んで成功せず、季父《すえのおじ》の項梁《こうりょう》から叱責されたとき、項羽がいったことば、「書《しょ》は姓名を記すだけのもの、剣は一人を敵《あいて》として戦うだけのもの。どちらも学ぶに足りない。自分は、万人を敵《あいて》とする兵法を学びたい」にもとづく。この第二段までが項羽を中心に描き、以下は虞美人の描写に中心が移る。

――項羽の大軍は散り散りとなって旌《のぼり》や旗も力なく倒れ、美しい帳《とばり》に囲《かこ》われた佳人も、居ながらにして老い果てんばかり。その美しい魂は、夜の闇の中を剣の光とともに飛び去り、ほとばしった青い血は、野原に咲く草の花となったのだ。――

第三段。「倒《とう》 dǎo・老《ろう》 lǎo・草《そう》 cǎo」と上声《じょうしょう》の韻を踏んでいる。「三軍」は諸侯の軍。「一軍」は一万二千五百人。天子は「六軍《りくぐん》」を、諸侯は「三軍」を率いるものとされた。「香魂夜逐剣光飛」は、哀怨妖美な愛惜の一句。虞美人が名剣で自尽した、というイメージで描かれている。

――虞姫《ぐき》の芳《かぐわ》しい心《たましい》は、寂寞《さびし》げにその楚々たる枝にやどり、かつて歌った「虞美人の曲」が聞えてくれば、まるで愁いに眉を斂《ひそ》めるかのよう。哀怨な姿で風にゆれつつ、愁わしげに、物言わぬそのさまは、あたかも、垓下の軍中で、初めて「楚歌」を聴いた時のようだ。――

第四段。「枝《し》 zhī・眉《び》 méi・時《じ》 shí」と平声の押韻。「旧曲」とは、垓下の軍中で、項羽の「力は山を抜き……」の歌に虞姫《ぐき》が唱和した辞世の歌（三一二ページ）。それを聞かせると虞美人草の枝や葉が動くというイメージである。この第四段までが、項羽と虞美人に即した事績や伝承の描写。以下、最後の第五段は、それらを踏まえた詠嘆の結尾となる。

――滔々たる逝《ゆ》く水は、古来、今日まで、変わることなく流れ続けている。しかし、漢と楚の興亡は、両《とも》に丘陵の土と化してしまったではないか。当時の人々が遺《のこ》した壮大な事績、それが空しいものとなってから、すでに久しい。こうして酒樽《さかがめ》を前にして気持を高ぶらせつつ、いったい誰のために舞えばよいのだろうか。――

「古《こ》gǔ・土《ど》tǔ・舞《ぶ》wǔ」と上声の押韻。「滔滔逝水……、漢楚興亡……」の二句は、去って返らぬ〝時間〟の象徴としての〝流水〟と、この世の万物の〝帰着点〟を象徴する〝丘土〟とを提示して、懐古の詩にふさわしい時空感覚を生んでいる。最終句、「樽前に慷慨して誰《た》が為にか舞わん」。慷慨して舞わんとする主体は、懐古の詩の常道として、むろん作者自身であるが、ここでは同時に、虞美人の楚の舞いと、虞美人草の風の舞いが、イメージとして重なっているであろう。

この詩は、『古文真宝《しんぽう》』（前集）で北宋の曾鞏《そうきょう》の作とされているものであるが、曾鞏の詩文集『元豊類藁《げんぽうるいこう》』には収めていない。実際の作者については二、三の説が有る。いずれにしても宋代の作であることは動かない。要はこの詩が、中国古典詩の歴史のなかで、懐古の詩としての典型的な美意識を表現し得ている、という点こそが肝要であろう。

「漢楚の興亡、両《ふた》つながら丘土」と歌われたように、劉邦と項羽の覇権争奪は、目ざましい英雄を中心に据《す》えた史劇として、懐古の詩の好個の対象とされるものであった。しかし、懐古の詩の発想は、そうした個人的な中心人物の枠《わく》をこえて、さらに、それぞれの王朝の全存在、全事跡を対象とすることも稀《まれ》ではない。——

咸陽城東楼

一上高城萬里愁
蒹葭楊柳似汀洲
溪雲初起日沈閣
山雨欲來風滿樓
鳥下綠蕪秦苑夕
蟬鳴黃葉漢宮秋
行人莫問當年事
故國東來渭水流

咸陽城《かんようじょう》の東楼《とうろう》　　許渾《きょこん》

一《ひと》たび高城《こうじょう》に上《のぼ》れば　万里《ばんり》愁《うれ》う
蒹葭《けんか》　楊柳《ようりゅう》　汀洲《ていしゅう》に似《に》たり
渓雲《けいうん》初《はじ》めて起《おこ》って　日《ひ》　閣《かく》に沈《しず》み
山雨《さんう》来《きた》らんと欲《ほっ》して　風《かぜ》　楼《ろう》に満《み》つ
鳥《とり》は緑蕪《りょくぶ》に下《くだ》る　秦苑《しんえん》の夕《ゆうべ》
蟬《せみ》は黄葉《こうよう》に鳴《な》く　漢宮《かんきゅう》の秋《あき》
行人《こうじん》問《と》う莫《な》かれ　当年《とうねん》の事《こと》
故国《ここく》　東来《とうらい》　渭水《いすい》流《なが》る

「咸陽城」は、秦の都、咸陽。関中平野の中央、渭水の陽《きた》、北嶺の陽《みなみ》と、「咸《とも》に陽《みなみ》」に位置するところから名づけられた秦の都である。その東の城楼に登って、遥かに秦漢文明の興亡そのものを歌った七言律詩。

――ひとたびこの高い城楼に上《のぼ》れば、愁いの心は果てもなく広がる。蒹葭《あし》の葉が茂り、楊柳《やなぎ》の枝がしだれるそのさまは、さながら水辺の土地のよう。咸陽宮の栄華の跡もない。

渓雲《けいうん》初めて起《おこ》って　日は閣に沈み

山雨来たらんと欲して　風は楼に満つ

渓間《たにま》の雲が今しも湧き起るとき、太陽は高閣のかげに沈み、山辺《やまべ》の雨が降り寄せて来ようとするとき、風は城楼に満ちわたる。――

鳥は緑蕪《りよくぶ》に下る　秦苑の夕《ゆうべ》

蟬は黄葉に鳴く　漢宮の秋

鳥が緑の荒野に舞いおりるところ、秦の庭苑の跡には夕闇がせまり、蟬が黄葉した樹々に鳴くとき、漢の宮殿の跡には秋の気配がしのびよる。――

この二組の対句は、懐古の詩にすぐれた許渾の作品のなかでも、とりわけ印象的な表現として知られている。前対は、動的なエネルギーをこめて眼前の光景を描き、後対は、静《せい》謐《ひつ》な筆致で遥かな秦漢の王朝に思いを馳《は》せている。「緑蕪↔黄葉」という鮮やかな色彩が、「秦苑夕↔漢宮秋」という歴史の重みと、自然に溶けあっている点も見逃せない。「緑蕪」が「苑」を導き、「黄葉」が「秋」を導く、という巧みな連想からであろう。

——ああ、道行く人々よ。過ぎ去った昔の出来ごとを問い給うな。この故《ふる》き国《みやこ》にあって変らぬものは、ただ東へと流れ去る渭水の水だけなのだ。「行人莫問当年事、故国東来渭水流」。

唐代の咸陽（渭城）は、現在の咸陽市のかなり東に当る。唐の長安城の西北に漢の長安城の古跡があり、そこから渭水を北にわたって数キロ西に進んだところが、それである。唐の長安城を首都とする許渾にとっては、漢の長安城址も秦の咸陽城址も、ともに遠い古代王朝の象徴であった。「秦苑の夕」「漢宮の秋」の淡い感傷はそこから生まれている。しかし、現実の唐王朝の来たるべき運命を予感して、そこに滅亡のイメージを重ねるとき、秦漢＝他者の古跡はたちまち唐朝＝自己の古跡となって、切実な哀感を帯びることになる。懐古の詩が現実的でありうるとすれば、その鍵は、恐らくこの一点にかかっているだろう。「行人莫問当年事」という慨嘆も、むろんそこから生まれている。

前漢の長安も亡び（紀元後八年）、後漢の洛陽も亡んで（二二〇年）、中国大陸は、魏《ぎ》・呉《ご》・蜀《しょく》が鼎立《ていりつ》した三国時代を迎える。後漢の末期から西晋の統一に到るまでのこの時代は、漢楚角逐《かくちく》の世と同じく、個々の英雄の個性が発揮されやすい時代であった。「懐古」「詠史」のうたにその点が反映しているのは、不思議ではない。

詩歌・小説・戯曲などを含めて、この時代を舞台にした文学作品の主人公は、魏王朝の創設者曹操《そうそう》（孟徳《もうとく》）と、蜀漢の宰相諸葛亮《しょかつりょう》（孔明《こうめい》）だといってよいだろう。そしてここでも、成功者としての曹操像よりも、悲劇性を帯びた孔明像のほうが、より中心的な存在となっている。

文学作品に表われた孔明像は、抜群の才能をもちながら、最終目的たる天下統一を果しえず軍中に倒れた、その悲劇性が表現の基調となっている。数々の華やかな戦功も、最終的な挫折が予期されていることによって陰影を帯び、いっそう魅力と共感を増す、というイメージの構造である。詩人たちは、さまざまな感慨を託して孔明を歌っている。なかでも杜甫は、見果てぬ夢を追うかのように、繰り返して孔明を詠じた詩人であった。

蜀相

蜀相《しょくしょう》　　杜甫《とほ》

丞相祠堂何處尋
錦官城外柏森森
映階碧草自春色
隔葉黃鸝空好音
三顧頻繁天下計
兩朝開濟老臣心
出師未捷身先死
長使英雄淚滿襟

丞相《じようしよう》の祠堂《しどう》　何《いず》れの処《ところ》にか尋《たず》ねん
錦官城外《きんかんじようがい》　柏森森《はくしんしん》
階《かい》に映《えい》ずる碧草《へきそう》は　自《おのず》ら春色《しゆんしよく》
葉《は》を隔《へだ》つる黄鸝《こうり》は空《むな》しく好音《こういん》
三顧《さんこ》　頻繁《ひんぱん》なり　天下《てんか》の計《けい》
両朝《りようちよう》　開済《かいさい》す　老臣《ろうしん》の心《こころ》
出師《すいし》　未《いま》だ捷《か》たざるに　身《み》は先《ま》ず死《し》し
長《とこし》えに英雄《えいゆう》をして　涙《なみだ》　襟《きん》に満《み》たしむ

蜀漢の丞相、諸葛孔明の祠堂《やしろ》は、どこに尋ねたらよいのだろうか。それは、その名も麗《うる》わしい錦官城の郊外、柏樹《はくじゆ》の森々《しんしん》と茂るところにある。——現在、孔明の祠堂は、武侯祠《ぶこうし》の名で、成都の西郊にある。その主君である劉備《りゆうび》（玄徳《げんとく》）の祠堂よりも、はるかに規模が大きい。「錦官城」は、成都の美称。「蜀江《しよつこう》の錦《きん》」の名で知られるように、その西の外城に錦を扱う役所が置かれていたためである。「柏」は、ヒノキの一種。

階に映ずる碧草は自《おのずか》ら春色
葉を隔つる黄鸝は空しく好音

階《きざはし》に映える碧《あお》い草には、そのまま春の気配があふれ、葉かげに鳴く黄鸝《うぐいす》は、むなしく美しい音色でさえずっている。

三顧　頻繁《ひんぱん》なり　天下の計
両朝　開済《かいさい》す　老臣の心

かつて先帝劉備は、孔明の草廬《そうろ》を三たびまで訪れて、天下統一の大計をたずねた。感激した孔明は、劉備《りゅうび》・劉禅《りゅうぜん》の両朝に仕え、蜀漢の建国と興隆にその一生を捧げつくしたのだ。

――これも名高い二組の対句である。前対では、春の気配あふれる祠堂の触目《しょくもく》の景が歌われ、後対では、孔明の生涯における主要な事績が回顧されている。前対の「映階」は、「階を映《おお》(蔽)う」と読むことも可能。最終の一聯《れん》は、律詩の原則にしたがって散句で結ばれる。「出師未捷身先死、長使英雄涙満襟」。魏国討伐の軍をおこしながら、勝利を得ないままにその身は死し、後世の英《すぐ》れた男児《おのこ》たちに、いつまでも、痛恨の涙で襟をぬらさせるのだ。

――先帝劉備にその遺児劉禅を託された後、孔明は六度にわたって魏国討伐の軍をおこす。

前後二回の「出師《すいし》の表《ひょう》」は、第一次と第二次の北伐に当って書かれたもの。しかし、苦心の軍略もついに成功しないまま、かれは五丈原《ごじょうげん》の軍中に病没する。五十四歳であった。

この詩を作ったとき、杜甫は四十九歳。同じく成都西郊にある杜甫草堂からは、武侯祠まで至近の距離である。したがって、むろん何度も訪れているはずであるが、この詩はおそらく、初めて祠堂を尋ねた日の感激を記したものだろう。杜甫の詩に一貫する日記的性格からみて、「丞相祠堂何処尋」の表現を詩的フィクションと見なすことは困難だからである。

関羽《かんう》、張飛《ちょうひ》、孫権《そんけん》、司馬懿《しばい》……など、この時代の登場人物には、たしかに、個性的な人物像を示すものが多い。赤壁の戦い（二〇八年）で曹操の野望を砕き、三国鼎立の趨勢を定めた呉の智将周瑜《しゅうゆ》も、その重要な一人である。

赤壁　　赤壁《せきへき》　　杜牧《とぼく》

折戟沈沙鐵未銷　　折戟《せつげき》　沙《すな》に沈《しず》んで　鉄《てつ》　未《いま》だ銷《と》けず

自将磨洗認前朝　自《おのずか》ら磨洗《ません》を将《も》って　前朝《ぜんちょう》を認《みと》む
東風不與周郎便　東風《とうふう》　周郎《しゅうろう》の与《ため》に便《べん》ぜずんば
銅雀春深鎖二喬　銅雀《どうじゃく》　春深《はるふか》くして　二喬《にきょう》を鎖《とざ》さん

ここに折れた戟《ほこ》が一つ。砂に埋もれていながら、その鉄はまだ朽《く》ち果ててはいない。きれいに磨き洗ってみると、これはまさしく三国時代のものだと見わけがつく。――「自将……」の「自」は、直接には「認……」にかかる。つまり、「(折れて、しかも銹《さ》びた不完全な戟《ほこ》ながら)これはこれで、(〃磨洗〃することによって)ちゃんと分かる」の意。訓読文では「自《おのずか》ら」が「磨洗」にかかるような感じが生まれるので、「長江の砂や水に自然と磨洗されて……」といった訳文になりやすいが、「自将」の語順から見て、無理であろう。「東風、周郎の与《ため》に便《べん》ぜずんば」。しかし、もしあのとき、かんじんな東風が周瑜のために吹いてくれなかったならば……。「銅雀、春深くして、二喬《にきょう》を鎖《とざ》さん」。春深き銅雀台のなかに、喬氏の二人の姉妹は、長く閉じこめられてしまったことだろう。――赤壁の戦いで、孫権・劉備の連合軍が曹操の大軍に勝てたのは、ちょうど折よく吹いてくれた東南の風によって、曹操の船団を火攻めにできたからである。だから、もしその東風が吹かなかったなら……、と杜牧は、「烏江亭《うこうてい》に題す」（三二七ページ）の詩と同様に、ここにも仮定の議論を持ちこんでみせた。「二喬」とは、呉主孫権の死んだ兄孫策《そんさく》の妻「大喬《だいきょう》」と、周瑜自身の妻「小喬《しょうきょう》」の、二人の美人姉妹をいう。曹操が呉を攻めたのは、実はこの二人を手に入れるためだったという伝承もあり、この詩はこれを踏まえている。周瑜は、早く死んだ孫策とともに「孫郎」「周郎」と愛称され、当時の呉の国では、わかい世代を代表する希望の星であった。「～郎」は、「～家の坊ちゃん」に似た語感をもつ。「銅雀台」は、曹操が、赤壁の戦いの後、魏の都、鄴《ぎょう》（河北省臨漳《りんしょう》県の西）の西岡《せいこう》に建てた豪華な高閣。楼の頂上には、翼をひろげた銅の孔雀が飾られていた。

この七言絶句は、「詠史」の作であり、「懐古」の詩ではない。三国の遺事への詠嘆ではなく、赤壁の勝敗に関して立てた仮定の議論への知的興趣である。しかし、第一句の冒頭に「折戟」という破残された武器を提示し、最終句の末尾に「二喬」という艶麗な佳人を配置して、この異質のイメージを一筋の流れのなかに結んだ手練《てだれ》の表現は、さすがに、七絶の名手杜牧の作たるにふさわしい深い余韻を生んでいる。「銅雀・春深・鎖・二喬」の「鎖《さ》 suǒ」の字からは、とらわれた佳人たちの吐息が聞こえてきそうである。「銅雀台」は、また、それ自体が曹操一代の栄華と長逝《ちょうせい》を象徴する楽府題《がふだい》となり、六朝中期ごろから、懐古の詩の系譜につらなる作品が生み出されるようになった。

鼎立した三国は、まず蜀が魏に亡ぼされ、二年後には魏が晋《しん》に簒奪《さんだつ》されて亡び、十五年後には呉が晋に亡ぼされて、統一の世を迎える（二八〇年）。

しかし、王族の内乱と異民族の侵入によって、西晋はまもなく洛陽・長安を逐《お》われた。次いで東晋が建康《けんこう》（南京）に都し（三一七年）、北中国の異民族国家と争う新しい時代に入ることになる。

この時代は、「懐古」「詠史」の作にとっても、呉越・漢楚・三国の興亡の時代とともに、もっとも重要な舞台となっている。とりわけ、六朝の首都となった建康（呉の時代には建《けん》業《ぎょう》とよばれた）は、六朝の興亡を象徴する第一級の詩跡（歌枕）として、古典詩史中に不可欠の地位を占めることになった。唐詩では、古名を生かして「金陵《きんりょう》」と呼んでいることが多い。

金陵には、孫権が築いた石頭城《せきとうじょう》をはじめ、台城《だいじょう》、鳳凰台《ほうおうだい》、白鷺洲《はくろしゅう》、秦淮河《しんわいが》、玄武湖（後《こう》湖《こ》）など、それぞれ独特の詩的イメージをそなえた地名が多い。東晋の貴族、王氏・謝氏《しゃし》の邸宅が栄華を競った「烏衣巷」もその一つである。

烏衣巷

朱雀橋邊野草花
烏衣巷口夕陽斜
舊時王謝堂前燕
飛入尋常百姓家

烏衣巷《うイこう》

劉禹錫《りゅううしゃく》

朱雀橋辺《しゅじゃくきょうへん》　野《や》草花《そうはな》さき
烏衣巷口《うイこうこう》　夕陽斜《せきような》めなり
旧時《きゅうじ》　王謝《おうしゃ》　堂前《どうぜん》の燕《つばめ》
飛《と》んで入《い》る　尋常《じんじょう》　百姓《ひゃくせい》の家《いえ》

朱雀橋のほとりには、野の草が花をひらき、烏衣巷の入口のあたりには、夕陽が斜めにさしこんでいる。

その昔、王家・謝家のような貴族の屋敷を飛び交《か》った燕が、今は、名も知られぬ庶民の家に舞い入るのだ。——

「朱雀橋」は、宮城の正門「朱雀門」と向い合って秦淮河にかけられた浮き橋。東晋の都大路を南に渡る繁華な場所である。そこが今は荒廃して、名もない草の花が咲いている。「烏衣巷」は、その朱雀橋を南に渡った左手の一帯。「夕陽」の一種華麗な寂寥感《せきりょうかん》には、失われたものへの愛惜《あいせき》が託されているだろう。「烏衣」の名については、呉の時代ここに在《あ》った軍営の兵士が黒衣を着ていたからだとも、王・謝の子弟が黒衣を愛用したからだともいわれる。あるいはまた、この詩に歌われるように燕が多かったからだともいわれて、定かでない。いずれにしても、ここではそれが、「朱雀」に対する「烏衣」、さらに「夕陽」の赤に対する「烏衣」の黒、という形で巧みに生かされている。「百姓」は、「百《おお》くの姓氏の人々」つまり、庶民・大衆の意。

烏衣巷も朱雀橋も、南朝貴族文化の繁栄と没落の象徴というイメージをもつが、その詩的心象の形成には、この七言絶句の存在が大きな役割を果してきた。「朱雀」「烏衣」の名は、南京の地名として現在も生きている。中国の詩歌を愛する人がここを訪れるとき、この作品のイメージから自由であることは困難であろう。

六朝の文化は、最後の陳《ちん》王朝が隋《ずい》に統一されたことによって、終りを告げる。六つの王朝がそれぞれに興亡を繰り返していながら、陳の滅亡がとりわけ好んで歌われやすいのは、それが一つの特色ある時代の残光、という意味をもつからであろう。そして、その残光の象徴ともいうべきものが、六朝最後の天子、陳の後主《こうしゆ》（陳叔宝《ちんしゆくほう》）によってつくられた「玉《ぎよく》樹後庭花《じゆこうていか》」の曲であった。

かれは、迫りくる国家の危機をかえりみず、酒色におぼれ、詩歌や音楽に逃避した日々を送っていた。しかし、即位して七年、隋軍はついに長江をわたり、建康を陥れて南北を統一する(五八九年)。後主は、愛妃張麗華《ちょうれいか》とともに井戸に投身するが、捕えられて北方に護送。亡国の天子として、十五年後に洛陽で没した。「玉樹後庭花」は、かれが寵妃の美貌をたたえて詩を作り、それに新曲をつけさせたもの。以後、「後庭花」は、〝亡国の哀音〟として、独自の色彩をもつ詩語となった。

泊秦淮

烟籠寒水月籠沙
夜泊秦淮近酒家
商女不知亡國恨
隔江猶唱後庭花

秦淮《しんわい》に泊《はく》す　杜牧《とぼく》

烟《けむり》は寒水《かんすい》を籠《こ》め　月《つき》は沙《すな》を籠《こ》む
夜《よる》　秦淮《しんわい》に泊《はく》して　酒家《しゆか》に近《ちか》し
商女《しょうじょ》は知《し》らず　亡国《ぼうこく》の恨《うら》み
江《こう》を隔《へだ》てて猶《な》お唱《うた》う　後庭花《こうていか》

夜霧はさむざむとした川面《かわも》に立ちこめ、月光は川辺の砂地をいちめんに照らしている。今宵、秦淮に舟泊《ふなどま》りしてみれば、そこは酒楼に近いところだった。酒と色香《いろか》をうる妓女たちには、国家滅亡の遺恨は理解できない。江《かわ》を隔てた向うでは、今なおあの「後庭花」の曲を唱《うた》っているではないか。——

秦淮河は、金陵のまちの東で二つに分かれ、一つは城内を流れ、一つは城壁の南を流れて、長江にそそいでいる。川岸には紅灯の酒楼が多く、唐代では、揚州《ようしゅう》とともに歓楽の地として名高かった。わかき日の杜牧自身がそうした酒楼の常連の客だったことは、かれ自身の「遣懐《けんかい》——懐《おも》いを遣《や》る」（十年一《じゅうねんひ》とたび覚《さ》む揚州《ようしゅう》の夢《ゆめ》）の詩や、それをめぐるさまざまな伝承で、広く知られている。この詩では、作者のそうした側面は直接には表われていない。しかし、「詠史」的な批判と「懐古」的な概嘆の巧みな融合のなかで、当の「玉樹後庭花」の曲が、頽廃《たいはい》の美と亡国の恨みを併《あわ》せもつ魅惑的なイメージを生んでいることは否定できない。それは或いは、作者の意図とは相い反した結果だったかもしれない。あるいは逆に、ひそかに望むところだったかもしれない。ともあれ、「後庭花」の曲調は、すでに失われて聞くことができない。しかし、その歌詞はなお伝わって、〝哀音〟のメロディーを想像させている。

麗宇《れいう》と高閣《こうかく》は　芳林《ほうりん》に対《たい》し

新粧《しんしょう》の艶質《えんしつ》は　本《も》とより城《しろ》を傾《かたむ》く
妖姫《ようき》の臉《かんばせ》は　花《はな》の　露《つゆ》を含《ふく》むに似《に》たり
玉樹《ぎょくじゅ》　流光《りゅうこう》　後庭《こうてい》を照《て》らす
……

南朝の陳を滅ぼして東晋以来の南北分裂を統一した隋王朝は、第二代の煬帝《ようだい》（楊広《ようこう》）で早くも亡びる（六一八年）。父の文帝《ぶんてい》から数えても、四十年に満たない短命の王朝であった。直接の原因は、高句麗《こうくり》遠征のような外交上の失敗と、父子二代による大運河開発のための重税と重労働に在った、とされている。

隋王朝が「懐古」「詠史」の作として詠《よ》まれるとき、その舞台は、主として大運河である。とくに、煬帝自身が完成させた〝通済渠《つうさいきょ》〟、すなわち、汴州《べんじゅう》（開封）、宋州（商丘《しょうきゅう》）を通って淮河《わいが》に合流する汴河《べんが》である。煬帝は、その堤に多くの楊柳《やなぎ》を植え、四十余個所に離宮を置き、竜頭鷁首《りょうとうげきしゅ》の大船を浮べて、文字通り日夜の歓楽にふけった。かれが臣下の手で殺されたのも、揚州の離宮においてである。

まことに隋は、運河によって栄え、運河によって滅びたといってもよい。後世の詩人たちが汴河の楊柳に隋朝のまぼろしを見るのは、感覚的ながら、時代の本質を衝《つ》いているだろう。

汴河曲　　汴河《べんが》の曲《きょく》　　李益《りえき》

汴水東流無限春
隋家宮闕已成塵
行人莫上長堤望
風起楊花愁殺人

汴水東流《べんすいとうりゅう》す　無限《むげん》の春《はる》
隋家《ずいか》の宮闕《きゅうけつ》　已《すで》に塵《ちり》と成《な》る
行人《こうじん》　長堤《ちょうてい》に上《のぼ》りて望《のぞ》む莫《な》かれ
風起《かぜた》ちて　楊花《ようか》　人《ひと》を愁殺《しゅうさつ》せん

汴河の水は東に流れ、あたりにはどこまでも春の景色がひろがる。隋の王室の宮殿は、すでに塵となって消えたのだ。

ああ道行く人々よ、この長堤にのぼって遠く眺め望むのはよそう。ひとたび春風が吹けば楊の花が一面に舞いたち、傷春の愁いにたえがたいだろうから。――

隋の王室の姓は楊氏《ようし》である。煬帝が長堤に楊柳を植えたのは、どこまでも続く隋堤の楊柳に、楊家の永続を託したものと見られよう。しかし、その隋王朝は、東流する汴河の水に押し流されるように、歴史のかなたに消えた。人も消え離宮も消えた汴河には、のこされた楊柳だけが、昔のままに一面の楊花を舞い立たせている。

軽やかな感傷である。その軽やかさは、この詩が、「汴河曲」という楽曲の歌辞であることとも関係しているだろう。

「楊花」は、「柳絮」（りゅうじょ）の美称。花が終ったあと、小さな種子をつけて風に舞う白い絮《わた》である。詩歌のなかでは、平仄の関係で互いに代用されることが多い。

隋を承《う》けた唐朝三百年は、だれもが認めるように、古典詩歌のもっとも栄えた時代である。しかし、「懐古」「詠史」の対象となる事跡という点では、かえって、それまでの時代の多様さ豊かさに及ばない。これは恐らく、唐代の詩人にとっては、同じ唐代の出来ごとは時代的な断絶感が乏《とぼ》しく、過去を過去として扱う懐古・詠史の発想には適合しにくかったからであろう。

そうした傾向のなかで例外的なのは、初唐に建てられた滕王《とうおう》閣に関する事跡と、盛唐から中唐への劃期《かっき》をなした大動乱、安史《あんし》の乱に関する事跡である。前者は、ひとえに、天才的な青年詩人の作品によってその地位を獲得した。後者は、事跡そのものの深刻さと劇的性格が、多くの文学者の意欲を生んだのだといえよう。

滕王《とうおう》（李元嬰《りげんえい》）は、開国の君主高祖《こうそ》（李淵《りえん》）の第二十二皇子である。かれは、洪州《こうしゅう》（江西省南昌《なんしょう》）の都督《ととく》（軍事長官）だったころ、この地の景勝贛江《かんこう》のほとりに華やかな楼閣を建て、歌舞音曲の酒宴に明け暮れた。しかし、かれが朝廷に罪を得て洪州を離れるや、滕王閣はたちまち荒廃する。そして後年、修復された滕王閣での盛宴を舞台として生み出されたのが、往時をしのぶ懐古の名篇であった。作者王勃《おうぼつ》は、交趾《こうし》（ベトナムのハノイ付近）に流された父を見舞う途上、この日の盛宴に招かれ、名高い「滕王閣の序」とこの「詩」を作ったのである。

滕王閣　　王勃《おうぼつ》

滕王高閣臨江渚
佩玉鳴鸞罷歌舞
畫棟朝飛南浦雲

滕王閣《とうおうかく》

滕王《とうおう》の高閣《こうかく》　江渚《こうしょ》に臨《のぞ》む
佩玉《はいぎょく》　鳴鸞《めいらん》　歌舞《かぶ》　罷《や》みたり
画棟《がとう》　朝《あした》に飛《と》ぶ　南浦《なんぽ》の雲《くも》

珠簾暮捲西山雨
閑雲潭影日悠悠
物換星移幾度秋
閣中帝子今何在
檻外長江空自流

珠簾《しゅれん》 暮《ひぐれ》に捲《ま》く 西山《せいざん》の雨《あめ》
閑雲《かんうん》 潭影《たんえい》 日《ひ》に悠悠《ゆうゆう》
物換《ものかわ》り星移《ほしうつ》りて幾度《いくたび》の秋《あき》ぞ
閣中《かくちゅう》の帝子《ていし》 今《いま》 何《いず》こにか在《あ》る
檻外《かんがい》の長江《ちょうこう》 空《むな》しく自《おのず》ら流《なが》る

滕王の高閣は、今もこの江《かわ》の渚《なぎさ》に臨んでそびえ立つ。しかし、かつての日々、腰に佩玉《おびだま》を飾り、車に鸞《おおとり》の鈴をつけて集《つど》い合った人々も、華やかに歌い舞った人々も、今はすべてここに無い。

画棟《がとう》 朝《あした》に飛ぶ 南浦《なんぽ》の雲
珠簾《しゅれん》 暮《ひぐれ》に捲く 西山《せいざん》の雨

美しく画かれた棟木《むなぎ》をかすめて朝ごとに飛ぶのは、南の浦《みずべ》から湧く白い雲。透《す》けるような珠簾《たまだれ》を日暮れに捲きあげて眺めるのは、西の山々にしぐれる遠い雨。——

ここまでが詩の前半であり、「渚《しょ》 zhŭ・舞《ぶ》 wŭ・雨《う》 yŭ」と上声の韻が踏まれている。「画棟……、珠簾……」という華やかな対句は、華麗に修復された滕王閣から華麗なる過去の日々を回想するというこの作品の、独自の表現の支柱となっている。

閑雲《かんうん》　潭影《たんえい》　日に悠悠

物換《かわ》り星移りて幾度《いくたび》の秋ぞ

閣中《かくちゅう》の帝子　今　何《いず》こにか在る

檻外《かんがい》の長江　空しく自《おのずか》ら流る

閑《しず》かに浮かんだ雲が、深い潭《ふち》に映ったその影が、日々に悠々と流れてゆく。人の世の万物も天上の星辰も移り換《かわ》って、幾たびの秋が過ぎたことか。

かつてこの高閣に華やいだ皇子は、いまどこへ行ったのか。檻《てすり》の外なる大河だけは、空しくそのまま流れているのに。——

後半の四句は、「悠《ゆう》 yōu・秋《しゅう》 qiū・流《りゅう》 liú」と平声の韻を踏む。「閑雲潭影……、物換星移……」の一聯は対句ではない。が、それぞれの句の中で対偶的な手法が使われているために、対句に似た表現効果が生まれている。最後の一聯は典型的な対句。前半四句の後聯「画棟……、珠簾……」が完璧な対句であるのと、前後で呼応しあう手法だといえよう。

『唐書《とうじょ》』の本伝などによれば、現実の滕王は、はなはだ素行が悪かったということが特記されるだけで、とくに大きな功績のあった人物ではない。また、とくに劇的な事績をのこした人物でもない。権力者が楼閣を建てて酒や音楽を楽しむことも、とくに珍しいことではない。その意味で、「滕王」の名が世に伝わり、多くの「滕王閣」の詩が生まれるに到ったのは、ひとえに王勃の「詩」と「序」の力によっている。また、南昌や贛江《かんこう》が詩跡（歌枕）として独自のイメージを具《そな》えるうえでも、王勃の作品は大きな役割を果たしてきた。まさに、一首の力、一篇の力であり、源泉的作品のもつ生命力の強さが感じられよう。

唐代三百年における最大の歴史的事件は、いうまでもなく安史の乱（七五五～七六三年）であろう。足かけ九年におよぶこの大乱は、たんに唐代を前後に二分するばかりでなく、中国の旧社会を前後に二分するほどの、大きな影響をもつものだったと考えられている。

当然、詩人たちに与えた影響も大きかった。李白、杜甫、王維、高適など盛唐の詩人たちは、それぞれ直接にこの乱とかかわって、あるいは辛酸をなめ、あるいは栄達した。また、中唐の白居易は、大乱から五十年ほど後に「長恨歌《ちょうごんか》」を作り、玄宗《げんそう》と楊貴妃《ようきひ》の愛の〝永遠の破局〟（＝長恨）を、大乱の悲劇の象徴として描き出すことに成功した。文学史における「詩材としての安史の乱」の地位は、ここに到って不動のものとなったのだといってもよい。

たしかに、安史の乱は、いわば史劇として見ても興味深い。そこに登場する人々は、皇帝も、政治家も、美女も、将軍も、詩人たちも、――唐朝側と叛軍側とを問わず――おおむねスケールが大きく、鮮明な個性を具えている。後世はもとより、唐代においてさえも、この大乱が「懐古」「詠史」の絶好の対象となりえたのは、当然であろう。そしてその主人公は、おおむね、楊貴妃（楊玉環《ぎょくかん》）であり、玄宗（李《り》隆基《りゅうき》）であり、稀《まれ》には、戦役に苦しむ無名の庶民であった。たとえば、白居易の友人元稹《げんしん》は、百二十句・八百四十字の大長篇「長恨歌」に対して、わずか四句・二十字の最小詩型によって、独自の懐古の世界を生み出している。

行宮　　元稹

寥落古行宮
宮花寂寞紅
白頭宮女在
閑坐説玄宗

行宮《あんぐう》　　元稹《げんしん》

寥落《りょうらく》たり　古《いにしえ》の行宮《あんぐう》
宮花《きゅうか》　寂寞《せきばく》として紅《くれない》なり
白頭《はくとう》の宮女《きゅうじょ》在《あ》り
閑坐《かんざ》して　玄宗《げんそう》を説《と》く

ひっそりと、さびれ果てた、その昔の行宮《あんぐう》よ。宮殿を色どる花だけが、見る人もないままに、もの寂しくも紅《あか》い。今はすっかり白髪となった宮女がひとり。じっと閑《しず》かに坐ったまま、在りし日の玄宗のことを話してくれる。——

「行宮」とは、天子の仮りの宮殿。広く離宮一般をさすこともある。この詩の行宮については、宜陽《ぎよう》の連昌宮《れんしようきゆう》とも、驪山《りざん》の華清宮《かせいきゆう》とも、洛陽の上陽宮《じようようきゆう》ともいわれているが、恐らく実景ではないだろう。ここでは、玄宗の栄華と死後の寂寞とを、行宮の白頭の宮女に語らせる、という場面の設定こそが眼目である。特定の離宮の名が詩題となっていないことによって、この詩は、より深い寂寥《せきりよう》を生み出すことに成功した。そのことは、かりに詩題の「行宮」を具体的な宮殿の名と置き換えてみれば、たちまち明らかであろう。

「行宮」「宮花」「宮女」と、二十字のなかに「宮」の字が三度まで繰り返されている。とくに第二句の「宮花寂寞紅」の用法は、第一句末の「行宮」と尻とり（蟬聯体《せんれんたい》）ふうに呼応するだけでなく、句末の韻字「紅」と平声の同韻（ong）で呼応している。近体詩の韻律としては時に詩病とも見なされるものだけに、とくに意図した表現であることは疑いない。

「長恨歌」があまりに広く愛唱され、玄宗と楊貴妃の永別（長恨）があまりに人々の心を深くとらえるところから、時には、これを鋭く批判する作品も生まれることになる。清朝《しんちょう》の詩人袁枚《えんばい》（随園《ずいえん》）の、七言絶句「馬嵬《ばかい》」もその一例。ここでは、四首連作の第二首をあげる。

「馬嵬」とは、玄宗と楊貴妃の悲劇を象徴する地名。長安（陝西省西安市《せんせいしょうせいあんし》）の西方約六十キロ。潼関《とうかん》の陥落後、安史の叛軍に追われるように長安を棄てて蜀に向った玄宗は、「西のかた都門《ともん》を出づること百余里」の「馬嵬《ばかい》」の駅付近で、近衛兵たちの憤激から、ついに楊貴妃を殺さざるをえないことになる。「六軍発せず奈何《りくぐんはっせずいかん》ともする無く」、「宛転《えんてん》」たる美しい「蛾眉《がび》」の楊貴妃は、玄宗の「馬前に死」んだのである。馬嵬の坡《さか》に作られた楊貴妃の墓は、かくして、「懐古」「詠史」の好個の詩跡となった。

馬嵬　　　　　　　袁枚

莫唱當年長恨歌
人間亦自有銀河
石壕村裏夫妻別

馬嵬《ばかい》　　　　　　　袁枚《えんばい》

唱《うた》う莫《な》かれ　当年《とうねん》の長恨歌《ちょうごんか》
人間《じんかん》にも亦《ま》た自《おのず》から銀河《ぎんが》有《あ》り
石壕村裏《せきごうそんり》　夫妻《ふさい》の別《わか》れ

涙比長生殿上多　涙《なみだ》は　長生殿上《ちょうせいでんじょう》に比《ひ》して多《おお》し

唱《うた》うのはやめたまえ。当時の悲劇を描いたあの「長恨歌」を唱うのは。大空ならぬこの人間《ひとのよ》にも、相愛の男女を引き裂く銀河は、運命として有るのだから。――

銀河が男女を引き裂くというのは、たとえば「古詩十九首」に「迢迢《ちょうちょう》たる牽牛星《けんぎゅうせい》、皎皎《きょうきょう》たる河漢《かかん》（銀河）の女《じょ》」（一二〇ページ）と歌われているように、中国古代の伝説である。「人間亦自……」の「亦自」は、「（天上には天上で、牽牛星と織女星を引き裂く銀河があるように）人間《ひとのよ》には人の世で（銀河がある）」の意。

「石壕村裏夫妻別、涙比長生殿上多」。――たとえば、あの石壕村で軍役にかり出された老夫婦の別れはどうなのか。流された悲しみの涙は、長生殿で玄宗と楊貴妃が流した涙よりも、もっと多かったことだろう。――

ここでは、安史の乱をめぐる事跡のなかで、杜甫の「石壕の吏」（四五四ページ）に歌われた老夫婦の別離が、「長恨歌」に歌われた玄宗と楊貴妃の別離と、鮮かに対比される。「石壕」は、現在の河南省陜《せん》県の東南にあった村の名。出征した三人の息子のうち、すでに二人を戦死させた老夫婦。そこへ、さらに老人のほうを駆り出しに来る地方役人。逃《のが》れた老人のかわりに軍役に引き立てられた老婆。のこされた老人と、嫁と、乳飲み児……。「石壕の吏」では、こうした悲惨な別離が、杜甫のリアルな筆致で正確に描かれている。

一方、「長生殿」は、温泉宮としても知られる驪山《りざん》の華清宮の宮殿の名。「長生殿の涙」とは、玄宗と楊貴妃をめぐる二つの名高い表現を踏まえたもの。

七月七日　長生殿
夜半　人無く　私《ひそ》かに語りし時
天に在りては　願わくは比翼《ひよく》の鳥と作《な》り
地に在りては、願わくは連理《れんり》の枝と為《な》らん

（「長恨歌」）

天を仰いで（牽）牛《ぎゅう》と（織）女《じょ》の事に感じ、密《ひそ》かに相《たが》いに心に誓う。「願わくは世々夫婦と為《な》らん」と。言い畢《おわ》るや、手を執《と》って各《たが》いに嗚咽《おえつ》せり。

（「長恨歌伝」）

袁枚の「馬嵬」の詩は、典型的な「詠史」の作である。表現の中心は、二た組の男女の悲劇的な別れを比較し、名も無い庶民のそれのほうがいっそう悲惨だとする議論性にある。それがまた、杜甫と白居易という二人のすぐれた詩人を比較する結果にもなっている。「詠史」の作としても、さすがに近世のものだけに、精巧な仕組みになっているといってよい。

しかし、ここにはさらに、「詠史」としての議論の趣向を超えた、一種の胸を衝《つ》く真実が感じられる。無告《むこく》の民《たみ》の悲惨は、無告なるがゆえにいっそう悲惨である。そうした確かな実感が、長い中国の歴史のなかで、多くの読者に共有されてきたからであろう。

興味深いことに、宋代以後になると、歴史上の事跡が新たに「懐古」や「詠史」の対象となるということが、にわかに乏しくなる。とくに「懐古」の詩ではそうであり、たとえば、元末明初や明末清初の大動乱が回顧されるばあいでも、おおむねは、唐以前のそれと重ね合わせて歌われている。汴京（開封）や北京の事跡が「長安」の名で歌われるのは、その象徴的な表われだといってよい。

夏殷周《かいんしゅう》以来、隋唐にいたるまでの二千年。――その間のさまざまな事跡は、地域的にも内容的にも、「懐古」の詩のパターンをほぼ包摂し尽しているからであろうか。

九　羇旅のうた——異郷に在って

南去《なんきよ》　北来《ほくらい》　人　自《おのずか》ら老《お》ゆ
夕陽《せきよう》　長《とお》く送る　釣船《ちようせん》の帰るを
（杜牧「漢江《かんこう》」）

旅は人を詩人にする、ということがよくいわれる。たしかに、平素は詩歌と縁の薄い人でも、旅に出たときには、詩歌の実作や愛誦の気分をとりもどすということが多い。それは恐らく、〝旅〟という非日常的な環境に身を置くことによって、人々の感受性が活性化されることに因っていよう。とりわけ、未知の環境や体験に対する期待と不安こそは、感受性の活性化をもたらす最大の要因だと考えられよう。

『万葉集』以来のわが国の詞華集《しかしゅう》だけでなく、『世界名詩集』といったより広い範囲の詞華集でも、心にのこる旅の歌の名作は少なくない。特に中国では、広い国土のなかで、庶民たちの軍役・労役の旅や、知識人たちの宦役《かんやく》の旅が早くから行なわれていたために、旅に在《あ》る哀歓を歌った作品は、長い歴史をもっている。

ただ、通時的に見たばあい、古代から南北朝ごろにかけては、旅の苦しさや望郷の切なさを歌うものが大部分であり、旅の歓《よろこ》びを歌うものは、唐代から宋《そう》代にかけて、ようやく系統的な作品群を生むようになる。それは一つには、古代の旅の環境がより困難なものだったことに因っていよう。同時にもう一つ、かつて〝風景〟の発見が多くの山水詩を生み出したように、〝羈《き》旅《りょ》・行旅《こうりょ》〟という詩境の発見が、たんに苦しいだけではない旅のもう一つの側面を、文学史的に形成・拡大していったことにも因っているであろう。こうした旅の詩の実態は、本章の諸作品にも、おのずから反映してくるはずである。

はじめに、古代の作品を代表するにふさわしい絶望的な望郷のうた。漢代の無名氏（詠《よ》み人しらず）の作と伝えられるものである。

悲歌

悲歌可以當泣
遠望可以當歸
思念故鄉
鬱鬱纍纍
欲歸家無人
欲渡河無船
心思不能言

悲歌《ひか》　無名氏《むめいし》

悲歌《ひか》　以《も》って泣《な》くに当《あ》つ可《べ》く
遠望《えんぼう》　以《も》って帰《かえ》るに当《あ》つ可《べ》し
故郷《こきょう》を思念《しねん》すれば
鬱鬱《うつうつ》　累累《るいるい》
帰《かえ》らんと欲《ほっ》するも　家《いえ》に人無《ひとな》く
渡《わた》らんと欲《ほっ》するも　河《かわ》に船無《ふねな》し
心思《しんし》　言《い》うこと能《あた》わず

腸中車輪轉

腸中《ちょうちゅう》　車輪《しゃりん》転《てん》ず

悲しんで歌うことは、涙を流して泣くことの代わりになる。遠くを眺め望むことは、わが家に帰ることの代わりになる。

故郷を思いつづければ、鬱々《うつうつ》として胸は晴れず、悲しみは累《かさ》なるばかり。

帰ろうとしたところで、家には人もなく、渡ろうとしたところで、河には船もない。

このつらい思いは、言葉では表わせない。まるで、腸《はらわた》の中を、車輪がギリギリと転《まわ》っているようだ。——

「悲歌」という詩題は、『詩経《しきょう》』などの場合と同じく、第一句の最初の二字を題に転用したもの。『楽府《がふ》詩集』巻六十二、「雑曲歌辞」所収。

冒頭の「悲歌……、遠望……」の対句には実感がある。かりに現代詩の中に置かれたとしても、一種の新しさと説得力をもっていよう。「鬱鬱」は、胸がつまるさま。「累累」は、物事が積み重なるさま。

「六六・四四・五五五五」という雑言《ざつげん》形式。素朴で激しい旅人の孤独感が歌われているが、一首のイメージの中心をなすものは、最終句「腸中車輪転」であろう。これは、やがて

「断腸・腸断」など周知の詩語と化して愛用されるもの、いわば中国（語）的な内臓感覚であり、それが古代歌謡の素朴なリアリズムの手法で強調されたもの、と位置づけることができよう。従って、わが国の大和ことばを中心とした和歌的な美意識のなかでは、ほとんど絶対に現れえないイメージであることに注意したい。それだけに、ここには、古代中国の悲哀の原型のような気分が、色濃く表出されているわけである。――「心思不能言、腸中車輪転」。

この詩の古代的な性格は、実は押韻の形式にも表われている。「帰《き》・累《るい》・船《せん》・転《てん》」という偶数句末の押韻字は、隋唐《ずいとう》時代の押韻とは著しく異なった古代的な叶韻《きょういん》・通韻《つういん》の手法によるもの。この詩が漢代以前の古代歌謡であることを、紛れもなく立証している。それとともに、発音というものが、時代的・地域的に、きわめて変化しやすいものだということが、よく分かる例といえよう。

続いて、きわめて有名な「去る者は日々《ひび》に疎《うと》し」の歌。やはり、無名氏の作である。

去者日以疎　　去《さ》る者《もの》は　日《ひ》に以《も》って疎《うと》し　　無名氏《むめいし》

去者日以疎
來者日以親
出郭門直視
但見丘與墳
古墓犂爲田
松柏摧爲薪
白楊多悲風
蕭蕭愁殺人
思還故里閭
欲歸道無因

去《さ》る者《もの》は　日《ひ》に以《も》って疎《うと》く
来《きた》る者《もの》は　日《ひ》に以《も》って親《した》し
郭門《かくもん》を出《い》でて直視《ちょくし》すれば
但《た》だ丘《きゅう》と墳《ふん》とを見《み》るのみ
古墓《こぼ》は犂《す》かれて田《たはた》と為《な》り
松柏《しょうはく》は摧《くだ》かれて薪《たきぎ》と為《な》る
白楊《はくよう》　悲風《ひふう》多《おお》く
蕭蕭《しょうしょう》として人《ひと》を愁殺《しゅうさつ》す
故里《こり》の閭《りょ》に還《かえ》らんと思《おも》う
帰《かえ》らんと欲《ほっ》するも　道《みち》　因《よ》る無《な》し

去りゆく者は、一日一日と疎遠《そえん》になってゆき、身近かに来る者は、一日一日と親しさを増してゆく。

ひとり城郭《まち》の門を出て、さえぎる物なく直視すれば、眼に入るのは、ただ小高い丘墓・

墳墓だけ。ああ、しかしその墓さえも、古い墓は犂《す》き返されて田畑となり、傍《かたわ》らの松や柏《ひのき》は、伐《き》られ摧《くだ》かれて薪《たきぎ》となってしまうのだ。

高く伸びた白楊《ポプラ》の木々には、悲しげな風が吹きよせ、蕭々《しょうしょう》とわびしく鳴りつつ、人を愁《うれ》い哀しませる。故里《ふるさと》の閭《むら》に還《かえ》りたいと思う。しかし、帰りたいとは思うものの、身をよせてゆくべき道とて無いのだ。――

冒頭の対句「去者……、来者……」は、旅人を歌うこの一首の総論であり、かつ、人間関係の真実を衝《つ》いた格言的な性格を示している。〝旅〟に在ることが他人《ひと》との別れや出会いを実感的に象徴するゆえに、この対句は、いわば〝旅路としての人生〟を象徴する忘れがたい表現となり得るのであろう。そしてまた、〝旅〟が〝人生〟の暗喩《メタファ》であるゆえに、「去る者」には「死んでゆく者」のイメージが、「来たる者」には「生まれてくる者」のイメージが、それぞれ重なってくるわけである。

「郭門」は、まちをとりまく城郭の門。ここでは「郭」自体が「まち」を意味している。「丘」も「墳」も、墓の意。「松柏」は、気候の変化や時間の推移に耐える優《すぐ》れた樹木として、墓地に植えられることが多い。その松柏さえも伐《き》り摧《くだ》かれて薪となってしまう、と嘆いているのである。

「白楊」は、中国の北方に多いポプラの一種。高く伸びた枝々の葉が、風に白く翻《ひるが》えるのでこの名があり、詩材として独特の気分をもつ。「白楊多悲風、蕭蕭愁殺人」とは、悲哀に富んだ美しい叙景的抒情の一聯《いちれん》であるが、同時に、この詩が、まぎれもなく北中国の風土を舞台とした作品であることを、視覚的・聴覚的に立証しているであろう。

続いて、やや時代の下った南北朝時代の旅人のうた。作者は、やはり分かっていない。

隴頭歌辞　　隴頭《ろうとう》の歌辞《かじ》　　無名氏《むめいし》

隴頭流水　　隴頭《ろうとう》の流水《りゅうすい》
流離山下　　山下《さんか》に流離《りゅうり》す
念吾一身　　念《おも》う　吾《われ》　一身《いっしん》
飄然曠野　　曠野《こうや》に飄然《ひょうぜん》たり

朝發欣城　　朝《あした》に欣城《きんじょう》を発《はっ》し
暮宿隴頭　　暮《ひぐれ》に隴頭《ろうとう》に宿《やど》る

寒不能語
舌巻入喉

隴頭流水
鳴聲幽咽
遙望秦川
心肝斷絕

寒《さむ》くして語《かた》る能《あた》わず
舌巻《したま》いて喉《のど》に入《い》る

隴頭《ろうとう》の流水《りゅうすい》
鳴声《めいせい》幽咽《ゆうえつ》す
遥《はる》かに秦川《しんせん》を望《のぞ》めば
心肝《しんかん》断絶《だんぜつ》す

四言四句の三章形式。「隴頭」とは、長安の西北、現在の陝西省《せんせい》と甘粛省《かんしゅく》の境にある隴《ろう》山《ざん》の頭《ほとり》、の意。

——隴山のほとりを流れゆく水よ。山の麓《ふもと》を定めなく流離《さまよ》う水よ。念《おも》えば、私もこの身ひとつ、飄然《ひょうぜん》piāorán と、風に吹かれるごとくに曠野《あれの》をさまようのだ。

朝早く欣城のまちを出発し、日暮れにやっと隴頭に宿をとる。あまりの寒さに、言葉も出ない。舌が巻きこまれて、喉《のど》の奥まで入ってしまう。

隴山のほとりを流れゆく水よ。流れゆく響きは、まるで嗚咽《むせ》び泣いているよう。遥かに長安地方を眺め望めば、腸《はらわた》もちぎれるような切《せつ》なさ。――『楽府詩集』巻二十五、「梁《りよう》の鼓《こ》角横吹曲《かくおうすいきよく》」所収。第一章「下《か》・野《や》」（上声《じようしよう》）、第二章「頭《とう》・喉《こう》」（平声《ひようしよう》）、第三章「咽《えつ》・絶《ぜつ》」（入声《につしよう》）と、三種類の韻を踏んでいる。地形のままに流れゆく水を、運命のままに飄泊する旅人の喩《たと》えとし、季節感と風土性の豊かな、旅人の歌を生むことに成功した。第二章の「欣城」は、この地方の地名であろうが未詳。「寒不能語、舌巻入喉」の一聯は、この地方の冬の寒さを描いて実感がこもる。

第三章は、隴山の頭《ほとり》から、東のかた秦川《しんせん》（長安地方）へと流れゆく隴水の瀬音《せおと》を、同じく長安を目指す旅人の心情と重ねて、絶妙の比喩となった。後世の、いわゆる「隴水《ろうすい》・嗚《お》咽《えつ》」「隴水・断腸」の典拠となる作品である。李白の例を二つあげて、その流行の一端を味わいたい。

秦水別隴首　　秦水《しんすい》は隴首《ろうしゆ》に別れ
幽咽多悲聲　　幽咽《ゆうえつ》して　悲声《ひせい》多し

（「古風、五十九首」其《そ》の二十二）

青溪非隴水　青溪《せいけい》は隴水《ろうすい》に非《あら》ざるに
翻作斷腸流　翻《かえ》って断腸の流れを作《な》す

（「秋浦《しゅうほ》の歌、十七首」其の二）

人日思歸　人日《じんじつ》　帰《かえ》るを思《おも》う　薛道衡《せつどうこう》

入春纔七日　春《はる》に入《い》って　纔《わず》かに七日《なのか》
離家已二年　家《いえ》を離《はな》れて　已《すで》に二年《にねん》
人歸落雁後　人《ひと》の帰《かえ》るは　雁《がん》の後《あと》に落《お》ち
思發在花前　思《おも》いの発《はっ》するは　花《はな》の前《まえ》に在《あ》り。

正月七日、いわゆる「人日《じんじつ》」（一七一ページ参照）の日に、帰郷を望む切ない思いを歌ったもの。

――春になってから、やっと七日《なのか》。家を離れてから、已《すで》に二年。ああ、人《わたし》が北に帰れるのは雁よりも後になってしまうだろうに、帰郷の思いだけは、こうして、花の咲く前から

湧きあがってくるのだ。──

四句すべてが対句である。しかも、「……纔七日、……已二年。……落雁後、……在花前」といった機智に富んだ歌いぶりである。このために、「悲歌」に見られるような深刻な望郷の悲哀とは全く逆の、洒落《しゃれ》た、軽妙な郷愁が描かれている。作者、隋の薛道衡が、南朝の陳《ちん》王朝に使いしたときの作と見られよう。去年、北朝のわが家を離れてから、すでに足かけ二年目の春。わたし自身は北に帰る春雁よりも〝後《おく》れて帰る〟ことになるだろうに、郷愁だけは南国で発《ひら》く春花よりも〝前《さき》んじて発きおこ《わ》ってくる〟、と嘆息しているのである。隋朝第一の詩人と謳《うた》われた作者の、機智と技巧を見るに足りよう。

唐代の旅の詩としては、何よりもまず李白と杜甫の作品が思い浮かぶ。二人は、それぞれの意味で、旅の詩人・漂泊の詩人として生涯を過したのであり、それだけに、その名作は、多くの機会に広く紹介されている。ここでは、いわば古典中国的な旅の歌の典型として、それぞれの代表作を一首ずつあげておきたい。

早發白帝城

朝辭白帝彩雲間
千里江陵一日還
兩岸猿聲啼不盡
輕舟已過萬重山

早《つと》に白帝城《はくていじょう》を発《はっ》す　李白《りはく》

朝《あした》に辞《じ》す　白帝《はくてい》　彩雲《さいうん》の間《かん》
千里《せんり》の江陵《こうりょう》　一日《いちにち》にして還《かえ》る
両岸《りょうがん》の猿声《えんせい》　啼《な》いて尽《つ》きざるに
軽舟《けいしゅう》　已《すで》に過《す》ぐ　万重《ばんちょう》の山《やま》

朝まだき、白帝城の彩雲《あやぐも》の間より辞し去れば、
千里の下流、江陵まで、わずか一日で還《かえ》りつく。
両岸に啼《な》く野猿の声が、まだ耳から消えぬまに、
軽やかな小舟は、すでに畳《たた》なわる山峡《やまかい》を通りすぎていた。

晩年の李白は、遠く夜郎《やろう》に追放される途上、三峡の景勝、白帝城付近で赦免《しゃめん》の知らせを受けた。喜びとともに、一挙に長江《ちょうこう》を流れくだった折りの作。後漢の公孫述《こうそんじゅつ》が築いた白帝城は、また、三国時代、蜀《しょく》の劉備《りゅうび》が諸葛孔明《しょかつこうめい》に遺児を託した史跡としても知られている。

そこから、下流約三百キロの江陵は、戦国時代の楚《そ》の国都、郢都《えいと》の紀南城址を控えた歴史のまちであった。

李白はここで、「朝発白帝、暮到江陵――朝《あした》に白帝を発《た》てば、暮《ひぐれ》に江陵に到る」という当時の諺《ことわざ》を踏まえつつ、久々に自由の身となった喜びの旅の情景を、流動感あふれる筆致で一気に描き切ったのである。一般には悲哀を表わすものとして用いられる「猿声」が、ここでは舟足の速さを浮き彫りにする点景として生かされているという点に、特に注目したい。「両岸猿声啼不尽、軽舟已過万重山」。――

旅夜書懐

細草微風岸
危檣獨夜舟
星垂平野闊
月湧大江流
名豈文章著

旅夜《りよや》 懐《おも》いを書《しよ》す　杜甫《とほ》

細草《さいそう》 微風《びふう》の岸《きし》
危檣《きしよう》 独夜《どくや》の舟《ふね》
星《ほし》は平野《へいや》に垂《た》れて闊《ひろ》く
月《つき》は大江《たいこう》に湧《わ》きて流《なが》る
名《な》は豈《あ》に文章《ぶんしよう》もて著《あら》われんや

官應老病休　官《かん》は応《まさ》に老病《ろうびょう》もて休《や》むべし
飄飄何所似　飄飄《ひょうひょう》として何《なん》の似《に》る所《ところ》ぞ
天地一沙鷗　天地《てんち》の一沙《いちさ》鷗《おう》

岸辺の細《こま》やかな草が、穏やかな微風《そよかぜ》にゆれている。
高い帆柱《ほばしら》のこの舟で、私は孤独な夜を過している。
無数の星は、平野いちめんに降るように広がり、
輝く月は、大江《たいこう》のうねりの中から湧き上がるように流れてゆく。
文章によって名声が著《あらわ》れることなど、どうして期待できようか。
老《おい》と病《やまい》のため、官職への望みは諦《あきら》めるほかなかろう。
飄々と風に吹かれてさまよう私は、何に似ているのだろうか。
天地の間《はざま》にただよう一羽の沙鷗《かもめ》にほかならない。

晩年の杜甫が、成都を去って長江を下る途中、忠州《ちゅうしゅう》（四川省忠県）付近での作、とされている。しかし、「星垂平野闊」の表現から見て、もう少し下流の、湖北の平野に出てか

らの描写であろうとする異説もある。

李白の「早《つと》に白帝城を発す」と同じく、三峡付近の長江の舟旅を歌った詩。ともに作者晩年の、文字通りの代表作といってよいが、それだけにここには、この二人の詩風の差が分かりやすい形で表われている。

たとえば、「早発白帝城」は七言絶句、「旅夜書懐」は五言律詩。ともに二人が、それぞれ最も得意とする詩型であった。また、李白の詩では、潑溂《はつらつ》とした流動感・解放感が、表現の中心となっている。杜甫の詩では、沈鬱な諦感《ていかん》と静謐感《せいひつかん》が、一首の基調となっている。特に、「飄飄何所似、天地一沙鷗」という結びの一聯は、かりに李白の詩の中に置かれれば、むしろ、自由な解放感の表現として機能することが多いだろう。しかしここでは、「名豈文章著、官応老病休」という絶望的な自己認識の後に置かれることによって、「天地の広大さ」や「沙鷗の自由さ」は、逆に「一沙鷗」の寂寞《せきばく》と孤独を増幅するものとして、巧みな効果をあげているわけである。李白と杜甫が、如何《いか》に対照的な作風を基調としていたか、その点がよく分かる作例といえよう。

続いて、李白や杜甫の友人でもあった高適《こうせき》の詩。旅人としての実感が最も鮮明に体験される大晦日《おおみそか》の夜の作である。

除夜作

旅館寒燈獨不眠
客心何事轉凄然
故郷今夜思千里
霜鬢明朝又一年

除夜《じょや》の作《さく》　　　　高適《こうせき》

旅館《りょかん》の寒灯《かんとう》　独《ひと》り眠《ねむ》らず
客心《かくしん》　何事《なにごと》ぞ　転《うた》た凄然《せいぜん》
故郷《こきょう》　今夜《こんや》　千里《せんり》を思《おも》う
霜鬢《そうびん》　明朝《みょうちょう》　又《ま》た一年《いちねん》

旅館の寒々とした灯火《ともしび》のもと、私は独り眠られぬ夜を過ごしている。客《たびびと》の心は、どうしてこんなにも、いよいよ凄然《せいぜん》たるさびしさを感じるのだろうか。故郷の親しい人々は、きっと今夜、千里のかなたに在る私のことを思ってくれていよう。霜のような白髪となった私は、明朝、元旦には、また一つ年齢が加わることになるのだ。——

現代の旅人にも通じる、実感的な情況設定である。交通手段の発達によって、空間的な制約はどのように軽減されようとも、時間的な制約については、古人も今人もまったく同等の情況に置かれている。人は、夭折《ようせつ》しない限りは老齢を迎え、「霜鬢・明朝・又一年」

の日を必ず迎えねばならない。まして唐代に在っては、〝千里〟と呼ぶべき空間は、ほとんど決定的な重みをもっていた。この意味でこの詩は、まさに「旅路としての人生」のイメージ化されたもの、というのがふさわしい。

「除夜の旅人」という人物形象は、きわめて個別的でありながら、同時に、普遍的な象徴性を帯びているのである。この詩の著名度は、まさにこの点にかかっていよう。

楓橋夜泊

月落烏啼霜滿天
江楓漁火對愁眠
姑蘇城外寒山寺
夜半鐘聲到客船

楓橋夜泊《ふうきょうやはく》　張継《ちょうけい》

月落《つきお》ち　烏《からす》啼《な》いて　霜《しも》　天《てん》に満《み》つ
江楓《こうふう》　漁火《ぎょか》　愁眠《しゅうみん》に対《たい》す
姑蘇《こそ》城外《じょうがい》の寒山寺《かんざんじ》
夜半《やはん》の鐘声《しょうせい》　客船《かくせん》に到《いた》る

中国の旅の歌として最も名高いものの一つ。「楓橋」は、蘇州《そしゅう》西南郊外にある寒山寺の、西方約二百メートルに在る橋の名。その近くでの船泊《ふなどま》りの情景を歌っている。

――月は落ち、烏《からす》は啼き、冷たい霜の気配が夜空に満ちわたる。紅葉した江辺《かわべ》の楓樹《ふうじゅ》と赤く燃える漁火《いさりび》が、旅愁に眠られぬ私の目に映《うつ》る。姑蘇城外の寒山寺、夜半を告げるその鐘の音が、旅寝する私の船にまで伝わってくる。――

「姑蘇」は、蘇州の古名・雅名。春秋時代の呉王の宮殿が、蘇州西郊の姑蘇山に作られ、姑蘇台と名づけられたことに基づく。

「楓橋夜泊」という詩題や、「夜半鐘声到客船」という結句から、この詩が醇乎《じゅんこ》たる旅愁の作であることは疑いない。そして、この一首を典拠として、「古蘇城外の寒山寺」は、中国の詩歌史上、また文化史上、第一級の詩跡（歌枕）となった。それはちょうど、一篇の詩とその序文によって南昌《なんしょう》の滕王閣《とうおうかく》が著名な詩跡となり得たのと、よく似ている（三五二ページ参照）。中国文明における詩歌の地位の高さと、精神史における詩歌の滲透力の強さが、よく分かる例である。

ただし、肝腎な「寒山寺」については、本来は固有名詞ではなく、「山寺寒《さんじ》し」と読むべき普通名詞だったとする興味深い異説がある（参照：『校注 唐詩解釈辞典』大修館書店、当該項）。もしそうだったとすれば、一首の作品の誤解の享受史が著名な名勝を創出しえた例として、いっそう注目に値することになるだろう。

念昔游

十載飄然縄検外
罇前自獻自爲酬
秋山春雨閑吟處
倚徧江南寺寺樓

昔遊《せきゆう》を念《おも》う　杜牧《とぼく》

十載《じっさい》　飄然《ひょうぜん》たり　縄検《じょうけん》の外《そと》
罇前《そんぜん》　自《みずか》ら献《けん》じ　自《みずか》ら酬《しゅう》を為《な》す
秋山《しゅうざん》　春雨《しゅんう》　閑吟《かんぎん》の処《ところ》
倚《よ》りて徧《あまね》し　江南《こうなん》　寺寺《じじ》の楼《ろう》

晩年の杜牧が、かつての江南の旅を念《おも》い懐かしんで作った詩。三首連作の第一首。――思えばあの十年ほどの間、飄然と軽やかに、勝手気ままに過した日々よ。酒罇《さかがめ》を前にして、ひとりで差しつ差されつの献酬《けんしゅう》をしたりもした。ある時は秋の山、ある時は春の雨、閑《しず》かにのびのびと詩を吟じているうちに、いつか江南の寺々の高楼を、あまねく尋ねつくしたものだった。――

「縄検」は、「墨縄《すみなわ》」や「検印」に象徴される法度《ほうど》や規格。一般に、世俗的な礼法をいう。従って、「縄検の外」とは、そうした世間の礼法・制度を無視した、自由気ままな生きかた。わかき日の杜牧は、たしかに、そのような生きかたを体験しており、別の詩の中でも、

「落魄江湖載酒行――江湖《こうこ》に落魄《らくたく》し酒を載せて行く」（「懐《おも》いを遣《や》る」）と、その放蕩《ほうとう》ぶりを自省している。また、この「昔遊を念《おも》う」の第三首の表現にも、同様な気ままな旅の様子が、独特の冴えた筆致で描かれている。おのずから、第一首の注釈にもなるであろう。

半醒半酔游三日　　半《なか》ば醒《さ》め　半《なか》ば酔《よ》いて　遊《あそ》ぶこと三日《さんじつ》
紅白花開山雨中　　紅白《こうはく》　花《はな》は開《ひら》く　山雨《さんう》の中《うち》

続いて、同じ晩唐ながら、杜牧よりは十年ほど年下の温庭筠《おんていいん》の作。ちなみに彼は、〝温李〟と併称される李商隠とは、まさに同年（八一二、憲宗《けんそう》、元和《げんな》七年）の生まれと推定されている。

商山早行　　商山《しょうざん》の早行《そうこう》　　温庭筠《おんていいん》

晨起動征鐸　　晨《あした》に起《お》きて　征鐸《せいたく》を動《うご》かせば
客行悲故郷　　客行《かくこう》　故郷《こきょう》を悲《かな》しむ

雞聲茅店月
人迹板橋霜
槲葉落山路
枳花明驛墻
因思杜陵夢
鳧雁滿回塘

鶏声《けいせい》　茅店《ぼうてん》の月《つき》
人迹《じんせき》　板橋《はんきょう》の霜《しも》
槲葉《こくよう》は山路《さんろ》に落《お》ち
枳花《きか》は駅墻《えきしょう》に明《あき》らかなり
因《よ》りて思《おも》う　杜陵《とりょう》の夢《ゆめ》
鳧雁《ふがん》　回塘《かいとう》に満《み》つ

詩題の「商山」は、長安の東南約百キロ、現在の陝西省《せんせい》商県の東南の山々。漢代の初期に、いわゆる「商山の四皓《しこう》」、四人の隠者が、世を避けて棲んだ場所として名高い。「早行」は、朝早くの旅立ち。ここから東南に約七十キロ進めば、関中《かんちゅう》（長安地方）との境界をなす武関《ぶかん》がある。第七句「因りて思う、杜陵の夢」という表現から見ても、この詩は明らかに、商山―武関―襄陽《じょうよう》という経路で、作者が長安地区から長江（揚子江）地区へと向った旅の描写であることが知られよう。

――晨《あさ》早く起き出して、旅立つ馬や車の鐸《すず》を鳴らせば、旅路に在る身には、ひときわ故郷が悲しく慕わしい。

刻《とき》を告げる鶏《にわとり》の声、田舎びた旅館を照らす有明けの月。くっきりと残る旅人の足迹、粗末な板造りの橋に置いた真っ白な霜。

槲《かしわ》の葉は、山路《やまみち》いちめんに落ちて積もり、枳《からたち》の花は、駅舎をかこむ墻壁に明るく浮き出して見える。

それにつけても思い出されるのは、夢に見た懐かしい杜陵のこと。ぐるりと回《めぐ》った塘《いけ》の水面《みのも》に、野鴨《のがも》（鳧）や雁《かり》がいっぱいに浮んでいたその光景よ。——

第一句の「征鐸」は、用例が乏しい。恐らくは、征旅《たび》の馬や車につける鐸《すず》（大きな鈴）のことであろう。第二聯「雞声……、板橋……」は、名詞だけで構成された鮮明なイメージの対句。一首の、表現の中心となっている。「茅店」は、茅《かや》で屋根を葺《ふ》いたような粗末な旅館。異郷の旅のわびしさを、巧みに表現した点景である。

最終聯の「杜陵」は、長安東南郊外、漢の宣帝《せんてい》の杜陵一帯の高台の地。その西北がいわゆる「曲江《きょっこう》」池である。ここにいう「回塘」は、恐らく曲江のイメージであろう。作者温庭筠は、山西の太原《たいげん》を本籍とする。しかし、住みなれた長安の都を故郷と意識し、長安の行楽を象徴する杜陵や曲江やその北側の楽遊原《らくゆうげん》を、懐かしい熟知の光景として夢に見たのであろう。この詩の舞台が長安地区との離別を象徴する「商山」であるだけに、「杜陵の回塘」の夢には、長安に後ろ髪を引かれる旅人の心情が、文字通り、夢のような儚《はか》なさで託されている。晩唐期の代表的な羇旅の詩であり、それにふさわしい結びといえよう。「因思杜陵夢、鳧雁満回塘」。——

ここで、時代は宋代に入る。七絶にはとりわけ資質を見せた王安石の作。揚子江（長江）の北岸、大運河が合流する地点の渡し場、瓜洲《かしゅう》に舟を泊《と》めた日の感慨を歌っている。

泊船瓜洲　　　王安石《おうあんせき》

京口瓜洲一水間
鍾山祇隔數重山
春風又綠江南岸
明月何時照我還

船《ふね》を瓜洲《かしゅう》に泊《はく》す

京口《けいこう》　瓜洲《かしゅう》　一水《いっすい》の間《かん》
鍾山《しょうざん》　祇《た》だ隔《へだ》つ　数重《すうちょう》の山《やま》
春風《しゅんぷう》　又《ま》た緑《みどり》にす　江南《こうなん》の岸《きし》
明月《めいげつ》　何《いず》れの時《とき》か　我《わ》が還《かえ》るを照《て》らさん

南岸の京口と北岸の瓜洲、その間には、一と筋の揚子江がひろがっている。懐かしい鍾山は、さらにその西、幾重かの山々を隔てただけの処にあるのだ。ああ、春風がまたしても江南の岸辺を緑にするこの季節、変らざる季節の営みよ。しかし、明月が私の帰郷を照らすのは、何時《いつ》の日のことになるのだろうか。――

「船を瓜洲に泊す」という詩題、「春風、又た緑にす、江南の岸」という第三句、「明月、何《いず》れの時か、我が還《かえ》るを照らさん」という第四句の表現を総合すれば、この詩は、神宗《しんそう》の熙寧《きねい》八年（一〇七五）の春、江寧《こうねい》（南京）の知事から、ふたたび同平《どうべん》章事（宰相）として首都開封《かいほう》に向う五十五歳の作、とするのが妥当だろう。ただし、その七年前（一〇六八）の春、同じく江寧の知事から上京した折りの可能性も、無くはない。

いずれにしても、東郊に鍾山（紫金山《しきんざん》）のある江寧府は、王安石にとって、父母を葬ったゆかりの地であり、故郷の臨川（安徽《あんき》省南昌《なんしょう》の南）以上に、懐かしい墳墓の地と意識されていたようである。その江寧から長江の南岸ぞいに東へ約七十キロ、京口（鎮江《ちんこう》）から北岸に渡ったところが瓜洲であり、そこから大運河にそって首都開封へと向うのである。

この詩の表現で特に名高いのは、第三句の「春風又緑江南岸」の「緑」の字が、「到・過・入・満……」など、苦心の推敲・改稿をへてようやく定められた、というエピソードであろう（宋、洪邁《こうまい》『容斎《ようさい》続筆』巻八「詩詞改字」）。たしかに、捨てられた他の文字にくらべて、「春風又緑……」と、ここに「緑」の字を据えるとき、一句全体、さらには一首全体が、みずみずしい江南の新緑によって俄《にわ》かに輝きだすような趣きが生まれる。記録されたエピソードがそのままの事実でないまでも、この一字を求め得たときの作者の会心の想いは、今日からも想像するに難くない。まさに、一首の「字眼《じがん》」に当たるポイントである。

澄邁驛通潮閣

餘生欲老海南村
帝遣巫陽招我魂
杳杳天低鶻沒處
青山一髮是中原

澄邁駅《ちょうまいえき》の通潮閣《つうちょうかく》　蘇軾《そしょく》

余生《よせい》　老《お》いんと欲《ほっ》す　海南《かいなん》の村《むら》
帝《てい》　巫陽《ふよう》をして　我《わ》が魂《たましい》を招《まね》かしむ
杳杳《ようよう》　天低《てんた》れ　鶻《こつ》の没《ぼっ》する処《ところ》
青山《せいざん》　一髪《いっぱつ》　是《こ》れ中原《ちゅうげん》

蘇軾、最晩年、六十五歳の夏。海南島の儋州《たんしゅう》（昌化《しょうか》）から罪を減ぜられ、対岸の廉州《れんしゅう》（合浦《ごうほ》）へ転任する折りの作。南岸の澄邁駅の通潮閣と呼ばれる高閣から、北岸を望んだ情景である。最終句「青山一髪……」によって最も名高い。

――私は残された余生を、この海南島の村で老い果てしめようと思っていたのに、皇帝陛下は巫陽《ふよう》に命じて、私の魂を招き返すようにと図《はか》られた。杳々《ようよう》と、遥かに遠く、天空は低く垂れ、鶻《はやぶさ》の姿が吸いこまれるように消えてゆく処《ところ》。髪ひとすじのように、かすかに、かすかに横たわる青い山々、あれこそが懐かしい中原なのだ。——

南の果ての海南島から、中原の首都開封への旅は、今日の交通事情から考えても、必ずしも容易なものではない。まして作者は、満三年の島暮らしを経た老齢の身である。「余生欲老海南村」とは、恐らく彼自身の諦《あきら》めを混じえた実感だったであろう。しかし、先代の哲宗《てつそう》が没し、新しい皇帝（徽宗《きそう》）が即位すると、多年に及ぶ新法党・旧法党の争いを調整すべく宥和《ゆうわ》政策がとられ、旧法党の有力者として流されていた蘇軾にも、正式の召還の日が近づいていたのである。

「巫《ふ》陽」とは、『楚辞《そじ》』（招魂）に「帝告巫陽曰……——帝、巫陽に告げて曰く……」と見える神巫《みこ》の名。天帝が屈原《くつげん》の魂を呼び返させる、という表現である。蘇軾はここで、自分を漂泊の屈原に比し、新しい皇帝の恩寵によって、自分の遊魂が肉体とともに中原に召還されるのだと、その喜びを歌ってみせたのである。

その解放感には、恩赦によって白帝城から江陵に流れ下った李白（三七六ページ）の心境とも、共通する所があったであろう。かたや三峡の急流、これは瓊州《けいしゆう》海峡の波濤である。そして、前者から「千里の江陵、一日にして還《かえ》る」の名句が生まれたように、ここからは

「青山、一髪、是れ中原」が生まれたのだった。ちなみに、当時の澄邁駅は、現在の澄邁の北北東約三十キロ、海峡に面した文字通り「通潮——潮《うしお》に通ずる」地点に在った。現行の蘇軾関係地図に見られる「澄邁」の位置は、修正されるべきものが少なくない。

やがて、北宋は金《きん》によって滅ぼされ、南遷した南宋もまた元《げん》によって滅ぼされる。滅亡に瀕した南宋王朝のために宰相として死力を尽くした文天祥は、ついに広東《カントン》の潮陽《ちょうよう》で元軍に捉えられる。降伏を勧《すす》める敵将に、「人生自古誰無死、留取丹心照汗青——人生、古《いにしえ》より誰《だれ》か死無からん。丹心《たんしん》（赤心）を留め取りて汗青《かんせい》（歴史）を照らさん」（「零丁洋《れいていよう》を過《よぎ》る」）と答えたことは世に名高い。しかし、さまざまな抵抗も空しく、結局かれは、元朝の首都大都《だいと》（北京）へ護送されることになる。その途上、金陵（南京）の駅舎で作った七言律詩。

金陵驛　　　　金陵駅《きんりようえき》　　　　文天祥《ぶんてんしよう》

草合離宮轉夕暉　　草《くさ》は離宮《りきゆう》に合《がつ》して　夕暉《せきき》転《てん》ず

孤雲飄泊復何依
山河風景元無異
城郭人民半已非
滿地蘆花和我老
舊家燕子傍誰飛
從今別却江南路
化作啼鵑帶血歸

孤雲《こうん》　飄泊《ひょうはく》し　復《ま》た何《いず》こにか依《よ》らん
山河《さんが》　風景《ふうけい》　元《もと》と異《こと》なる無《な》きも
城郭《じょうかく》　人民《じんみん》　半《なか》ば已《すで》に非《ひ》なり
満地《まんち》の芦花《ろか》は我《われ》と和《とも》に老《お》い
旧家《きゅうか》の燕子《えんし》は誰《たれ》に傍《そ》うてか飛《と》ぶ
今《いま》従《よ》り別《わか》れ却《さ》る　江南《こうなん》の路《みち》
化《か》して啼鵑《ていけん》と作《な》り　血《ち》を帯《お》びて帰《かえ》らん

名も知らぬ雑草が離宮いちめんに生い茂り、夕日の暉《ひかり》は刻一刻と移ろってゆく。一とひらの雲が風のままに飄泊《ただよ》ってどこにその身を依《よ》せようとしているのだろうか。山も河《かわ》も、そして風も景《ひかり》も、もとより何の変化もないのに、城郭《まち》の様子も、そこに住む人々も、半ばは已に変ってしまったのだ。あたりいちめんに茂る芦《あし》の花は、私とともに老い朽ちてゆく。家を失った燕子《つばめ》たちは、誰に身をよせて飛ぶのだろうか。今こうして私は、懐かしい江南の天地と別れ去ってゆく。しかしいつの日か、あの「不《ふ》如帰《によき》――帰りたい」と啼《な》く鵑《ほととぎす》に化身《けしん》して、赤い血を吐きつつ帰って来ることだろう。
――

敵国の首都への護送の旅とはいえ、これもまた旅であることには変りはない。しかし、何という凄絶《せいぜつ》な羈旅の詩であろうか。この年（一二七九）の二月、南宋はすでに滅びている。しかし文天祥は、この後さらに三年の獄中生活に耐え、元朝に降《くだ》ることなく大都で刑死する。獄中で作られた「正気《せいき》の歌」は、かれの忠誠を示すものとして最も名高い。死後その魂は、この詩で誓ったように、「啼鵑《ていけん》」と化して金陵に帰ったことであろう。それは、詩的幻想としても十分に感動的である。

こうした凄絶な作品ではあるが、律詩にふさわしく韻律と典故が完備している点は、やはり注目されてよい。古典詩歌というものが、文字通り知識人の血肉と化した存在であることが、改めて確認されよう。

例えば、第三句「山河風景……」は、『世説新語《せせつしんご》』（言語篇）のいわゆる「新亭対泣」を典故とする。すなわち、江南に逃れた東晋の貴族が建康（南京）の新亭で酒宴をした折り、周顗《しゅうぎ》が「風と景《ひかり》は殊《こと》ならざるに、正に自《おのずか》ら山と河の異なる有り」と嘆じたため、一座の者が相い視《み》て落涙した、という記述を転用したもの。ここでは、「風や景《ひかり》だけでなく、山も河も同じままなのに……」というところに、より深い嘆きをこめたのである。ただし『世説新語』では、これに続いて、「同席した王導《おうどう》がそれを叱り、我々は力を合わせて神州《しんしゅう》（中国）を奪い返すべきだと主張した」、という記述で結ばれている。文天祥も、むろん、この点をこそ心に期していたわけであろう。

続く第四句の「城郭人民……」は、仙人丁令威《ていれいい》の故事によるもの。他郷で仙術を学んだ彼が鶴に化して遼東の故郷に帰ったとき、町の若者に弓矢で射られそうになり、「城郭は故《もと》の如きも人民は非なり」と嘆いた（『捜神後記《そうじんこうき》』巻一、『学津討原《がくしんとうげん》』本）、という典故を転用した。ここでもやはり、「人々だけでなく城郭《まち》の有様までが……」という転用に、作者の嘆きが強調されていると見るべきだろう。

また第五・六句の「満地蘆花……、旧家燕子……」は、劉禹錫《りゅううしゃく》の名句、

……　金陵王氣黯然收　　……　金陵の王気　黯然《あんぜん》として収《おさ》まる

……　故壘蕭蕭蘆荻秋　　……　故塁《こるい》　蕭蕭《しょうしょう》たり　芦荻《ろてき》の秋《あき》

（「西塞山《せいさいざん》、懐古」）

舊時王謝堂前燕
飛入尋常百姓家

旧時《きゅうじ》　王謝《おうしゃ》　堂前《どうぜん》の燕《つばめ》
飛《と》んで入《い》る　尋常《じんじょう》　百姓《ひゃくせい》の家《いえ》

（「烏衣巷《ういこう》」三四五ページ参照）

を踏まえたもの。

さらに、第八句「化作啼鵑……」は、蜀の〝望帝《ぼうてい》〟の伝説をイメージの中核とする。すなわち、部下に帝位を譲って隠棲した蜀帝の杜宇《とう》が、子規《ほととぎす》（杜鵑鳥・思帰鳥）に化身し、故郷を望みつつ「不如帰去《プールーコエイチユイ》――帰り去《ゆ》くに如《し》かず（帰りたい）」と啼き、その吐いた赤い血が杜鵑《つつじ》の花となった、という一連の伝承である。これは、古くは『蜀王本紀《ほんぎ》』（逸文）や『華陽国志《かようこくし》』（巻三、蜀志）などに記される杜宇伝説が、次第に関連の要素を加えて形成されたものと考えられよう。そして、少なくとも南宋の時代には、右のような、いわば完成形態として広く伝承されていたと見てよいようである。

文天祥は、民衆にも熟知されたこの伝承を、きわめて効果的な最終句として生かすことに成功した。ここではまた、金陵を中心とする江南の風土に杜鵑鳥《ほととぎす》や杜鵑花《つつじ》が多いという事実が、この詩に一層の迫力と実感を与えているであろう。——「従今別却江南路、化作啼鵑帯血帰」。

「金陵駅」の緊迫した情況は、羈旅の詩としての一方の極限を表わしているだろう。しかし羈旅の詩の魅力は、それだけに尽きるものではない。移りゆく山河のすがた、移りゆく季節の風物を目《ま》のあたりにしつつ、旅に在る一日一日をしみじみと味わってゆく——そうした対照的な詩境もまた、一方では好まれている。「端陽《たんよう》」、つまり五月五日の端午の節句の日に、黄河に近い相州（河南、安陽付近）を旅した清人《しんひと》張問陶の作。

端陽相州道中　　張問陶

杏子櫻桃次第圓
炎涼無定麥秋天
馬蹄歩歩來時路

端陽《たんよう》　相州《そうしゅう》の道中《どうちゅう》　　張問陶《ちょうもんとう》

杏子《きょうし》　桜桃《おうとう》　次第《しだい》に円《まど》かに
炎涼《えんりょう》定《さだ》まる無《な》し　麦秋《ばくしゅう》の天《てん》
馬蹄《ばてい》　歩歩《ほほ》　来時《らいじ》の路《みち》

照眼榴花又一年　眼《め》を照《て》らす榴花《りゅうか》　又《ま》た一年《いちねん》

杏子《あんず》も桜桃《さくらんぼ》も、その実が順々に円《まる》くなってゆく。暑かったり、冷えこんだり、陽気の定まらない麦秋《ばくしゅう》の季節よ。馬の蹄《ひづめ》は、こうして一歩一歩、来た時の路《みち》を帰ってゆく。まぶしく眼に照り映える赤い石榴《ざくろ》の花、ああ、又《また》しても一年が過ぎたのだ。——

「麦秋」、麦の実る秋《とき》、陰暦の四月五月は、一般に気候が不安定で陽気が変りやすい。とりわけ、大陸性の気候の中国内陸部では、一日のなかで寒暖の差がはなはだしい。「炎涼無定麦秋天」は、旅人にとって日々に体験する実感であろう。馬にまかせて、一歩一歩、もと来た道をたどりながら、作者の眼は、季節の変化をこまやかに辿《たど》ってゆく。杏子《あんず》の実がまずふくらみを増し、続いて桜桃《さくらんぼ》が円《まる》く大きく育ってゆく。そして、燃えたつような真赤な石榴《ざくろ》の花を眼にしたとき、作者は、一年という時間がまたしても過ぎさってしまったことに、しみじみと思い到るのである。

ここには、麦秋の芳《かぐ》わしい田園を行く旅人の感受性が、あたかも、みずみずしい季節感と交感するように描き出されている。実はこの詩は、作者が北京で進士《しんし》の試験に失敗し故郷に帰る時の作とされている。しかし、作品としての魅力は、そうした作者個人の失意や得意というディテールを、一歩超えたところにかかっているであろう。

羈旅の章の結びには、鮮明なイメージと美しい象徴性を具えた杜牧の「漢江」がふさわしい。漢江、すなわち漢水は、長江の最大の支流。秦嶺《しんれい》山脈の南に源を発し、湖北の襄陽《じょうよう》をへて、武漢で長江に流入する大河である。長江系の水脈でありながら、その水はかなり透明度が高い。この詩でも、「緑浄――緑《みどり》のみずは浄《きよ》らかに……」と歌われている。

漢江

溶溶漾漾白鷗飛
綠淨春深好染衣
南去北來人自老
夕陽長送釣船歸

漢江《かんこう》　　　杜牧《とぼく》

溶溶《ようよう》　漾漾《ようよう》　白鷗《はくおうと》飛ぶ
緑《みどり》浄《きよ》く春深《はるふか》くして　衣《ころも》を染《そ》むるに好《よ》し
南去《なんきょ》　北来《ほくらい》　人《ひと》　自《おのずか》ら老《お》ゆ
夕陽《せきよう》　長《とお》く送《おく》る　釣船《ちょうせん》の帰《かえ》るを

溶々《ようよう》と、ゆるやかに、漾々《ようよう》と、ゆらめき流れる川面《かわも》を、まっ白な鷗《かもめ》が飛んでゆく。緑の水は浄《きよ》らかに、春の季節も深まって、まるで衣服も染まってしまいそう。ああ、南へ北へと往《ゆ》き来《き》する旅のなかで、人はいつしか老いてゆく。夕陽の光は、長《とお》くどこまでも、釣り船の帰るのを照らすのだ。——

溶溶《ようよう》 róngróng は、水が豊かにゆったりと流れるさま。漾漾《ようよう》 yàngyàng は、水が揺れゆらめいて流れるさま。ともに、春の水を湛《たた》えた大河の描写にふさわしい。その豊かな水の流れのうえを、まっ白な鷗《かもめ》が飛ぶ。衣服が染まりそうな、浄《きよ》らかな緑の水面を飛んでゆく。春たけて、岸辺の草木も一面の緑である。その緑を溶かしたような大河の流れ。

「南去北来人自老」。——この一句は、杜牧自身の感慨の表白であるとともに、〝旅路としての人生〟〝旅人としての人間〟を集約した一種の説理性を具えていよう。この詩句の意味する道理は、昔も今も変っていない。まったく平易な文字の連なりであるだけに、その感性的な滲透力は、いっそう深いというべきかもしれない。

最終句「夕陽長送釣船帰」。——沈みゆく夕日、帰りゆく釣り船。これはまさに、絵画的な美しい実景であるとともに、人生の晩年の巧《たく》まざる象徴にほかならない。「夕陽長送……」の「長」は、「遠く、どこまでも」の意とともに、唐代での近似音同声調「常——常に、いつも」の意を重ねていよう。

この詩は、杜牧三十七歳の春の作とするのが通説であり、かりにその他の可能性を考えても、恐らく四十歳の春という可能性しかない。従って、これを老年の実感とするには無理がある。しかし、後年、長江の中流・下流地域の刺史《しし》（太守）としてしばしば外任《がいにん》を経験した杜牧は、この詩の文字のごとく、「南去北来」の船旅のうちに、その華麗にして寂寞たる老境を迎えることになったのである。或いは、詩人の予感というべきであろうか。

十　離別のうた——去りゆくもの

君に勧《すす》む　更《さら》に尽《つく》せ　一杯の酒
西のかた陽関《ようかん》を出《い》づれば　故人無からん
（王維「元二《げんじ》の安西《あんせい》に使《つかい》するを送る」）

「情愛の歌」「戦乱の歌」「羈旅の歌」などにくらべると、「離別の歌」が系統的に作られるようになるのは、かなりおそい。

それは恐らく、離別という場面の〝悲哀〟や〝愛惜《あいせき》〟が詩歌の主題となるためには、詩歌の実作や享受の歴史が、より成熟したレベルに達していることが必要だったからだろう。いわゆる離別詩に、無名氏（詠《よ》み人しらず）の作がきわめて少ないという事実は、この点をよく証明している。

むろんこの点は、一面では、離別詩の社交的機能ということとも関わっていよう。しかし、一般に離別詩の名作には、別れるべき友人の名が詩題にも詩中にもまったく記されていない作品が少なくない。この事実は、「離別詩」というものを支える情念が、たんなる社交性や社会性に尽きるものではないということを、有力に証明している。

では、離別詩を支える最も本質的な情念は何だろうか。それは恐らく、〝距離感の発生とその克服〟の情念と見るのがふさわしい。すなわち、別れゆく相手との間に、いま刻々と生まれつつある距離感――時間的・空間的な距離感――と、その距離を塡《う》めるべき友情・愛情との相克《そうこく》、そこから生まれる緊張と昂揚こそ、いわば離別詩的な抒情の実態だと考えてよいであろう。

この想定は、この章にあげた名高い諸作品によって、大きな誤差なく証明されよう。逆にいえば、そうした抒情《じょじょう》の構造をもたない作品は、たとえ「離別」という詩題を掲げていても、離別詩としては機能しにくいのだといってよい。

始めに、この点で最も典型的な唐代の作品から。

淮上與友人別
揚子江頭楊柳春
楊花愁殺渡江人
數聲風笛離亭晩
君向瀟湘我向秦

淮上《わいじょう》にて友人《ゆうじん》と別《わか》る　鄭谷《ていこく》
揚子《ようす》江頭《こうとう》　楊柳《ようりゅう》の春《はる》
楊花《ようか》愁殺《しゅうさつ》す　江《こう》を渡《わた》るの人《ひと》を
数声《すうせい》の風笛《ふうてき》　離亭《りてい》の晩《ばん》
君《きみ》は瀟湘《しょうしょう》に向《むか》い　我《われ》は秦《しん》に向《むか》う

現在の揚州《ようしゅう》市の付近を流れる長江は、〝揚子江〟とも呼ばれている（日本での呼び名は、これが一般化されたもの）。そのほとりで友人と別れた作品である。詩題にいう「淮上」は、この地域が淮水《わいすい》と揚子江を結ぶ大運河の宿場だったからだろう。

——揚子江のほとり、楊柳が黄緑に垂《しだ》れる春の盛り。風に舞い散る楊《やなぎ》の花は、大江《たいこう》を渡ってゆく君の心を、深い愁《うれ》いに沈ませるだろう。今しも、四《よ》たび、五《いつ》たび、風に流れる笛の音《ね》が、別れの酒をくむ旅亭の夜の静寂《しじま》をぬって聞こえてくる。明朝ひとたび別れたならば、君は南のかた瀟湘の水辺《みずべ》に向い、私は北のかた長安の都に向うのだ。——

ここではまず、友人の名が記されていない。かりに社交のための作であるとすれば、相手の名を記さないことは、ほとんど決定的な欠陥条件となるだろう。つまりここでは、——社交儀礼としての離別詩ではなく——友人との別れによって引きおこされる昂揚した愛惜の情を歌うこと、それ自体が主な目的となっているわけである。

友人の名が記されていないことには、もう一つの意味がある。李白や王昌齢・王維など、離別詩の名手たちの作がしばしばそうであるように、別れの相手が特定されていないことによって、離別的な抒情感覚は、いっそう普遍的なものとして読者の共感を呼びやすい。

逆に、ここで重視されているものは、惜別《せきべつ》の行為〝折楊柳《せつようりゅう》〟を象徴する春の楊柳であり、惜別の曲〝折楊柳〟を暗示する風笛の調べであり、さらには、再会の期しがたいことを象徴する〝湖南の瀟湘〟と〝陝西《せんせい》の長安（秦）〟との、遥かな対比である。とりわけ、「江《かわ》の頭《ほとり》」の楊柳と楊花こそは、長江を渡って瀟湘へと遡《さかのぼ》る友人と、大運河を遡って洛陽《らくよう》・長安へと向う作者との、惜別・傷春の船旅の象徴として、一首全体の気分を規定しているであろう。

　そしてまた、「揚子《ようす》・江頭《こうとう》・楊柳《ようりゅう》・春《しゅん》、楊花《ようか》・愁殺《しゅうさつ》……yángzi・jiāngtóu・yángliǔ・chūn, yánghuā・chóushā……」と、冒頭から連続する「よう《ヤウ》」yáng 音のしなやかで明るい響きは、この詩の抒情の基調が決して暗く重苦しいものではないことを、音調・音色として示している。ここに描かれたものは、あたかも、春風に舞う楊花（柳絮《りゅうじょ》――柳のワタ）のような、あるいは、夜の川風に流れる笛の音のような、軽やかな淡彩を基調とした惜別であり傷春である。晩唐の離別詩の、真の面目を具えたものといってよい。

　文学史的に最も早い時期の離別詩で、しかも作者の信憑性《しんぴょうせい》が高いものとしては、かの蘇《そ》武《ぶ》との別れで名高い李陵の作品をあげるべきだろう。

　その詩は、『漢書《かんじょ》』（巻五十四）の「蘇武伝」を初出とする。漢王朝への忠節を守り抜いて、十九年ぶりに祖国に帰る蘇武と、異民族の匈奴《きょうど》に降《くだ》って単于《ぜんう》の女婿《むすめむこ》となり、そのまま二十余年後に異郷で病死する李陵。この二人の対照的な生涯は、苛《か》刻《こく》な運命のもとに生きたそれぞれの人物像として、後世の人々に強い印象を与えてきた。

この詩は、帰国の蘇武を送る宴席で、李陵が起《た》って舞った時の歌、とされるものである。なぜ自分は匈奴に降らざるをえなかったのか、なぜ自分は祖国に帰ることができないのか。李陵の激情が、悲痛な詩句となって人を打つ。それはほとんど慟哭《どうこく》に近い。事実、『漢書』では、「(李)陵、泣下《なみだくだ》ること数行。因《よ》って(蘇)武と決《わか》る」と記されている。

別歌　　　別《わか》れの歌《うた》　　　李陵《りりょう》

徑萬里兮度沙莫
爲君將兮奮匈奴
路窮絶兮矢刃摧
士衆滅兮名已隤
老母已死
雖欲報恩將安歸

万里《ばんり》を径《よぎ》りて　沙莫《さばく》を度《わた》り
君《きみ》が将《しょう》と為《な》りて　匈奴《きょうど》に奮《ふる》う
路《みち》　窮《きわ》まり絶《た》えて　矢刃《しじん》　摧《くだ》け
士衆《ししゅう》　滅《ほろ》びて　名《な》　已《すで》に隤《お》つ
老母《ろうぼ》　已《すで》に死《し》せり
恩《おん》に報《むく》いんと欲《ほっ》すと雖《いえど》も　将《は》た安《いず》くにか帰《き》せん

万里の山河を越え、また沙漠を度《わた》り、漢の主君の武将と為《な》って、匈奴の大地で奮戦した。

進路も退路も窮まり絶え、矢は尽き刀は折れ摧《くだ》けた。兵士たちも滅び尽き、名声はすでに地に隤《お》ちた。

故郷の年老いた母も、すでに国の手で殺されてしまった。親の恩に報いようと思っても、いったい、どこへ帰りゆけばよいのだろうか。――

李陵は、「漢の飛将軍《ひしょうぐん》」として匈奴に恐れられた名将李広《りこう》の、直系の孫である。父は、李陵が母の胎内にいる時点で、すでに死んでいる。かれにとって匈奴との戦いは、生まれつきすでに運命づけられていたといってよい。

漢の武帝《ぶてい》の天漢《てんかん》二年（前九九）、遊撃軍として匈奴の本拠地に出動した李陵軍五千騎は、三万余騎の敵軍を追撃するうちに、やがて、八万余騎の匈奴の本隊と対決することになる。激闘数日、衆寡《しゅうか》敵せず、ほとんど全軍壊滅《かいめつ》の情況下で、李陵はついに投降する。「路は窮まり絶えて矢刃《しじん》は摧《くだ》け、士衆《ししゅう》は滅びて名は已《すで》に隤《お》つ」と歌うのは、このためである。

しかし、李陵の不幸は、たんに勇将としての名声が地に堕《お》ちたことだけではない。李陵が匈奴のために軍事教練をしていると伝え聞いた武帝は、李陵の母や弟、妻や子など、一族を皆殺しにしてしまう。しかもそれは、同じ李姓の李緒《りしょ》との、人違いによる誤報に因ってであった。

中国の伝統的な価値観では、親と子の恩愛は、君と臣の忠節に優先する。慈恩《じおん》に報い孝養を尽くすべき老母を失ったことで、李陵は匈奴の地に永住することを決意したのである。「老母已に死せり。恩に報いんと欲すと雖も、将《は》た安《いず》くにか帰せん」と歌うのは、こうした経緯を痛嘆したものにほかならない。「雖欲報恩……」の「恩」を「国恩」と見る説もあるが、恐らくは失考であろう。

こうしたリアリティーをもつ作品であるが、この詩が本当に李陵の作であるかどうかは、蘇武・李陵の説話が著名なものだけに、いちおう吟味してみる必要があるだろう。しかし、この詩が『漢書』の本伝に記されていることだけでなく、第一・二句が「莫《ばく》・奴《ど》」という、きわめて古い形で押韻されていることは、この詩の実作が前漢時代まで遡ることを、ほぼ確実に傍証しているといってよい。すなわち、この二字は、先秦《せんしん》から漢代にかけては「莫《まく》mak・奴《なぐ》nag」という比較的近い音で発音されていたために、共通の韻字とすることができたと考えられるからである。

李陵の「別歌」は、時代がきわめて古いだけに、かれが自分の痛憤を歌って蘇武と「別」れた、という情況を示すだけであり、相手への友愛や友情を強調する典型的な離別詩には、なっていない。そうした作品の出現は、早熟な中国の詩史においても、やはり、魏晋《ぎしん》のころまで待たなければならなかったのである。

送應氏

曹植《そうしょく》

清時難屢得
嘉會不可常
天地無終極
人命若朝霜
願得展嬿婉
我友之朔方
親昵竝集送
置酒此河陽
中饋豈獨薄
賓飲不盡觴
愛至望苦深
豈不愧中腸

応氏《おうし》を送《おく》る

清時《せいじ》は　屢《しばしば》は得《え》難《がた》く
嘉会《かかい》は　常《つね》なる可《べ》からず
天地《てんち》は終《しゅうきょくな》極無く
人命《じんめい》は朝霜《ちょうそう》の若《ごと》し
願《ねが》わくは　嬿婉《えんえん》を展《の》ぶるを得《え》ん
我《わ》が友《とも》　朔方《さくほう》に之《ゆ》く
親昵《しんじつ》　並《み》な集《つど》い送《おく》り
酒《さけ》を此《こ》の河陽《かよう》に置《お》く
中饋《ちゅうき》　豈《あ》に独《ひと》り薄《うす》からんや
賓飲《ひんの》むも　觴《さかずき》を尽《つ》くさず
愛至《あいいた》れば望《のぞ》み苦《はなは》だ深《ふか》し
豈《あ》に中腸《ちゅうちょう》に愧《は》じざらんや

山川阻且遠
別促會日長
願爲比翼鳥
施翮起高翔

山川《さんせん》　阻《へだ》たりて且《か》つ遠《とお》し
別《わか》れは促《せま》りて会《あ》う日《ひ》は長《とお》し
願《ねが》わくは　比翼《ひよく》の鳥《とり》と為《な》り
翮《つばさ》を施《の》べて　起《た》ちて高翔《こうしょう》せん

魏の王子曹植が、親しい友人を送った詩。二首連作の第二首。全体は、ほぼ三段に分かれる。

――清らかな、平和な時代は、しばしば得られるわけではなく、嘉《めでた》い、楽しい会《つど》いは、常に味わえるわけではない。天と地は、終り極まる時のない悠久の存在であるが、人の命は、朝の霜のような束《つか》の間《ま》の存在なのだ。

さればこそ、嬿婉《えんえん》たる、細《こま》やかな友情の歓びを展《の》べひろげたいもの。いま我が友は、遠く北へ旅立つのだ。親《した》しく昵《なじ》みあった人々は、みなこぞって集《つど》い送り、此《こ》の河陽の地で、別れの酒宴を開こうとする。用意された酒の肴《さかな》は、まことに心をこめたもの。しかし、旅立つ賓客《ひんかく》、わが友は、その酒杯を飲み尽くそうとはしない。

ああ、愛情がこよなく深まれば、願望もまた限りなく深まるもの。その願望に答えられぬことを思えば、どうして中腸《こころ》に慚愧《ざんき》の思いを抱《いだ》かずにいられよう。旅路の山や川は、お互いを遠く阻《へだ》ててしまう。別れの時は促《せま》り、再会の日は遥かに遠い。出来ることならば、あの比翼の鳥となって、羽翮《つばさ》をひろげて、ともに空高く飛んでゆきたいものだ。——

「比翼の鳥」とは、文字通り、常に「翼を比《なら》べて」飛ぶという伝説上の鳥、後世ではもっぱら男女の愛情の深さに喩《たと》えるが、ここでは友情の深さの比喩として用いている。「置酒此河陽」の「河陽」は、たんに黄河の陽《きた》の地と見ることも可能であるが、第一首に固有名詞としての「洛陽」が歌われている点からいえば、固有名詞としての河陽（河南省孟《もう》県の西）、すなわち、洛陽とは黄河を隔てた北岸のまち、と見ておくのが穏当だろう。そこはまた、文字通り「黄河の陽《きた》」でもあるわけである。

「応氏を送る」と題されているように、この詩は、曹植が親しい友人の応氏を送った詩であることは疑いない。「応氏」については、臣下であり友人であった応場《おうとう》・応璩《おうきょ》の兄弟をさすとするのが通説であるが、必ずしも確かではない。かりにそうであるにしても、この詩の表現からいえば、送られているのはその中の一人であろう。また、この詩の作られた時期についても、はっきりしたことが分らない。

ただ確実にいえることは、応氏を送る作者の筆致が、唐代の離別詩とも共通する濃密な情緒——去りゆく者への思慕《しぼ》——を表現の中心としていることである。最終二句、「願為比翼鳥、施翮起高翔」は、ほとんど友愛の極致というべき描写であろう。このように、友人間の愛情や信義が一人称的に描かれ、逆に、男女間の愛情が三人称的に描かれるようになるとき、中国の中世的な古典詩の世界は、その華やかな幕を開けるのである（参照：「情愛のうた」「友情のうた」）。その意味でこの詩は、曹植の他の作品がしばしばそうであるように、前期中世詩（魏晋南北朝詩）の開幕を告げるものと位置づけられよう。

ここで、その南北朝期の離別詩を二首あげる。斉《せい》の謝朓と宋・斉・梁《りょう》の沈約《しんやく》、ともに南朝の作品である。

金谷聚　　　　　　謝朓《しゃちょう》

渠碗送佳人
玉杯邀上客
車馬一東西
別後思今夕

金谷《きんこく》の聚《つど》い

渠碗《きょわん》もて　佳人《かじん》を送《おく》り
玉杯《ぎょくはい》もて　上客《じょうきゃく》を邀《むか》う
車馬《しゃば》　一《ひと》たび東西《とうざい》せば
別後《べつご》　今夕《こんせき》を思《おも》わん

「金谷」は、西晋の貴族石崇《せきすう》が、広壮な別荘を構えた金谷園。世にいう「金谷の酒数《しゅすう》」（罰杯《ばっぱい》）の故地である。それは、現在の洛陽市の東北東、約十五キロ。西晋時代の洛陽城からは西北に約十キロ、金谷澗《きんこくかん》にそった景勝の地であった。晋の恵帝《けいてい》の元康《げんこう》六年（二九六）、石崇は、自分の地方転出と、友人王翊《おうよく》の長安帰任に因《ちな》んで、ここで盛大な離別の宴会を開いた。いわゆる「金谷の聚《つど》い」とは、これをさす。石崇から約二百年後《おく》れる謝朓は、すでに歴史上の嘉話《かわ》となったこの日の盛宴を、みずからの離別の場面に重ねあわせつつ、美しいカットグラスのような印象的な小品を生んだのである。

　渠碗《きよわん》もて佳人を送り
　玉杯もて上客を邀《むか》う

　美しい紋様の玉碗《ぎょくわん》を傾けて、佳《よ》き友人を送り、輝くような白玉《はくぎょく》の杯を挙げて、すぐれた賓客を邀《むか》えた金谷園の聚《つど》い。いまこうして、お互いの車馬《のりもの》が東と西に旅立ったならば、別れた後《のち》、いつまでも、ともに今夜の盛宴を思いおこすことだろう。「車馬一東西、別後思今夕」。――

「渠碗」とは、車渠《しやこ》貝《がい》のような、こまかな模様のある美玉の碗《さかずき》。対句の平仄《ひょうそく》の関係で、「杯 bēi」と対比させるために「碗 wǎn」を用いた。この時代には、すでにこうした韻律上の技法が用いられ始めていたのである。従って、この「碗」は当然、酒を飲むための「さかずき」であり、御馳走を盛る「皿」の意ではない。たとえば李白の詩でも、「玉碗（椀）盛来琥珀光――玉碗《ぎょくわん》に盛り来たる琥珀《こはく》の光《ひかり》」（「客中の作」）と、玉碗の酒の視覚的な美しさが歌われている。

作者の謝朓は南朝の斉《せい》の詩人であり、当時、北朝（北魏）の領土となっていた金谷園には、むろん行ったことはない。しかし、統一王朝であった西晋時代の、しかも、その繁華を象徴する金谷の盛宴は、南朝の詩人たちにとって絶対に体験できない場所であり時代であっただけに、いっそう彼らの想像力をかき立てたであろう。謝朓の「金谷聚」の詩は、そうした同時代の人々の憬《あこが》れを、簡潔な詩型で、余韻ゆたかに体現してみせたものにほかならない。そしてその出来ばえの鮮かさから、この作品は、〝詩跡（歌枕）としての金谷園〟を詠《よ》んだ主要な作例として、後世の人々に大きな影響を与えることになるのである。

別范安成　　沈約《しんやく》

范安成《はんあんせい》に別《わか》る

生平少年日　　生平《せいへい》　少年《しょうねん》の日《ひ》

分手易前期
及爾同衰暮
非復別離時
勿言一樽酒
明日難重持
夢中不識路
何以慰相思

手《て》を分《わか》つも　前期《ぜんき》し易《やす》かりき
爾《なんじ》と同《おな》じく衰暮《すいぼ》す
復《ま》た別離《べつり》の時《とき》に非《あら》ず
言《い》う勿《なか》れ　一樽《いっそん》の酒《さけ》と
明日《みようにち》　重《かさ》ねて持《も》つこと難《かた》し
夢中《むちゆう》　路《みち》を識《し》らず
何《なに》を以《も》ってか　相思《そうし》を慰《なぐさ》めん

その昔、青春の日々には、お互いに別れても、将来の再会が約束しやすかった。

しかし、こうして、君も私も同《とも》に人生の衰暮《たそがれ》を迎えた現在、決して別れるべきでないこの時に、無情な別れが迫っている。

たった一杯の酒、とは言ってくれるな。明日はもう、ふたたびこの杯を持つのはむつかしいかもしれないのだ。

たとえ夢の中で会おうとしても、たずねてゆく路《みち》が分らない。いったいどうしたら、君を思うこの気持が慰められるだろうか。――

詩題にいう「范安成」とは、范岫《はんしゆう》、字《あざな》は懋賓《ぼうひん》。かつて、もとの安成郡《あんせい》（江西省安福県《あんふく》の西）の内史《ないし》になったので、こう呼ばれている。

一首の前半で、まず二つの別れが対比される。再会が容易だった青春の別れと、再会が予期しがたい老年の別れ。非情な時の流れは、作者たちの現実を、たちまち後者に属するものとした。それだけに、現在ただ今の、この一樽《いっそん》の酒にこそ、無限の思いがこめられる。明日ひとたび別れたならば、もはやこの一樽の酒さえも、重ねて交《かわ》しあうことはむつかしいだろうから。

現実の再会が不可能ならば、せめて夢の中での訪問と再会が望まれよう。ちょうど、後世の杜甫が、三晩つづけて李白を夢に見たように（「李白を夢む」一六六ページ）。しかしここでは、それさえも、訪ねゆくべき路が分らないことによって、不可能であるとされている。この詩を収める『文選《もんぜん》』（巻二十）の李善《りぜん》注には、戦国時代の張敏《ちょうびん》と高恵の友情の説話（『韓非子《かんぴし》』の逸文）――張敏が夢の中で、三度まで高恵を尋ねていったが途中で路が分らなくなり、そのまま引き帰した――を引いている。沈約がこの話を出典として意識していたかどうかは確定しがたいが、結びの二句は、素朴な実感としても、離別詩にふさわしい説得力をもっていよう。「夢中不識路、何以慰相思」。――

この詩は、当時の五言八句の詩型には珍しく、対句がまったく使われていない。空海の

『文鏡秘府論《ぶんきょうひふろん》』（東巻）では、これを、「〝総不対《そうふつい》〟の対――全く対句を用いない対偶形式」の例として引いている。第一・二句と、第三・四句とが、「青春の離別↕老年の離別」という緩《ゆる》やかな発想上の対比を示しながら、しかも厳密な対句形式になっていないこと、その点への着目による引用であろう。

時代は隋《ずい》に移る。

送別

楊柳青青著地垂
楊花漫漫攪天飛
柳條折盡花飛盡
借問行人歸不歸

送別《そうべつ》　　無名氏《むめいし》

楊柳《ようりゅう》　青青《せいせい》　地《ち》に着《つ》いて垂《しだ》れ
楊花《ようか》　漫漫《まんまん》　天《てん》を攪《みだ》して飛《と》ぶ
柳条《りゅうじょう》　折《お》り尽《つ》くし　花《はな》飛《と》び尽《つ》くす
借問《しゃもん》す　行人《こうじん》　帰《かえ》るや帰《かえ》らざるや

楊柳《やなぎ》の枝は、青々と、みずみずしく、地面に着くように垂《しだ》れ、楊《やなぎ》の花《わた》は、漫々と、果てもなく、天空をかき攪《みだ》すように流れ飛ぶ。送別の柳の枝は折り尽くし、惜春の楊の花も飛び尽くした。お聞きしたい。旅に出られているあなたは、いったい、お帰りになる気が有るのでしょうか。――

一見、旅に在《あ》る夫を思う〝思婦《しふ》の詩〟の雰囲気である。しかしその場合は、「柳の条《えだ》が青み、楊《やなぎ》の花が飛ぶ春の季節に、柳の枝を折って旅立つ人を送る」という「折楊柳」の習慣と矛盾することになるだろう。

つまりこの詩は、旅先に在る「行人《たびびと》」を、その土地に住む人が「晩春の折楊柳の季節になったのに、あなたは故郷に帰る気があるのかどうか」と「借問」している場面だと見なければならない。「すっかり柳条も折り尽くして〝送別〟の準備は整っているのに、あなたはいっこうに帰郷しようとされない」と催促している場面である。

この点については、実はそうした伝統的な解釈がすでにある。逯欽立《りよくきんりつ》『隋詩』(巻八)に引く崔瓊《さいけい》の『東虚記』には、この詩は隋の大業《たいぎよう》年間の末ごろ、煬帝《ようだい》の江南巡業の遊びに苦しんだ人々が、隋の国都大興《たいこう》(長安)への帰還を希望して作ったもの、と記されている。無名氏(詠《よ》み人知らず)の作だとされる点も、この「送別」がそうした政治的な歌謡であるとすれば、不思議ではない。本章の始めの部分で述べたように、離別詩は、羈旅や戦乱や情愛の詩にくらべて詩境の成立が遅いため、無名氏の作品は一般に少ないからである。

以下は、唐詩の作例である。

始めに、孟浩然にはきわめて珍しい七言絶句。現存わずかに六首中の一首。友人が、長江の中流から下流へと旅立つのを送った詩である。

送杜十四之江南　　杜十四《とじゅうし》の江南《こうなん》に之《ゆ》くを送《おく》る　　孟浩然《もうこうねん》

荊呉相接水爲郷　　荊呉《けいご》相《あ》い接《せっ》して　水《みず》　郷《きょう》を為《な》す

君去春江正淼茫　　君去《きみさ》りて春江《しゅんこう》　正《まさ》に淼茫《びょうぼう》

日暮孤舟何處泊　　日暮《にちぼ》　孤舟《こしゅう》　何《いず》れの処《ところ》にか泊《はく》す

天涯一望斷人腸　　天涯《てんがい》　一望《いちぼう》　人《ひと》の腸《はらわた》を断《た》つ

長江中流の荊《けい》の地方と、下流の呉の地方。そこは、たがいに連なりあって、いちめんの水郷地帯となっている。いま君が去ってゆく春の長江は、まさに淼茫《びょうぼう》として、果てもない広さ。やがて日も暮れるころ、君の乗る小舟は、何処《どこ》に碇泊して一夜を過すのだろうか。

天の涯《はて》までも続く、見渡すかぎりの水の広がりは、私の腸《はらわた》を断ちきらんばかり。「天涯一望断人腸」。——

どの一句が稀代《きたい》の絶唱というわけではないが、この四句の連なりによって生み出される離別の情は、果てしない長江の流れにも似て、静かに、豊かに、読者の全身を押し包んでゆらめくという趣きをもっている。

送られるのは、「十四」の排行《はいこう》をもつ杜某。詩題が「杜《と》晃進士《こうしんし》の東呉《とうご》に之《ゆ》くを送る」となっているテキストの有ったことが知られており、それによれば、進士の試験に推挙された杜晃なる友人の東呉への旅、それを遠く見送った、という情景になるだろう。

しかし、この詩の離別表現にとって、そうした具体的・個別的な細部《ディテール》がほとんど問題にならないことは、いうまでもない。表現の中心は、どこまでも流れつづける春の長江であり、視界のかなたに消えてゆく儚《はかな》げな小舟である。ここでは、いわば、友人を送る喪失感が、遠く去ってゆく春江の流れによって増幅され、縹渺《ひょうびょう》たる持続的な感傷と化して読者を説得する。その意味で、「君去りて春江、正に淼茫《びょうぼう》」の一句こそは、この詩の気分を真に象徴するものといってよい。

以下の二首は、王昌齢と李白の作品である。二人はともに、〝七言絶句〟と〝離別詩〟

の名手として知られている。それだけに、かれらが七絶の形式によって離別を描くとき、そこには〝神品〟とも評せられる一種の完成された美の世界が生み出される。同じく第一流の詩人でありながら、杜甫や韓愈《かんゆ》の離別詩には決してこうした詩境が生まれていないというところには、〝作者〟と〝詩型〟〝題材〟とを結ぶ内的な必然性が、はっきりと認められよう。

芙蓉楼送辛漸

芙蓉楼《ふようろう》にて辛漸《しんぜん》を送《おく》る　　王昌齢《おうしょうれい》

寒雨連江夜入呉
平明送客楚山孤
洛陽親友如相問
一片冰心在玉壺

寒雨《かんう》　江《こう》に連《つらな》って　夜《よる》　呉《ご》に入《い》る
平明《へいめい》　客《かく》を送《おく》れば　楚山《そざん》孤《こ》なり
洛陽《らくよう》の親友《しんゆう》　如《も》し相《あ》い問《と》わば
一片《いっぺん》の冰心《ひょうしん》　玉壺《ぎょくこ》に在《あ》りと

つめたい雨脚《あまあし》が長江の水面《みのも》に降りしきり、夜になってここ呉の地方は、すっかり雨につつまれた。ほのぼのと空の白む夜明け、旅立つ君を送れば、かなたには楚《そ》の地の山が、孤《ひと》つだけ、さびしげに目に映《うつ》る。洛陽の親しい人々が、もし私のことを尋ねてくれたなら、どうか、こう答えてほしい。一と片《ひら》の透明な氷が玉《ぎょく》の壺《つぼ》のなかに在るような、澄み切った心で私は生きている、と。「一片氷心在玉壺」――。

江寧《こうねい》（江蘇《こうそ》省南京市）の丞《じょう》（属官）として左遷されていた或る日、作者は、鎮江《ちんこう》の蒜山《さんざん》北麓の城壁上に在った芙蓉楼で、洛陽に旅立つ辛漸を送ることになった。ここから洛陽への道筋は、揚州から大運河を遡って、河南の平野を横切ってもよい。逆に、長江を西に遡って漢水から南陽―洛陽へと北上してもよい。いずれにしても水路の旅であり、その船旅を象徴するものとして、滔々《とうとう》と眼下を流れゆく長江の水が一首の冒頭に提示されている。その水面の広がりは、やや北に移った現在の長江の流れからも、十分に実感的だといってよい。

夜を徹しての送別の酒宴。夜明けの楚山の孤独な形象は、河南に残される作者の孤独の反映であろう。辛漸の帰りゆく洛陽には、かつて作者の旅立ちを見送ってくれた親しい人々、親戚や友人たちがいる。左遷の身には、そうした人々からの気づかいが最も嬉しい。「如《も》し相い問わば」の「如《じょ》 rú」の字には、問われないことを恐れつつも問われることを期待する、そうした貶謫《へんたく》（左遷）の身の微妙な心情が、さりげなく託されているようである。

そして、最も名高い最終句「一片氷心在玉壺」。宋の鮑照《ほうしょう》の類句「清如玉壺氷――清きこと玉壺の冰《こおり》の如し」（「白頭吟《はくとうぎん》に代《か》う」）を踏まえながらも、それをいっそう純度高く形象化したこの表現は、あたかも、作者がこの名句を生むために辛漸との別れを体験したかのような、鮮明なイメージを文学史に刻むこととなった。

「一片」とは、ここでは、小さなまとまりを数える量詞。従って、「一片の冰」であるとともに、具体的な「一片の心」である。中国の古典詩では、「心《しん》 xin」は抽象的な「心《こころ》」である以上に、「心臓」のイメージを具えている。透明な水晶細工《ざいく》のような「一片の冰心」。それが、中国的な美感の典型としての、半透明な玉壺のなかに置かれている。不遇な知識人の、自己確認の証《あか》しとして。この詩句が、一種の象徴性をもって人々に愛されてきたのは不思議ではない。

黄鶴樓送孟浩然之廣陵

黄鶴楼《こうかくろう》にて孟浩然《もうこうねん》の広陵《こうりょう》に之《ゆ》くを送《おく》る　李白《りはく》

故人西辭黄鶴樓
煙花三月下揚州

故人《こじん》　西《にし》のかた黄鶴楼《こうかくろう》を辞《じ》し
煙花《えんか》　三月《さんがつ》　揚州《ようしゅう》に下《くだ》る

孤帆遠影碧空盡
唯見長江天際流

孤帆《こはん》の遠影《えんえい》　碧空《へきくう》に尽《つ》き
唯《た》だ見《み》る　長江《ちょうこう》の　天際《てんさい》に流《なが》るるを

わが故人《とも》、孟浩然は、ここ西のかた黄鶴楼に別れをつげ、霞《かすみ》に花々の煙る春三月、遠く揚州（広陵）へと下《くだ》ってゆく。ぽつんと浮ぶ一艘《いっそう》の小舟、その帆かげはやがて、紺碧《こんぺき》の大空のかなたに消えた。視界にただ広がるものは、天の際《きわ》みまで流れゆく長江の水。——武昌《ぶしょう》の黄鶴楼で、友人の孟浩然が広陵（揚州）に旅立つのを送った詩。盛唐の崔顥《さいこう》の「黄鶴楼」（七言律詩）とともに、黄鶴楼を詩跡化するうえで、もっとも影響力をもった作品である。

仙人と黄色い鶴に因んだ黄鶴楼の伝説は、部分的な異同を含みながらも、唐代には、ほぼ完成された形態で、人々に語り伝えられていた。すなわち、無銭飲酒の仙人が酒代《さかて》の代りに描いた壁画の黄鶴が、酒家の主人辛氏《しんし》の手拍子に合わせて舞いを舞う。それが評判を呼んで大金持になったころ、仙人が再び現れて黄鶴に乗って飛び去った——という名高い伝承である。

それに因んで建てられた黄鶴楼は、洞庭《どうてい》湖畔の岳陽楼《がくようろう》、南昌贛江《かんこう》河畔の滕王閣《とうおうかく》とともに、長江中流地域を代表する三つの楼閣として、天下にその名を知られていた。現在の武漢《ぶかん》市蛇山《じやざん》の山上に再建された黄鶴楼とは異なり、当時のそれは、もっと長江の岸部に近い黄鶴磯《き》に在ったようである。「孤帆の遠影、碧空に尽き、唯だ見る、長江の天際に流るるを」、という空と水との一体感・融合感は、そうした水辺の楼閣からの眺望であることによって、いっそう現実感を増すであろう。

四句いずれも精妙な描写であるが、とりわけ、この後半二句に描かれた水天一色の縹渺たる流動感は、李白の七絶離別詩の、真の面目を伝えるものといってよい。果て知れぬ長江の水が天の際《きわ》みまで流れつづけるように、孟浩然を送った惜別の情も、果て知れぬかなたへと漂い広がってゆくのである。

続いて、やや時代の下った劉長卿の作品。

重送裴郎中貶吉州

重《かさ》ねて裴郎中《はいろうちゆう》の吉州《きつしゆう》に貶《へん》せらるるを送《おく》る　　劉長卿《りゆうちようけい》

猿啼客散暮江頭
人自傷心水自流
同作逐臣君更遠
青山萬里一孤舟

猿《ましら》啼《な》き　客散《かくさん》ず　暮江《ぼこう》の頭《ほとり》
人《ひと》は自《おのずか》ら傷心《しょうしん》　水《みず》は自《おのずか》ら流《なが》る
同《おな》じく逐臣《ちくしん》と作《な》りて　君《きみ》　更《さら》に遠《とお》し
青山《せいざん》　万里《ばんり》　一孤舟《いちこしゅう》

猿は悲しげに啼《な》き、客《たびびと》はそれぞれに散ってゆく、ここ夕暮れの江《かわ》のほとり。人は人ゆえに傷心《かなしみ》を抱き、水は水ゆえにただ流れ去るのだ。ああ、同じく朝廷を逐《お》われた身の上ながら、君のゆく左遷の地は更に遠い。どこまでも連なる青い山々、遥かに遠ざかりゆく一そうの小舟。「青山万里一孤舟」——。

友人の裴《はい》郎中が吉州（江西省吉安《きつあん》）に貶謫《へんたく》されるのを送った詩。「重ねて送る」と詩題に述べられているように、そのまま別れるには忍びず、再度の離別の場を設けたのであろう。最初の離別の場で作られた五言律詩、「裴郎中の吉州に貶せらるるを送る」が、いま同じ詩集に収められている。

作者の劉長卿は、盛唐から中唐にかけての過渡期の詩人である。その平易な抒情性と鮮明なイメージは、当時の人々から、あたかも歌謡曲の歌詞のように愛唱されていた。たとえばこの詩の最終句に見える「青山・万里・一孤舟」である。どの詩語も、唐詩ではほとんど類型的といってよいほど常用されるものであるが、劉長卿は、とりわけ「青山」や「孤舟」を偏愛し、多くの作品の、しかも重要な部分で、繰り返し歌っている。

しかし、類型的な詩語も、組合せの如何《いかん》によっては、深い味わいを生み出すことが稀《まれ》ではない。この詩の最終句は、まさにその例であろう。「猿啼・客散・暮江頭」→「人自傷心・水自流」→「同作・逐臣・君更遠」と徐々に積み重ねられてきた緊迫した悲哀の心情は、この最終句に到って、突然、「青山・万里・一孤舟」という広漠たる空間のなかに解き放たれ、読者の心に或る種の不思議な安らぎの感情を引きおこす。

それは恐らく、悠久なる大自然「青山・万里」の展開と、渺小《びようしよう》なる人間存在「一孤舟」との対比によって、いわば悲哀の相対化、さらには、世俗的失意の浄化作用《カタルシス》の効果が生まれるからであろう。苦渋に満ちたものとしての流罪《るざい》の船旅が、あたかも、天地の荘厳につつまれた永遠への旅であるかのような、静かな象徴性を帯びてくるのである。典型的な離別詩でありつつ、それを一歩超えた表現力をもつものと評せられよう。

謝亭送別　　謝亭《しやてい》の送別《そうべつ》　　許渾《きよこん》

勞歌一曲解行舟
紅葉青山水急流
日暮酒醒人已遠
滿天風雨下西樓

労歌《ろうか》　一曲《いっきょく》　行舟《こうしゅう》を解《と》く
紅葉《こうよう》　青山《せいざん》　水《みず》　急《きゅう》に流《なが》る
日暮《にちぼ》　酒醒《さけさ》むれば　人已《ひとすで》に遠《とお》し
満天《まんてん》の風雨《ふうう》　西楼《せいろう》に下《くだ》る

「謝亭」とは、六朝《りくちょう》の斉の詩人謝朓が建てた亭台。安徽《あんき》省宣城《せんじょう》市の北郊にあったもので、「謝公亭」とも呼ばれていた。謝朓が宣城郡の太守だった折りに、ここで、友人の范雲《はんうん》が零陵《れいりょう》（湖南省）の内史《ないし》として赴任するのを送ったところから、伝統的に〝別れの場所〟としての詩的イメージを具えていた。

——別れの歌を一曲うたって、行《たび》の小舟のともづなを解けば、紅葉した樹々、青く連なる山々のあいだを、水は急《せわ》しく流れてゆく。「労歌一曲解行舟、紅葉青山水急流」——。

「労歌」とは、「労労亭《ろうろうてい》の歌」。当時、金陵《きんりょう》（南京）の西郊に旅人を送る「労労亭」があり、そこで歌われる歌、の意から「別れの歌」を意味するようになっていた。

日暮《にちぼ》　酒醒《さ》むれば　人已《すで》に遠し

満天の風雨　西楼に下《くだ》る

やがて日も暮れ、酒もしらじらと醒めるころ、君を乗せた小舟は、すでに遠く去っている。今はただ、空いっぱいに広がる風まじりの雨が、激しく謝亭の西楼に降りそそぐばかり。――

謝亭のあった宣城は、長江の南岸数十キロの地に在り、句渓《こうけい》・宛渓《えんけい》を始め、青弋江《せいよくこう》など、美しい水をたたえた川筋の多い風土である。それらはいずれも、やがて長江に流入し、旅人はさらに、西へ東へと長江の旅を続けるのであろう。ここでは、とりわけ、「紅葉・青山・水・急流」と歌われる謝亭での送別を、「唯見・長江・天際・流」と歌われた黄鶴楼での送別（四二四ページ）とくらべてみると、それぞれが、長江の支流と本流の地形や風土の差異を反映していて興味深い。

「日暮……、満天……」と続く後半の二句は、恐らくこの時の実景だったであろう。と同時に、人と別れた後の心虚《むな》しさと、それに伴なう感じやすさが、「酒醒」「風雨」のイメージによって巧みに表現されている。

離別の詩跡（歌枕）としての「謝亭」で、離別の歌「労歌」を歌い、しかも、肝腎な送別の相手については、その名も、行く先も、まったく記していない。ここではまさに、伝統的なイメージに触発されて「別れの歌」を作ること、それ自体が詩的感興の中心になっているのである。この時、作者許渾の脳裏には、恐らく、盛唐の大詩人李白の「謝公亭」の冒頭の詩句が、もっとも慕わしい先行作品として意識されていたのではなかろうか。

謝亭離別處　謝亭　離別の処《ところ》
風景毎生愁　風景　毎《つね》に愁いを生ず　――

ここで、近世の詩人の別れの歌を二首あげる。明の高啓と呉文泰の、七言絶句と七言律詩。

送陳秀才歸沙上省墓
陳秀才《ちんしゅうさい》の　沙上《さじょう》に帰《かえ》り墓《はか》に省《せい》するを送《おく》る　高啓《こうけい》

滿衣血涙與塵埃　衣《い》に満《み》つ　血涙《けつるい》と塵埃《じんあい》と
亂後還郷亦可哀　乱後《らんご》　郷《きょう》に還《かえ》るは　亦《ま》た哀《かな》しむべし

風雨梨花寒食過
幾家墳上子孫來

風雨《ふうう》 梨花《りか》 寒食過《かんしょくす》ぐ
幾家《いくいえ》の墳上《ふんじょう》か 子孫《しそん》の来《きた》る

陳という姓の知人が、故郷の沙上へ省墓《せいぼ》（墓参り）に帰るのを見送った詩。「秀才」とは、科挙《かきょ》の地方試験に合格して、県・府・州などの学校で学ぶ者をいう。「沙上」は地名であろうが、具体的には未詳。

――君の衣服は、血のような涙と塵埃《ちりほこり》で、すっかり、よごれてしまっている。激しい動乱の後で故郷に還《かえ》るのは、つらく哀しいことでもあるのだ。ああ、今年もこの季節には、風雨のなかに梨《なし》の花が咲いて、寒食の季節は過ぎてゆく。しかし、子孫が墓参りに来られるような幸せな墓地は、ほとんど幾軒も有りはしないのだ。「幾家墳上子孫来」――。

元朝末期~明朝初期の江南地方は、蘇州《そしゅう》を本拠とする張士誠《ちょうしせい》と、南京を本拠とする朱元《しゅげん》璋《しょう》（明の太祖《たいそ》）との、激しい勢力争いが続いていた。かれらにとっては、北方に残存する元王朝よりも、当面の政敵を倒すことのほうが急務だったのである。それは漢民族同士が血で血を洗う内戦であったが、満二年におよぶ直接の攻防の後、蘇州は陥落して張士誠は自殺する。大乱に巻きこまれた蘇州地方の荒廃は、惨憺《さんたん》たるものがあった。この詩にいう

「乱後還郷亦可哀」は、恐らくこの情況を指すものであろう。

「寒食」とは、冬至の後、百五日。現在の暦でいえば、四月の三日ごろである。春秋時代の晋の忠臣介子《かいし》推《すい》が焼死した日という伝説から、この日には、火を使わず、冷たいままの食物をたべるという習慣があった。寒食節はまた、祖先を祭る〝清明節《せいめいせつ》〟（鬼節《きせつ》）の二日まえに当るため、遠く離れ住む子孫たちまでが、一族の墓参りに帰省する時期でもあった。平和な時代であれば、いわゆる〝清明踏青《とうせい》――青い草を踏む清明節のピクニック〟として、どの家の墓にも子孫が集ってきているはずなのに、乱後の荒廃の世情では、そうした幸福な営みの可能な家々は、ほとんど無くなってしまっている。それだけに、陳秀才の〝省墓〟はいっそう貴重な意味をもつであろう、と相手の旅立ちを励ましているのである。

　寒食節・清明節のころには、春ゆえの風雨も多く、真っ白な梨の花が盛りとなる。「風雨《フォンユィ》・梨花《リィホア》・寒食《ハンシイ》・過《クオ》」の一句には、この季節の江南の風土・風景・習俗から、水気の多い空気の匂いまでが、生き生きと描き出されている。さりげない筆致ではあるが、高啓（青邱《せいきゆう》）の天成の叙景の資質が、よくうかがえよう。

送人之巴蜀

人《ひと》の巴蜀《はしょく》に之《ゆ》くを送《おく》る　呉文泰《ごぶんたい》

煙波迢逓古荊州
君去應爲萬里遊
倚棹遙看湘浦月
聽猿初泊渚宮秋
雲開巫峡千峰出
路轉巴江一字流
若見東風楊柳色
便乘春水泛歸舟

煙波《えんぱ》　迢逓《ちょうてい》たり　古《いにしえ》の荊州《けいしゅう》
君《きみ》去《さ》りて　応《まさ》に為《な》すべし　万里《ばんり》の遊《たび》
棹《さお》に倚《よ》りて遥《はる》かに看《み》る　湘浦《しょうほ》の月《つき》
猿《さる》を聴《き》きて初《はじ》めて泊《はく》す　渚宮《しょきゅう》の秋《あき》
雲《くも》は巫峡《ふきょう》に開《ひら》けて　千峰《せんぽう》出《い》で
路《みち》は巴江《はこう》に転《てん》じて　一字《いちじ》流《なが》る
若《も》し　東風楊柳《とうふうようりゅう》の色《いろ》を見《み》れば
便《すなわ》ち　春水《しゅんすい》に乗《じょう》じて帰舟《きしゅう》を泛《うか》べよ

煙《もや》の立ちこめる川波が、迢逓《ちょうてい》と、遥かに連なっている古《いにしえ》の荊州、江陵《こうりょう》のまちよ。いま君はここを立ち去って、万里の舟遊《ふなたび》に出ようとしている。——

詩題にいう「巴蜀」とは、湖北省の西部から四川《しせん》省に連なる三巴《さんぱ》（巴東・巴郡・巴西）の地と、成都《せいと》を中心とした蜀の地の総称。作者は、洞庭湖のやや西北、古代の荊州（江陵）のまちで、巴蜀にゆく友人を送っているのである。

　棹《さお》に倚《よ》りて遥かに看《み》る　湘浦《しょうほ》の月

　猿を聴きて初めて泊《はく》す　渚宮《しょきゅう》の秋

旅の始めの今宵《こよい》、船の棹に身を倚《よ》せつつ、遥かに看《み》つめる湖水の浦《みずべ》の月よ。哀しげな猿の声を聴きつつ、初めて船を泊《とど》める渚宮《しょきゅう》の秋の景色よ。——「湘水《しょうすい》」は、洞庭湖に南から流入する大河。「渚宮」は、春秋時代、楚の都郢《えい》（江陵・沙市《しゃし》）に在った楚王の宮殿である。白居易の「八月十五日夜……」の詩（一八一ページ）に「渚宮の東面は煙波《えんぱ》冷《ひやや》かに……」と歌われていたように、楚の地方を代表する詩跡となっていた。

　雲は巫峡《ふきょう》に開けて　千峰《せんぽう》出《い》で

　路は巴江《はこう》に転じて　一字《いちじ》流る

やがて船が三峡の天険にさしかかるころ、垂れこめた雲が巫峡のあたりで開けるとき、数えきれないほどの峰々がその姿を現わす。川ぞいの路が巴江に随《したが》って転ずるところ、その「巴《は》」という文字さながらに水は廻《めぐ》りつつ流れてゆく。——「巫峡」は三峡の中心部分。名高い神女峰《しんにょほう》を始め、多数の奇峰が立ち並んでいる。この地域は雲や霧が多いため、それが突然に晴れたときは、とりわけ印象的である。「巴江」は、この部分を流れる長江の別称。「巴《は》」という文字の形に似て、廻《めぐ》り流れてゆくのでこの名がある。「一字」という表現については、「巴」の字の篆書体《てんしょたい》が「乙《いつ(おつ)》」の字に似ているため、発音の通じる「一《いつ》」の字を借りて、「乙《いつ》の字のように流れてゆく」と見る説もある。が、「巫峡の千峰」との対《つい》を作るために、「巴江の〝巴〟という一字」と表現した、と見るほうが妥当であろう。

若《も》し　東風《とうふう》楊柳の色を見れば
便《すなわ》ち　春水に乗《じょう》じて帰舟《きしゅう》を泛《うか》べよ

やがて明春、東風《はるかぜ》とともに、楊柳《やなぎ》が美しい黄緑《きみどり》の色に輝くのを見たならば、すぐに春の増水期を利用して、帰りの舟を泛《うか》べてもどって来られよ。――

七言律詩の壮麗なリズムを基調に、中央二組の対句、「倚棹……、聴猿……」「雲開……、路転……」と対比される船旅の描写が美しい。前聯は、長江中流の楚の地方、後聯は長江上流の三峡地方の風景を、それぞれ大きな視野のなかでとらえている。

第七・八句の最終聯は、友人の早い帰還を願う親愛感の表現。万里の旅立ちを提示する冒頭、第一・二句と対応して、律詩にふさわしい発想上の完結性を示している。毎年、桃の花が咲くころ、長江は、「桃花水《とうかすい》」と呼ばれる春の増水期を迎える。その桃花水の時期を逃すことなく、舟を浮かべて一気に帰ってきてほしい。「便乗春水泛帰舟」の一句は、長江地方の春の季節感を踏まえた巧《たく》みな友情表現となっている。このばあい、作者たちの別れの場所が〝江陵〟(荊州)であるだけに、この詩句の発想には、「千里の江陵、一日にして還る」(李白「早《つと》に白帝城を発す」三七六ページ)の鮮かなイメージが、遥かに響き合っているだろう。

「離別のうた」の章の結びは、このジャンルで最も名高い「元二《げんじ》の安西《あんせい》に使するを送る」。すなわち、「渭城《いじょう》の曲」とも呼ばれる王維の作品である。「黄鶴楼にて孟浩然の広陵に之《ゆ》く」を送る」(四二四ページ)、「芙蓉楼にて辛漸を送る」(四二二ページ)などとともに、それぞれ、中国の離別詩の完璧な典型と評するにふさわしい。

詩題にいう「元二」とは、「元家の二男」の意。「二」は兄弟または従兄弟《いとこ》の長幼の順を表わす、いわゆる「排行《はいこう》」である。「安西」は、唐代の安西都護府《とごふ》。当時は亀茲《きゅうじ》に置かれていた。現在の新疆《しんきょう》ウイグル自治区の庫車《クチャ》に当たる。

送元二使安西

元二《げんじ》の安西《あんせい》に使《つかい》するを送《おく》る　王維《おうい》

渭城朝雨浥輕塵
客舍青青柳色新
勸君更盡一杯酒
西出陽關無故人

渭城《いじょう》の朝雨《ちょうう》　軽塵《けいじん》を浥《うるお》す
客舎青青《かくしゃせいせい》　柳《りゅうしょく》色新《あら》たなり
君《きみ》に勧《すす》む　更《さら》に尽《つく》せ　一杯《いっぱい》の酒《さけ》
西《にし》のかた陽関《ようかん》を出《い》づれば　故人《こじん》無《な》からん

ここ渭城のまちにふる朝の雨は、軽やかな砂塵《すなほこり》をしっとりと浥《うるお》す。旅館のかたわら、柳は青々としだれて、目にしみるような鮮かさ。——「渭城」は長安の北、渭水《いすい》の北岸のまち、咸陽《かんよう》をさす。当時、西方に旅立つ人を送る〝送別の場〟としての性格を具えていた。「客《たびびと》の舎《いえ》」とは、その字義のごとく、旅館、旅荘の類をいう。

君に勧《すす》む　更《さら》に尽せ　一杯の酒

これは、〝訓読訳〟がそのまま〝文語自由詩の適訳〟となった例である。意味もリズムも、十分に正確で美しい。現代語訳は、不要であろう。

そして、七絶にふさわしい余韻の生かされた最終句。

西のかた陽関を出《い》づれば　故人無からん

西のかた遠く陽関を出てしまえば、もはや、共に酒を酌《く》むべき友人はいないだろうから。

――

「陽関」は、現在の甘粛省《かんしゆくしよう》敦煌県《とんこうけん》の西南。名高い玉門関《ぎょくもんかん》の〝陽《みなみ》〟に当たるところから、この名がある。「故人」とは、むろん友人の意であるが、正確には、故《ふる》くからの、それゆえに懐《なつ》かしい友人、の意。逆に、日は浅いが親しい友人、というばあいには、「傾蓋《けいがい》も故《こ》の如《ごと》し――ちょっと車の蓋《おおい》を傾けて挨拶しただけでも、まるで故人のような親しさ」の譬《たと》えが好まれる。いずれも、中国知識人社会の、友情への敏感さを反映した表現として興味深い。

送別のまち渭城→別れの曲「折楊柳」を暗示する柳の枝→夜を徹しての離別の酒→遥かな西域を象徴する「陽関」と「故人」の不在――というように、一首全体が鮮明な「離別」のイメージで統一されている。この詩が、「渭城の曲」という楽府《がふ》題によって、離別の酒宴でしばしば実際に歌われるようになったのは、理由のないことではない。

その歌われかたについては、いわゆる「陽関三畳《さんじょう》」として、古来、さまざまな唱法が伝えられている。第二句以下を二回ずつ繰り返すという説が有力ではあるが、まったく異なった反復《リフレーン》が、それぞれに「三畳」として主張されているのは、詩と音楽の関わりという点でも興味深い（参照：『校注 唐詩解釈辞典』大修館書店、当該項）。享受史的に見れば、それらは、いずれも、この一首の七絶へのさまざまな愛着が生み出したものといえるだろう。

ちなみに王維自身も、音楽に関して抜群の才能をもっていた。かりにもし、その生前からこの詩が唱《うた》われていたとすれば、それぞれの「陽関三畳」を、原詩の作者としてはどのように聴いただろうか。あるいは、もし、王維自身が曲をつけたとすれば、どのような「渭城の曲」が生まれていただろうか。『新唐書《しんとうじょ》』（巻二百二）の「王維伝」には、弟の王《おう》縉《しん》に対する代宗《だいそう》皇帝のことばとして、こう記されている。「朕《ちん》は嘗《つね》に諸王の座において、（王）維の楽章（歌われた歌詞）を聞けり。今に伝うるもの幾何《いくばく》ぞ」。

十一　経世のうた――人の世のために

落紅《らくこう》は是《こ》れ　無情の物ならず
化《か》して春泥《しゅんでい》と作《な》り　更に花を護《まも》らん
（龔自珍「己《き》亥雑詩《がいざつし》」）

中国の詩歌の特色の一つは、政治との関わりが深いことである。それは、日本の詩歌とくらべてそうであるだけでなく、世界の文学史のなかでも客観的に指摘できる顕著な性格だといってよい。しかもその性格は、『詩経《しきょう》』『楚辞《そじ》』以来、今日にいたるまで、基本的には変っていない。

そうした詩歌と政治との関わりは、具体的には、よりよい〝政治〟によって「世を経《ただ》し、民《たみ》を済《すく》う」ために〝詩歌〟は積極的な役割を果すべきだ、とする「経世済民《けいせいさいみん》」の理念として主張される。

従って、個々の題材としては、酷税・徴兵や強制労働への批判、戦禍への同情、無能な為政者への筆誅《ひっちゅう》など、批判や諷刺《ふうし》の形をとるものが多い。しかしまた、為政者自身の立場から、有能な人材を得て天下を治めたいとする抱負を述べたものや、臣下としての立場から、十分に責務を果し国家や朝廷のために尽したい、という意欲を歌ったものもある。

なぜ中国の詩人たちは、これほどまでに政治との関わりを重視したのだろうか。それは恐らく、広大な大陸の、厳しい自然条件のもとで、生ま身の人間が生きてゆくとき、――とりわけエホバ（ヤハウェ）やアッラーのような絶対神への帰依なしに生きてゆくとき、

——政治（政事）こそは最も確実な人為の証しとして、人々の身心の拠《よ》り所と意識されやすかったからであろう。すなわち、政治こそは人生の幸不幸を決定する第一要因だという、もっとも直接的な〝政治優先〟の思想が、早くから形成・継承されていたからだといってよい。

事実、政治は、人間の生活にとって、たしかにそうした直接的な影響力をもっている。中国の詩人たちの〝経世〟への努力は、必ずしも空回《からまわ》りに終ったわけではない。それは、為政者の行動に一定の影響力を与えてきたばかりでなく、詩と詩人の社会的地位を高め、中国の詩歌に逞《たく》ましい社会性を与えてきた。

逆に、わが国の詩歌の伝統には、政治との直接的な関わりはきわめて稀薄《きはく》である。われわれは、日本の詩歌が政治との関わりを避けてきたことのプラスとマイナスとを、中国の詩歌史を合わせ鏡として、客観的に見つめることができるであろう。

「経世のうた」の章の冒頭は、いわゆる〝社会詩〟として典型的な作品、苦しい農作業への同情を歌った李紳の作品がふさわしい。二首連作の第二首。

憫農　　　　農《のう》を憫《あわ》れむ　　　　李《り》紳《しん》

鋤禾日當午　　禾《か》を鋤《す》いて　日《ひ》は午《ご》に当《あた》る
汗滴禾下土　　汗《あせ》は滴《したた》る　禾《か》下《か》の土《つち》
誰知盤中飧　　誰《たれ》か知《し》らん　盤中《ばんちゅう》の飧《そん》
粒粒皆辛苦　　粒粒《りゅうりゅう》　皆《みな》　辛苦《しんく》なるを

禾《いね》の田畑を鋤《す》き耕《たがや》せば、太陽は、ちょうど正午の真っ盛り。大つぶの汗が、禾《いね》の根もとの土に滴《したた》り落ちる。ああ、しかし、盤《さら》の上に盛られた飯つぶの一粒一粒が、こうした辛苦の結晶と知る人は誰もいないのだ。――

「禾《か》」は「禾穀《かこく》」、穀物の総称であるが、ここでは、具体的にイネ・キビの類と見るほうが、実感が生まれよう。「盤《ばん》」は、大きな皿。「飧《そん》」は本来「夕食」の意であるが、ここでは食物、より具体的に「米の飯・キビの飯」といった主食を意味している。

詩題に「農を憫《あわ》れむ」というように、知識人の立場から農民の苦労を憫れみ傷《いた》んだ詩。いわゆる「粒々辛苦」という成語の出典である。中唐期の李紳は、白居易や元稹《げんしん》らとともに、詩歌による政治改革をみずから実践しようとした行動的な詩人であった。かれが後に宰相となっていることからも知られるように、詩的達成と政治的達成とは、時として幸福に両立することもあったのである。その傾向は、とりわけ中唐期と宋《そう》代において顕著だったといってよい。それはまた、盛唐期の杜甫が志しながらついに果しえなかったもの、儒家的な文学理念の実現でもあった。

権力の座にいない詩人が、詩歌によって〝経世〟を志すとき、それはしばしば諷刺・諷《ふう》諫《かん》の形をとる。一方、最高権力を手中にした為政者の経世の志は、もっと直接的な人材獲得の願望として歌われることが多い。その代表的なものとしては、漢の高祖劉邦《りゆうほう》の「大風の歌」があげられよう。

秦《しん》を滅ぼし、漢・楚《そ》の争覇に勝利して天下統一に成功した劉邦は、その晩年（前一九六年）、淮南《わいなん》王英布《えいふ》（黥布《げいふ》）の反乱を平定した帰途、故郷の沛《はい》（江蘇《こうそ》省豊《ほう》県）に立ちよった。昔なじみの父老たちや、その子弟を集めて酒宴を開き、土地の少年たち百二十人を選んで歌を歌わせた。宴が盛り上がったころ、高祖は筑《ちく》という打楽器でリズムをとりながら、「自《みずか》ら歌詩を為《つく》って」こう歌ったという。

大風歌

大風起兮雲飛揚
威加海内兮歸故郷
安得猛士兮守四方

大風《たいふう》の歌《うた》　漢《かん》の高祖《こうそ》

大風《たいふう》起《お》こって　雲《くも》飛《ひ》揚《よう》す
威《い》は海内《かいだい》に加《くわ》わって　故郷《こきょう》に帰《かえ》る
安《いず》くにか猛士《もうし》を得《え》て　四方《しほう》を守《まも》らしめん

激しい風が吹き起こり、雲は高く舞い揚《あ》がる。今や我が威光は天下に及び、こうして再び故郷に帰ってきたのだ。ああ、何とかして勇猛なる士《ますらお》たちを得て、この国の四方を守り抜かせたいものだ。――

合唱隊の少年たちにも唱和させると、高祖は「乃《すなわ》ち起《た》ちて舞い、慷慨《こうがい》悲傷して、泣《なみだ》数行下《くだ》る」という感激ぶりであった、と『史記《しき》』（高祖本紀《ほんぎ》）は伝えている。「大風起こって雲飛揚す」と歌い出されるエネルギーに満ちた第一句は、秦の滅亡から漢の統一に到る動乱の世相を暗示しているだろう。沛公として挙兵（前二〇九年）して以来すでに十三年、群雄割拠の激動を統一と安定に導いた劉邦は、今や権力並びなき漢王朝の皇帝として、国家の発展と永続を図《はか》るべき立場にある。

しかし、生きられる時間には限りがあり、天与の運命の前には、地上の権力はほとんど無力に近い。このとき高祖は、英布との戦いで流れ矢に当った傷が悪化しており、死期の近いことを自覚していた。久しく離れていた故郷に帰り、かつて慣れ親しんだ風景や人物を眼《ま》のあたりにして、かれは、過去への回顧（第一句）と、現在への充足（第二句）と、将来への願望（第三句）とを、率直に歌いあげたものであろう。

この詩は、古くは「三侯之章《さんこうのしょう》」（『史記』楽書《がくしょ》）と呼ばれており、「大風歌」の名は、恐らく梁《りょう》の『文心雕龍《ぶんしんちょうりゅう》』（第四十五、時序《じじょ》）に始まる。また、歌辞そのものも、側近や後人の代作である可能性が全く無いわけではない。しかし、ここに高らかに歌われた権力者としての経世の志は、たとえば魏《ぎ》の曹操《そうそう》「短歌行《たんかこう》」の〝思賢求才〟の詩句——

對酒當歌　酒《さけ》に対《たい》して当《まさ》に歌《うた》うべし
人生幾何　人生《じんせい》　幾何《いくばく》ぞ
……　……
青青子衿　青青《せいせい》たる子《きみ》が衿《えり》
悠悠我心　悠悠《ゆうゆう》たる我《わ》が心《こころ》

但為君故
沈吟至今
……
周公吐哺
天下帰心

但《た》だ君《きみ》の為《ため》の故《ゆえ》に
沈吟《ちんぎん》して今《いま》に至《いた》る
……
周公《しゅうこう》 哺《ほ》を吐《は》きて
天下《てんか》 心《こころ》を帰《き》す

などとともに、人材への渇望を歌う詩的伝統の源泉的な存在として、後世の文学史に明確な影響を与えてきた。

すぐれた為政者が、すぐれた人材を得て経世済民の成果をあげることは、儒家思想における理想的な君臣関係である。その理想を実現するための制度として、〝拾遺《しゅうい》——遺《わす》れ遺《のこ》したものを拾う〟、つまり、天子が為《な》すべくして為《な》し遺《わす》れている政策を拾いあげ、それを実行させる、という「左《さ》拾遺・右《ゆう》拾遺」の職があった。言いかえれば、天子の過《あやま》ちを諫《いさ》める〝諫臣《かんしん》〟の職であり、それだけに、人格高潔で信念に忠実な人物であることが期待される。拾遺の職を授けられることは、知識人にとって、大きな名誉であり、生き甲斐であった。

安史《あんし》の乱のさなか、長安《ちょうあん》・洛陽《らくよう》を奪回した粛宗《しゅくそう》皇帝の朝廷において、杜甫はその左拾遺の職を授けられた。ひそかに我が身を舜帝の賢臣〝稷《しょく》〟と〝契《せつ》〟に比し（「京《みやこ》より奉先《ほうせん》県に赴《おもむ》く、詠懐《えいかい》五百字」）、「（主）君を堯《ぎょう》と舜の上に致し、再び風俗をして淳《あつ》から使《し》めん」（「韋《い》左丞丈《さじょうじょう》に奉贈《ほうぞう》す、二十二韻」）と願っていた杜甫にとって、これが、年来の理想を実現する天与の機会と感じられたことは、想像に難くない。かれは、心からなる充足感をもって、この職務に忠実であろうとした。

春宿左省　　春《はる》 左省《さしょう》に宿《しゅく》す　　杜甫《とほ》

花隱掖垣暮　　花《はな》は隠《いん》として　掖垣《えきえん》暮《く》れ
啾啾棲鳥過　　啾啾《しゅうしゅう》として　棲鳥《せいちょう》過《す》ぐ
星臨萬戸動　　星《ほし》は万戸《ばんこ》に臨《のぞ》んで動《うご》き
月傍九霄多　　月《つき》は九霄《きゅうしょう》に傍《そ》って多《あふ》る
不寢聽金鑰　　寝《い》ねずして　金鑰《きんやく》を聴《き》き

因風想玉珂
明朝有封事
數問夜如何

風《かぜ》に因《よ》りて　玉珂《ぎよくか》を想《おも》う
明朝《みようちよう》　封事《ふうじ》有《あ》り
数〻《しばしば》問《と》う　夜《よる》　如何《いかん》と

「左省」とは、三省の一つ「門下省《もんかしよう》」の別名。太極殿《たいきよくでん》の東（左）に在《あ》るところから「左省・左掖《さえき》」とも呼ばれていた。左拾遺は、門下省に属する官職である。「宿」は「宿直」の意。乾元《けんげん》元年（七五八）、杜甫四十七歳の春の作品である。

――花々は薄闇の中に浮かんで、ここ門下省には暮《ひぐれ》がおとずれ、啾々《しゆうしゆう》と鳴き交《か》わしつつ、棲《ねぐら》に帰る鳥は飛び去ってゆく。――

「隠」は、光薄く、おぼろなさま。「掖垣《えきえん》」とは、宮殿の「掖《わき》の垣根」の意であるが、中《ちゆう》書《しよ》省・門下省が太極殿の左右の掖《わき》に在るところから、その別名・雅名としても用いられる。ここでは、両者のイメージが重なっていよう。

星は万戸に臨んで動き
月は九霄に傍って多《あふ》る

無数の星の光は、千門万戸の宮殿に触れんばかりにきらめき、明るい月の光は、九重《ここのえ》の城門に傍《そ》って溢れるように降り注ぐ。――「九霄」は、本来は「天空」をさすが、ここでは「九重の天」と同様に、宮中の数多くの建造物を意味していよう。

寝《い》ねずして　金鑰《きんやく》を聴《き》き
風に因りて　玉珂《ぎょくか》を想《おも》う

宿直のこの身、まんじりともせずに、黄金《こがね》作りの鑰《かぎ》の音に耳を澄ませ、夜風がざわめけば、参内《さんだい》の官吏の玉《ぎょく》の　珂《かざりだま》の音かと想像する。――
「金鑰《きんやく》」は、黄金の錠前《じょうまえ》、また、その鍵《かぎ》。早朝の朝廷で、宮門を開けるカギの音がいつ聞こえるかと緊張しているのである。「玉珂《ぎょくか》」は、宮中に参内する役人の馬の勒《くつわ》につけた玉《ぎょく》の珂《たまかざり》。馬の歩みに従って、美しい音を立てる。風の音を聞いてさえも玉珂を想像するというように、前句と同じく、宿直の任に在る者として、責任に敏感になっているさまをいう。

明朝　封事《ふうじ》有り
数〻《しばしば》問う　夜　如何《いかん》と

明日《あす》の朝には、天子に奉るべき密封した意見書の任務がある。心にかかるその事のために、夜はいま何時ごろか、としばしば問いただしてみるのだ。――
「封事」とは、「意見封事」ともいわれるように、官吏が自分の意見を密封して天子に上奏する文書、また、その任務。左拾遺として天子の側近に侍する杜甫にとって、最も晴れがましい職務であった。規定の時間が過ぎてしまったり、上奏の過程に手落ちがあったりすることがないように、夜の時間の正確な経過を、何度も何度も係りの役人に問いただしているのである。

ここに歌われた杜甫の鞠躬如《きくきゆうじよ》たる忠勤ぶりは、わずかその二年半ほど前、四十四歳の冬のころに、「朱門《しゆもん》（権勢家の屋敷）には酒肉の臭《くさ》れるに、路には凍死の骨有り」（「京より奉先県に赴く、詠懐五百字」）と歌った鋭い批判精神——権力者への鋭い批判精神——とくらべると、まるで別人のような、矛盾した趣きが感じられよう。

しかし、少なくとも、杜甫自身の主観においては、矛盾ではなかった。悪いのは天子自身ではなく、天子の聡明さを掩《おお》っている権臣たちだ、と考えていたからである。とすれば、自分自身が天子の側近となり、正しい政治のありかたを助言するという左拾遺の職務が、かれにとって全身全霊で打ちこむにふさわしいものだったことは、不思議ではない。

しかし、現実の乱れた政治において、権力の中心たる天子に責任がなく、諸悪の原因が権臣だけにある、などということは有りえない。杜甫の期待にもかかわらず、粛宗はしばしば誤った判断をくだし、杜甫自身も、その年のうちに、華州《かしゆう》（陝西《せんせい》省華県）の司功参軍《しこうさんぐん》に左遷されてしまう。そして、詩人としての杜甫の名誉のためにいえば、そうした失意や逆境を体験することによって、杜甫の批判精神は、天子自身をも絶対化しない、より的確なものへと転化してゆくのである。そうした杜甫の目が生きている五言古詩、「石壕《せきごう》の吏《り》」。五言律詩で歌われた「春、左省に宿す」からは、ちょうど一年後、四十八歳の春の作である。「五古」と「五律」という詩型が担《にな》っている役割の差異についても、目を向けておきたい。

石壕吏　　石壕《せきごう》の吏《り》　　杜甫《とほ》

暮投石壕村　　暮《ひぐれ》に石壕村《せきごうそん》に投《とう》ず
有吏夜捉人　　吏《り》有《あ》りて　夜《よる》　人《ひと》を捉《とら》う
老翁踰墻走　　老翁《ろうおう》　墻《かき》を踰《こ》えて走《はし》り
老婦出看門　　老婦《ろうふ》　出《い》でて門《もん》を看《み》る

日暮れに石壕の村に投宿した。役人が、夜中に、人を捉《とら》えにやってくる。老人は、土塀《どべい》を乗り踰《こ》えて走《に》げ出し、老婆は、外に出て門口《かどぐち》で様子をうかがっている。――

第一段。「村《そん》・人《じん》・門《もん》」と平声《ひょうしょう》の韻を踏む。「石壕」は、杜甫の任地華州から東へ約百五十キロの村。この時、杜甫は、洛陽の別荘（陸渾荘《りくこんそう》）から任地に帰る途中であった。「吏《り》有りて、夜、人を捉《とら》う」というのは、常識的には理解しがたい情況であるが、兵士として強制的に徴発するために、寝こみを襲って男を捉えてゆくのである。若い男たちは、とっくに徴発され尽くし、今は老人さえも徴兵の対象となっているために、「老翁」も、あわてて「墻《しょう》」（土や石の塀《へい》）を乗りこえて逃げ出さざるをえない。そうした異常な世相が、杜甫自身の実体験として、劇的に描き出されてゆく。

吏呼一何怒　吏《り》の呼《よ》ぶこと　一《いっ》に何《なん》ぞ怒《いか》れる
婦啼一何苦　婦《ふ》の啼《な》くこと　一《いっ》に何《なん》ぞ苦《くる》しき
聴婦前致詞　婦《ふ》の前《すす》んで詞《し》を致《いた》すを聴《き》くに
三男鄴城戍　三男《さんだん》は鄴城《ぎょうじょう》に戍《まも》る

役人がどなる声は、何と荒々しいことか。老婆の啼《な》く声は、何と苦しげなことか。老婆が進み出て話すのをよく聴いてみると、三人の息子たちは、鄴城の守備のために出征したとのこと。――

第二段。「怒《ぬ(ど)》・苦《く》・戍《じゅ》」と上声《じょうしょう》の韻を踏む。「鄴城」は、黄河の北の相州《そうしゅう》（安陽《あんよう》）。当時、叛軍安慶緒《あんけいしょ》との激しい争奪の場となっていた。実際には、唐朝側の九節度使の軍が叛軍を相州に囲んだのであるが、大敗して多くの死者を出した。以下は、その情況が、老婆の息子たちの戦死として語られる。

一男附書至　　一男《いちだん》　書《しょ》を附《ふ》して至《いた》るに
二男新戦死　　二男《にだん》は新《あら》たに戦死《せんし》すと
存者且偸生　　存《そん》する者《もの》は且《しばら》く生《せい》を偸《ぬす》むも
死者長已矣　　死《し》せる者《もの》は長《とこし》えに已《や》みぬ

一人の男《むすこ》が、書《てがみ》をことづけて来たのによれば、二人の男《むすこ》は、ごく最近、戦死してしまったとのこと。生き残った息子は、ひとまず何とか生命《いのち》を長らえておりますが、死んでしまったものは、もう永遠にそれっきりです。――

第三段。「至《し》・死《し》・矣《い》」と上声の押韻である。「偸生《とうせい》」とは、死ぬはずのものが「生《いのち》を偸《ぬす》むように」かろうじて生きていること。

老婆の言葉は、まだ続く。

室中更無人　室中《しっちゅう》　更《さら》に人《ひと》無《な》く
惟有乳下孫　惟《た》だ　乳下《にゅうか》の孫《まご》有《あ》るのみ
有孫母未去　孫《まご》有《あ》れば　母《はは》未《いま》だ去《さ》らざるも
出入無完裙　出入《しゅつにゅう》に　完裙《かんくん》無《な》し
老嫗力雖衰　老嫗《ろうう》　力《ちから》は衰《おとろ》うと雖《いえど》も
請從吏夜歸　請《こ》う　吏《り》に従《したが》って夜帰《よるき》せん
急應河陽役　急《きゅう》に河陽《かよう》の役《えき》に応《おう》ぜば
猶得備晨炊　猶《な》お晨炊《しんすい》に備《そな》うるを得《え》ん

家の中には、もうまるっきり男手《おとこで》はなく、ただ乳飲《ちの》み子の孫がいるだけです。孫がおりますので、母親は実家に帰らずにいてくれますが、家の出入りにも、満足な裙《スカート》さえない有りさま。

この老嫗《ばば》めは、力こそ衰えてしまいましたが、どうかお役人様のお伴をして、今夜のうちにでも、参るべきところに参りましょう。至急、河陽の軍役に参上すれば、これでもまだ晨飯《あさめし》の煮《に》炊《たき》ぐらいには、何とかお役に立てましょう。——

第四段と第五段。「人《じん》・孫《そん》・裙《くん》」（平声）、「衰《すい》・帰《き》・炊《すい》」（平声）と韻を踏む。三人の息子が出征し、その中の二人までが戦死した家庭には、もう兵士として役立つ男手はない。ただし、塀《へい》を乗りこえて逃げ出した老人を除いて。老婆は、夫を救うために、わざと「更無人」といってみせたのである。「請従吏夜帰」の「帰《き》」は、「行くべきところに行く、帰着すべきところに帰着する」の意。「お役人様に随《したが》ってどこへでも参りましょう」という決意を表わしたもの。「河陽」は、現在の河南省孟《もう》県。やはり、安史の乱による激戦地の一つであった。

老婆の言葉はここで終り、最終の一段は、最も哀切な結末を、杜甫自身の視線から抑制的に描き出す。

夜久語聲絶
如聞泣幽咽
天明登前途
獨與老翁別

夜久《よるひさ》しくして語声《ごせい》絶《た》え
泣《な》いて幽咽《ゆうえつ》するを聞《き》くが如《ごと》し
天明《てんめい》 前途《ぜんと》に登《のぼ》るに
独《ひと》り 老翁《ろうおう》と別《わか》るるのみ

やがて夜はふけ、話し声は途絶え、幽《かす》かに咽《むせ》び泣く声が聞こえたようだった。そして夜明け、私はただ、老翁と別れただけであった。——

第六段。話し声が途絶え、咽び泣きが聞こえたかのようなそのとき、老婆は役人に連れ去られたのであろう。杜甫はそれを、「……を聞くが如し」と、あえて不明確な描きかたをする。それはむろん、翌朝、出発のとき、老翁としか会えなかった——老婆は夜のうちに連れ去られていた——という事実を、より鮮明に印象づけるための技法であろう。

このばあい、この第六段だけが「絶《ぜつ》・咽《えつ》・別《べつ》」と入声の韻を踏んでいることは、入声の切迫した響きが情況の切迫さを増幅するという点で、大きな効果が認められよう。

この時期の杜甫の政治批判は、決して思いつきの断片的なものではなかった。かれは「石壕の吏」に前後して、「新安《しんあん》の吏」「潼関《とうかん》の吏」、さらに「新婚の別れ」「衰老の別れ」

「家無きの別れ」の、いわゆる「三吏・三別」の作品を系統的に生み出している。唐朝に対する敬愛の念は、かれにとって終生変るものではなかったが、天子側近の左拾遺の現実が理念や理想とはほど遠いことを体験することによって、杜甫の経世の志が、より屈折した、より複眼的なものになったことは確かであろう。

続いて、中唐前期の顧況の詩。ここでも、四言古体詩（最終句だけ六言）という素朴な詩型が、きびしい政治批判の精神と結びついていることは、十分に注意されてよい。全体は、換韻《かんいん》によって大きく五段に分かれる。

囝　　囝《けん》　　顧況《こきょう》

囝、哀閩也（囝、音蹇。閩俗、呼子爲囝、父爲郎罷）

囝《けん》は、閩《びん》を哀《かな》しむ也《なり》（囝《けん》、音蹇《おんけん》。閩《びん》の俗《ぞく》に、子《こ》を呼《よ》びて囝《けん》と為《な》し、父《ちち》を郎《ろう》罷《は》と為《な》す）

作者はまずこの作品を、『詩経』の批判精神を承《う》けつぐという意図から、その失われた詩篇を補うもの（「補亡《ほぼう》」の詩）とし、漢代の故訓（注釈）にならって、詩題の後に小序と注を付けている。

――「囝《けん》」の詩は、閩《びん》（福建省地方）の人々の有りさまを哀《かな》しんだものである。（「囝《けん》」は「蹇《けん》jiǎn」と発音する。閩の地方の習俗では、子《むすこ》を「囝」と呼び、父を「郎罷」と呼ぶ。）

囝生閩方　囝《けん》　閩方《びんぽう》に生《うま》る
閩吏得之　閩《びん》の吏《り》　之《これ》を得《え》て
乃絶其陽　乃《すなわ》ち其《そ》の陽《よう》を絶《た》つ

閩《びん》の地方に男の子が生まれると、閩の役人はこれを自分のものとし、なんと、むごくも去勢してしまう。――

第一段。「方《ほう》・陽《よう》」と韻を踏んでいる。中国大陸の東南地区、当時の閩の地方に現存した少年奴隷の悪習が、散文的なリアリティーとともに発《あば》き出される。「吏」は、地方ごとに採用される下級役人。中央で採用される「官」に対比される言葉。「之《これ》を得て」は、（年《ねん》貢《ぐ》の抵当《かた》などとして）ただ同然に入手する語気をもつ。「陽を断つ」は、去勢すること。

爲臟爲獲　臟《ぞう》と為《な》し　獲《かく》と為《な》し
致金滿屋　金《きん》を致《いた》して屋《おく》に満《み》たしむ
爲髡爲鉗　髡《こん》と為《な》し　鉗《けん》と為《な》し
如視草木　草木《そうもく》を視《み》るが如《ごと》し
天道無知　天道《てんどう》　知《し》る無《な》く
我懼其毒　我《わ》れ其《そ》の毒《どく》に懼《かか》る
神道無知　神道《しんどう》　知《し》る無《な》く
彼受其福　彼《か》れ其《そ》の福《ふく》を受《う》く

それを自分の下僕《げぼく》とし、金にあかせて、家じゅうに何人も置く。髪をそり落とし、首かせをはめて、まるで草や木を扱うのと同様な酷《むご》さ。「天の神様は御存知ない。私があいつの毒手にかかっているのに。天の神様は御存知ない。あいつが旨《うま》い汁を吸っているのに」。

——

第二段。「屋《おく》・木《もく》・毒《どく》・福《ふく》」と入声《にっしょう》の韻を踏んでいる。「臟《ぞう》」と「獲《かく》」とは、本来は男奴隷と女奴隷を卑《いや》しんでいう言葉であるが、ここでは「下僕」の意。「髠《こん》——髪を剃《そ》る」「鉗《けん》——首かせをつける」は、ともに逃亡を防ぐための刑罰である。罪を犯したわけでもないのに、奴隷であるがゆえにそうした扱いを受けてしまう。その不当さへの屈辱が、激しい言葉としてほとばしる。「天道知る無し」「神道知る無し」という神々への不信の言葉も、少年奴隷の実感の叫びとして、読者の肺腑《はいふ》をえぐる響きをもっていよう。

郎罷別囝
吾悔生汝
及汝既生
人勸不擧
不從人言
果獲是苦

郎罷《ろうは》　囝《けん》に別《わか》る
吾《わ》れ汝《なんじ》を生《う》みしを悔《く》ゆ
汝《なんじ》の既《すで》に生《うま》るるに及《およ》び
人《ひと》　挙《あ》げざるを勸《すす》む
人《ひと》の言《げん》に従《したが》わず
果《はた》して是《こ》の苦《く》を獲《え》たり

父親は、いよいよ息子に別れる。「私は、お前を生んだことを悔《く》やんでいる。お前が生まれ落ちたとき、人さまは、とり挙げるな、育てるな、といってくれた。人さまの言葉を聞かなかったばっかりに、果してこんな苦しみを受けたのだ」。——

第三段。「汝《じょ》・挙《きょ》・苦《く》」と上声の押韻。「人、挙げざるを勧《すす》む」とは、いわゆる「間《ま》びき」である。とりわけ農山村の生活苦のなかで、それはしばしば、ごく最近まで行なわれていた。いや、現在でさえ、世界のそこここで、ひそかに行なわれている事実でもある。生活苦ゆえに子供を間びくのと、生活苦ゆえに子供を売るのと、それぞれに精神の地獄であることに変りはない。しかし人は、現に直面している苦しみをこそ苦しむ。父親が、いっそあの時、この子を間びいていたならと悔むのも、また確かに一つの実感であろう。

囝別郎罷
心摧血下
隔地絶天
及至黄泉
不得在郎罷前

囝《けん》　郎罷《ろうは》に別《わか》る
心《こころ》摧《くだ》け　血《ち》下《なが》る
地《ち》を隔《へだ》て天《てん》を絶《た》ち
黄泉《こうせん》に至《いた》るに及《およ》ぶまで
郎罷《ろうは》の前《まえ》に在《あ》るを得《え》ざらん

息子はいま父親と別れる。心臓が張り裂け、血も流れんばかり。「遠く天と地を隔《へだ》てあい、死んで黄泉《あのよ》にゆくまでは、とうさんと会うことはできないのだ」。──

第四段と第五段。「罷《は》・下《か》」という去声《きよしよう》、および、「天《てん》・泉《せん》・前《ぜん》」という平声の韻を踏んでいる。「心《しん》」は具体的な心臓、それが「摧《くだ》」けて血が流れる、という生まなましいイメージである。

世を経《ただ》し人を済《すく》うという儒家的な詩歌の理念は、時として無味乾燥な教条的作品を生む。しかし、それが生きた情熱として作品に血肉化されるとき、この「囝《けん》」の詩のようなすぐれた作品が生まれるのであろう。

時代や社会の悪習は、一人の詩人の一首の作品によって改められるものではない。それにも関わらず、詩人たちの批判の声は、各時代をつうじて絶えることなく続いている。顧況に次ぐ中唐の白居易（楽天《らくてん》）の「新楽府《がふ》、五十首」「秦中吟、十首」については、あまりに名高い。徴兵を逃れるために、自分で自分の腕を折った老人の話「新豊《しんぽう》の臂《うで》を折りし翁《おきな》」、あるいは、車いっぱいの炭を、宮中の費用調達の役人に奪いとられてしまった老人の話「炭を売る翁」など、そのするどい批判の精神は、同時代の詩人はもちろん、後世の詩人たちにも、大きな影響を与えてきた。

ここでは、その伝統を承けついだ晩唐の杜荀鶴《とじゅんかく》の作品。戦死者の未亡人にさえも、税金は情け容赦なくかかってくる。そうした徴税の酷《むご》さを批判した名高い社会詩、「山中の寡婦」。

山中《さんちゅう》の寡婦《かふ》　　杜荀鶴《とじゅんかく》

夫《おっと》は兵《へい》に因《よ》りて死《し》し　蓬茅《ほうぼう》を守《まも》る
麻苧《まちょ》の衣衫《いさん》　鬢髪《びんぱつ》焦《こが》る
桑柘《そうしゃ》　廃《はい》し来《きた》るも　猶《な》お税《ぜい》を納《おさ》め
田園《でんえん》　荒《あ》れし後《のち》も　尚《な》お苗《なえ》を徴《ちょう》す
時《つね》に野菜《やさい》を挑《ほ》りて根《ね》と和《とも》に煮《に》
旋《ま》た生柴《せいさい》を斫《き》りて葉《は》を帯《お》びて焼《や》く
任《たと》い是《こ》れ　深山《しんざん》　更《さら》に深《ふか》き処《ところ》なるも
也《ま》た応《まさ》に　征徭《せいよう》を避《さ》くるに計無《けいな》かるべし

山中寡婦

夫因兵死守蓬茅
麻苧衣衫鬢髪焦
桑柘廢來猶納税
田園荒後尚徴苗
時挑野菜和根煮
旋斫生柴帶葉燒
任是深山更深處
也應無計避征徭

夫は戦争で死に、あばら家を守って生きてきた。粗末な麻苧《あさ》の衣衫《うわぎ》を着て、髪の毛はちりぢり。

養蚕はやめてしまったのに、なおも税を納め、田畑は荒れてしまったのに、なおも青《せい》苗《びょう》の税を徴収される。

しょっちゅう野草を挑《ほじ》り出しては、根っこのまま煮たり、すぐまた生《なま》の雑木《ぞうき》をぶち切って、葉のついたまま燃《もや》したりする。

たとえ、深い山中の、更に山深い場所に逃れたとて、徴税と労役とを免《まぬが》れるすべはないのだ。——

「蓬茅《ほうぼう》」とは「蓬門茅屋《ほうもんぼうおく》」、蓬《よもぎ》で編んだ戸口、茅《ちがや》で葺《ふ》いた屋根。実景であるとともに、貧窮のありさまを象徴する。「麻苧《まちょ》」は、ともにアサの類の繊維で織った布。貧者の衣服である。当時、木綿《もめん》はまだ普及していなかった。「衫《さん》」とは短い上衣をいう。

第二聯では、「猶納税」と「尚徴苗」とが対比されている。ともに税金を納めることであるが、「徴苗」は、いわゆる「青苗銭」。農家への付加税として、耕地の面積に応じて課税された。中唐期以後の酷税として名高い。「桑柘《そうしゃ》 sāngzhè」は、ともにクワの類。

最終聯の「任是……、也応……」は、第三聯の「和 hé」（～のまま）などとおなじく、口語・俗語的な用法。「征徭」は、「徴税」と「徭役《ようえき》」(強制労働)。庶民の暮らしを苦しめる二つの制度として、象徴的に提示されている。

徹底した酷税、いわゆる〝苛斂誅求《かれんちゅうきゅう》〟のさまが歌われる。夫を戦争で失った寡婦には、働き手として頼るべき男手がない。あばら家を守り、粗末な衣服をつけ、髪の手入れもできず、生きてゆくことだけで精一杯。とても養蚕までは手が回らず、田畑の仕事も放り出したまま。それでも税金だけは、夫が生きていたときと同じようにかかってくる。

貧しさの極致、たべられそうな野草を挑《ほじ》りだして、根っこのまま煮てたべるのは、しょっちゅうのこと。「時挑」の「時」は、「時々《じじ》」(しばしば)の意とするのが妥当だろう。むろん、薪木《たきぎ》のたくわえもない。生《な》ま木を、「斫《しゃく》 zhuó」すなわち「ぶった切って」、葉がついたまま燃やすのである。この対句には、アクの強い野草の香りや、生ま木のくすぶる煙が鼻をつくような、貧しい山中生活の実感がただよっていよう。

唐王朝の末期、相いつぐ戦乱に国庫は疲弊し、政府はその活路を、いっそう苛酷な増税に求めたのである。いつの時代にも、重税が社会の弱者を直撃することに変りはない。

しかし、重税の網の目が徹底しているように、それを暴《あば》き出す作者の批判の目も徹底している。まさに、言葉の力を信ずる詩人の、それゆえに純粋に言語化しえた経世の志であろう。

しかし、経世の志は、弱者への同情として表われるばかりではない。愛する祖国が異民族によって侵略され、その失地が恢復《かいふく》されないままに歳月が過ぎてゆくのを感じるとき、経世の志は、しばしば激しい愛国心となって詩中に躍動する。

北中国を金《きん》や元《げん》に奪われた南宋期には、そうした志を歌う経世の詩人が少なくない。陸游もまたその一人であった。八十六年の長い生涯を終えようとする数日前の、辞世の作であるとされる「児《こ》に示す」。

示兒

死去元知萬事空
但悲不見九州同
王師北定中原日
家祭無忘告乃翁

児《こ》に示《しめ》す　陸游《りくゆう》

死《し》し去《さ》れば　元《もと》より知《し》る　万事《ばんじ》は空《むな》しと
但《た》だ悲《かな》しむ　九州《きゅうしゅう》の同《おな》じきを見《み》ざることを
王師《おうし》　北《きた》のかた　中原《ちゅうげん》を定《さだ》むるの日《ひ》
家祭《かさい》に忘《わす》るる無《な》かれ　乃翁《だいおう》に告《つ》ぐるを

もとより分かっている、ひとたび死んでしまえば、この世の万事は空《むな》しいものだと。但《た》だ悲しいのは、この中国全土が同じ国家として統一されるのを見ることができなかったこと。わが子よ。宋王朝の軍隊が、北のかた中原《ちゅうげん》の地を取りもどすその日には、つつしんでわが家の祖先の祭りをし、お前の父にそのことを告げるのを忘れてはなるまいぞ。――

いわゆる「半壁《はんぺき》の山河」「神州の光復《こうふく》」「王業は偏安《へんあん》せず」等々、異民族との国土争奪に苦しんだ中国には、失地回復を宣揚するための成語がおびただしく生まれている。失われた神州中原の回復を少年時代からたたき込まれた陸游は、対金国外交の強硬派、すなわち主戦派としてのイデオロギーで一生を終始した。政策としてそれを主張しただけでなく、みずからも四川宣撫使司《しせんせんぶしし》の幹辦公事《かんべんこうじ》・兼検法官として、金国との戦いの最前線、漢中の興《こう》元府《げんふ》（陝西省南鄭《せんせいなんてい》）に勤務した経験をもっている。

晩年のかれは、その主戦派としての言辞が禍《わざわ》いして朝廷から遠ざけられ、故郷の紹興《しょうこう》地方で、悠々たる隠棲の生活を楽しんでいる。読書と、詩作と、養生とに明け暮れした穏やかな歳月のなかで、しかし、かれの愛国心と経世の志は、決して衰えてはいなかった。

伝統的な儒家的教養に生きたかれにとって、死後の世界は「焉《いずく》んぞ死を知らん」（『論語』先進《せんしん》篇）の不可知の世界である。この世の愛憎も執着も、すべて〝空《くう》〟であり〝無《む》〟であると判断せざるをえない。ここにいう〝空〟とは、仏教的な〝空 śūnya〟の観念というよりは、もっと常識的な次元での、この世の一切が失われた空無の世界、という判断であろう。

しかし、そうしたかれの唯一の気がかりは、中原の統一をこの眼で見ることができなかったという点であり、その点への執着だけは、はっきりとわが子に伝えておくことが必要であった。その意味で、第三句「王師北定中原日」の七字こそは、少年時代以来、かれが夢にも忘れることができなかった理想の実現の瞬間を、平易な詩語によってイメージ化したものといってよい。夢にも忘れることができなかったばかりではない。文字通り、死すとも忘れ得ぬ栄光のイメージとして、かれはこの詩句を、わが「児《むすこ》」に「示した」のである。

「王師、北のかた中原を定むるの日」という陸游の願いは、結局、実現することはなかった。陸游が死んだその年（一二一〇）から約四半世紀後の一二三四年、南宋の宿敵金国は、新興の蒙古（元）によって滅ぼされたが、南宋自体もまた元によって滅ぼされてしまう（一二七九）。

北方異民族からの侵略に対して、南宋は一貫して受け身であり、その鋭鋒《えいほう》に苦慮しつつ亡国に到ったのだといってよい。しかし、現実の政情が苦慮すべきものであればあるほど、そうした現実を忘れ、束の間《つかま》の平安のなかに逃避したいという心情も生まれてくる。そうした南宋王朝の安逸の風潮を刺《そし》った名高い七言絶句、「臨安の邸《てい》に題す」。「臨安」とは、南宋の首都、現在の杭州。臨時の行在所《あんざいしょ》に過ぎなかったはずの仮りの首都が、あたかも本来の首都「汴京《べんけい》」（開封《かいほう》）であるかのような安逸の中にあることが、憂国の作者には許せなかったのである。「題す」とは、書きつけること。恐らくは、地方からこの都を訪れた作者が、慨嘆にたえず、旅邸の壁に書きつけた、という情況であろう。「邸《てい》」とは、飲食や倉庫の業務を兼営する旅館の類をいう。

題臨安邸　　臨安《りんあん》の邸《てい》に題《だい》す　　林升《りんしょう》

山外青山樓外樓
西湖歌舞幾時休
暖風熏得游人醉
直把杭州作汴州

山外《さんがい》の青山《せいざん》　楼外《ろうがい》の楼《ろう》
西湖《せいこ》の歌舞《かぶ》　幾時《いつ》か休《や》まん
暖風《だんぷう》　熏《くん》じ得《え》て　遊人《ゆうじん》酔《よ》い
直《ただ》ちに杭州《こうしゅう》を把《も》って汴州《べんしゅう》と作《な》す

山の外にはまた青い山がめぐり、楼の外にはまた高い楼が連なる。ここ西湖の岸辺、臨安の歌舞の賑わいは、いつ休《や》むということもなく続いている。暖い春風に吹きこめられて、遊興行楽の人々は酔い心地。ただもう、この杭州を汴州だと見なしているのだ。——
杭州は、中唐の白居易や北宋の蘇軾《そしょく》が知事として赴任した東南の名都会であり、詩跡（歌枕）としても重要な地位を占めていた。しかし、ここが政治・経済・文化の中心地として飛躍的な発展を示したのは、やはり南宋の都となってからである。

それだけに、当時の杭州には、地方都市が首都に変貌したゆえのさまざまなエネルギーが、善悪を問わず充満していた。とりわけ、白堤《はくてい》や蘇堤《そてい》によっていっそう魅力を増した西湖の景色は、ここに集う人々の心を捉えて放さない明媚《めいび》な美しさをたたえていた。それはちょうど、北方異民族によって洛陽を追われた東晋の知識人たちが、建康《けんこう》（南京）の山水の美しさと、そこで築いた安逸とに充足して、中原奪回の志を失いやすかった（三九三ページ）のと、ほぼ似た情況にあったといってよい。

つかのまの安逸であっても、戦いによって多くの人々が死ぬよりはましだという考えかたもある。そうした視点からの反戦詩も作れるであろう。本質的にいえば、異民族との対決において、主戦派と和平派とは、つねにそうした相い反する理念を相補的に主張できる立場にあるわけである。

しかし、東晋や南宋の王朝が、国土の半分を奪われた被侵略政権だったという事実を考えれば、主戦派の主張こそが歴史的に評価されやすかったのは、人情の自然というべきであろう。

ちなみに、第四句「直把杭州……」の「直《ちょく》zhí」の字は、理念的にまったく異なるはずの「汴京」と「杭州」が、何のこだわりもなく直接に同一視されているということ、その点に対する詩人の憤りが託された「詩眼」として、十分に味読されることが必要であろう。ちなみに、第一句「山外青山・楼外楼」は、西湖をとりまく杭州の地形と都市の繁栄を表わす名句として、今日、土地の人々に愛唱されている。諷刺の作であったものがプラスのイメージに転用されるというところにも、詩歌というものの複雑さが感じられて興味深い。

続いて、戦乱と徴税の、いわば二重苦の境遇を描いた作品。金国末期の惨状である。

亂後　乱《らん》の後《のち》　辛愿《しんげん》

兵去人歸日
花開雪霽天
川原荒宿草
墟落動新煙
困鼠鳴虚壁
飢烏啄廢田
似聞人語亂
縣吏已催錢

兵《へい》去《さ》り 人《ひと》帰《かえ》るの日《ひ》
花《はな》開《ひら》き 雪《ゆき》霽《は》るるの天《てん》
川原《せんげん》 宿草《しゅくそう》荒《あ》れ
墟落《きょらく》 新煙《しんえん》動《うご》く
困鼠《こんそ》は虚壁《きょへき》に鳴《な》き
飢烏《きう》は廃田《はいでん》に啄《ついば》む
人語《じんご》の乱《みだ》るるを聞《き》くに似《に》たり
県吏《けんり》 已《すで》に銭《せん》を催《うなが》す

蒙古の軍隊が立ち去って、逃げていた村人たちが帰ってきたころ。花も咲きそめ、雪もようやく止《や》んだ季節。

川辺の平野には、古い雑草が荒れてひろがり、そこここの村落には、新たな煮炊《にた》きの煙が立ちのぼる。

やせた鼠《ねずみ》は、がらんとした部屋の壁のあたりで鳴きさわぎ、飢えた烏《からす》は、うち捨てられたままの田畑で餌を啄《ついば》む。

荒々《あらあら》しい人声《ひとごえ》が聞こえたかと思えば、県の役人が、もう税金の催促をしているのだった。

――

南宋を苦しめ抜いた金朝は、新たに北方から起こった蒙古によって悲惨な亡国を迎える（参照：「岐陽《きよう》」二二九ページ）。この詩は、金朝亡国の詩人として名高い元好問《げんこうもん》の、親しい友人辛愿の作。亡国の悲哀という以上に、庶民生活の惨状そのものが、深い同情の対象となっている。

一首八句のうち、六句までが対句であり、対句表現の本質として、意味はいっそう明確さを増している。詳細な解説は不要であろう。中国四千年。興国と亡国の歴史のなかで、このような光景は幾度くり返されたことだろうか。そしてまた、心ある詩人による告発の詩作も、幾度くり返されてきたことだろうか。われわれはそこに、中国における〝詩〟と〝政治〟の抜きさしならぬ深い関わりを見るであろう。

「経世のうた」の章の最後に、やや趣きの異なった経世の志を見ておきたい。作者は、すでにその特異な才能と個性で知られる龔自珍《きょうじちん》である。

清《しん》の道光《どうこう》帝の己亥《きがい》の年（一八三九）、正式に退官した四十八歳の作者は、首都北京から故郷の崑山《こんざん》（江蘇省）の別荘に帰ることになった。帰郷までの約八カ月間に作られた七言絶句三百十五首は、「己亥雑詩」と名づけられ、友人の呉虹生《ごこうせい》に与えられた形になっている。

之《これ》を読めば則《すなわ》ち、別れて来《こ》のかた十《と》たび月を閲《けみ》するの心跡《しんせき》より、乃《すなわ》ち、一坐《いちざ》臥《が》・一飲食に至るまで、歴歴《れきれき》として絵《えが》けるが如《ごと》くならん。

（「呉虹生に与うるの書」）

というように、その連作は、作者の個別的な体験と系統的な心境とを、絵をかくかのように歴々《はっきり》と描き出したものであった。ここでは、その中で最も名高い第五首をあげる。

己亥雑詩　　　己亥雑詩《きがいざつし》　　　龔自珍《きょうじちん》

浩蕩離愁白日斜　　浩蕩《こうとう》たる離愁《りしゅう》　白日斜《はくじつなな》めなり
吟鞭東指即天涯　　吟鞭《ぎんべん》　東《ひがし》を指《さ》せば　即《すなわ》ち天涯《てんがい》
落紅不是無情物　　落紅《らくこう》は是《こ》れ　無情《むじょう》の物《もの》ならず

化作春泥更護花　化《か》して春泥《しゅんでい》と作《な》り　更《さら》に花《はな》を護《まも》らん

浩蕩《こうとう》と、果てもなく広がる離別の愁《うれ》い、かがやく太陽は、いま斜めに傾いてゆく。微吟するわが鞭《むち》で東のかたを指《さ》せば、そこはもう、天の涯《はて》なる遠い旅路。散ってゆく花びらだとて、哀楽の情を知らぬものではない。やがては春の日の泥土《つち》となって、さらに花々を護り育てるのだ。――

官界に適応しきれず、京師《みやこ》を去って故郷に帰ってゆくわが身。それは、陽《ひ》の当たる枝を離れて本来の大地に帰ってゆく落花の運命と、まさに重なりあう。龔自珍の異常に鋭い感受性を考えるとき、かれが、権謀術数の渦まく中央官界と相い容《い》れぬ存在であることは、だれよりも、かれ自身が知っていたであろう。故郷に帰隠する志は、ついに実行に移されたのだ。かれが一種の昂揚のなかでこの帰郷を意味づけようとしたのは当然であろう。散ってゆく花びらにも心はある。いや、いっそう敏感で繊細な〝情《じょう》 qing〟があるのだ。その情の核心は、自分自身が春の日の泥土となって、より新しい花々を咲かせること。それこそが、よりよく生きる態度なのだ。

みずからは〝経世〟の晴れ舞台に身を置こうとせず、黒子《くろこ》となってその世界を支えようとする人々、あるいは、身を置くことを志しながらも、それを断念せざるをえなかった人々にとって、この詩句は、自分の思念を代弁してくれる象徴的な意味を帯びることになった。清末から民国、さらに人民共和国の成立に到る激動の時代のなかで、この作品は多くの知識人の心の支えとして愛唱されてきた。また、時代を換え、国を換え、さらには〝経世〟という枠組を取り換えた場合でも、「春泥と化して花を護らん」という発想は、それを実践する者の心をも、観察する者の心をも、強く魅《ひ》きつける力をもつだろう。

中国古典の表現史を考えたばあい、物がその根本に帰ってゆくという発想は、きわめて早くから見いだされる。

夫物芸芸、各復歸其根

——夫《そ》れ物は芸芸《うんうん》としてさかんなるも、各〻《おのおの》其《そ》の根に復帰す。

（『老子』第十六章）

今日でも、日常的に最もよく用いられるのは、「落葉帰根——落葉《らくよう》、根に帰る」であろう。龔自珍は、さらにそれを、「落紅化春泥——落紅《らくこう》、春泥《しゅんでい》と化す」という華やかなイメージに置きかえて、春花の無残な変貌と、その再生の真の意味を、深く読者の心に刻んだのである。天成の、詩人の資質というべきであろう。

十二　自適のうた——執《と》われぬ心を

此《こ》の中《うち》に　真意有り
弁ぜんと欲して　已《すで》に言《げん》を忘る

（陶淵明「飲酒」）

「自適《じてき》のうた」の世界には、自分の心の平安を大きな喜びとして歌うものが多い。「経世《けいせい》のうた」に見られる緊迫した批判精神や昂揚した自意識にくらべて、ここには、何げない日常性への穏やかな省察と充足があり、読む者の心を和《なご》ませてくれる。「自適 zishi」とは、自分をとりまく環境や現実に「それ自体として適応する」ことである。ここでは、そうした適応によって得られる身心の安らぎが、大きな価値として共感的に歌われているからであろう。

「自適」と「経世」という二つの態度は、歴史的に見れば、中国の知識人が拠《よ》り所としてきた二つの態度、すなわち、「窮すれば則ち独り其《そ》の身を善《よ》くし、達すれば則ち兼ねて天下を善《よ》くす」（『孟子』尽心《じんしん》篇、上）という相補的な処世観にまで、さかのぼることができるだろう。

しかし、実際の作例に即していえば、「経世のうた」も「自適のうた」も、作者が政治的・社会的に〝窮迫〟した情況にある時のほうが、すぐれた作品が生まれやすい。万事が順調な〝通達《つうたつ》〟した情況のなかでは、社会に向う対他的な関心も、自己に向う対自的な関心も、その認識を深めることが困難だからであろうか。

また例えば、王維の「田園楽《でんえんらく》」（四九八ページ）のように、〝窮迫〟とか、〝通達〟といった差異を超越した趣きをもつ作品のばあいにも、その奥には、作者自身の〝生きること〟への深い省察が秘められているものが多い。

とすれば、すぐれた「自適のうた」とは、それぞれの作者が、それぞれの矛盾や苦悩を温めつつ、しかもその情況に「適切に対応」しえた心の平安を、一つの価値ある生きかたとして歌うもの、ということになるだろうか。

始めに、こうした「自適」の構造が、すぐれた作品として生かされた一典型。杜甫の七言律詩「江村」から。

江村　　江村《こうそん》　　杜甫《とほ》

清江一曲抱村流　　清江《せいこう》 一曲《いっきょく》 村《むら》を抱《いだ》いて流《なが》る
長夏江村事事幽　　長夏《ちょうか》 江村《こうそん》 事事《じじ》 幽《ゆう》なり
自去自來梁上燕　　自《おのずか》ら去《さ》り自《おのずか》ら来《きた》る 梁上《りょうじょう》の燕《つばめ》

相親相近水中鷗
老妻畫紙爲棊局
稚子敲針作釣鉤
多病所須唯藥物
微軀此外更何求

相《あ》い親《した》しみ相《あ》い近《ちか》づく　水中《すいちゅう》の鷗《かもめ》
老妻《ろうさい》は紙《かみ》に画《えが》いて棊局《ききょく》を為《つく》り
稚子《ちし》は針《はり》を敲《たた》いて釣鉤《ちょうこう》を作《つく》る
多病《たびょう》　須《ま》つ所《ところ》は　唯《た》だ薬物《やくぶつ》
微軀《びく》　此《こ》の外《ほか》に　更《さら》に何《なに》をか求《もと》めん

清らかな江《かわ》に水が、ぐるっと一と曲り、村を抱くようにして流れている。長い夏の日、ここ江辺《かわべ》の村は、万事すべてが幽《しず》かで穏やかだ。気ままに飛び去ってはまた飛んで来る、梁《はり》に巣をかけた燕たちよ。私に親しんで近づいてくる、水に浮んだ鷗たちよ。

年老いた妻は、紙にマス目を引いて碁盤《ごばん》を為《つく》り、稚《おさな》い息子たちは、縫い針を敲《たた》き曲げて、釣鉤《つりばり》を作っている。

病気がちの私に必要なのは、ただ薬だけ。取るに足りぬわが身には、此の外《ほか》に何を求めようという望みもない。——

杜甫は、本質的に苦労性の詩人である。本来、自適とは最も遠い性質であるといってよい。その杜甫が、例外的に自適の境地を楽しみえた成都《せいと》時代の作品。成都西郊の杜甫の草堂は、錦江《きんこう》の支流、浣花渓《かんかけい》の流れる美しい川辺の村にあった。その草堂が完成した上元《じょうげん》元年（七六〇）の夏、四十九歳の作とされている。

「清江一曲抱村流、長夏江村事事幽」という冒頭の一聯《いちれん》には、この当時の杜甫の気分が、穏やかに、美しく描き出されている。文字どおり、清らかに澄んだ浣花渓の水。「村を抱《いだ》いて流る」という表現は、この村の地形として、たしかに実景である。と同時に、母親が子供を抱くような、安らかなくつろぎを感じさせよう。長い夏の日、村のなかのすべては、しずかに、穏やかな時間のなかにあるのである。

梁上の燕も、水中の鷗も、碁盤《ごばん》を画《えが》く妻も、釣り針を作る息子も、そして、それを見守る杜甫自身も、その穏やかな時間を楽しむかのように、自適し、自足している。病身に必要な「薬物《くすり》」までが、杜甫の身心の安らぎを支えるものとして、温かな眼差《まなざ》しで描かれている。

むろん、成都時代の杜甫も、常にこうした安らかな心境に在《あ》ったわけではない。「悲しみて見る、生涯、百憂の集《つど》うを」（「百憂集行」）という惨憺《さんたん》たる「憂愁の行《うた》」は、このすぐ翌年に作られているのである。しかし、「杜甫、一生愁《うれ》う」と評せられる杜甫の生涯に、「江村」のような心穏やかな瞬間がありえたということは、杜甫の精神史を考えるうえで、きわめて大きな意味をもつ。また、息を詰めるようにして『杜甫詩集』を読んできた後世の人々にとっても、巧《たく》まざる安らぎの効用を生んできたことは、確かであろう。

「自適のうた」の発想の拠り所となったものの一つに、名高い「漁父の辞《ぎょほのじ》」のなかの、「漁父」の歌がある。すでに見た『孟子』(尽心)の、「窮すれば……、達すれば……」(四八三ページ)は、自分の側が「窮」であるか「達」であるかによって自適か経世かを決めよ、といっていた。これに対して「漁父」の歌は、社会の側が「清」であるか「濁」であるかによって、それにふさわしい生きかたをこだわりなく選べ、と勧《すす》めている。

滄浪之水　　滄浪《そうろう》の水《みず》　　無名氏《むめいし》

滄浪之水清兮　　滄浪《そうろう》の水《みず》　清《す》まば
可以濯吾纓　　以《も》って吾《わ》が纓《えい》を濯《あら》う可《べ》し
滄浪之水濁兮　　滄浪《そうろう》の水《みず》　濁《にご》らば
可以濯吾足　　以《も》って吾《わ》が足《あし》を濯《あら》う可《べ》し

滄浪の水が清らかに澄んだなら、それで冠の纓《ひも》を濯《あら》うがよい。滄浪の水が濁ったなら、それで自分の足を濯《あら》うがよい。――

「滄浪」とは、川の名（漢水《かんすい》の下流）とするのが通説であるが、「滄浪《そうろう》 cānglàng」という畳韻《じょういん》の擬態語《オノマトペ》の効果を生かして、水の美しさの形容だとする説もある。「纓」は、冠を結ぶ組みヒモ。高潔なものの象徴として用いられた。「足」が汚濁の象徴であるのと、対《つい》をなすわけである。「兮《けい》」は、リズムを整えるための助字。南方系の方言だとされている。

この歌はもともと『孟子』（離《り》婁《ろう》篇、上）に、「孺子《じゅし》有り、歌いて曰《いわ》く……」として引用され、孔子がそれを讃えて弟子たちに聴かせた、とされるもの。主張の重点も、清濁の選択に関する自己責任、という点に在る。その限りでは、儒家的処世観の系譜に立つものといってよい。しかし、詩歌史的にいっそう著名な「漁父《ぎょほ》の辞《じ》」の中では、儒家的な屈原《くつげん》の主張に対して、道家《どうか》的な漁父（隠者）の主張を説《と》く歌とされ、主張の重点は、清濁（善悪・美醜）を超越した自由な生きかた、という点に移っている。この歌が、道家的な自適の発想の拠り所となったのは、このためにほかならない。

一般に、中国知識人の処世観ということを考えるとき、儒家は経世的、道家は自適・隠《いん》逸《いっ》的と説かれやすい。が、すでに見てきたように、それは必ずしも正確ではない。儒家には儒家的な経世（兼ねて済《すく》う）と自適（独り善《よ》くす）の理念があり、道家には道家的な経世（無為《むい》にして治《ち》す）と自適（脱俗虚静《きょせい》）の理念がある。そして、それぞれの理念は、対立的にというよりも、むしろ相補的・融和的に、個々の情況に応じつつ、個々の知識人の生きかたを支えていったと見るのが妥当であろう。

たとえば、「帰去来の辞」を書いて官職を去り、故郷の田園に隠棲した陶淵明の生活も、そうした複合的な自適の理念によって支えられていたようである。五首連作の第一首。一首二十句が同じ韻で統一されているが、内容的には四段に分けるのが妥当であろう。

歸園田居　　陶淵明《とうえんめい》

園田《えんでん》の居《きょ》に帰《かえ》る

少無適俗韻
性本愛邱山
誤落塵網中
一去十三年

少《わか》きより　俗《ぞく》に適《てき》する韻《いん》なく
性《せい》　本《も》と　邱山《きゅうざん》を愛《あい》す
誤《あやま》って塵網《じんもう》の中《うち》に落《お》ち
一去《いっきょ》　十三年《じゅうさんねん》

羈鳥戀舊林
池魚思故淵
開荒南野際
守拙歸園田
方宅十餘畝
草屋八九間
楡柳蔭後簷
桃李羅堂前
曖曖遠人村
依依墟里煙
狗吠深巷中
雞鳴桑樹顚
戸庭無塵雜
虚室有餘閑
久在樊籠裏

羈鳥《きちょう》は旧林《きゅうりん》を恋《こ》い
池魚《ちぎょ》は故淵《こえん》を思《おも》う
荒《こう》を南野《なんや》の際《きわ》に開《ひら》き
拙《せつ》を守《まも》って園田《えんでん》に帰《かえ》る
方宅《ほうたく》　十余畝《じゅうよほ》
草屋《そうおく》　八九間《はっくけん》
楡柳《ゆりゅう》　後簷《こうえん》を蔭《おお》い
桃李《とうり》　堂前《どうぜん》に羅《つらな》る
曖曖《あいあい》たり　遠人《えんじん》の村《むら》
依依《いい》たり　墟里《きょり》の煙《けむり》
狗《いぬ》は吠《ほ》ゆ　深巷《しんこう》の中《うち》
鶏《にわとり》は鳴《な》く　桑樹《そうじゅ》の顚《いただき》
戸庭《こてい》に塵雑《じんざつ》無く
虚室《きょしつ》に余閑《よかん》有り
久《ひさ》しく樊籠《はんろう》の裏《うち》に在《あ》りしも

復得返自然　復《ま》た自然《しぜん》に返《かえ》るを得《え》たり

少《わか》いときから俗世間とは気分が合わず、本来の性格として、山や丘の世界が好きだった。――第一段。一首の序論であり、導入部である。「韻」とは、ここでは、気分・気質、の意。

――それが、誤って世俗の網の目のなかにはまり込み、役所づとめのために、十三年ものあいだ故郷を離れたきり。

ひもに羈《つな》がれた鳥は、旧《むかし》の林を恋い慕《した》い、池にとらわれた魚は、故《もと》の川の淵《ふち》をなつかしむ。

今こそ南の野原に荒れ地を開いて暮らそうと、立身出世は下手なまま、故郷の田園に帰ってきたのだ。――

第二段。生計のために役所づとめをしていた十三年が、いかに性分に合わなかったかを、分かりやすい比喩によって強調する。「塵網――塵《ちり》の世《よ》の網《あみ》」とは、生計のための役人生活。「羈鳥」は、つながれた鳥、籠の鳥。「羈《き》――おもがい・たづな」は、束縛を表わす。従って、「羈旅《たび》の鳥」の意ではない。「守拙」とは、世わたりの下手な性格を守り通すこと。

——四角い宅地は十畝《じつぽ》あまり。草ぶきの家屋は、八つか九つの間《ま》どり。

楡《にれ》や柳は、後ろの簷《のきば》を蔭《おお》うように茂り、桃や李《すもも》は、堂《ひろま》の前にずらりと連なる。

曖々《あいあい》と、おぼろにかすむ人里遠き村よ。依々として、たなびき流れる墟里《むらざと》の煙よ。

狗《いぬ》は、村の奥まった巷《こみち》で吠え、鶏《にわとり》は、桑の樹の顚《てつぺん》で鳴いている。

門から内に入れば、世俗の雑事は全く無く、虚《しず》かな室《へや》に入れば、あり余るほどの自由な時間がある。——


第三段。やっと帰ってきた田園の住まいを、共感をこめて細やかに描く。「曖曖遠人村、依依墟里煙」の対句は、陶淵明の全作品のなかでも、一、二を争うすぐれた描写といってよい。「曖曖」は、太陽が暗くかげるような、「おぼろげ」なさま。「依依」は、物ごとが断ち切れずに続くさま。ここでは、煙やモヤが緩《ゆる》やかにたなびき流れるさまをいう。

——ああ、久しいあいだ鳥籠のなかにいた私が、ふたたび、在るがままの自由な生活のなかに返ってきたのだ。——

第四段。一首をまとめる結論の二句である。役所づとめの生活を「樊籠《とりかご》」と見なし、田園での生活を「自然——在るがままの状態、本性を害《そこな》わない状態」と見なす作者の人生観は、その両者を体験したあとの述懐であるだけに、理念と実感とを兼ねそなえた説得力をもっている。

官界での権謀術数に疲れ、あるいは敗れ、田園に帰居することになった後世の人々にとって、この詩の自適の境地は、常に、身心の平安を確認させる支えとなってきた。古来、陶詩の愛読者はおびただしい数にのぼる。陶詩に説かれる人生の道理、淡々とした、しかし味わい深い人生の〝理〟が、たんなる抒情の詩歌以上に、しずかな説得力をもつからであろう。

続いて、最も名高い「飲酒」の詩。二十首連作の第五首。

飲酒

結廬在人境
而無車馬喧
問君何能爾
心遠地自偏
采菊東籬下

飲酒《いんしゅ》　　陶淵明《とうえんめい》

廬《いおり》を結《むす》んで人境《じんきょう》に在《あ》り
而《しか》も車馬《しゃば》の喧《かしま》しき無《な》し
君《きみ》に問《と》う　何《なん》ぞ能《よ》く爾《しか》ると
心遠《こころとお》ければ　地　自《おのずか》ら偏《へん》なり
菊《きく》を採《と》る　東籬《とうり》の下《もと》

悠然見南山
山氣日夕佳
飛鳥相與還
此中有眞意
欲辯已忘言

悠然《ゆうぜん》として南山《なんざん》を見《み》る
山気《さんき》　日夕《にっせき》に佳《よ》く
飛鳥《ひちょう》　相《あ》い与《とも》に還《かえ》る
此《こ》の中《うち》に　真意《しんい》有《あ》り
弁《べん》ぜんと欲《ほっ》して　已《すで》に言《げん》を忘《わす》る

にぎやかな人里《ひとざと》に家を構えているのに、車や馬の来客が喧《さわ》がしく訪れるということもない。

あなたにたずねたい。なぜそんな生きかたが可能なのかと。それは、心が世俗から遠ざかっていれば、住む場所も自然と辺鄙《へんぴ》な趣《おもむ》きになってくるからだ。

東の垣根のあたりで、菊の花を摘《つ》んでいると、悠然に遠《はるか》く、南の山、廬山《ろざん》の姿が見える。山の景色は、一日の夕暮れが素晴らしく、飛ぶ鳥も、つれだって塒《ねぐら》に還《かえ》ってゆく。ああ、ここにこそ、人生の真意は有るのだ。それを子細に説き明かそうとしても、すでに言葉は忘れてしまった。——

陶淵明の代表作として、広く愛唱されている。むつかしい文字もなく、奇抜な挑発もない。五言詩の穏やかなリズムに乗って、九江《きゅうこう》地方の風景と、作者の心境とが、淡々と語られてゆく。歌うというよりも、散文詩的に語るといった趣きである。

しかし、この詩が淵明の代表作となりえたのは、かれが求めつづけた真実の意境——精神の真実なる在りかた——が、輪郭はおぼろげながら、確かにここに提示されていると感じられるからであろう。作者は、「此の中に真意有り」といいながら、「弁ぜんと欲して已《すで》に言を忘る」と結んでいる。言葉によって弁別的に説明することが不可能な境地として、読者にも直観的な理解を求めているのである。作者の実感であるとともに、巧みな詩的修辞といってよい。

十句すべてが、それぞれに著名な表現となっているが、詞華集《アンソロジー》的な意味で最も名高いのは、第三聯「採菊東籬下、悠然見南山」であろう。近景としての香り高い菊の花と、遠景としての秀麗《しゅうれい》な南山が効果的に対比され、作者の日常的な生活の情景が、独特の雰囲気をもって描き出されている。「南山」は、作者の住居のあった九江（潯陽《じんよう》）のまちから、南に約二十キロの地にそびえる廬山をいう。「悠然」は、宋代以後の注釈では、中国でも日本でも「閑適自得《かんてきじとく》——ゆったりと心に適《かな》う」の方向で訳されることが多い。が、淵明の時代までの用法からいえば、「悠《はる》かに遠い」の意とするほうが正確であろう。近年、この点に関する考証の専論も発表されている。

道家的な隠逸の思想が、「自適のうた」に大きく影響していることについては、すでにふれた。ここでは、そうした隠逸的な自適のイメージの形成に直接的な役割を果した短篇、南朝、斉《せい》・梁《りょう》の道士《どうし》、陶弘景の作品をあげる。

詔問山中何所有賦詩以答

詔《みことのり》にて「山中何《さんちゅうなん》の有《あ》る所《ところ》ぞ」と問《と》うに詩《し》を賦《ふ》して以《も》って答《こた》う

陶弘景《とうこうけい》

山中何所有　山中《さんちゅう》　何《なん》の有《あ》る所《ところ》ぞ
嶺上多白雲　嶺上《れいじょう》　白雲《はくうん》多《おお》し
只可自怡悦　只《た》だ　自《みずか》ら怡《い》悦《えつ》すべし
不堪持寄君　持《も》って君《きみ》に寄《よ》するに堪《た》えず

詩題に明らかなように、天子から詔勅《しょうちょく》で、「山の中には何が有るのか」と聞かれたのに対して答えた詩。題下の原注には、斉の高帝《こうてい》（蕭道成《しょうどうせい》）の詔に答えたもの、と記している。
――山の中には、何があるのでしょうか。高い嶺の上に、白い雲がたくさんかかっています。只《た》だそれは、ここで気ままに怡《よろこ》び楽しむことができるだけ。手にとって、宮中の御主君にお届けすることはできません。――

陶弘景は、いわゆる茅山《ぼうざん》派道教の大成者であり、世俗を離れて、建康（南京）の東南、句容《こうよう》の茅山に隠棲していた。天子からのたびたびの出仕の要請もことわり、それゆえに、知識人社会にいっそう大きな影響力をもっていたのである。これは、そうした山中生活の楽しみの理由を問われた折りに、山中でしか楽しめない嶺上の白雲を、隠逸生活の拠り所として象徴的に答えたもの。山中の白雲を楽しみたければ、陛下もこの山中に隠棲されよ、という意味も含まれるわけであり、まさに面目躍如の機智的な返答となっている。

後世、唐宋の詩歌では、〝白雲〟が高潔な人格や閑雅な大自然の象徴として歌われることが多い。この作品が、そうしたイメージの源泉の一つになっていることは明らかであろう。

経世済民《けいせいさいみん》の志による社会的な充実感と、隠逸自適の志による個人的な充足感とを両立させることは、当時の知識人の理想の生きかたであった。それはしばしば、どちらも不十分な形でしか実現できないことが多かったわけであるが、才能と機会に恵まれた少数の幸運な人々は、それぞれの時点で、それぞれの境地を、深く体験することが可能であった。盛唐の王維は、その幸運な一人であったということができよう。

田園樂

桃紅復含宿雨
柳緑更帶春煙
花落家僮未掃
鶯啼山客猶眠

田園楽《でんえんらく》　王維《おうい》

桃《もも》は紅《くれない》にして　復《ま》た宿雨《しゅくう》を含《ふく》み
柳《やなぎ》は緑《みどり》にして　更《さら》に春煙《しゅんえん》を帯《お》ぶ
花落《はなお》ちて　家僮《かどう》　未《いま》だ掃《はら》わず
鶯《うぐいす》啼《な》いて　山客《さんかく》　猶《な》お眠《ねむ》る

詩題のとおり、田園生活の楽しみを歌ったもの。七首連作の第六首。連作は、いずれも六言絶句の形式を用いている。

——桃は紅《あか》く花をひらき、そのうえ夜来の雨をしっとり含んでいる。柳は緑に枝を垂《た》れ、さらにまた春の煙《もや》をただよわせている。花は散り落ちても、召使いの少年はまだ掃《は》きとらない。鶯が啼いているのに、山里の来客はなお眠ったまま。——

この詩の作られた時期ははっきりしていないが、王維が早くから憧《あこが》れていた田園や山水の美を、心からの共感をこめて描いたものであることは疑いない。中年から晩年に別荘を営んだ藍田《らんでん》の輞川《もうせん》付近の風景と見ることもできようし、より純粋に、「田園生活の楽しみ」を観念のモデルとして描きだしたもの、とも考えられよう。

桃の花の紅《あか》さを、さらに美しいものにする雨のしずく。柳の緑を、さらに味わい深いものにする春のモヤ。落花の美しさを惜《お》しんでは掃き取ろうとしない僮僕《しもべ》。鶯の声に身をまかせて春眠を楽しむ山客。——すべてが田園ゆえの美的な楽しみとして、繊麗《せんれい》に描き出されている。「山客」とは、恐らく、王維自身の理想像の投影であろう。

成都時代の杜甫が、浣花渓にそった草堂を中心に、つかのまの閑適を楽しみえたこと、この点については、本章の始めの部分ですでにその例を見た。ここではもう一首、「江村」の詩に続く一時期の、同じく草堂を舞台とした自適のうた、「水檻《すいかん》にて心を遣《や》る」。

「水檻」とは、「水辺の欄干《らんかん》」の意。現在の杜甫草堂では、建物と建物の間を小川が流れ、そこに掛けた渡り廊下を「水檻」と呼んでいる。が、この詩の表現から判断すれば、浣花渓に臨む当時の草堂の、江亭《こうてい》（水辺の亭《あずまや》）の欄干と見るほうがよいだろう。この時期の杜甫には「江亭」の詩もある。「遣心《けんしん》」とは、「遣興《きょう》」「遣懐《かい》」「遣悶《もん》」などと同じく、心にわだかまるさまざまな思いを、詩や酒によって解き放つこと。自適の境地が単純な自己充足ではないことが、詩題自体から分かる作例といえよう。

水檻遣心

去郭軒楹敞
無村眺望賒
澄江平少岸
幽樹晩多花
細雨魚兒出
微風燕子斜
城中十萬戶
此地兩三家

水檻《すいかん》にて心《こころ》を遣《や》る　杜甫《とほ》

郭《まち》を去《さ》って　軒楹《けんえい》敞《ひろ》く
村《むら》無《な》くして　眺望《ちょうぼう》賒《はる》かなり
澄江《ちょうこう》　平《たい》らかにして岸少《きしすく》なく
幽樹《ゆうじゅ》　晩《おそ》くして花多《はなおお》し
細雨《さいう》に魚児《ぎょじ》出《い》でて
微風《びふう》に燕子《えんし》斜《なな》めなり
城中《じょうちゅう》　十万戸《じゅうまんこ》
此《こ》の地《ち》　両三家《りょうさんか》

城郭《まち》から離れているために、ここでは、軒場《のきば》も楹《はしら》も敞《ひろ》びろと作れた。あたりには村もないので、眺望《ながめ》は、どこまでも賖《はる》かに広がっている。

澄みきった江《かわ》の水は、豊かに平らかに流れて、岸との高低はほとんどない。幽《おくふか》く茂りあった樹々は、季節に晩《おく》れて、花をたくさん咲かせている。

細《こま》かな雨にさそわれて、魚児《さかな》が水面に姿をみせる。微《かす》かな風のなかを、燕子《つばめ》が斜めに軽く飛んでゆく。

成都の城内には、十万戸の家々がひしめくというのに、この地には、わずか二、三軒の家があるばかりだ。――

詩題には「遣心」という言葉を使いながら、一首八句は、もっぱら叙景に徹している。第一聯と第四聯は、一首の前後をまとめる全体的な場面設定《ロケーション》。第二聯は、少し ひねった着眼によって、「平少岸↔晩多花」という技巧的な対句を作ってみせる。第三聯「細雨魚児出、微風燕子斜」は、対象に即した写実の名対として、批評史的にもきわめて名高いものとなった。この日の杜甫の心のわだかまりは、この、平明でしかも趣き深い叙景の五律を生み出すプロセスのなかで、たしかに、あらかたは解消したものと想像される。詩作の行為は、杜甫にとって、心の鬱屈を払う何よりの抗鬱剤であった。ほかならぬ「江亭」の詩のなかで、かれはこう歌っている。

故林歸未得
排悶強裁詩

故林《ふるさと》には帰《かえ》ること未《いま》だ得《え》ず
悶《もだえ》を排《はら》わんとして　強《し》いて詩《し》を裁《つく》る

中国の著名な詩人のなかで、〝自適〟という精神構造に最も適性が高かったのは、恐らく白居易（楽天《らくてん》）であろう。かれの自負した「兼済詩《けんさいし》――世の人々を兼ねて済《すく》う作品」は、江州《こうしゅう》（九江）左遷の時期以後はほとんど作られなくなっている。これに対して、「閑適詩――閑暇《かんか》のなかで自適する作品」は、生涯をつうじて系統的に作られているのである。閑適・自適の発想こそは、かれの人生において、ほとんど体質的なものであったといってよい。

そうしたかれの体質は、すでに三十代半ばの青壮年期の作品にも現れているが、詩作の中心といえるほどにはっきりと比重を増すのは、四十四歳、江州司馬として中央政界からの追放を体験してからであった。

そして、そうした詩作と人生観の転機を象徴するのが、名勝廬山の、香炉（爐・鑪）峰下の草堂である。「香炉峰下《こうろほうか》、新たに草堂を置き、事に即して懐《おもい》を述べ、石上に題す」と題する五言古詩によれば、それは「香炉峰の北面、遺愛寺の西偏」に位置していたという。ここでは、さらに著名な七言律詩、「日高く睡り足りて……」が読まれるべきだろう。

香爐峰下新卜山居草堂初成偶題東壁

香炉《こうろ》峰下《ほうか》　新《あら》たに山居《さんきょ》を卜《ぼく》し　草堂《そうどう》初《はじ》めて成《な》り　偶ゝ《たまたま》東壁《とうへき》に題《だい》す

白居易《はくきょい》

日高睡足猶慵起
小閣重衾不怕寒
遺愛寺鐘欹枕聽
香爐峰雪撥簾看
匡廬便是逃名地
司馬仍爲送老官
心泰身寧是歸處
故鄉何獨在長安

日《ひ》高《たか》く睡《ねむ》り足《た》りて　猶《な》お起《お》くるに慵《ものう》し
小閣《しょうかく》に衾《きん》を重《かさ》ねて　寒《かん》を怕《おそ》れず
遺愛寺《いあいじ》の鐘《かね》は　枕《まくら》を欹《そばだ》てて聴《き》き
香炉《こうろ》峰《ほう》の雪《ゆき》は　簾《すだれ》を撥《かか》げて看《み》る
匡廬《きょうろ》は便《すなわ》ち是《こ》れ　名《な》を逃《のが》るるの地《ち》
司馬《しば》は仍《な》お　老《ろう》を送《おく》るの官為《かんた》り
心泰《こころやす》く身《み》寧《やす》きは　是《こ》れ帰《き》する処《ところ》
故郷《こきょう》　何《なん》ぞ独《ひと》り　長安《ちょうあん》のみに在《あ》らんや

日はすでに高く、睡りも十分であるのに、なお起きあがるのがけだるい。小さな草堂ながら、夜具を十分に重ねて、寒さの怕《おそ》れもない。

遺愛寺で鳴らす鐘の音は、枕に横たわったまま寛《くつろ》いで聴き、香炉峰にのこる春雪は、簾《すだれ》を撥《か》きあげて気ままに看《み》る。

ここ廬山こそは、まさに世俗の名誉を逃れるのにふさわしい土地。現在の司馬の任は、やはり老年を送るのにふさわしい官職なのだ。

身も心も安らかに過せるところこそ、私が本当に帰着すべき場所。故郷は何も、長安だけに在るのではない。――

江州司馬に流された翌々年の晩春、白居易は廬山の北香炉峰の麓に草堂を築き、その喜びを幾首かの詩歌に託した。これは、七言律詩五首連作のうち、その第四首に当るもの。『和漢朗詠集』（巻下、山家《さんか》）や『枕草子』（第二九九段）にも引かれるなど、わが国でも広く愛唱される作品となっている。

この詩が『白氏《はくし》文集《もんじゆう》』の代表作となったのは、陶淵明の「園田の居に帰る」（四八九ページ）のばあいとよく似ている。中央官としての直言が原因で江州司馬に流されたのは、むろん、人生における大きな挫折といってよい。しかし白居易は、この政治的・社会的な挫折を、かえって、個人的・精神的な充足と成長の糧《かて》とすることに成功した。その成功の鍵こそが、「閑暇にあって自適する」という〝閑適〟の理念の実践であった。

たとえば、「匡廬」、すなわち廬山の地は、都を遠く離れた長江《ちょうこう》中流の僻地《へきち》である。しかしかれは、逆にその点を生かして、世俗的な名利名声を逃れるのによい場所だと解釈した。しかも突出した名利名声は、いわば嫉妬の構造として、しばしば身の危険の原因となるからである。

また「司馬」は、名目だけの軍事的補佐官であり、職権も乏《とぼ》しい。実は本来、江州刺史《しし》（長官）として赴任するはずだったのが、権力者たちに憎まれていたため、司馬に格下げされて赴任したといういきさつも有ったのである。しかしかれは、そうした因縁つきの司馬の任を、逆に、四十代半ばの老年を送るのにはよい官職だと解釈した。司馬は、職権も乏しいが、義務もまたほとんど無いからである。

これはまさに、所与の条件を条件として認めつつ、それに自分として主体的に適応してゆく〝自適〟の実践にほかならない。所与の事実関係自体は全く変えないまま、ただその解釈だけをマイナスからプラスに転換することによって、江州廬山の地を「心泰《やす》く身寧《やす》き」第二の故郷と位置づけることができるのである。この意味で、「故郷、何ぞ独り長安のみに在らんや」の結論は、必ずしもたんなる負けおしみではない。むしろそこには、所与の現実から逃避せず、積極的に適応しえた人間の、主体的な充足感が感じられよう。人間の一生において、失意や挫折は、ほとんど不可避である。そうした傷つきやすい人生を送る人々にとって、白居易の自適の詩は、陶淵明のそれとともに、穏やかな安らぎを与えてくれるものであった。しかも、声高《こわだか》な大言壮語によってではなく、陶詩よりもいっそう分かりやすい撓《しな》やかな自愛の説理によって。――白詩流行の要因の一つがここにあることは、日本と中国をつうじてほとんど疑いない。

ちなみに、最も名高い第二聯。その出句(上の句)「遺愛寺鐘欹枕聴」の「欹《き》枕《ちん》 qī-zhěn」については、「枕を欹《そばだ》て」という訓読とともに、①枕そのものを傾ける、あるいは、②枕もとで耳を傾ける、という解釈が行なわれてきた。これに対して近年、③「枕に欹《よこた》わったまま」という寛《くつろ》いだ姿勢を意図的に示すもの、という新しい解釈が提出された。『全唐詩』の全用例を帰納しての結論であり、この詩の「起きるのに慵《ものう》い」「(寝たまま)簾を撥《か》きあげて」という情景とも、よりよく合致する。「枕を欹《そばだ》て」という旧訓は、訓読史の名句としてよく熟しており、容易には変えがたいが、少なくとも解釈の次元では、新説への適切な評価が必要であろう。

白居易ほど意識的・意欲的にではないが、晩唐の杜牧にも、自適の境地を淡々と歌った美しい作品がある。禅寺の壁に書きつけた七言絶句。

題禪院

觥船一棹百分空
十歳青春不負公
今日鬢絲禪榻畔
茶煙輕颺落花風

禅院《ぜんいん》に題《だい》す　　杜牧《とぼく》

觥船《こうせん》　一棹《いっとう》すれば　百分《ひゃくぶん》　空《くう》なり
十歳《じっさい》の青春《せいしゅん》　公《こう》に負《そむ》かず
今日《こんにち》　鬢糸《びんし》　禅榻《ぜんとう》の畔《ほとり》
茶煙《ちゃえん》　軽《かる》く颺《あが》る　落花《らっか》の風《かぜ》

大きな船形の觥《さかずき》、ぐいと棹《さお》さすように傾ければ、たちまち、すっからかんに飲み尽くす。気ままな十年の青春の日々、杜牧よ、私は公《きみ》に負《そむ》くことなく、思うままに生きてきた。そして今日、両鬢に糸《きぬいと》のような白髪《しらが》を置く老いの身となって、禅院の榻《こしかけ》に坐っている。花びらを散らす春風のなか、茶を煮る煙が軽やかに颺《ゆら》ぎのぼるのを見つめながら。――

杜牧の青春が酒と女に明け暮れた放蕩の日々だったことは、虚実とりまぜて、多くの文献に記されている。しかしそれは、かれ自身が、

十年一覚揚州夢　十年　一とたび覚《さ》む　揚州《ようしゅう》の夢　（「遣懐《けんかい》」）

と歌っているように、過ぎてみれば、はかなくもほろ苦い、夢のような憶《おも》い出にすぎない。両鬢に白髪の目立つ現在では、病気のために酒も飲めず、妓楼ならぬ禅院の腰掛けで、美酒ならぬ養生の茶を味わう身、となっているのである。

晩年の杜牧が糖尿病（消渇《しょうかち》）のため、幕客《ばくきゃく》たちとの酒宴でも茶を飲んでいたということは、湖州《こしゅう》（浙江省）刺史当時の作品から見て、疑問の余地がない。若い頃の酒豪ぶりが印象的であるだけに、それは、かれ自身にとっても周囲の人々にとっても、あまりにも著しい変化と感じられたであろう。この詩の前半で、青春時代の痛飲のさまを誇らしげに強調しているのも、そうした日々が有ったからこそ、現在の禅院での喫茶もいっそうしみじみと味わえるのだ、といいたげな様子である。

「茶酒《ちゃしゅ》論」（唐、王敷《おうふ》）なる作品もあるように、茶と酒の境地は、しばしば互いに対比され、また、それぞれに詩文を彩《いろど》ってきた。両者はともに、「遣懐」「解悶《かいもん》」など〝自適〟の最良の伴侶《はんりょ》でもあったわけである。

第一句の「觥船《こうせん》」とは、船の形をした角《つの》製の大杯。「船」の縁語として「棹《さお》さす」といっている。「不負公」の「公」はやや難解で諸説があるが、ここでは、杜牧が自分に呼びかけた二人称と見ておきたい。「榻《とう》」は、ベッドをも兼ねる横に長い腰掛け。

「茶煙」は、この詩を成り立たせている中心的なイメージである。「茶を煮る煙」、また「茶を焙《ほう》じる煙」。それぞれの用例があるが、ここでは、病身の刺史（太守）が寺院で茶を味わう場面として、前者のほうが妥当であろう。「茶煙軽颺落花風」。とりわけ「軽颺《けいよう》」qīngyáng（去声《きょしょう》）――軽く颺《あが》る」の二字には、その茶煙が風にゆらぎつつ軽やかにのぼるさまが生き生きと描かれて、病身の現実にも自適しえた杜牧の心の軽やかさが感じられる。

自適のうたは、宋代以後になって、いよいよ多くの作品を生むようになる。一つには、宋詩において好まれた日常的なものへの関心が、あるがままの日常性に適応するという「自適のうた」を、いっそう好ましいものと感じさせたからであろう。

北宋の哲学者邵雍《しょうよう》は、そうした詩境を歌うすぐれた詩人でもあった。

懶起吟　　起《お》くるに懶《ものう》きの吟《うた》　　邵雍《しょうよう》

半記不記夢覺後　　半《なか》ば記《き》し記《き》せざるは　夢覚《ゆめさ》めし後《のち》
似愁無愁情倦時　　愁《うれ》うるに似《に》て愁《うれ》うる無《な》きは　情倦《じょうう》みし時《とき》
擁衾側臥未忺起　　衾《しとね》を擁《よう》し側臥《そくが》して　未《いま》だ起《お》くるを忺《ねが》わず
簾外落花撩亂飛　　簾外《れんがい》　落花《らくか》　撩乱《りょうらん》として飛《と》ぶ

記《おぼ》えているようでもあり、記えていないようでもあるのは、夢から覚めたばかりのころ。愁《かな》しいようでもあり、愁《かな》しくないようでもあるのは、目覚めの情《こころ》が倦《けだる》いとき。衾《かけぶとん》を胸に擁《だ》き、側《よこ》むきに臥《ふ》せったまま、まだ起きあがる気にもなれない。簾《すだれ》の外では、春風に散りゆく花びらが、あたり一面に乱れ飛ぶ。――

詩題に示されたように、眠りから目覚めに到る夢うつつの気分を、安楽な、けだるさ、ものうさとして、気ままに吟じている。

洛陽のわが家を安楽窩《あんらくか》と名づけ、みずから安楽先生と名のって、悠々自適の生涯を送った邵雍。かれは、『易《えき》』の数理を基本とするすぐれた哲学者であるとともに、『伊川撃壌《いせんげきじょう》集《しゅう》』を生んだ独特の思索的な詩人でもあった。

春の目覚めの懶《ものう》さと心よさは、「春眠、暁《あかつき》を覚えず」(孟浩然《もうこうぜん》「春暁」)、「日高く睡《ねむ》り足りて猶《な》お起くるに慵《ものう》し」(白居易「香炉峰下、新たに山居を卜《ぼく》し、——」五〇三ページ)などと、さまざまに歌われてきた。この七絶は、さらに重点的にその意境をとりあげ、一首の主題として「懶起《らんき》 lǎnqǐ」の気分を描き尽くしたもの。前半二句の茫洋《ぼうよう》としてとらえどころのない感覚は、だれもがそれぞれに体験するところであるが、それを言葉として捉え、対象化して楽しもうという意欲は、やはり思索者の抒情というべきものだろう。

最終句、「簾外、落花、撩乱《りょうらん》として飛ぶ」。「撩乱《りょうらん》 liáoluàn」は、子音 /l/ を共有する双《そう》声《せい》の形容詞。「百花撩乱」「飛花《ひか》撩乱」などと形容されるように、事物、とりわけ、美しい事物が無数に乱れあうさま。冒頭からの三句にこの一句が加わることによって、一首全体がたちまち、花やかな七絶らしい趣きを際立たせる。この自適の思想家の、詩人としての資質の豊かさがうかがえよう。

夏日田園雑興

梅子金黄杏子肥
麥花雪白菜花稀
日長籬落無人過
惟有蜻蜓蛺蝶飛

夏日《かじつ》　田園雑興《でんえんざつきょう》　范成大《はんせいだい》

梅子《ばいし》は金黄《きんおう》にして　杏子《きょうし》は肥《こ》え
麦花《ばくか》は雪白《せっぱく》にして　菜花《さいか》は稀《まれ》なり
日《ひ》長《なが》くして　籬落《りらく》　人《ひと》の過《よ》ぎる無《な》く
惟《た》だ　蜻蜓《せいてい》　蛺蝶《きょうちょう》の　飛《と》ぶ有《あ》るのみ

梅の子《み》は黄金《こがね》いろに熟《う》れ、杏《あんず》の子《み》はふっくらと大きくなる。麦《むぎ》の花は雪のように白く、菜の花はもうわずか。長い長い初夏の日なか、籬落《かきね》のあたりには通る人もなく、ただ、蜻蜓《とんぼ》や、蛺蝶《あげはちょう》が飛んでいるばかり。——

「四時《しじ》田園雑興——四季の田園のさまざまな興趣」と題する六十首の連作のうち、「夏日《かじつ》」十二首の第一首、初夏の風物を歌った作品である。陸游《りくゆう》とならぶ南宋の詩人、范成大が、その晩年、故郷蘇州《そしゅう》の、石湖《せきこ》の別荘で過した時期の作。

中国詩歌の歴史のなかで、一般に盛唐ごろまでの作品には、夏の季節感を歌うものがきわめて少ない。やがて、中・晩唐から、とりわけ宋代になると、詩想の日常化・散文化に伴なって、〝夏〟がしばしば詩中に詠《よ》まれるようになる。「夏日田園雑興」の連作も、そうした全体的な流れのなかに在ることはいうまでもない。

前半の二句では、「梅子《ばいし》―杏子《きょうし》」「麦花―菜花」が対をなし、それぞれの、初夏ゆえの変化が、鮮明なイメージを結ぶ。後半の二句では、音も無く飛びかうトンボやチョウチョウが、長い夏の日の昼下がりの静けさを際立たせている。

田園の万物が、それぞれに時を得て自適した調和の世界。かつて杜甫は、それを「欣欣物自私――欣欣《きんきん》として物《もの》は自《みずか》ら私《わたくし》す」（「江亭」）と歌ったことがある。ただしそれは、「寂寂春将晩――寂寂《せきせき》として春は将《まさ》に晩《くれ》んとす」という晩春・惜春《せきしゅん》の旅愁のなかにおいてであった。唐詩と宋詩、晩春と初夏、異郷と故郷、そして杜甫と范成大。――さまざまな対照性を含んだ、それぞれの「自適のうた」というべきであろう。

同じく、自適の境地ながら、自分の「老いの態《さま》」を的確に見つめたもう一つの世界。宋末から元初の詩人、趙孟頫《ちょうもうふ》の七言律詩。

老態

老態年來日日添
黑花飛眼雪生髯
扶衰毎藉齊眉杖
食肉先尋剔齒櫼
右臂拘攣巾不裹
中腸慘戚淚常淹
移牀獨就南榮坐
畏冷思親愛日簷

老態《ろうたい》

趙孟頫《ちょうもうふ》

老態《ろうたい》 年来《ねんらい》 日日《ひび》に添《そ》い
黒花《こくか》 眼《め》に飛《と》び 雪《ゆき》 髯《ひげ》に生《しょう》ず
衰《すい》を扶《たす》けては毎《つね》に藉《よ》る 眉《まゆ》に斉《ひと》しき杖《つえ》
肉《にく》を食《くら》いては先《ま》ず尋《たず》ぬ 歯《は》を剔《えぐ》る櫼《せん》
右臂《ゆうひ》 拘攣《こうれん》すれども 巾《きん》も裹《つつ》まず
中腸《ちゅうちょう》 惨戚《さんせき》として 涙《なみだ》 常《つね》に淹《ひた》す
牀《しょう》を移《うつ》して独《ひと》り就《つ》く 南栄《なんえい》の坐《ざ》
冷《れい》を畏《おそ》れて親《した》しまんと思《おも》う 日《ひ》を愛《め》づる簷《のき》

この年来、老衰の態《ありさま》が一日一日と加わってくる。眼には黒い星が飛びかい、髯《ひげ》には白い雪がまじるようになった。

衰えた身体《からだ》を扶《たす》けようとして、いつも、眉の高さまであるような杖にすがり、肉を食べるときには、まっ先きに、歯を剔《ほじ》る楊枝《ようじ》が欲しくなる。

右の臂《うで》が拘攣《ひきつ》ってしまっても、包帯で裹《つつ》むこともせず、中腸《こころ》のなかは惨戚《かなしみ》にひしがれて、涙がいつも流れてばかり。

牀《ベッド》を移して、南向きの日当りのよい場所を独り占めにする。とても寒がりなので、冬《ふゆ》日《び》の差す簷場《のきば》に親しみたいから。——

こまかい説明はほとんど不要なほどに、「老態」が克明に描かれている。「黒花——黒っぽい紋様」とは、恐らく飛蚊症《ひぶんしょう》であろう。「髯《ぜん》」は「ほおひげ」が原義であるが、ここでは広くヒゲ全般をさす。「纖《せん》」とは「籤《せん》・簽《せん》 qiān」と同じで、「細いヘラ」の類。「歯を剔《ほじ》る纖《へら》」とは、むろん「つま楊枝」である。「南栄の坐」は、南向きで、明るく日当りのよい場所。「畏冷」は現代語の「怕冷《パーロン》 pàlěng」（寒がり）。「愛日《あいじつ》」はいわゆる多義語の例であるが、ここでは「冬の日」の意。「冬日は愛す可《べ》く、夏日は畏《おそ》る可し」という古来の分かりやすい比喩に基づくもの。

作者の趙孟頫は、南宋王室の一族でありながら元王朝に仕えて厚遇されたという点で、その節操を批判されることが多い。しかし、実際には、学問、詩文、書画にすぐれた多才な知識人であった。その精神の屈折と暢達《ちょうたつ》が並み並みならぬものだったことは、この「老態」のような詩が作られているところにも、よく窺《うかが》えよう。また、通史的に見れば、こうした諧謔《かいぎゃく》的な自嘲の詩が、しかも七言律詩という流麗な詩型で作られるところに、近世詩歌のポエジーの一つの展開があるわけである。

つづいて、明末・清初の詩人、呉偉業の作。故郷、江蘇太倉《たいそう》の西にあった別荘、「梅村」での生活を歌っている。呉梅村の号がこれに因《よ》っていることは、いうまでもない。

梅村

枳籬茅舍掩蒼苔
乞竹分花手自栽
不好詣人貪客過
慣遲作答愛書來
閒窗聽雨攤詩卷
獨樹看雲上嘯臺
桑落酒香盧橘美
釣船斜繫草堂開

梅村《ばいそん》　　呉偉業《ごいぎょう》

枳籬《きり》　茅舎《ぼうしゃ》　蒼苔《そうたい》掩《おお》う
竹《たけ》を乞《こ》い　花《はな》を分《わか》ち　手自《てずか》ら栽《う》う
人《ひと》に詣《いた》るを好《この》まざるも　客《かく》の過《よぎ》るを貪《むさぼ》り
答《こたえ》を作《な》すに遅《おそ》きに慣《な》るるも　書《しょ》の来《きた》るを愛《あい》す
閑窓《かんそう》に雨《あめ》を聴《き》きては詩巻《しかん》を攤《ひろ》げ
独樹《どくじゅ》に雲《くも》を看《み》ては嘯台《しょうだい》に上《のぼ》る
桑落《そうらく》　酒香《さけかんば》しくして　盧橘《ろきつ》美《うま》し
釣船《ちょうせん》　斜《なな》めに繋《つな》いで　草堂《そうどう》開《ひら》く

枳《からたち》の籬《かきね》で囲まれた茅舎《あばらや》は、すっかり蒼《あお》い苔《こけ》に掩《おお》われた。竹を貰ってきたり、花を分けてもらったりして、みんな自分で栽《う》えたものだ。

人を訪問するのは嫌いなのに、お客が立ちよってくれるのは大好き。返信はいつも遅れがちなのに、手紙が来るのは何より好き。

閑《しず》かな窓べで雨の音を聴きつつ、詩集をずらりと攤《ひろ》げて読む。一本の木立《こだ》ちに雲の流れるのを眺めつつ、詩吟の台《うてな》に登ってゆく。

桑の葉の落ちるこの季節、その名に因《ちな》んだ〝桑落酒《そうらく》〟は香り、盧橘《ろきつ》の実も美味《うま》くなった。釣り船が斜めに繋《つな》がれたところ、草堂の門は開かれたまま。——

明朝滅亡の後、呉偉業は、その抜群の文名ゆえに、強制されて清朝に仕えることになる。足かけ三年の短い仕官であったが、異民族の王朝に仕え節操を汚《けが》したと烙印《らくいん》を押されたことは、いわゆる「弐臣《じしん》伝」中の人として、かれの後半生の自意識を、きわめて屈折したものにした。作品の基調には亡国の悲哀が流れ、表現はいっそう微妙さを増している。

しかし、人は常に、正負それぞれの反面の要素をも背負って生きている。理念や道義にかかわる自意識が沈鬱なものであればあるほど、それに直接かかわらぬ日常性のなかでは、心をほぐす種々《くさぐさ》の喜びが見いだされねばならない。「梅村」の詩に描かれた、文字通り日常茶飯の喜びは、そうした日常性を充実させることによって精神のバランスを保とうとする、或る種の必然ともいえるであろう。

一首八句。それぞれ愛唱に堪える巧《たく》みな描写のなかで、第二聯の対句「不好詣人……、慣遅作答……」のユーモアは、とりわけ広く愛唱されてきた。人に来てもらうのは好きなのに、自分が出かけて行くのは嫌《いや》。手紙をもらうのは好きなのに、返事を出すのはいつも延び延び。だれにも覚えのある物ぐさの心理が、日常生活の一とコマとして苦笑を誘うのである。

「自適のうた」の結びには、やはり白居易の作品がふさわしい。廬山の草堂の詩より六年ほど後の、五十二歳、杭州刺史として在任中の作である。五言八句、中央二組の対句、という点では〝律詩〟のように見えるが、平仄配置《アクセント》の自在さから〝古体詩〟に分類されるもの。恐らくは作者の、意欲的な修辞技法であろう。詩題の「食飽く」は、「十分に食べる、満腹する」の意。

食飽 　　食飽《しよくあ》く 　　白居易《はくきよい》

食飽拂枕臥
睡足起閑吟
淺酌一盃酒
緩彈數弄琴
既可暢情性
亦足傲光陰
誰知利名盡
無復長安心

食《しょく》飽《あ》けば　枕《まくら》を払《はら》いて臥《ふ》し
睡《ねむり》足《た》れば　起《た》ちて閑吟《かんぎん》す
浅《あさ》く酌《く》む　一盃《いっぱい》の酒《さけ》
緩《ゆる》やかに弾《ひ》く　数弄《すうろう》の琴《こと》
既《すで》に　情性《じょうせい》を暢《の》ばす可《べ》く
亦《ま》た　光陰《こういん》に傲《おご》るに足《た》る
誰《たれ》か知《し》らん　利名《りめい》尽《つ》きて
復《ま》た　長安《ちょうあん》の心《こころ》無《な》きを

十分に食《た》べ終れば、枕を払って横になり、十分に睡《ねむ》った後は、起きあがって閑《しず》かに詩を吟じる。「食飽払枕臥、睡足起閑吟」。

軽く一杯ほどの酒を飲み、緩《ゆるや》かに数曲ほどの琴を弾《ひ》く。「浅酌一盃酒、緩弾数弄琴」。

こうした生きかたなら、わが身に具わった性情を、暢《の》び暢《の》びと発揮できるだけでなく、なすすべもない光陰《とき》の流れにさえ、振り廻されないでいられるのだ。

今やはからずも、名利を慕う気持は消え失せて、都長安を思う心など、まるで無くなってしまったではないか。——

廬山の草堂時代の司馬の職とは異なり、刺史（太守）は州の長官である。職権も大きいが、職務もなかなかに多忙であった。在任中に、西湖《せいこ》の堤防を修築し、灌漑《かんがい》・水利の便を整えたことはよく知られている（「〝銭塘湖石〟の記」）。そういう時期でありながら、かれは、この詩に描かれたような自適の楽しみを忘れていない。かれのこうした性情が、文字通り本質的なものだったことが知られよう。

満腹すればごろりと眠る。目が覚めれば詩を吟ずる。酒も琴も、根《こん》をつめず、身心の〝適〟を生むものとして、のびやかに楽しむ。そうした自在な生きかたこそが、自分に具わった〝情〟と〝性〟を存分に発揮させ、かつまた、〝光陰《とき》〟の流れさえも超越するほどの、主体的な充足感を与えてくれるのである。かれが、「詩」と「酒」と「琴」とを〝三友〟と呼んで愛したのは、このような実感においてであった。「光陰《こういん》に傲《おご》る」とは、人間が最も無力さを痛感する時間の流れ、引きとめようとしても引きとめ難い時間の流れに対してさえ、誇らかな気持になること、すなわち、時間の経過にも超然たりうる充足の境地である。自適の心情がここまで深まれば、長安の都での名利が無意味なものに思われるのは当然であろう。

ちなみに、食事と睡眠は、〝自適〟の境地を支える大事な条件として、白居易の詩の中で、しばしば象徴的な意味をもって歌われている。かれの自適の理念は、教条的な空理空論ではなかった。生きた五体の実感に基づくもの、いわば、身心的な恒常性《ホメオ・スタシス》の美学だったことが分かるのである。

「居易——易《やす》きに居る」という名、「楽天——天を楽しむ」という字《あざな》。「名は体を表わす」といわれるが、この二つの呼称が、かれほどにふさわしい詩人は稀《まれ》であろう。過去においても、また恐らくは、将来においても。

詩人小伝（五十音順）

許山《のみやま》秀樹
矢田博士　共編

韋荘《いそう》（唐）八三六?―九一〇
字《あざな》は端己《たんき》、文靖《ぶんせい》と諡《おくりな》される。京兆杜陵（陝西省西安市）の人。韋応物《いおうぶつ》の四世の孫という。乾寧《けんねい》元年（八九四）の進士。四十歳の時、黄巣《こうそう》の乱が起きて各地を放浪した。その経験によって「秦婦吟《しんぷぎん》」を作ると、「秦婦吟秀才」と称賛された。唐では校書郎、前蜀では吏部侍郎平章事《べんしようじ》（宰相）に官する。詩の外に、填詞《てんし》にもすぐれ、艶美と清淡を兼ね備えると評される。『浣花集《かんかしゅう》』十巻がある。

于武陵《うぶりょう》（唐）八一〇?―?
名は鄴《ぎょう》、字の武陵で知られている。杜曲（陝西省西安市）の人。大中《たいちゅう》年間（八四七―八六〇）に進士となったが、官職を好まず、放浪の生涯を送った。陝西省、四川省を往来し、瀟湘（湖南省洞庭湖）に至り、屈原を慕って住むことを願ったが果たさず、晩年は嵩陽《すうよう》（河南省嵩山の南）に隠栖した。『于鄴詩集』一巻がある。近年新説が発表され、于武陵（八五二?―九二八）は唐末の進士で、五代・後唐の間に仕官した、とされる。

袁枚《えんばい》（清）一七一六―一七九七
字は子才《しさい》、簡斎《かんさい》と号する。随園《ずいえん》先生と称される。銭塘（浙江省杭州市）の人。乾隆《けんりゅう》四年（一七三九）の進士。翰林院庶吉子《しょきつし》、溧水《りっすい》、江浦、沭陽《じゅつよう》、江寧の知県を歴任した。致仕後、四十数年間、小倉山（南京市）に築いた随園で、詩文を庶民に教授して暮らした。袁枚は、復古主義に反対し、自己の心情を自由に詠う「性霊」説を主張した。清新な詩風が特徴である。『小倉山房詩集』三十七巻等がある。

王安石《おうあんせき》（宋）一〇二一—一〇八六

字は介甫《かいほ》、半山老人《はんざんろうじん》と号する。荊公《けいこう》は称号で、臨川《りんせん》先生とも呼ばれた。撫州臨川（江西省臨川）の人。慶暦《けいれき》二年（一〇四二）の進士。革新的政治能力を期待されて、神宗《しんそう》により宰相に任ぜられ、大地主と豪商から農民や中小商人を救う新法を行おうとしたが、保守派の反対にあって失脚した。政治の能力とともに、文学の才能も第一級であった稀有の人。文は唐宋八大家の一人。詩は、自然美を詠った近体詩がとりわけ名高い。『臨川先生文集』百巻がある。

王維《おうい》（唐）六九九（七〇一）—七五九（七六一）

字は摩詰《まきつ》。太原の祁《き》（山西省祁県）の人。開元《かいげん》九年（七二一）の進士。天宝《てんぽう》の末年、給事《きゅうじ》中《ちゅう》となる。安禄山《あんろくざん》の乱のおり、反乱軍の捕虜となる。乱後、安禄山より官位を得たことで、厳罰の対象となったが、弟王縉《おうしん》らの助力により、降職されるにとどまった。のち、昇進し、尚書右丞《しょうしょゆうじょう》に至った。書、画、音楽にすぐれ、仏教に帰依した。詩は山水自然の美を基調とした静澄典雅な作風で知られる。『王右丞文集』十巻がある。

王翰《おうかん》（唐）　六八七？—七二七？

字は子羽《しう》。幷州《へいしゅう》晋陽（山西省太原市）の人。景雲《けいうん》元年（七一〇）の進士。幷州の長史《しょうし》であった張説《ちょうえつ》に認められ、昌楽《しょうらく》の尉となる。のち、張説が宰相となると、中央に抜擢されて駕部《がぶ》員外郎《いんがいろう》にまで進んだ。が、その豪放不羈《ふき》な性格は、周囲の反感を招き、張説の失脚にともない、汝州の長史、仙州の別駕《べつが》に左遷された。その後、狩猟と酒宴に明け暮れ、政務を怠ったため、さらに道州の司馬に貶《へん》されて死んだ。

王粲《おうさん》（魏）　一七七—二一七

字は仲宣《ちゅうせん》。山陽高平《こうへい》（山東省鄒県《すうけん》）の人。漢の名家の出身で、曾祖父、祖父はともに三公の位に上った。十代半ばごろ、蔡邕《さいよう》の知遇を得、若いころから文学的才能を認められていた。初め、乱を避け、荊州の劉表《りゅうひょう》に身を寄せていた。のち、曹操の幕下に入り、丞相掾《じょうしょうえん》となり、さらに軍謀祭酒《さいしゅ》、侍中《じちゅう》となった。建安二十二年、呉に遠征中、病死した。「建安の七子」中、第一人者と目されている。

王士禛《おうししん》（清）　一六三四—一七一一

字は貽上《いじょう》、阮亭《げんてい》・漁洋山人《ぎょようさんじん》と号する。文簡《ぶんかん》と諡《おくりな》される。新城（山東省新城県）の人。死後、雍正帝《ようせいてい》の諱《いみな》を避けて、士正《しせい》と改められ、乾隆帝《けんりゅうてい》が士禎《してい》の名を賜った。順治《じゅんち》十五年（一六五八）の進士。揚州推官《すいかん》、侍読《じどく》、刑部尚書等を歴官した。約五十年間、詩壇の領袖となり、一代の正宗《せいそう》と称された。神韻説を主張し、唐の王維、孟浩然らを範とする、清新な中に余情のある詩を尊んだ。『漁洋山人詩集』二十二巻等がある。

王昌齢《おうしょうれい》（唐）六九〇？―七五六？

字は少伯《しょうはく》。京兆《けいちょう》（陝西省西安市）の人とも、江寧《こうねい》（江蘇省南京市）の人とも、また太原《たいげん》（山西省太原市）の人ともいう。開元十五年（七二七）の進士。秘書省校書郎となる。博学宏詞科《こうしか》に及第し、汜《し》水県の尉に遷《うつ》る。その後、江寧県の丞、竜標《りゅうひょう》県の尉などに左遷された。安史《あんし》の乱後、郷里に帰ったが、刺史の閭丘暁《りょきゅうぎょう》に憎まれて、殺されたという。七言絶句にすぐれ、離別・閨怨・辺塞を詠じたものに佳作が多い。『王昌齢詩集』三巻がある。

王績《おうせき》（唐）五九〇？―六四四

字は無功《ぶこう》。絳州《こうしゅう》竜門（山西省河津《かしん》県の西北）の人。隋の大儒王通《おうつう》の弟。隋の大業《たいぎょう》の末、孝廉《こうれん》科に上位で及第し、秘書正字《せいじ》に任ぜられたが、病気を理由に退職した。また揚州六合《りくごう》県の丞を授けられたが、天下の乱れを察し、職を捨てて郷里に帰った。唐の武徳《ぶとく》中、詔《みことのり》によって召《め》され、前朝の官のまま門下《もんか》省に待詔《たいしょう》となったが、仕官を望まず、貞観《じょうがん》初年、再び病気を理由に退職し、黄河のほとりに隠棲した。『王無功文集』五巻がある。

王勃《おうぼつ》（唐）六五〇？―六七六？

字は子安《しあん》。絳州竜門（山西省河津県の西北）の人。隋の大儒王通の孫。六歳で文を作り、十七歳で幽素《ゆうそ》の科挙に合格。朝散郎《ちょうさんろう》を授けられた。諸王の闘鶏を非難する檄文《げきぶん》を書いたため、高宗《こうそう》の怒りにふれ職を廃された。のち、虢州《かくしゅう》の参軍となったが、罪を得て再び官職を失った。交趾《こうし》（ベトナム北部）の令に左遷された父王福時《ふくじ》を訪ねる途中、南海で溺死した。華麗な詩風は詩壇に名高く、初唐の四傑の第一に数えられる。『王子安集』十六巻がある。

温庭筠《おんていいん》（唐）八一二？—八六六

字は飛卿《ひけい》、旧名は岐《き》、幷州《へいしゅう》（山西省太原市）の人。初め、宰相令狐《れいこ》綯《とう》の知遇を受けたが、のち追放され、襄陽巡官、方城尉《ほうじょうい》、国子《こくし》助教等を歴官し、最後は零落して没した。科挙の試験では、八度腕ぐみをすると八韻の詩が出来た程、早熟であった。艶冶《えんや》な詩詞にすぐれ、李商隠と共に、「温李《おんり》」と称された。晩唐を代表する詩人の一人で、音楽にも通じ、多くの塡詞をのこした。『温飛卿詩集』七巻等がある。

漢《かん》の高祖《こうそ》（漢）前二四五—前一九五

姓名は劉邦《りゅうほう》、字は季《き》。沛《はい》（江蘇省沛県）の人。秦のとき、泗上《しじょう》の亭長となり、秦末の乱に際して、自立して沛公《はいこう》となる。項羽とともに秦を討ち、咸陽に入って秦王子嬰《しえい》を降《くだ》し、漢王となる。のち、項羽を垓下《がいか》の地で破り、天下を統一した。前二〇二年、帝位に即《つ》き、国号を漢とし、長安に都を定めた。

漢《かん》の武帝《ぶてい》（漢）前一五九—前八七

姓は劉、名は徹《てつ》、武はその諡。前漢の第七代の天子。十六歳で即位して以来、外にあっては朝鮮、匈奴、南越などを攻略して、その版図をおおいに拡大し、内にあっては儒教を国教とし、五教博士を置くなど、中央集権の強化に努めた。一方、文学や音楽をこよなく愛し、「楽府《がふ》」という役所を設けて、諸国の歌謡を収集させ、演奏させたという。

龔自珍《きょうじちん》（清）一七九二—一八四一

字は璱人《しつじん》、定盦《ていあん》と号する。仁和《じんわ》（浙江省杭州市）の人。道光《どうこう》九年（一八二九）の進士。内閣中書《ちゅうしょ》、礼部主事、主客司《しゅかくし》主事等を歴官した。外祖父の段玉裁《だんぎょくさい》から文字音韻の学を授けられ、今文《きんぶん》や公羊学《くようがく》も学んで時世を論じ、啓蒙主義思想家として活躍した。詩は、現実社会を鋭い観察力で抒情的に詠ったものが多い。格律にとらわれない拗体《おうたい》の詩も作り、後の改革派に大きな影響を与えた。『定盦文集』三巻等がある。

許渾《きょこん》（唐）七九一？—八五八？

字は用晦《ようかい》（仲晦《ちゅうかい》とも）。潤《じゅん》州丹陽（江蘇省丹陽県）の人。大和《たいわ》六年（八三二）の進士。初め、当塗《とうと》、太平の県令を務め、病気のために罷免されたのち、潤州司馬、監察御史《ぎょし》、睦州《ぼくしゅう》、郢州《えいしゅう》各刺史を歴任した。晩年は潤州の丁卯橋のほとりに隠栖し、自分の詩集を『丁卯《ていぼう》集』

と名づけた。許渾は慷慨悲歌の詩人で、懐古や山水を詠う詩にすぐれた。『丁卯集』二巻がある。

屈原《くつげん》（楚）　前三四三？―前二八三？

名は平、字は原、霊均《れいきん》と号する。楚の王族で懐王《かいおう》に仕えて左徒《さと》となり、三閭大夫《さんりよたいふ》となった。博聞強記《はくぶんきようき》で、内政・外交の両面において、有用な才を持ち、王の信任を得ていたが、上官大夫靳尚《きんしよう》などの讒言《ざんげん》にあい、放逐された。さらに、頃襄王《けいじようおう》のとき、再び讒言にあい、江南に追放され、憂苦のあまり汨羅《べきら》に身を投げて死んだ。その作品を中心に集めたものを『楚辞《そじ》』と称し、『詩経《しきよう》』とともに中国文学の源流とされる。

元好問《げんこうもん》（金）　一一九〇―一二五七

字は裕之《ゆうし》、遺山《いざん》と号する。太原府忻《きん》州秀容《しゆうよう》（山西省忻県）の人。興定《こうてい》五年（一二二一）の進士。諸官を歴任したあと、四十四歳、左司《さし》員外郎《いんがいろう》であった時に蒙古軍に拘禁された。金が亡んだあとは、元朝に仕えず、余生を金代の事跡や詩文の採録に専心した。腐敗した時世と荒廃した国土を詠んだものが多く、「詩を以て史を存す」と評され、杜甫に比せられた。『遺山先生文集』四十巻等がある。

元稹《げんしん》（唐）七七九―八三一

字は微之《びし》。洛陽《らくよう》（河南省洛陽市）の人。十五歳で明経《めいけい》科、二十五歳で抜萃《ばっすい》科、二十八歳で制挙《せいきょ》に合格。社会諷刺の詩などを通して社会改革を志したが、権力者や宦官《かんがん》に疎《うと》まれ、左遷を繰り返した。監察御史、中書舎人《ちゅうしょしゃじん》、工部侍郎、同平章事（宰相）等を歴官した。元稹は白居易と親交があり、「元和《げんな》体《たい》」と呼ばれる二人の平易な詩風は、「元軽白俗」とも評される。『元氏長慶集』六十巻がある。

阮籍《げんせき》（魏）二一〇―二六三

字は嗣宗《しそう》。陳留《ちんりゅう》（河南省）の人。建安《けんあん》の七子の一人、阮瑀《げんう》の子。晋の司馬懿《しばい》の散騎常侍《さんきじょうじ》となり、さらに司馬昭《しょう》の従事中郎《じゅうじちゅうろう》、歩兵校尉となった。竹林《ちくりん》の七賢の一人。はじめ経世済民の志を抱いていたが、魏晋間における革命の時期にあたり、政界の不安から身を遠ざけるため、清談にふけるようになった。不安定な社会における人生の矛盾、孤独といった悲哀を、「詠懐詩」という連作に託した。『阮歩兵集《げんほへいしゅう》』一巻がある。

呉偉業《ごいぎょう》（清）一六〇九―一六七一

字は駿公《しゅんこう》、梅村《ばいそん》と号する。太倉《たいそう》（江蘇省太倉県）の人。崇禎《すうてい》四年（一六三一）の進士。明朝では、翰林院編修、南京国子監司業《しぎょう》、少詹事《しょうせんじ》等を歴任。清朝では、秘書院侍講、国子監祭《さい》酒《しゅ》に官した。致仕後は、太倉近郊の梅村に隠栖し、二朝に仕えたことを恥じて暮らした。呉偉業の詩は、李商隠《りしょういん》の婉麗さと白居易《はくきょい》の叙事性を兼備するという。『梅村家蔵稿』五十八巻等がある。

項羽《こうう》（楚）前二三二—前二〇二
名は籍《せき》、字は羽《う》。秦末の下相《かしょう》（江蘇省宿遷《しゅくせん》県）の人。楚の名門の出身。楚の将となり、秦末の乱を平定し、西楚の覇王となった。しかし、垓下の戦いで劉邦（漢の高祖）に包囲され、四面楚歌《しめんそか》の状態となり、最後は烏江《うこう》において没した。垓下の戦いで劉邦に追いつめられたときに詠じた「垓下の歌」がある。

高啓《こうけい》（明）一三三六—一三七四
字は季迪《きてき》、青邱子《せいきゅうし》と号する。長洲（江蘇省蘇州）の人。『元史』の編集に参加し、翰林院国史編修官に任ぜられた。戸部《こぶ》右侍郎等を歴官したあと、辞して蘇州の青邱に帰った。友人のために書いた「上梁文《じょうりょうぶん》」が太祖《たいそ》の逆鱗に触れ、腰斬《ようざん》の刑に処せられた。明を代表する詩人で、詩風、性格とも李白の遺風を持ち、平明かつ雄健な詩が多いと評される。『高太史《こうたいし》大全集』十八巻等がある。

高適《こうせき》（唐）七〇一？—七六五
字は達夫《たつぷ》。滄州《そうしゅう》渤海（河北省滄県）の人とも、洛陽の人とも言われる。天宝《てんぽう》八年（七四九）有道科《ゆうどう》に推挙され、封丘《ほうきゆう》の尉となる。河西《かせい》節度使哥舒翰《かじよかん》の掌《しよう》書記として西北の辺境に赴く。のち、蜀州《しよくしゆう》刺史、西川《せいせん》節度使などを経て、刑部侍郎、散騎常侍、さらに渤海侯に封ぜられ、没後、礼部尚書を贈られた。性格は豪放闊達《かったつ》、若い頃は任侠と放浪の生活を送った。辺塞詩に優れ、岑参とともに「高岑」と称された。『高常侍《じようじ》集』八巻がある。

黄庭堅《こうていけん》（宋）一〇四五―一一〇五
字は魯直《ろちよく》、山谷《さんこく》・涪翁《ふうおう》と号する。洪州分寧《ぶんねい》（江西省修水県）の人。治平《ちへい》四年（一〇六七）の進士。校書郎、著作郎等を歴官したが、新法党に攻撃され、四川、広州に貶謫《へんたく》されて没した。詩は師事した蘇軾とならんで「蘇黄」と称され、蘇門四学士の一人に数えられる。杜甫を範とする擬古主義によって知られ、江西《こうせい》詩派の祖となった。書にもすぐれ、蘇軾らと宋四大家に数えられる。『山谷内集《ないしゆう》』二十巻等がある。

顧況《こきよう》（唐）七二七？―八一五？
字は逋翁《ほおう》。蘇州（江蘇省蘇州市）の人。一説に、海塩《かいえん》（浙江省海塩県）の人ともいう。至《し》徳《とく》二載（七五七）の進士。秘書郎から著作佐郎《ちよさくさろう》に移る。宰相の李泌《りひつ》に師事していたが、昇進させてもらえず、その死後、不遜な詩を作ったため、饒州《じようしゆう》（江西省）の司戸参軍《しこさんぐん》に左遷された。のち、茅山《ぼうざん》（江蘇省句容《くよう》県）に隠棲し、長寿をもって没した。また、仙術を得たとも伝えられた。『華陽真逸詩《かようしんいつ》』二巻がある。

斛律金《こくりつきん》（北斉）四八八―五六七

姓は斛律、名は金、字は阿六敦《あろくとん》。トルコ系北方遊牧民族の出身。北斉の武将。北斉の建国者、高歓《こうかん》に信任された。「勅勒歌《ちょくろくか》」一首があり、世に知られている。この歌は、のちに北周を建てた宇文泰《うぶんたい》を玉壁城《ぎょくへきじょう》（山西省）で包囲したとき、味方の志気を鼓舞するため、高歓の命令によって、斛律金が作ったものという。

呉文泰《ごぶんたい》（明）一三四〇―一四一三

字は文度《ぶんど》。呉県石湖《せきこ》（江蘇省蘇州市）の人。洪武年間に、才を認められて涿州同知《たくしゅうどうち》となるが、連坐して官を辞した。致仕以後は呉山に隠栖し、世と交わることがなかった。呉文泰は、経史文芸百家に通じ、貧困の中にあっても吟詠をやめなかった。同じ呉山の丁遜学と切磋琢磨し、共に詩名を高めた。詩風は孟郊《もうこう》に似て僻蹇《へきけん》であると評される。

謝朓《しゃちょう》（斉）四六四―四九九

字は玄暉《げんき》。陳郡陽夏《ようか》（河南省太康《たいこう》）の人。武帝のとき中書郎となり、明帝《めいてい》のとき宣城郡《せんじょう》の太守から尚書吏部郎《りぶろう》に至った。のち、江祐らによる始安王《しあんおう》遥光擁立の企てに加担しなかったため、遥光の怒りをかい、獄に下され殺された。詩においては、声律対偶を重視し、沈約らとともに、「永明体《えいめいたい》」の詩人として知られる。『謝宣城集』五巻がある。

周実《しゅうじつ》（清）一八八六—一九一一

字は実丹《じつたん》、無尽《むじん》・和勁《わけい》と号する。もと、名は桂生、字は剣霊。淮安《わいあん》府山陽（江蘇省淮陰《わいいん》市）の人。幼い頃から中国や欧米の歴史に親しむ。晩年、清末混乱期の中国を憂いて、革命に参加しようとしたが、山陽県令の姚栄沢に殺された。周実は南社《なんしゃ》の詩人で、黄遵憲《こうじゅんけん》らの新派詩の影響をうけたが、規律に拘束されなかった。憂国の情を帯び、悲壮感のただよう詩が多い。『無尽庵遺集』がある。

邵雍《しょうよう》（宋）一〇一一—一〇七七

字は堯夫《ぎょうふ》、安楽《あんらく》先生と号する。康節《こうせつ》と諡される。范陽（河北省涿県）に生まれ、河南（河南省洛陽市）に移り住んだ。官に推薦されたが辞退し、隠栖したまま生涯を終えた。邵雍は宋代道学《どうがく》の祖であり、周濂渓《しゅうれんけい》と共に二程子《にていし》の学を導いている。また、百源学派《ひゃくげんがくは》の祖ともいわれる。詩は、道学と詩を結びつけて脱俗の境地を得、率直に感慨をのべる点に特徴がある。『伊《い》川撃壌集《せんげきじょうしゅう》』二十巻がある。

辛愿《しんげん》（金）？—一二三一？

字は敬之《けいし》、女几野人《じょきやじん》、また渓南詩老《けいなんしろう》と号する。福昌《ふくしょう》（河南省宜陽《ぎよう》県）の人。二十五歳になって初めて字を学び、以後、読書と詩作に力を注いで第一級の詩人となり、元好問が「三知己」の一人と賞賛するに至った。金末混乱期の河南は、金と蒙古の交戦の場となり、辛愿はつらい避難生活を強いられた。元々は農民であったので、戦乱によって荒れはてた村里の姿と村人の苦しみを農民の立場から切実に詠んだものが多い。

岑参《しんじん》（唐）七一五？—七七〇？

字、不詳。荊州江陵（湖北省江陵県）の人。天宝三載（七四四）の進士。安西節度使高仙《こうせん》芝《し》の掌書記《しょうしょき》や安西北庭都《あんざいほくていと》護封常清《ごほうじょうせい》の節度判官となり、辺塞地域の生活を体験した。安禄山の乱に際して本国に帰り、杜甫《とほ》らの推薦により右補闕《うほけつ》に任ぜられた。のち、虢州《かくしゅう》長史、嘉州刺史を歴任。長安に帰任する途中、成都の旅宿で没した。自らの体験に基づく辺塞詩は、清切《せいせつ》卓抜な風格をもち、高適と併称される。『岑嘉州《かしゅう》詩』七巻がある。

沈約《しんやく》（斉・梁）四四一—五一三

字は休文《きゅうぶん》。呉興武康《ごこうぶこう》（浙江省武康県）の人。宋、斉、梁の三朝に仕えた。官は、梁の武帝のとき、尚書僕射《ぼくや》、尚書令に至った。博学で群書に通じ、詩文ともにすぐれていた。斉の竟《きょう》陵王《りょうおう》の文学集団に参加し、いわゆる「竟陵の八友」の一人として知られる。詩においては、声律対偶に重きをおき、「四声八病《しせいはちへい》」の説を唱え、謝朓らとともに「永明体」を創始した。『沈隠侯《しんいんこう》集』二巻がある。

薛道衡《せつどうこう》（隋）　五四〇―六〇九

字は玄卿《げんけい》。河東汾陰《かとうふんいん》（山西省栄河《えいか》県）の人。北斉、北周、隋の三朝に仕えた。隋の文帝のとき、内史舎人《ないししゃじん》となる。のち、内史侍郎となり、上開府《じょうかいふ》に至った。才名顕《あらわ》れ、文帝に深く重んぜられた。しかし、煬帝《ようだい》のとき、「文皇帝の頌《しょう》」を奉ったところ、気に入られず、司隷大《しれいたい》夫《ふ》に貶《へん》され、ついで処刑された。『薛司隷集』一巻がある。

曾鞏《そうきょう》（宋）　一〇一九―一〇八三

字は子固《しこ》、文定《ぶんてい》と諡される。建昌南豊《なんぽう》（江西省南豊県）の人。嘉祐《かゆう》二年（一〇五七）の進士。諸州知事、史館修撰《しゅうせん》、中書舎人等を歴官した。欧陽脩《おうようしゅう》の門下に入り、蘇軾、王安石と並称された。文は唐宋八大家の一人に数えられ、古文を主張する清朝の桐城《とうじょう》派に推重された。詩は抒情的な作品にすぐれ、七言絶句は山水を風情豊かに詠って評価が高い。『元豊類稿《げんぽうるいこう》』五十巻がある。

曹松《そうしょう》（唐）　八五〇年ごろ在世

字は夢徴《ぼうちょう》。舒州《じょしゅう》（安徽省《あんきしょう》潜山県）の人。晩唐の詩人。若いころは、洪州（江西省南昌《なんしょう》市）、建州（福建省建甌《けんおう》県）に乱を避けていたが、天復《てんぷく》元年（九〇一）、七十余歳で進士に合格、校書郎、秘書省正字《せいじ》に官して没した。詩は賈島《かとう》に学んで幽深《ゆうしん》の境地を得たが、枯淡に過ぎることはなかった。『全唐詩』に詩二巻がある。

曹植《そうしょく》（魏）一九二―二三二

字は子建《しけん》。譙《しょう》（安徽省亳《はく》県）の人。曹操《そうそう》の第三子。曹丕《そうひ》の同母弟。幼少のころより文才があり、曹操の寵愛を受け、一時は太子に擬せられたこともあった。が、王位継承で兄の曹丕に敗れて以後、その才を妬《ねた》まれ、諸国を転々とさせられるなど、不遇な生涯を送った。その詩の多くは、文帝（曹丕）もしくは明帝《めいてい》に対する「怨慕《えんぼ》の情」を基調としており、質量ともに、漢魏第一の詩人とされる。『曹子建集』十巻がある。

蘇軾《そしょく》（宋）一〇三六―一一〇一

字は子瞻《しせん》、東坡《とうば》と号し、文忠《ぶんちゅう》と諡される。眉州《びしゅう》眉山（四川省眉山県）の人。洵《じゅん》の子、轍《てつ》の兄。嘉祐二年（一〇五七）の進士。旧法党に属した蘇軾は、新旧法党の消長の影響をうけ、地方と中央の官を往復することが多かった。湖州、黄州、杭州等の知事や中書舎人、翰林学士、礼部尚書等を歴官した。父、弟とともに唐宋八大家に数えられる。詩は、陸游とともに宋を代表する。塡詞は男性的と評される。『東坡全集』百十五巻がある。

張継《ちょうけい》（唐）？―？

字は懿孫《いそん》。襄州（湖北省襄陽県）の人。天宝十二載（七五三）の進士。節度使の幕僚や塩《えん》鉄《てつ》判官などを経て、大暦年間（七六六―七七九）に検校祠部員外郎《けんこうしぶいんがいろう》となる。高適は、その詩風を「累代の詞伯」とたたえたという。『張祠部詩集』一巻がある。

趙孟頫《ちょうもうふ》（元）　一二五四―一三二二
字は子昂《しこう》、松雪道人《しょうせつどうじん》と号する。文敏《ぶんびん》と諡される。湖州（浙江省呉興《ごこう》）の人。宋の太祖《たいそ》の子孫である。宋が亡ぶと官界から退いたが、フビライの招聘《しょうへい》をうけ、元朝に仕えたので、後世の評価は必ずしも高くない。しかし、書画・文学の両方面で当代第一級であったという点は、正当に評価すべきであろう。唐詩の抒情性を範とする詩と、出処進退を誤った悔恨の詩が特徴である。『松雪斎文集』十巻がある。

張問陶《ちょうもんとう》（清）　一七六四―一八一四
字は仲冶《ちゅうや》、船山《せんざん》と号する。四川遂寧《すいねい》（四川省遂寧県）の人。乾隆《けんりゅう》五十五年（一七九〇）の進士。翰林院検討、翰林院供職《きょうしょく》、山東省莱州《らいしゅう》知府等を歴官したのち、蘇州虎丘《こきゅう》に隠栖して没した。詩は、自己の性情を書き記すことに重きを置いて、袁枚らに賞賛された。山水詩と抒情的な詩にすぐれた。『船山詩草』二十巻がある。

陳子昂《ちんすごう》（唐）　六六一―七〇二
字は伯玉《はくぎょく》。梓州射洪《ししゅうしゃこう》（四川省射洪県）の人。文明《ぶんめい》元年（六八四）の進士。麟台《りんだい》正字、右衛《ゆうえい》率冑曹参軍《そつちゅうそうさんぐん》を経て右拾遺にすすみ、また武攸宜《ぶゆうぎ》将軍の参謀として契丹《きったん》討伐に従軍した。聖暦《れいせき》元年（六九八）、辞職して郷里に帰ったが、やがて陳子昂の財産に目をつけた県令の段簡に捕えられ、獄死した。六朝《りくちょう》中期以来の華美な詩風を拒否し、復古的な風格をもつ詩歌の創作につとめ、盛唐詩人の先駆者とされる。『陳伯玉文集』十巻がある。

陳陶《ちんとう》（唐）　八〇四？—八七四？
字は嵩伯《すうはく》。剣浦《けんぽ》（福建省漳州《しょうしゅう》市）の人。進士の試験を何度も落第した後は官吏の道を求めず、山水に遊び、自ら「三教の布衣《ふい》」と称した。後世の人からは仙人視され、空中を歩いた話や、宋代まで生きた話が伝えられている。詩は俗気がなく、晩唐の詩人の中で、最も平淡の境地を得ているという。『陳嵩伯詩集』一巻がある。

鄭谷《ていこく》（唐）　八五一？—九一〇？
字は守愚《しゅぐ》。袁州宜春《ぎしゅん》（江西省宜春市）の人。光啓《こうけい》三年（八八七）の進士。京兆鄠《けいちょうこ》県尉、右拾遺、都《と》官郎《かんろう》中等を歴官した。致仕後は宜春の仰山《ぎょうさん》に隠栖し、詩友や山僧と交わった。鷓鴣を詠んだ詩がすぐれていたので、「鄭鷓鴣《ていしゃこ》」と呼ばれた。詩は俗気がなく、清婉《せいえん》であると評され、薛能《せつのう》、李頻《りひん》、斉己《せいき》らの賞賛をうけた。『雲台《うんだい》編』（『鄭守愚文集』）三巻がある。

陶淵明《とうえんめい》（晋）　三六五—四二七
字は元亮《げんりょう》。一説に名は潜《せん》、字が淵明ともいう。潯陽柴桑《じんようさいそう》（江西省九江《きゅうこう》県）の人。晋の大司馬、陶侃《とうかん》の曽孫にあたる。二十九歳で江州の祭酒になって以来、官に就いたり辞任したりをくり返した。四十一歳のとき、彭沢《ほうたく》県の令となったが、まもなくして辞任し、郷里に帰った。その後は田園で悠々自適の生活を送った。酒と自然をこよなく愛し、田園詩人の祖と称される。『陶靖節《せいせつ》詩集』がある。

陶弘景《とうこうけい》（斉・梁）四五六？—五三六

字は通明《つうめい》。丹陽郡秣陵《まつりょう》（江蘇省南京市）の人。華陽隠居、華陽真逸、華陽真人《しんじん》と号した。幼時より道教に親しんだ。斉の高帝《こうてい》のとき、諸王の侍読となったが、斉の武帝の永明《えいめい》十年（四九二）、官を辞して江蘇の句曲山《こうきょくざん》（茅山）に隠棲した。梁になって、梁の武帝にたびたび召されたが、固辞した。しかし、国家の大事については、常にその諮問《しもん》に与《あず》かったので、世に「山中宰相」と称された。

杜秋娘《としゅうじょう》（唐）八〇〇年ごろ在世

潤州（江蘇省鎮江市）の人。十五歳の時に、鎮海軍《ちんかいぐん》節度使李錡《りき》の妾《しょう》となったが、李錡が反乱をおこして誅《ちゅう》せられると、宮中の女官となり、憲宗の寵愛をうけた。のち、穆宗《ぼくそう》の第四子漳王《しょうおう》の傅姆《うば》となるが、漳王が廃せられると故郷に帰った。杜牧に「杜秋娘詩」があり、杜秋娘の類まれな美しさとその数奇な運命が詠われている。

杜荀鶴《とじゅんかく》（唐）八四六―九〇七？

字は彦之《げんし》、九華山人《きゅうかさんじん》と号する。池州《ちしゅう》（安徽省池州市）の人。大順《たいじゅん》二年（八九一）の進士。翰林学士、主客員外郎《しゅかくいん》等を歴官した。のちの後梁の太祖となる朱全忠《しゅぜんちゅう》の知遇をうけたが、その勢力を恃《たの》み、他の廷臣たちを指弾したために恨みを買い、間もなく没した。詩は、時世を批判し、戦乱に苦しむ民衆を詠ったものが多い。その一方で、俗語を多用した詩や宮詞《きゅうし》にもすぐれた作品が多い。『唐風集』三巻がある。

杜甫《とほ》（唐）七一二―七七〇

字は子美《しび》、少陵《しょうりょう》と号する。襄陽（湖北省襄樊《じょうはん》市）の人。初唐の詩人杜審言《としんげん》の孫。経世済民の志を抱いて科挙を受けるが、及第せず。安史の乱では、一時、反乱軍の捕虜となる。のち、華州の司功参軍を経て節度参謀・検校工部員外郎となった。しかし、晩年の生活は、西北地域から揚子江中流地域にわたる流浪の連続であり、志を果たせぬまま、舟中に病死した。「詩聖」と称されて、李白とならんで中国最高の詩人とされる。『杜工部集《とこうぶ》』二十巻がある。

杜牧《とぼく》（唐）八〇三―八五二（八五三）

字は牧之《ぼくし》。京兆万年《まんねん》（陝西省西安市）の人。『通典《つてん》』の撰者で宰相の杜佑《とゆう》の孫。大和《たいわ》二年（八二八）の進士。牛僧孺《ぎゅうそうじゅ》らの幕僚を経て、地方刺史を歴任。五十歳の時、中書舎人となって没した。晩唐を代表する詩人の一人で、杜甫に対して「小杜」と呼ばれる。格調高い詩と感傷的な詩の両方にすぐれ、妓女との恋愛を詠った艶冶《えんや》な詩が多いのも特徴である。『樊川《はんせん》文集』二十巻がある。

白居易《はくきょい》（唐）七七二―八四六

字は楽天《らくてん》、酔吟《すいぎん》先生、香山居士《こうさんこじ》と号した。下邽《かけい》（陝西省渭南《いなん》県）の人。二十九歳で進士、三十五歳で制挙《せいきょ》に合格。翰林学士、左拾遺などを経て太子《たいし》左《さ》賛善大夫《さんぜんたいふ》となった。のち、四十四歳で江州司馬に左遷。ついで忠州刺史となる。召されて中書舎人などを歴任。杭州、蘇州の刺史となり、刑部尚書に至って没した。詩風は平易暢達《ちょうたつ》で、作品の質・量ともに、中唐期最大の詩人といえる。『白氏文集《はくしもんじゅう》』七十一巻がある。

范成大《はんせいだい》（宋）一一二六―一一九三

字は致能《ちのう》、石湖居士《せきここじ》と号する。文穆《ぶんぼく》と諡される。平江《へいこう》呉《ご》県《けん》（江蘇省蘇州市）の人。紹興《しょうこう》二十四年（一一五四）の進士。吏部員外郎、礼部員外郎、起居舎人、中書舎人等を歴官した。国信使《こくしんし》として金《きん》に使《つかい》した時、困難な外交交渉にあたり、金、宋双方の信頼を得た。陸游らと詩名を斉しくし、南宋四大家の一人《ひと》に数えられる。農村の風物を生き生きと描いて、田園詩人の称がある。『石湖居士詩集』三十四巻等がある。

文天祥《ぶんてんしょう》（宋）一二三六―一二八二

はじめ、名を雲孫《うんそん》、字を天祥としたが、のち、名を天祥、字を履善《りぜん》・宋瑞《そうずい》と改めた。文山《ぶんざん》と号し、忠烈《ちゆうれつ》と諡される。吉州廬陵《きつしゆうろりよう》（江西省吉安県《きつあん》）の人。宝祐《ほうゆう》四年（一二五六）、進士に首席で及第、官は右丞相に至る。元軍の侵入に戦って捕えられたが、元の世祖《せいそ》の帰順勧告に応ぜず、三年後刑死した。詩は杜甫を学び、国家への忠誠心に満ちた壮絶な憂憤を数多く詠んだ。『文山先生全集』二十巻がある。

孟郊《もうこう》（唐）七五一―八一四

字は東野《とうや》。湖州武康《ぶこう》（浙江省徳清県《とくせい》）の人。一説に洛陽の人。久しく嵩山《すうざん》に隠棲していたが、貞元《ていげん》十二年（七九六）、四十六歳で進士に及第、溧陽《りつよう》（江蘇省常州市）の尉《い》となる。しかし、職務を怠り作詩にふけったため、俸給を半分に削減されたという。苦吟の詩人として知られ、硬質・険難な詩風によって、賈島《かとう》とともに「郊寒島瘦《こうかんとうそう》」と評された。また韓愈と親しく交わり「孟詩韓筆」とうたわれた。『孟東野《とうや》詩集』十巻がある。

孟浩然《もうこうねん》（唐）六八九―七四〇

字も浩然。襄陽（湖北省襄樊市）の人。郷里の鹿門山《ろくもんさん》に隠棲していた。四十歳の時、科挙を受けたが落第。王維、張九齢らと親交を結ぶ。張九齢が荆州長史に左遷された時、その幕下に入ったが、まもなく辞して帰郷した。その後、王昌齢の訪問を受けた時、病をおして酒宴を開いたため、病が悪化して死んだ。王維・韋応物・柳宗元とともに、唐を代表する山水派の詩人として知られる。『孟浩然集』四巻がある。

庾信《ゆしん》（梁）　五一三—五八一

字は子山《しざん》。南陽新野《しんや》（河南省新野県）の人。梁の詩人庾肩吾《けんご》の子。梁に仕えて右衛将軍《ゆうえいしょうぐん》、武康県侯となった。のち、元帝の命で西魏へ使《つかい》したが、そのまま西魏に抑留される。その間に侯景《こうけい》の乱が起こり、梁が滅んだため、やむなく西魏に仕え、さらに北周に仕えた。官は驃《ひょう》騎《き》大将軍、開府儀同三司《かいふぎどうさんし》に至った。その艶麗な詩風は、徐陵《じょりょう》とならんで「徐庾《じょゆ》体」と称された。『庾子山集』十六巻がある。

駱賓王《らくひんのう》（唐）　六一九？—六八四？

字は観光？　婺州義烏《ぶしゅうぎう》（浙江省義烏県）の人。はじめ道王（李元慶《りげんけい》）に仕え、武功・長安の主簿を歴任したが、高宗の末年、臨海の丞に左遷された。のち、徐敬業《じょけいぎょう》が則天武后《そくてんぶこう》打倒の軍をおこした時、その幕下に加わり、檄文を起草。その文は、糾弾の対象であった武后自身をも感嘆せしめたという。徐敬業の敗死後、処刑されたという。初唐四傑の一人。『駱賓王文集』十巻がある。

李益《りえき》（唐）　七四八—八二九？

字は君虞《くんぐ》。隴西姑蔵《ろうせいこぞう》（甘粛省武威県）の人。大暦《たいれき》四年（七六九）の進士。鄭県（河南省

の尉となったが昇進できず、職を辞して、邠寧《ひんねい》、幽州節度使の幕僚となり、長く従軍生活を送った。のち、詩名が憲宗に聞こえ、召されて秘書郎、集賢殿《しゅうけんでん》学士となる。驕慢《きょうまん》な性格から一時降職されたが、最後は礼部尚書に至った。七言絶句に長じ、辺塞詩で名を馳《は》せた。鬼才といわれた李賀とは同族の関係にあった。『李益集』二巻がある。

李賀《りが》（唐）七九一―八一七
字は長吉《ちょうきつ》。福昌《ふくしょう》（河南省宜陽県）の人。二十歳の時、進士受験は父の諱《いみな》を冒すという理由で受験資格を奪われた。その際、「諱弁《いみなのべん》」という論文を書いて李賀を救おうと努力した韓愈の喧伝によって、李賀の文名は高められた。奉礼郎《ほうれいろう》に任ぜられたが、二十七歳で没した。楚辞の幻想的側面の影響をうけ、色彩感に富み、感覚の鋭い詩風は、「鬼才」と称されている。『李長吉文集』四巻等がある。

陸凱《りくがい》（劉宋）？―五〇三
字は智君《ちくん》。代（山西省大同市）の人。通直散騎侍郎《つうちょくさんきじろう》、太子庶子、給事黄門侍郎《ぎゅうじこうもんじろう》などを経て正平《せいへい》太守となった。謹直な性質で、学問を好み、忠孝をもって称された。『後漢書《ごかんじょ》』の撰者范曄《はんよう》と親交があったとされ、「贈范曄詩」一首を今に伝える。

陸游《りくゆう》（宋）一一二五―一二一〇
字は務観《むかん》、放翁《ほうおう》と号する。越州《えつしゅう》山陰（浙江省紹興市）の人。進士の試験を受けたが、宰相の秦檜《しんかい》の怨みを買って落第となった。地方官や枢密院編修等を歴官したのち、約八年間四川の地を転々とした。その後は郷里の山陰に帰り、自然の中で暮らすことが多かった。江西《こうせい》詩派から出発し、独自の詩風を開拓した。憂国詩と田園詩、及び細やかな愛情の詩が特徴で、質量ともに宋代を代表する文人である。『剣南詩稿』八十五巻等がある。

李商隠《りしょういん》（唐）八一二？―八五八
字は義山《ぎざん》、玉谿生《ぎょくけいせい》と号する。懐州河内《かいしゅうかだい》（河南省沁陽県《しんよう》）の人。開成《かいせい》二年（八三七）の進士。初め、令狐楚《れいこそ》の援助をうけたが、その政敵の王茂元《おうもげん》の娘と結婚し、その後も両派を往来したので双方から疎まれて、校書郎、弘農尉《こうのうい》等の微官を歴任した。詩は温庭筠と並んで「温李《おんり》」と称され、晩唐の詩風を代表する。華麗で抒情的な詩は、西崑《せいこん》派という追随者を生んだ。『唐李義山詩集』六巻等がある。

李紳《りしん》（唐）七七二―八四六
字は公垂《こうすい》、文粛《ぶんしゅく》と諡される。無錫《むしゃく》（江蘇省無錫市）の人。元和《げんな》元年（八〇六）の進士。国士助教、翰林学士、中書舎人等を歴官したが、讒言によって端州《たんしゅう》（広東省）の司馬に左遷された。のち、中書侍郎、同《どう》中書門平章事《へいしょうじ》（宰相）に至り、淮南節度使となって没し、太尉を追贈された。白居易、元稹らと親しく、詩歌による社会改革を試み、「新楽府《しんがふ》二十首」を作ったという。『追昔遊集』三巻がある。

李白《りはく》（唐）七〇一―七六二

字は太白《たいはく》、青蓮居士《せいれんこじ》と号した。出身は明らかでないが、幼少期は蜀（四川省）で過した。二十四、五歳ごろ蜀を離れ、湖北の安陸《あんりく》など、各地を歴遊。四十二歳で、玄宗に仕え、翰林《かんりん》供奉《ぐぶ》となる。安史の乱では、永王李璘《りりん》の水軍に参加し、反乱軍と見なされ、潯陽に捕われる。夜郎《やろう》に流される途中、赦免され、長江中流、下流の地で自適の生活を送り、当塗《とうと》で没した。「詩仙」と称されて、杜甫とならんで中国最大の詩人とされる。『李太白文集』三十巻がある。

劉禹錫《りゅううしゃく》（唐）七七二―八四二

字は夢得《ぼうとく》。洛陽（河南省洛陽市）の人。貞元《ていげん》九年（七九三）の進士。博学宏詞科《はくがくこうしか》にも合格。監察御史となる。柳宗元とともに、王叔文《おうしゅくぶん》の改革派に属して将来を嘱望されたが、王叔文の失脚とともに朗州の司馬に左遷された。のち、夔州《きしゅう》、和州の刺史から太子賓客《たいしひんかく》を経て、検校《けんこう》礼部尚書《れいぶしょうしょ》に至った。気骨のある力づよい詩風で知られ、晩年には白居易との唱和の作が多い。『劉夢得文集』三十巻、外集十巻がある。

劉基《りゅうき》（明）一三一一―一三七五

字は伯温《はくおん》、文成《ぶんせい》と諡される。処州青田《しょしゅうせいでん》（浙江省青田）の人。元統《げんとう》元年（一三三三）の進士。初め、元の役人であったが、のち、明の朱元璋（太祖）の謀臣となった。しかし、胡惟庸《こいよう》らの弾劾にあい、太祖との関係も悪化して、晩年は憤悶を抱きつつすごした。劉基の詩は唐調を基礎とし、前半生は雄渾豪放な詩が多いが、明に仕えたあとの詩は、悲哀と感傷がただよう。『太師誠意伯劉文成公集』二十巻がある。

劉吉甫《りゅうきつぽ》（宋）一一〇〇年ごろ在世

江西安福《あんふく》（江西省安福）の人。熙寧《きねい》元年（一〇六八）の解試《かいし》に合格。元符《げんぷ》年間（一〇九八―一一〇〇）に、承務郎《しょうむろう》に官したが、連坐して官を貶された。

柳宗元《りゅうそうげん》（唐）七七三―八一九

字は子厚《しこう》。河東《かとう》（山西省永済《えいさい》県）の人。貞元九年（七九三）の進士。博学宏詞科にも合格。藍田《らんでん》の尉を経て、監察御史裏行《りこう》から礼部員外郎に進む。劉禹錫とともに、王叔文の改革派に属していたが、王叔文の失脚にともない永州の司馬に左遷された。ついで柳州《りゅうしゅう》の刺史に貶謫《へんたく》となり、そのまま四十七歳で没した。『河東先生集』四十五巻、外集二巻がある。散文では韓愈とともに古文の復興を提唱し、詩では山水詩に独自の境地を示した。

劉長卿《りゆうちようけい》（唐）　？―七八九（七九一）

字は文房《ぶんぼう》。河間《かかん》（河北省河間県）の人。開元《かいげん》二十一年（七三三）の進士。粛宗の至徳《しとく》年間に監察御史から検校祠部《しぶ》員外郎《いんがいろう》、転運使《てんうんし》判官を歴任。代宗の大暦《たいれき》年間に淮西鄂岳転運留後《てんうんりゆうご》となったが、無実の罪で投獄され、睦州《ぼくしゆう》司馬に左遷された。最後は随州刺史で終わる。五言詩を得意とし、「五言の長城」と称された。『劉随州文集』十巻、外集一巻がある。

梁の簡文帝《りようかんぶんてい》（梁）　五〇三―五五一

姓は蕭《しよう》、名は綱《こう》、字は世纘《せいさん》。簡文はその諡である。梁の武帝（蕭衍《えん》）の第三子。『文選《もんぜん》』を編纂した昭明太子《しようめいたいし》（蕭統《とう》）の弟。兄のあとを継いで太子となり、五五〇年に即位したが、翌年、侯景の乱が起こり、幽閉され、そのまま殺された。艶麗な詩風で、一般に「宮体《きゆうたい》」と称せられる。また、徐陵《じよりよう》に命じて『玉台新詠《ぎよくだいしんえい》』を編集させたともいわれている。

李陵《りりよう》（漢）　？―前七四

字は少卿《しようけい》。隴西成紀《ろうせいせいき》（甘粛省）の人。漢の武将。漢の飛将軍《ひしようぐん》といわれた李広《りこう》の孫。武帝に仕えて騎都尉《きとい》となった。天漢《てんかん》二年（前九九）、李広利《りこうり》に従って匈奴と戦ったが、力つきて降伏し、そのまま彼《か》の地で没した。ちなみに、司馬遷《しばせん》が武帝によって宮刑《きゆうけい》に処せられたのは、李陵を弁護したためであった。今、李陵の名のもとに、本書所収の「別歌」と幾首かの五言古詩とが伝わるが、後者はいずれも後世の偽作といわれている。

林升《りんしょう》（宋）　一二三〇年ごろ在世
福建古田《ふっけんこでん》（福建省福州市古田）の人、紹定《しょうてい》五年（一二三二）、恩科《おんか》（国家の慶事を記念して臨時に行なう試験）に合格した。

林逋《りんぽ》（宋）　九六七―一〇二八
字は君復《くんぷく》、和靖《わせい》と諡される。杭州銭塘《せんとう》（浙江省杭州市）の人。生涯仕官せず、抗州西湖《せいこ》のほとりの孤山《こざん》に隠栖した。結婚しなかったために妻子はなく、庭に梅を植え、鶴を飼い、「梅が妻、鶴が子」と称した。梅の花や西湖の風景を詠んだ詩にすぐれる。人となりが詩にあらわれ、繊細で澄淡《ちょうたん》な詩風が特徴である。『林和靖詩集』四巻等がある。

あとがき

清麗な山水から、哀歓の人生まで、中国の古典詩は、豊かな言葉の稔りを生み出してきた。その悠久の歴史を〝美の歳月〟という観点からとらえてみたいというのは、筆者にとって久しい念願だった。とらえかたの筋みちには、作者別、詩型別、主題別……などいろいろな基準がある。しかし、美感や美意識の歴史的な展開という点では、「詠懐」「情愛」「懐古」「離別」といった個々の主題《テーマ》に即して見てゆくのが、やはりいちばん分かりやすい。それはまた、「主題と作者」「主題と詩型」「主題と時代」など興味ある相関の情況をも、おのずから反映するものとなるだろう。

採録した百六十六首の内分けは、唐詩が八十一首で半数弱、その他の時代の作品が八十五首で半数強。中国詩歌史の中心が唐詩であることを思えば、この比率はほぼ妥当なものといえるだろう。主要詩人としては、わが国で広く愛読されてきた陶淵明、王維、李白、杜甫、白居易、杜牧、蘇軾などとともに、これまで比較的に鑑賞作品の乏しかった王安石、袁枚、龔自珍らについても、やや重点的に、その魅力を紹介することに努めた。

＊　＊　＊

作品自体の魅力の大きさと、日中両国の文化的な関係の深さから、わが国では、中国古典詩（漢詩）の愛読者がきわめて多い。それだけに、訳注書・鑑賞書の類も、数多く出版されている。本書では、そこに何らかの新しい要素を加えることができるよう、筆者の立場から幾つかの視点を設定した。

㈠訓読された漢詩の、「（日本語）文言自由詩」としての美しさが味わいやすいように、①音・訓の配合、②助詞・助動詞の増減、③一字空きの有無や位置、④原詩のリズムとの対応関係――などの点で、適宜、配慮した。平安朝の初期以後、千年以上の伝統をもつ「訓読漢詩」は、硬軟さまざまな日本語に翻訳された「文語自由詩」として、それぞれに美しいリズムをもっている。そして、そのリズムが――意識的・無意識的に――われわれの感性の深部にまで滲透しているために、漢詩の訓読では、最初に覚えた訓《よ》みかたを変えにくいという傾向さえ、生まれているのである。わが国における漢詩の愛読は、訓読という方法を離れては、正確には理解しがたいであろう。*

＊「文語自由詩としての「訓読漢詩」――自由律形成の歩み」（『リズムの美学――日中詩歌論』明

治書院、所収）

㈡原詩のリズムや響きが味わいやすいように、表現のポイントとなっている「詩語」や「詩句」には、リズム表現のマークを示したり、中国語音のローマ字やカタカナを加えたりして、理解の手がかりとした。千年も二千年も前に書かれた作品が、現代の中国語音や日本漢字音で正確にリズム化できるのは、詩歌の〝言語リズム〟が時間・空間を超えて一貫しているからであり、**この点に留意することは、中国の古典詩を理解するうえで、きわめて有効だと判断されるからである。

＊＊「言語時空における〝発音の可変性〟と〝リズムの不変性〟——古典と現代をつなぐもの」（前掲書所収）

㈢原詩のもつ雅俗や硬軟の感覚が味わいやすいように、口語訳の文体にも、適宜、配慮した。また、訓読の文体に訳しにくい口語的（俗語的）表現の部分には、原則として、意味や構文についての分かりやすいコメントを加えている。

＊　＊　＊

企画から脱稿まで満四年近くかかってしまったが、すぐれた作品を選んで鑑賞を加えてゆくのは、一面、楽しい作業でもある。ちょうどその間に、一年半ほどの中国滞在の機会があり、中国の風土や言語や人間関係のなかで中国詩について書いてゆく、というまとまった時間をもつことができた。太原の唐代文学会、南京の山水旅遊文学会、九華山の李白学会など、また、北京大学の勺園《しゃくえん》や、南開大学の誼園での日々が、その頃に書いていた各章とともに思い出される。

本書の刊行に当たっては、朝日新聞社図書編集室の関係各位、特に、執筆が長期にわたったため、前期に担当された柄沢英一郎氏、後期に担当された遠矢勇作氏、印刷・校正・出版の段階で担当された及川敬二郎氏に、それぞれいろいろとお世話になった。また校正・校勘に関しては、植木久行・許山《のみやま》秀樹・矢田博《ひろし》士の諸氏から貴重な協力を得た。巻末の「中国名詩地図」は、『校注　唐詩解釈辞典』（大修館書店）の「唐詩地図」を底版として、唐詩以外の関係詩跡を加えたもの。「詩人小伝」は、許山・矢田両氏の共同執筆によっている。面倒な版面を美しく仕上げていただいた凸版印刷の御協力も、あわせて忘れがたい。

ささやかな本書の成るに当たり、お世話になった各位に謹んで御礼申しあげる。

一九九二年五月五日

松浦友久

解説　漢詩の愉しみ

赤井　益久

韻文としての漢詩

千数百年も昔の外国文学に親しみ、共感し、自らの心を慰めることのできる存在は世界的に見てもきわめて稀である。わが国における「漢詩」がそうである。翻訳によらず、原文により近い形で触れることができ、ある程度の知識がありさえすれば、自分なりに解釈が可能となる。時代の変化や作者の違いに影響を受けずに存在し、今に生き続ける文芸は奇跡的と言ってよい。その美しさや愉しさを味わうことは人生の幸福であり、心の豊かさにつながることになろう。本書は、そのよい導きとなるに違いない。

韻文である漢詩は、漢字の持つ特性を十分に生かした文芸である。絶句《ぜっく》や律詩《りっし》といった定型が出現すると二十字や二十八字（四十字や五十六字）に、この世のすべてが詠じられるようになる。漢字の特性として、「一字《いちじ》一音一義《いちおんいちぎ》」（一つの漢字に一つの音と意味がある）、また一字は一つの「音節《シラブル》」（一回の呼気で発音できる、意味を担う音の最少単位）からなる原則がこの様式を可能にした。わが国にある定型詩である「短歌」や「俳句」と比較しても、その本質はまったく異なると言える。いわゆる「韻律の三要素」（音数律＝定型であること、音位律＝押韻すること、音性律＝平仄《ひょうそく》という一字のもつ抑揚を適切に案配すること）も、漢字の音を基準にした約束事であり、本書を貫く鑑賞上の要点となっている。

松浦友久氏の本領

著者松浦友久氏の幅広い業績は大きく「研究」「翻訳」「編纂」の三つに分けることができる。分野ごとに一部を挙げれば、以下のようである。

（1）研究　中国文学者としての本来の使命といえるもので、『李白研究――抒情の構造』『李白伝記論――客遇の詩想』『詩語の諸相――唐詩ノート』『中国詩歌原論』などである。

（2）詩集の編訳　文学研究の最終的な精華と言える。例を挙げれば『中国詩選三　唐詩』『唐詩の旅――黄河篇』『李白――詩と心象』『李白詩選』などである。本書もこれに属する。

（3）辞典類の編纂　編者として幅広い読者を想定した啓発的な仕事である。『校注　唐詩解釈辞典』『続校注　唐詩解釈辞典』『漢詩の事典』などである。

いずれの成果も著者の①言葉に対する鋭敏な感覚　②対象に向かう把握力・分析力　③分析したものを分かり易く、しかも合理的に共感を持って説明できる能力によることが大きい。長い間、読み継がれている理由である。なかでも本書に通底する姿勢として、指摘しておきたい特徴がある。著者は「漢詩」と呼ばずに「中国古典詩」の呼称を好んで使用する。その背景には、漢詩を「比較詩学」の俎上《そじょう》に載せ、限定された空間から対象に照射するのではなく、広く世界的な視野からその特徴を闡明《せんめい》したいという希望があったと思われる。その際に、大きく貢献したのは若年時より親しんだ日本漢詩や語学として接した日本語のセンスや中国語の造詣である。わが国が古くから接した漢詩漢文の受容、その消化と自国文化としての発展、それを十分に理解していたからこそ、個別的な特徴だけではなく、普遍的な特質を探り当てることができたのである。

なかでも音やリズムに対する鋭敏な感覚に基づく叙述は、本書を読む上であらかじめ承知しておくと、理解が大いに深まる。いくつか例を挙げる。

本書の随所に、対象となる詩篇を丁寧に説明した後で、当該詩歌の原文が多くは二句一聯で示される。読者は不思議に思われるかも知れない。書き下し文でもなく、現代語訳でもない。これは著者が説明を尽くした後で、原文に沿って、改めて音の流れを確認しているのである。たとえば「一詠懐のうた」に引く杜甫の「可惜（惜しむべし）」の冒頭二句「花の飛ぶこと底《なん》の急《きゅう》か有《あ》る、老い去《ゆ》けば春の遅《おそ》きを願うに」を「ああ花は、なぜ、こんなにも急《あわただ》しく散ってゆくのか。年ごとに老いてゆくこの身には、春の歩みの遅いことこそ願われるのに」と説明があって、――「花飛有底急、老去願春遅」という原文で結ばれている。原文を読み、意味も確認し、趣旨も把握した上で、あらためて原文が示されるのは、今理解した意味はリズムとしていかに刻まれているか、音そのものの抑揚をいま一度確認しているのである。中国語の「Huā fēi yǒu dǐ jí, Lǎo qù yuàn chūn chí」でも構わないし、日本の漢字音「カ　ヒ　ユウ　テイ　キュウ、ロウ　キョ　ガン　シュン　チ」でも構わない。意味と音との関係性を感覚として知ることが、詩歌鑑賞の醍醐味《だいごみ》であると考えたのである。

こうした試みは類書にはなく、著者独自の鑑賞法であり、味読法である。一字一句をゆるがせにしない姿勢の表れとも言える。

また詩歌における「休音」の指摘は、リズム（拍節）を考える上で、従来の見方を一変させた。表面上の字数（音数）ではなく、むしろ字間や句間の空白こそがリズムを決定するという指摘は、韻文としての漢詩を改めて考えさせる重要な指摘となっている。

著者は、音の響きを大切にした。したがって、漢語（中国語）の特質を活かした「畳韻《じょういん》」（音節の母音部分を共通にもつ二字が響きによってある状態を表す）や「双声《そうせい》」（音節の子音部分を共通にもつ二字が響きによってある状態を表す）の擬態語や擬音語の指摘、「叶韻《きょういん》」「通韻《つういん》」（本来は通用しない韻目をあえて通用させる）などの一般の読者には理解しにくい語彙を、具体的な実作に即して分かりやすく解説している。

限られた音数ゆえの漢詩に発達した修辞も、いわゆる「典故」（典例故事）の多用傾向を通して、韻文の持つ本来的な性質を解明している。

もう一つ、著者の本領として指摘すべきは、訓読した漢詩の役割と意義を正面から取りあげ、評価していることである。漢語としての原文を、日本語に置き換えて読むいわゆる「訓読」は、永い歴史を有し、現在の日本語としての骨格形成に寄与してきたことを踏まえて評価する。漢詩漢文の訓読はかなりの信頼性と伝統を有し、独自の文化として発展してきた。これを機械的な置き換えと批判するのではなく、訓読によってもたらされる正確な解釈と日本語としての美しさとリズムとを漢詩が果たす一方の価値として認め、訳出する際の工夫として応用している。

「主題史」の構想

本書は、ただ単に名詩を精選した詞華集ではない。漢詩における各主題を通時的概観と共時的考察から構想しようとする「詩集」であり、著者の意図は漢詩の簡便な「主題史」作成にあった。それを支えるために、同時に漢詩の「享受史」「批評史」「表現史」「精神史」とも言うべき重層的なアプローチを想定していたと思われる。

漢詩の総集《そうしゅう》（多くの詩人の詩を編集目的に従い所収する）および別集《べっしゅう》（個人の詩集）の編集方法は、大きく「分体分類」（絶句・律詩、古体詩など詩の形式による分類）と「分門分類」（詩の主題による分類）の二つに分けられる。漢詩の主題を考察するには、「分門分類」を見るにしくはない。

中国文学における代表的な総集である梁・昭明太子蕭統撰『文選』の場合もやはり分門分類であり、以下のようになる（詩についてのみ挙例する）。「補亡」「述徳」「勧励」「献詩」「公讌」「祖餞」「詠史」「百一」「遊仙」「招隠」「遊覧」「詠懐」「哀傷」「贈答」「行旅」「軍戎」「郊廟」「楽府」「挽歌」「雑歌」「雑詩」「雑擬」に大別される。

別集の代表として唐の詩人李白の場合を例にとれば、清・王琦注『李太白全集』は分体分類であり、宋・楊斉賢注『分類補注李太白詩』は分門分類である。ちなみにその分門を見ると、以下のようになる。「古風」「楽府」「歌吟」「贈」「寄」「留別」「送」「酬答」「遊宴」「登覧」「行役」「懐古」「紀閑適」「懐思」「感遇」「写懐」「詠物」「題詠」「雑詠」「閨情」「哀傷」に区分される。他の詩人について見ても、主題の傾向に多寡はあっても、内容上の分類には大差ないと言える。

前者は六朝の大方の主題を総覧し、後者は唐宋時代に共通する主題といえるものである。一瞥すれば了解されるように、分門分類のそれぞれの名称は異なると言えるが、漢詩の主題の広がりは、それほどの変化はないと言える。つまり、漢詩の主題は六朝から唐宋までに一定の確立を見、その後は大きな変化を来すことはなかったと言える。

『文選』の場合も李白の場合も、漢詩の社会的な位置が重視されて、その役割が切り取られている。いわば、社会における位相を示した上で、どの要素、どの部分が後世に進展し、膨らんでいったかが主題の歴史を明らかにするためには必要であった。著者が歴史的な変遷と共に、共時的に広がる主題をとらえようとした意図はそこにあるように思われる。

本書の主題区分を見ることにしよう。

1「詠懐のうた」(心に思うことを詠じる) 2「詠物のうた」(植物・動物や自然現象を詠じる) 3「情愛のうた」(愛しみの気持ちを詠じる) 4「友情のうた」(友人への表白) 5「戦乱のうた」(戦争や動乱を詠じる) 6「飲酒のうた」(酒を飲む時に詠じる)

7「山水のうた」（山水自然を詠じる） 8「懐古のうた」（昔をしのぶ心情を詠ずる） 9「羈旅のうた」（旅を詠じる） 10「離別のうた」（別離を詠じる） 11「経世のうた」（世の中のために詠じる） 12「自適のうた」（自分の心のままに楽しむことを詠じる）に区分されている。

1「詠懐」は、不特定多数の感情を代表する時代から個人の抒情を中心とする詩歌の発展史上、推移の基軸となった主題である。『文選』の「詠懐」に相当し、李白の「懐思」「感遇」「写懐」に当たる。

2「詠物」は、李白の「詠物」に相当する。『文選』には該当する分門がないが、詩歌の制作上古くから認められる。その歌われる場が「献詩」「公讌」といった社交の場であった場合が少なくない。また「モノに即してココロを詠む」詩人たちにとっては題材として身近なものであった。

3「情愛」と4「友情」は、漢詩の特質を考える際の重要な要素である。李白の「閨情」に相当し、『文選』の分類にはこれに相当するものはない。そもそも男女間の情愛の発露は、「道理」が「情愛」に負けたものとして儒教が国家の思想的な支柱となって以降、否定されてきた。したがって、不特定多数の民衆の声として詠まれる『詩経』の民謡などを別にすれば、特定個人の情愛の表現は唐代以降進展し、宋代以降普及しだすと言える。

情愛が認められにくい反面、友情は漢詩の代表的な主題となって、10「離別」などに形を変えて散見できる。日本文学、とりわけ和歌が「恋」と「春夏秋冬」を主要な主題とするのとはきわめて対照的である。

5「戦乱」は、『詩経』『楚辞』の時代から歌われ、『文選』では「軍戎」、李白では「行役」に相当する。唐代に至り、版図が拡大して国境が広がると出征兵士が派遣され、一方で「辺塞詩」となり、一方で出征兵士の妻の歎きとして「閨怨詩」が表裏をなし、現実社会を反映した真率な「情愛」が歌われるようになる。

6「飲酒」は、『文選』では「公讌」に相当し、李白では「遊宴」に相当する。ともに飲酒が伴う場所を主題とするが、飲酒そのものを詠ずるのは東晋・陶淵明にはじまる。飲酒とは言うものの、酩酊や酔境を詠ずるのが目的ではない。人生の哲理や諦観を示すこともあり、1「詠懐」に重なる部分もある。詩人たちが好んだ主題と言える。

7「山水」は、『文選』では「遊覧」、李白では「登覧」に相当する。古くは自然そのものを歌うよりは、高所に登り遠望する行為に目的があった。やがて処世観や世界観との関係性に大きな転換点がおとずれる。「風景」の発見に伴い、自然をいかに見、いかにとらえるかに注意が移っていく。自然詩の台頭が認められるようになる。

8「懐古」は、『文選』の「詠史」、李白の「懐古」に相当する。当然のことながら、古《いにしえ》への思いや滅びしものへの追憶は、現況との比較上なされるものであり、時間意識が芽生え、過去と現在の明確な認識の結果であると言える。平面に広がる距離的な認識に、時間軸が与えられて、漢詩の主題が大きく膨らんだ時期と言えよう。

9「羈旅」は、『文選』の「行旅」、李白の「行役」に相当する。旅と言えば、古くは戦争のための出征か、国境防備のための派遣に限られており、物見遊山の「たび」はなかった。役人たちが頻繁に移動し、人の動きが活発化するのは版図が広がった唐代以降であり、それは同時に離別の機会の増加とも重なる。

10「離別」は、『文選』の「祖餞」に相当し、「勧励」「献詩」「公讌」などに関連する。李白の「贈」「寄」「留別」「送」「酬答」に相当する。人と人との距離感を二次元で感じ、時間認識を加えた離別の意識をより深めていった。9「羈旅」と密接に関わり、漢詩の主題化において進展著しい。

11「経世」は、詩人たちの自負と矜持《きょうじ》に関わる。漢詩に期待された機能を考える場合に、その方向を決定してきた。中国文学は「政治の役に立つ」「政治に貢献する」ことを使命とし、社会的な意義・役割が深く意識されている。それは同時に詩人たちの生き方や処世観にも大きな影響を与え、「出仕」と「退隠」の二律的な処世観が士大夫に浸透し、詩人たちの生き方を左右してきた。その中からしだいに新たな生き方を模索しようとする詩人が出てきた。

12「自適」は、『文選』の「遊仙」「招隠」に近く、李白の「紀閑適」に相当する。11「経世」に対立する考えで、自己が社会的な立場を得られないときにいかに生きるかを問う。したがって、漢詩が社会的な使命を果たす役割から、個人の抒情に推移してゆく過程において次第に膨らみを見せ、広く発展していった主題と言える。

漢詩の主題を考察するとはいえ、その主題がいかに形を整えていったかは、詩の吟味鑑賞なくしては成り立たない。詩人の人生を深く洞察し、詩歌に共感して、詩を理解する。その詩を語る文章は、味わい深く、平易に語られる。そして、鑑賞上の優れた識見が随所に示される。読者は自らの関心や興味がおもむく主題から読み進められればよいと思う。必ずや漢詩をよむ愉しみに誘ってくれるに違いない。

（あかい・ますひさ　國學院大學名誉教授　中国文学）

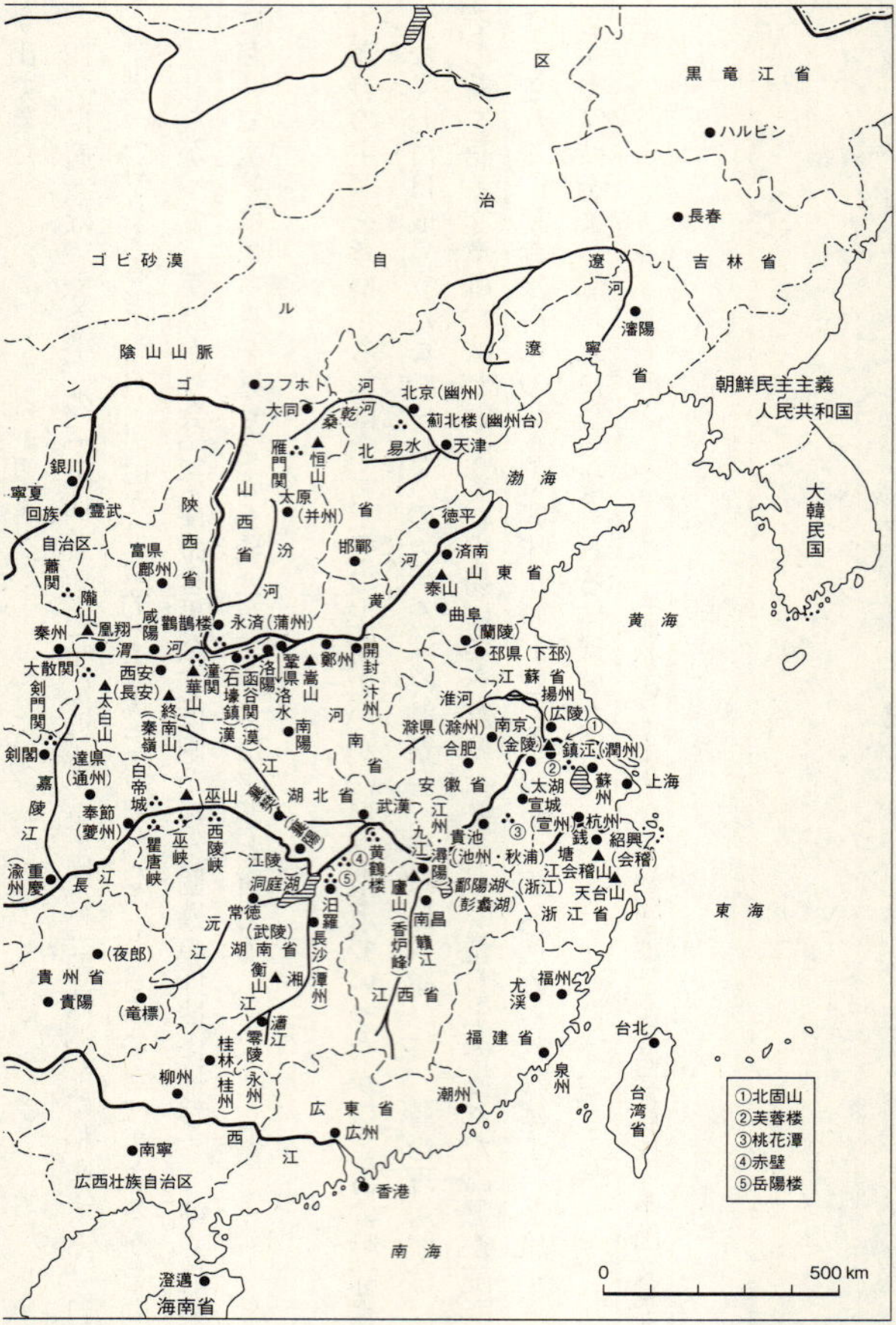

区
黒竜江省
ハルビン
治
長春
ゴビ砂漠
自
吉林省
遼寧省
遼河
ル
瀋陽
陰山山脈
ン
ゴ
フフホト
大同
北京(幽州)
薊北楼(幽州台)
桑乾河
朝鮮民主主義人民共和国
雁門関
恒山
河北省
易水
天津
銀川
山西省
太原(并州)
渤海
大韓民国
寧夏回族自治区
霊武
陝西省
汾河
徳平
邯鄲
済南
富県(鄜州)
黄河
山東省
泰山
蕭関
隴山
曲阜
黄海
秦州
鳳翔
咸陽
鸛鵲楼
永済(蒲州)
蘭陵
渭河
邳県(下邳)
大散関
西安(長安)
潼関
華山
鞏県
洛陽
嵩山
鄭州
開封(汴州)
江蘇省
揚州(広陵)
剣門関
太白山
終南山(秦嶺)
石壕鎮
函谷関(漢)
洛水
淮河
滁県(滁州)
南京(金陵)
①
剣閣
漢江
南陽
河南省
合肥
鎮江(潤州)
嘉陵江
達県(通州)
白帝城
巫山
湖北省
安徽省
②
太湖
蘇州
上海
奉節(夔州)
襄樊(襄陽)
武漢
九江(江州)
潯陽
宣城(宣州)
杭州
貴池(池州・秋浦)
③
銭塘江
紹興(会稽)
会稽山
天台山
西陵峡
巫峡
瞿唐峡
江陵
④
⑤
黄鶴楼
廬山(香炉峰)
鄱陽湖(彭蠡湖)
(浙江)
浙江省
東海
重慶(渝州)
長江
洞庭湖
常徳(武陵)
汨羅
南昌
贛江
沅江
湖南省
長沙(潭州)
(夜郎)
貴州省
貴陽
衡山
湘江
江西省
福州
尤渓
(竜標)
瀟江
零陵(永州)
桂林(桂州)
福建省
台北
泉州
柳州
潮州
台湾省
広東省
広州
南寧
西江
広西壮族自治区
香港
南海
0
500 km
澄邁
海南省
①北固山
②芙蓉楼
③桃花潭
④赤壁
⑤岳陽楼

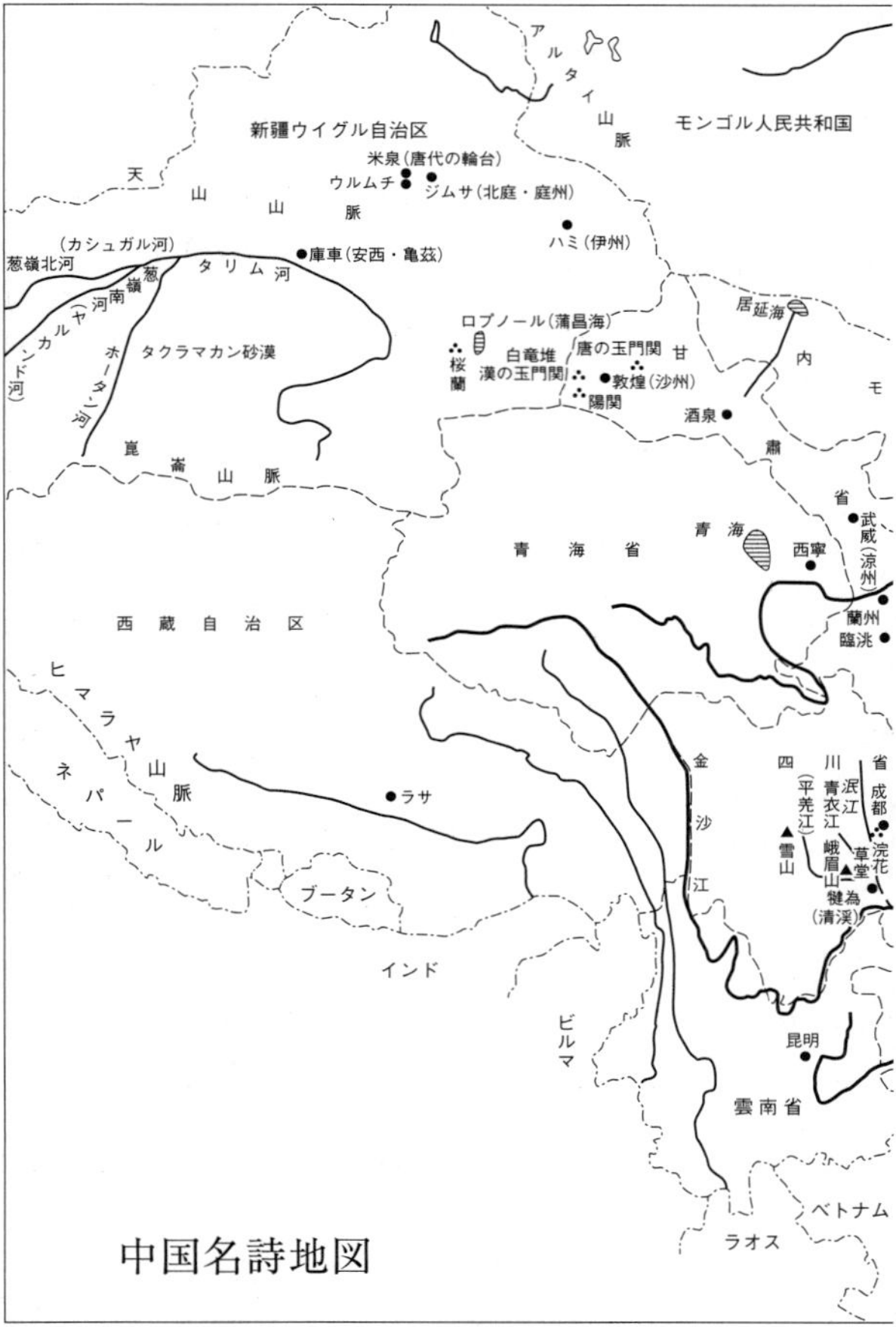
アルタイ山脈
モンゴル人民共和国
新疆ウイグル自治区
米泉（唐代の輪台）
ウルムチ
ジムサ（北庭・庭州）
天山山脈
ハミ（伊州）
（カシュガル河）
葱嶺北河
庫車（安西・亀茲）
タリム河
葱嶺南河（ヤルカンド河）
ホータン河
タクラマカン砂漠
ロプノール（蒲昌海）
居延海
桜蘭
白竜堆
唐の玉門関
甘
内
漢の玉門関
敦煌（沙州）
陽関
モ
酒泉
崑崙山脈
粛
省
武威（涼州）
青海省
青海
西寧
蘭州
臨洮
西蔵自治区
ヒマラヤ山脈
ネパール
金沙江
四川省
成都
（平羌江）
青衣江
岷江
雪山
峨眉山
草堂
浣花
犍為（清渓）
ラサ
ブータン
インド
ビルマ
昆明
雲南省
ベトナム
ラオス

中国名詩地図

サ行

タ行

詩題索引（五十音順）

本書は、一九九二年八月一日、朝日新聞社から朝日文庫として刊行された。明らかな誤りは適宜訂正した。また、ルビを増やした。

中国名詩集《ちゅうごくめいししゅう》　美《び》の歳月《さいげつ》

二〇二四年十一月十日　第一刷発行

著者　松浦友久（まつうら・ともひさ）
発行者　増田健史
発行所　株式会社　筑摩書房
東京都台東区蔵前二―五―三　〒一一一―八七五五
電話番号　〇三―五六八七―二六〇一（代表）
装幀者　安野光雅
印刷所　株式会社精興社
製本所　加藤製本株式会社

ISBN978-4-480-51268-0 C0198

ちくま学芸文庫